W0319828

Le peigne de Cléopâtre

du même auteur
chez le même éditeur

Toujours avec toi (2010)
Les oreilles de Buster (2011)
(aussi disponible en poche, collection Babel)

Maria Ernestam

Le peigne de Cléopâtre

traduit du suédois par
Esther Sermage et Ophélie Alegre

roman

GAÏA ÉDITIONS

Gaïa Éditions
82, rue de la Paix
40380 Montfort-en-Chalosse
téléphone : 05 58 97 73 26

contact@gaia-editions.com
www.gaia-editions.com

Titre original :
Kleopatras kam

Illustration de couverture :
© plainpicture/Laurence Ladougne

© © Maria Ernestam, 2007, by agreement with Grand Agency.
© Gaïa Éditions, 2013, pour la traduction française

ISBN 13 : 978-2-84720-352-3

Pour Anna

PREMIÈRE SORCIÈRE
Toutes trois, quand nous revoir
Dans l'éclair, la pluie, le noir

DEUXIÈME SORCIÈRE
Après le tohu-bohu
Le combat gagné perdu

TROISIÈME SORCIÈRE
Quand le jour aura vécu

PREMIÈRE SORCIÈRE
Où nous voir

DEUXIÈME SORCIÈRE
Sur les bruyères

TROISIÈME SORCIÈRE
Où Macbeth revient de guerre

PREMIÈRE SORCIÈRE
J'arrive, Mistigri

DEUXIÈME SORCIÈRE
Crapaud appelle

TROISIÈME SORCIÈRE
On arrive

TOUTES
L'impur est pur, le pur – impur
Soyons la brume et l'air d'ordure

Shakespeare, *Macbeth*, acte I, scène I*

* Traduction d'André Markowicz, éditions Les Solitaires Intempestifs (2008). Parue auparavant chez Actes Sud/Babel, 1996.
(Toutes les notes sont des traductrices.)

Chapitre I

L'idée du Peigne de Cléopâtre vint à Mari quand son patron lui déclara qu'il se passerait désormais de ses services. Au moment même où il prononça ces mots, Mari sut qu'elle oublierait le reste de leur entretien. L'homme avec qui elle travaillait depuis trois ans n'avait plus besoin d'elle. Il avait l'intention de se débarrasser d'elle comme on jette une vieille éponge.

Étrange. On se sert d'une éponge tous les jours pendant des semaines, voire des mois. On la passe sous l'eau, on l'essore, on essuie le plan de travail avec, puis on la range à côté du robinet. Un jour, on s'aperçoit qu'elle sent mauvais et on la jette. Sans se dire que cette mauvaise odeur résulte de bons et loyaux services. Apparemment, cela n'entre guère en ligne de compte pour les éponges. Ni pour Mari.

Perdue dans ses pensées, elle prit conscience qu'elle n'était pas certaine de comprendre ce que venait de lui annoncer son patron – qu'elle avait d'ailleurs toujours considéré comme son égal. Après tout, c'était elle qui menait la barque. Johan était plus convaincant dans le rôle de l'usurpateur, s'attribuant avec brio le fruit du travail des autres.

Pourtant, elle avait aimé faire équipe avec lui. Ils avaient fondé leur cabinet comptable quelques années auparavant, à la suite des menaces de licenciement économique de leur dernier employeur. Certes, ça n'avait pas été facile. Ils s'étaient versé des salaires symboliques et avaient travaillé en dessous du seuil de rentabilité le temps de se constituer une clientèle. Mais quand l'activité avait pris son essor, ils avaient sabré le champagne.

Mari était satisfaite de son travail. Pourtant, elle ressentait un manque. Pendant ses heures de bureau, elle rêvait d'être ailleurs. Elle imaginait David l'accueillant à la maison le soir avec un éclat de rire qui signifierait « *fuck them all* ».

Au fond, tout ce qu'elle souhaitait, c'était qu'il se remette à faire frire des œufs au bacon au beau milieu de la nuit, comme avant, quand il lui demandait si elle préférait y voir un dîner tardif ou un petit déjeuner très matinal. Qu'il redevienne aussi chaleureux qu'à l'époque où il préparait des moules à la coriandre et au safran pendant que la tarte salée du jour cuisait dans le four.

Johan s'était lancé dans une tirade monotone à propos des bénéfices de la fusion envisagée. Pourquoi se donnait-il tant de mal ? Ce qu'il lui racontait n'était pas un scoop. Elle avait suivi de près les négociations hargneuses avec leur concurrent, et en réalité, c'était elle qui avait conclu le marché. Ils le savaient pertinemment tous les deux. Mais elle s'en fichait. Depuis que David avait changé, cela lui était complètement égal d'occuper un poste de dirigeante ou d'assistante. Elle faisait ce qu'elle avait à faire et gagnait bien sa vie, cela lui suffisait amplement.

Johan semblait sur le point de terminer son soliloque. Dans un accès de théâtralité, il se pencha par-dessus le bureau pour saisir les mains de sa collaboratrice. Mari eut l'impression que des tentacules visqueux se dirigeaient vers elle. Pas question qu'il la touche. Son regard s'arrêta sur une paire de ciseaux et elle eut l'envie folle de sectionner les bras de Johan en leur milieu, comme deux serpents, pour les mettre hors d'état de nuire. Croyait-il que ce geste faussement bienveillant allait changer quoi que ce soit ? Entre eux, le contact physique avait toujours été inconcevable, si bien que leur intimité se résumait à une accolade à Noël. Ils avaient à peu près le même âge. Elle, quarante-deux ans, et lui, un peu plus, mais manifestement, elle ne risquait pas le harcèlement sexuel. Trop blonde, trop ronde, trop nature. Trop réservée, trop aimable, trop gentille. Un peu terne, en fin de compte. La fois où, lors d'une fête au bureau, il lui avait demandé si elle avait un problème avec les bretelles de son soutien-gorge – elles n'arrêtaient pas de glisser –, il était passablement ivre. Elle avait immédiatement rangé cette remarque au rayon des « humiliations du quotidien ».

– Voilà où nous en sommes, poursuivit Johan sur un ton qui la ramena à la réalité. Ils veulent que je prenne la direction du cabinet. Ce n'est pas ce qui était prévu, puisque leur actionnaire voulait placer quelqu'un. Il a donc fallu faire un compromis. Je t'ai défendue, mais c'était donnant, donnant. Désolé. Je ne crois pas que tu auras du mal à trouver un nouveau boulot. Sache que tu peux compter sur moi. Je te ferai une belle lettre de recommandation. À moins que tu préfères monter ta boîte ou que tu veuilles travailler en indépendant pendant quelque temps, puisque tu n'as pas de famille à charge. D'ailleurs, pourquoi tu n'en profiterais pas pour prendre des vacances ? Pour partir pendant six mois ?

– Ça me touche que tu te préoccupes à ce point de mon avenir.

Le connaissant, elle aurait mieux fait de se taire. Le regard de Johan perdit toute lueur de compassion dès l'instant où il perçut le ton de sa voix.

– Qu'est-ce que tu veux dire par là, Mari ?

En temps normal, l'agressivité latente de cette réplique l'aurait poussée à faire des concessions. Mais lorsqu'elle leva les yeux sur lui et lut l'agacement sur son visage, elle perdit son *self-control*. Elle se leva, examina les poils qui lui sortaient des narines, sa chemise au col sale et ses cheveux jadis bruns qui commençaient à virer au gris. Des serpents à la place des bras. Elle s'agrippa au bureau, tentant de maîtriser sa colère et sa voix. En vain.

– Putain, quelle hypocrisie !

L'expression de Johan. Impayable. Pourquoi ne lui avait-elle pas craché cela à la figure plus tôt ?

– Regarde-toi, assis là, gras, dégoûtant. Imbu de ta personne. Pour qui tu te prends, à m'annoncer de ton fauteuil que tu es promu directeur ? Tu fais le timide, mais au fond, tu exultes ! Tu te dis que c'est bien mérité et tu te fous complètement de moi, alors que tu sais que tu me dois tout ! C'est répugnant, Johan. Le monde est ce qu'il est à cause de minables comme toi. Des types présomptueux, égoïstes, dénués d'intelligence, qui se paient la tête du monde et exploitent le talent des femmes. En plus, tu as le culot de jouer le mec compréhensif. « Et si tu partais en vacances ? » Tu es vraiment pathétique, Johan. Tu es...

– Je t'en prie, Mari. On devrait pouvoir se quitter en meilleurs termes, après toutes ces...

Johan s'était lui aussi levé, le teint virant au pourpre. Mari remarqua une tache de café sur le pli de son pantalon. Difficile à faire partir, se réjouit-elle. Bien fait.

– Après toutes ces années ? Ah oui, parlons-en ! Ça en fait des années qu'on travaille ensemble. Des années que je te tire d'affaire, que je fais tes budgets et que je rédige tes interventions... Que je m'occupe de tes barèmes et de tes putain de billets de foot...

– Mari, je t'en prie...

– Tu radotes, Johan. Tout le monde dans ce cabinet sait que tu es loin d'être un grand orateur, mais tu nous as habitués à un peu mieux. Me supplier, ça oui, tu ne t'en es jamais privé. Mari, est-ce que tu peux t'occuper de ci ?... Est-ce que tu peux t'occuper de ça ?... Tes gosses, ta femme, l'école, les réceptions, les réunions... La gentille Mari s'occupe de tout ! La merveilleuse Mari résout tous tes problèmes ! Tu ne t'es jamais demandé si j'en avais, moi, des problèmes ?

Johan ouvrait puis refermait la bouche. Il était tellement ridicule que Mari aurait éclaté de rire si sa rage ne l'en avait empêchée.

– Tu as des problèmes, Mari ? Parce que...

– Des problèmes ? Tu veux savoir si j'ai des problèmes ? Non, aucun, mis à part que je viens de me faire virer de la boîte que j'ai fondée. Moi ! Pas toi ! Tout ça parce que monsieur est devenu directeur. Mais tu n'y arriveras pas,

Johan. Pas sans une collaboratrice aussi serviable et douée que moi. J'espère que tu vas te planter. Et devine qui rira à gorge déployée quand ça tournera mal !

La respiration de Johan s'accélérait.

– Tu es complètement folle ! lança-t-il avec une fureur qui se matérialisa sous la forme d'un postillon sur la joue de Mari.

Elle s'essuya vivement. Son agressivité se muait en une froideur glaciale, excluant toute émotion – positive comme négative. Elle ne lâchait pas Johan des yeux, lisant en lui comme dans un livre ouvert : Allons-y doucement avec cette hystérique, elle connaît du monde.

– Tu auras ce que tu mérites. Une belle lettre de recommandation. À moins que je change d'avis après ce que tu viens de me cracher à la figure. « Gras »... Je pourrais te rendre la pareille, tu sais... Et « exploiter les femmes talentueuses »... Tu te crois plus intelligente que moi ? Dans ce cas, c'est étonnant que je sois de ce côté-ci du bureau et toi de l'autre.

– Ce qui va t'étonner, surtout, c'est de devoir crier au secours.

Ses propres mots la devançaient. Comme sous leur influence, sa main obéit et se saisit de la paire de ciseaux, la brandit et l'abaissa, pointe la première. Gauche ou droite ? Droite. « Je suis gauchère, il est droitier. »

Au son des hurlements, elle prit conscience de ce qu'elle venait de faire. La paire de ciseaux, éclaboussée de sang, avait profondément entaillé la main droite de Johan, dont les yeux écarquillés se figèrent sur la blessure, puis sur les ciseaux, puis sur elle.

– Qu'est-ce qui te prend ? Tu m'as... Ça ne va pas, la tête, Mari ! Tu es devenue complètement folle ! Tu m'as blessé ! Tu m'as...

Johan retomba lentement dans son fauteuil, pâlissant. Elle aurait dû s'en douter : il ne supportait pas la vue du sang – raison pour laquelle il n'avait jamais pu assister aux accouchements de sa femme. Le pauvre. Au bureau, on l'avait consolé. Des pas résonnèrent dans le couloir. Les autres n'allaient pas tarder à apparaître dans l'encadrement de la porte. Elle décida de quitter les lieux et de revenir chercher plus tard le peu d'effets personnels qu'elle gardait dans son bureau. Et puis non, finalement, à quoi bon revenir ? Sa veste de tailleur était élimée. Les chaussures d'intérieur qu'elle avait achetées après avoir cassé le talon d'un escarpin n'avaient plus aucun charme. D'ailleurs, elle avait pris la première paire essayée dans le magasin. David les aurait détestées. Sans doute – difficile, désormais, de connaître son avis.

Johan, livide, semblait voir trouble. Sa pupille était sur le point de partir se promener derrière sa paupière. Mari se pencha vers lui, fixant ses yeux embués dont il était si fier.

– Tes dents ont jauni, Johan. Elles sont tachées. Maintenant que tu montes en grade, je te conseille de boire moins de café ou de te payer un blanchiment dentaire. Et puis, je crois que tu as un souci avec ta bouche. Elle tombe aux commissures.

Sans attendre, elle lui tourna le dos et sortit. Dans la rue, elle inspira une profonde bouffée d'air et découvrit que le soleil brillait, malgré tout. Puis elle composa le numéro d'Anna.

Chapitre 2

Le café d'Anna était fermé depuis un bon moment. Face à la propriétaire des lieux, Mari déclinait une flopée d'insultes fantaisistes qui commençaient toutes par « Johan ». Quand elle lui avait téléphoné pour lui raconter qu'elle venait de planter une paire de ciseaux dans la main de son patron, Anna lui avait proposé de fêter ça avec une bouteille de vin rouge. De toute façon, selon elle, Johan était un « rebut de l'évolution ». Inconsciemment, Mari devait savoir que son amie réagirait de la sorte. Dès qu'elle était sortie de son ancien lieu de travail, l'air lui avait semblé plus léger. Elle avait respiré à pleins poumons afin de soulager le poids qui compressait sa poitrine. Puis elle avait eu l'impression de couler, mais s'était rappelé à temps qu'Anna savait rire du pire.

Mari qualifiait souvent leur amitié de miracle mathématique : elle prouvait que deux lignes parallèles peuvent se rencontrer. Autre comparaison qui lui traversait parfois l'esprit : elle-même en nombres négatifs et Anna en positifs. Résultat de l'équation : il ne pouvait y avoir entre elles aucune concurrence.

Les deux amies avaient fait connaissance un été, alors qu'elles travaillaient dans un café saisonnier à Stockholm. Rapidement, elles avaient compris qu'elles feraient mieux de se serrer les coudes pour ne pas périr sous le joug du patron, au sujet duquel Anna avait écrit dans les toilettes : *Hitler is alive and running a café in Stockholm**. La comparaison avait déplu à Mari, mais Anna s'était défendue : elle disait tout haut ce que tout le monde pensait tout bas. C'était, d'après elle, la meilleure façon de vivre sa vie – avec sincérité et anticonformisme.

* Hitler est bien vivant. Il tient un café à Stockholm.

Anna irradiait de féminité. Sa chevelure brune souvent emmêlée brillait telle une aura scintillante autour de son visage. Aucun mâle ne pouvait résister à son sex-appeal, et son propre appétit vorace pour le sexe opposé suscitait autant d'envie que de dégoût. Mari l'avait souvent entendue dire au téléphone qu'amour d'un jour ne signifiait pas forcément amour toujours.

Elle avait travaillé dans la restauration à l'étranger, tenu une boutique à Berlin, été mannequin et pâtissière en France, puis elle avait vécu pendant plusieurs années sur une péniche à Amsterdam avec un Australien rencontré dans un kibboutz en Israël. Leur fille Fanditha habitait également à Stockholm, où elle faisait des études de sciences économiques. Elle insistait pour se faire appeler Fanny, se couchait tôt et portait des jupes plissées ou des tailleurs. Anna se demandait régulièrement ce qu'elle avait bien pu louper dans son éducation.

Pour éviter que Fanditha ne se retranche entièrement derrière les murs infranchissables de la normalité, Anna avait quitté son Australien pour s'installer à Stockholm, où elle avait ouvert un café. Situé dans le quartier de Söder, Le Refuge était un endroit agréable qu'elle avait aménagé à son goût. On y consommait des soupes, des tartes salées et des pâtisseries maison à des prix quasiment charitables pour la ville de Stockholm. Les habitués y passaient facilement des heures, enfoncés dans des fauteuils de récup'. Parfois, Anna leur offrait un verre pour accompagner le repas dont, généralement, ils se délectaient. Elle cuisinait merveilleusement bien, probablement parce qu'elle n'était pas très regardante sur ce qu'elle mettait dans la marmite. Selon une rumeur tenace, un client aurait un jour repêché une petite culotte noire en dentelle dans la soupière. Anna reléguait la légende à un simple rêve érotique – humide, à plus d'un titre.

En arrivant au Refuge, Mari remarqua qu'Anna avait

allumé des bougies pour chasser la nuit d'octobre, annonciatrice de feuilles tourbillonnantes, d'obscurité et de froid. Son amie ne l'avait pas attendue pour commencer à fêter ça. L'alcool, voilà ce qui aurait peut-être raison d'Anna, se dit Mari. Plus d'une fois, elle l'avait ramenée chez elle complètement déboussolée, pour la débarbouiller et la border. Vingt ans plus tôt, ses escapades nocturnes ne l'empêchaient guère de réapparaître le lendemain matin après sa douche, fraîche comme une rose. Malheureusement, le temps ne pardonnait pas. Elle était toujours d'une beauté rare, mais il arrivait désormais que ses paupières retombent lourdement sur ses yeux las. Ceci dit, aucun signe de vieillissement n'aurait empêché Anna de continuer à vivre sa vie comme elle l'entendait.

– Je préfère encore ne pas me regarder dans la glace, avait-elle déclaré un jour. D'ailleurs, je me trouve plus belle aujourd'hui que je ne l'aie jamais été.

C'était sans doute vrai. Son chemisier transparent révélait une paire de seins qui n'avaient rien perdu de leur insolence. Au creux de sa gorge nichait un pendentif représentant le yin et le yang. Noir et blanc. Blanc et noir. Les contraires unis en un tout. Quand elle releva la tête, Mari se vit à travers son regard. Blonde, des formes là où il n'en fallait pas. Vêtue de vestes et de pantalons noirs ou gris qui la serraient aux mauvais endroits. Des chaussures confortables. Elle aurait pu se mettre en valeur si elle l'avait voulu. Sa chevelure dorée était un atout. Ses yeux, d'une couleur peu commune, tiraient sur le violet. Un jour, on l'avait complimentée pour la douceur de ses joues de bébé. Mais à quoi bon ? Une façade pourrie ne se ravale qu'au prix de gros travaux et d'innombrables litres de peinture. Mieux vaut laisser la dégradation s'harmoniser avec la surface.

Anna leva son verre pour trinquer.

– Ça faisait un moment que je t'attendais au tournant. Il fallait que tu réagisses. Depuis combien de temps tu faisais son boulot en plus du tien ? Sans compter les heures passées à organiser sa vie privée pendant que la tienne moisissait. Si au moins tu en avais tiré un quelconque profit. Mais si j'ai bien compris, il ne s'est jamais rien passé entre vous. Remarque, coucher avec un type pareil, ça relève de l'auto-flagellation.

– Anna !

– Je dis la vérité, c'est tout. Et tu sais quoi ? Tu tiens peut-être la chance de ta vie. Monter sa boîte, ce n'est pas une mauvaise idée. Johan est un con, mais là-dessus, il a raison. La plupart des entreprises proposent des produits ou des services bien trop compliqués. Il te faut une idée simple. Les gens travaillent, se lavent, s'aiment, dorment, aménagent leurs maisons, rient parfois, pleurent souvent et meurent. Ça ne va pas chercher plus loin. Trouve un concept en relation avec ces activités. Apporte aux gens des solutions à leurs problèmes. Entre-temps, tu peux travailler ici. De toute façon, j'ai envie de changement. Je voudrais me remettre à la décoration d'intérieur. Et un peu mieux gagner ma vie.

Sous l'effet du vin, Mari commençait à se détendre. La violence de son geste lui paraissait à la fois incompréhensible et parfaitement logique. Elle s'était emparée d'une paire de ciseaux et l'avait plantée dans la main de Johan. Ça lui avait fait du bien. Elle avait eu l'impression d'avoir le contrôle – sur les choses et sur elle-même.

– Je crois que j'aurais pu le tuer.

À cet instant, Fredrik entra. Il referma la porte derrière lui, tourna la clé et remit le paillasson en place.

– Tu parles de moi ? Je peux m'en aller, si tu veux. Ou alors je me charge de faire la peau au type en question. Je suis d'humeur, figure-toi. Quand j'ai présenté mon ticket au guichet du métro, l'employé a répliqué qu'il ne pouvait pas le tamponner si je ne le dépliais pas. J'avais les mains pleines de sacs de courses, alors j'ai essayé de lui faire comprendre qu'il me rendrait un grand service s'il prenait la peine de le faire pour moi. Et vous savez ce qu'il m'a répondu ? « C'est pas mon boulot de déplier les tickets. » J'aurais pu le tuer, lui aussi…

Mari contempla Fredrik : beau, comme toujours. Elle était jalouse de ses hanches et il avait dû payer une fortune pour sa veste en cuir – plus qu'il n'en avait les moyens. Elle observa ses cheveux foncés, bien coiffés, son regard ambré, d'une couleur qui n'existe pas, sa bouche ourlée. Il était séduisant. Une fois de plus, elle se dit qu'en n'osant pas lui rendre son baiser, ce jour-là, elle avait commis l'erreur de sa vie.

Les trois amis s'étaient rencontrés au cours d'un voyage en Italie qui remontait à tellement loin que Mari préférait ne pas y penser. Anna et elle visitaient villes et musées à un rythme d'enfer, ce qui n'avait pas empêché Anna d'ajouter la gente masculine locale à son programme. Un soir où elle se faisait offrir un verre de plus dans un bar, Mari, les larmes aux yeux, s'était excusée et était sortie. Promenant sa déception le long des rues étroites, elle avait fini par s'arrêter dans un café ouvert la nuit, où elle avait commandé un espresso et une réconfortante pâtisserie à la crème, tandis qu'Anna était probablement déjà à l'hôtel. Et tant pis si ce genre de gourmandise arrondissait ses hanches et diminuait ainsi la probabilité qu'un étranger lui offre un cocktail. En observant le serveur, Mari s'était dit qu'au moindre mot doux – *ciao bella*, au hasard –, elle se jetterait dans ses bras.

L'homme assis à la table voisine l'avait regardée comme s'il lisait dans ses pensées. Il lui avait demandé si elle était suédoise. Lorsqu'elle avait acquiescé, il s'était levé d'un bond pour venir la rejoindre. Ils avaient discuté pendant des heures jusqu'au moment où Mari, se disant brusquement qu'Anna devait l'attendre, avait ramené Fredrik dans la petite pension de famille où elles logeaient.

Anna avait accueilli le nouveau venu à bras ouverts. Ils avaient veillé jusqu'à l'aube en partageant le peu de vin qui leur restait, se racontant leurs vies, riant, pleurant. Et ils étaient devenus amis.

Dès lors, ils ne s'étaient plus quittés. Un soir, alors qu'Anna avait décidé de rester en discothèque, Fredrik avait tenté d'embrasser Mari. S'imaginant être le lot de consolation, elle l'avait repoussé. Bien sûr, elle l'avait regretté par la suite. Puis elle avait fini par se faire une raison : elle aimait trop Fredrik pour risquer de le perdre à cause d'une liaison éphémère. Il n'avait jamais renouvelé la tentative et, à ce jour, Mari n'était pas certaine d'avoir fait le bon choix. Quoi qu'il en soit, leur amitié avait tenu bon.

Dehors, la lumière du jour déclinait alors qu'à l'intérieur du café, celle des bougies faisait danser des ombres sur les murs verts. Fredrik avait trouvé cette teinte osée. Puis, comme tant d'autres, il avait dû reconnaître qu'Anna avait fait le bon choix, une fois de plus. Il était installé dans le fauteuil à oreillettes qu'Anna avait hérité de son grand-père. Mari, elle, avait choisi le rocking-chair – autre vestige familial. Elle replia ses jambes sous elle et contempla ses deux compagnons. Ils avaient réussi à garder le contact durant toutes ces années malgré les aléas de leur existence. Les nombreux voyages d'Anna les avaient souvent contraints à se contenter de courtes visites, de lettres, d'e-mails et de conversations téléphoniques. À cela s'étaient ajoutées les années que Mari avait passées en Irlande. Fredrik était resté à Stockholm, mais dès qu'il en avait les moyens, il s'évadait pendant des mois entiers. Seul. Encore et toujours seul. À présent, le trio partageait la quarantaine et le célibat... Abstraction faite des hommes qui couraient après Anna.

Mari raconta une fois de plus l'événement du jour. Ne s'indignant pas particulièrement de l'usage qu'elle avait fait de la paire de ciseaux, Fredrik constata calmement qu'un trop-plein d'agressivité pouvait facilement provoquer des actes irréfléchis.

– Ça faisait probablement longtemps que tu rêvais de lui

planter des ciseaux dans la main ou de lui hurler dessus. Inconsciemment, bien sûr. Tu n'as jamais rien dit, et ça t'a frustrée. Et puis l'occasion s'est présentée. Je crois que ça fonctionne comme ça. On encaisse les injustices jusqu'au jour où on explose. Ça peut être déclenché par un tout petit détail. En général, ce jour-là, personne ne comprend pourquoi on s'est mis dans un état pareil.

– Un petit détail du genre licenciement, tu veux dire ?

– Mais non, voyons. Bien sûr que c'est dégueulasse. Et pourtant, je ne te plains pas. Je me doutais que ça n'allait pas très fort. Allez, on devrait ouvrir une bouteille de champagne pour fêter le début de ta nouvelle vie.

– Pour fêter que j'aie planté une paire de ciseaux dans la main de quelqu'un ? Que je me sois sentie capable de le tuer ? Ça fait froid dans le dos... S'il porte plainte, je vais devoir le dédommager.

– Ça m'étonnerait qu'il soit si bête. Il a dû avoir très mal, mais tu l'as tourné en ridicule. Et c'est normal que tu aies voulu le tuer. Ça nous arrive à tous un jour ou l'autre. Je n'ai qu'à penser à l'employé du métro. C'est une question de survie. Ou de justice.

Anna déposa une grosse marmite sur la table et servit la soupe dans des assiettes creuses. Mari prit la sienne à deux mains, y découvrit des morceaux de veau mélangés à des tomates et à de gros haricots. Elle s'appliqua à ne pas la faire déborder. Quelques gouttes atterrirent tout de même sur sa cuisse, dessinant sur son pantalon une tache similaire à celle de Johan. Lorsque le liquide brûlant traversa le tissu jusqu'à sa peau, elle frémit. Cela lui rappela David et son désir de prolonger sa vie à travers l'art. « Il faut que ce soit spécial. Que ça marque les esprits. Que les masses n'en sortent pas indemnes. »

– Je ne sais pas si c'était une question de survie. Il s'agissait plutôt d'un trop-plein d'agressivité, comme tu dis. J'ai en moi une colère qui m'effraie parfois.

Fredrik lui caressa le bras.

– Si ça peut te rassurer, tu ne corresponds pas aux statistiques : les hommes sont responsables de quatre-vingt-dix pour cent des meurtres. Depuis la nuit des temps. Ne me regarde pas comme ça, je n'en suis pas fier. Tu peux me citer une civilisation dans laquelle les femmes ont rassemblé des armées, sont parties en guerre, ont exterminé leurs ennemies et ramené chez elles les hommes en âge de se reproduire ? Nous, nous avons toujours fait ça.

Anna but le reste de sa soupe à même l'assiette et s'essuya la bouche d'un revers de main. Mari la contempla dans la lumière vacillante des bougies. Elle avait l'air aussi jeune qu'à l'époque où ils passaient des heures ensemble sur les lits branlants de la pension de famille italienne. Telle une poupée russe, Anna semblait renfermer en elle tous les visages qu'elle avait eus au fil des ans.

– Voilà une excellente idée. Imagine qu'Anna, moi et quelques autres, nous nous mettions à tout détruire sur notre passage, à exécuter des femmes et à ramener les plus beaux mecs en les tirant par les cheveux. Pourquoi nous ne l'avons pas encore fait ? C'est de l'intelligence ou de la stupidité de notre part ? Enfin, il n'est jamais trop tard. On n'arrête pas le progrès…

Fredrik éclata de rire. Un homme. Était-il un meurtrier potentiel pour autant ? Serait-il capable, dans un accès de colère, d'abattre un ennemi ou de tuer sa propre femme ? Difficile à croire. Pourtant, Mari savait à quel point les apparences pouvaient être trompeuses. De toute façon, Fredrik n'avait pas d'ennemis. Sous ses faux airs de James Bond ou de cow-boy s'éloignant dans le soleil couchant, il était farouchement opposé à toute forme de violence.

Il ne parlait jamais de ses anciens amis ni de ses relations avec les femmes, qu'elles soient d'actualité ou non. Côté famille, son père était décédé depuis longtemps et sa mère habitait seule quelque part dans le Norrland. Voilà tout ce que Mari savait. Il ne lui en avait pas dit davantage, et elle ne posait pas de questions.

Fredrik, que sais-je de toi ? Nous nous connaissons depuis une éternité, nous avons parlé de tout ce qui touche à la vie. Pour ma part, je sais pourquoi je suis seule. Mais toi ? Pourquoi tant de liaisons éphémères ? Les femmes défilent dans ta vie comme un refrain monotone. Une Lisa par-ci, une Ylva par-là. Karin, Annette... Aucune d'entre elles n'a donc changé le cours de ton existence ?

À part Anna, Fredrik et un David qui n'est plus que l'ombre de lui-même, je suis moi-même très seule, pensa encore Mari. Je ne suis pas en bons termes avec ma famille. D'ici quelques mois, mes collègues de travail ne me reconnaîtront plus. Ai-je peur ? Un peu, oui. Peur d'être insignifiante. Peur qu'on m'oublie, comme disait David. Mais qu'y faire ?

Mari repensa à l'idée d'Anna. Résoudre les problèmes des gens. Mais comment définir ces problèmes ? D'ailleurs, était-ce bien nécessaire ? On devait pouvoir créer une entreprise qui offre des solutions sans délimiter à outrance la nature de la demande, et qui aurait le mérite de combattre la peur ambiante. La peur est tellement répandue.

– Je me demande, maintenant que j'ai évacué un peu de colère en plantant une paire de ciseaux dans la main de mon patron, si on ne pourrait pas monter une boîte ensemble ?

Anna et Fredrik levèrent les yeux vers elle. À cet instant, Mari sut qu'elle venait de formuler le seul projet possible. L'évidence avait mis un certain temps à s'imposer, allez savoir pourquoi.

– Depuis quand formons-nous une trinité presque parfaite ? Anna, depuis quand cherches-tu le sens de la vie aux quatre coins du monde ? Et toi, Fredrik, tu ne demandes pas mieux que d'être seul en notre compagnie ! Anna, tu m'as dit qu'il fallait identifier les besoins des gens. Pourquoi ne pas les laisser nous dire ce dont ils ont besoin ? Les gens ont des problèmes ? Nous les résoudrons. Notre palette de compétences est assez vaste, et même impressionnante. Je suis diplômée en sciences économiques, j'ai tenu un restaurant en Irlande, j'ai l'habitude d'assurer les arrières des lâches et je sais tenir tête à l'administration. Anna, toi, tu as touché à tout. Fredrik, tu as donné des cours dans toutes les matières imaginables dans presque toutes les écoles de la ville. Tu as quelques restes de tes études de droit et tu sais te servir de tes mains. Le lieu, nous l'avons. Quel bonheur de venir ici tous les matins renifler l'odeur du pain chaud au lieu de l'après-rasage de Johan ! On pourrait trouver quelqu'un pour tenir le café. Ensuite, on s'installerait dans le bureau, à côté de la cuisine. C'est une idée formidable, je vous assure !

À mesure qu'elle y réfléchissait, Mari se rendait compte à quel point son idée était géniale. Évidente. C'était écrit dans les étoiles.

– Fredrik, tu travailles toujours dans l'intérim. Moi, je viens d'être licenciée et je suis libre comme l'air. Anna, tu ne m'as pas dit que tu voulais reprendre la décoration d'intérieur ? Ça ouvre déjà pas mal de possibilités. Et je connais quelqu'un qui pourrait te donner un coup de main au café : ma voisine. Elle est très sympa. Je la croyais heureuse jusqu'à il y a trois semaines. Elle a trois beaux enfants en bonne santé et un mari qui fait parfois les courses. Mais un jour, elle s'est mise à hurler sur le trottoir d'en face, de but en blanc. Elle disait qu'à moins de sortir un peu de chez elle et de fréquenter des adultes, elle allait finir par s'enfermer dans un sac-poubelle et se jeter dans le bac du recyclage. Fini, la maman. Sur les rotules. Elle a même dit qu'elle préférait se transformer en banc public. Quand elle m'a vue, elle a eu l'air gêné. Elle m'a dit « bonjour » et « comment ça va ». Je me demandais si je ne pourrais pas lui trouver un poste au bureau, mais au café ce serait parfait.

Pas de réponse. Puis Anna se leva et disparut dans la

cuisine. Mari s'apprêtait à répéter sa question, mais Fredrik la devança.

– Pourquoi pas ? Une entreprise qui résout les problèmes des gens. C'est aussi simpliste que génial. On devrait pouvoir définir une dizaine de domaines dans lesquels on proposerait des compétences solides. On est des touche-à-tout, des battants. On n'a pas besoin d'avoir des horaires fixes, et puis on s'entend bien.

Anna revint avec un plateau sur lequel étaient posés trois verres. Lorsqu'elle le déposa sur la table, Mari vit qu'elle avait préparé des *irish-coffees*. Quelle bonne idée, se dit-elle. Et si c'était pour me faire plaisir ? Non, elle n'est pas au courant. La chanson de David résonna dans sa tête : *I've been a wild rover for many a year, and I've spent all my money on whiskey and beer**. Elle prit son verre et, fermant les yeux, savoura une gorgée du merveilleux breuvage. Délicieux. Évidemment. Fredrik semblait heureux.

– Cette société sera peut-être la solution à tous nos problèmes, dit-il au bout d'un moment. Je suis partant. Je n'ai rien à perdre et tout à y gagner. On n'a qu'à utiliser la Bible pour faire notre pub. « Ne vous souciez pas du lendemain, car le lendemain prendra soin de lui-même. À moins que nous nous en chargions. Amen. » Anna, tu es d'accord ?

– Bien sûr. Je vous ai servi à boire pour que vous lisiez dans vos verres. Simple superstition, bien sûr, mais un whisky de quatre-vingts ans d'âge, ça s'y prête.

Mari obéit. Elle contempla la crème qui flottait sur un lit de café sombre. « Flamme, brûle, chaudron, trouble** ! » En fondant, le nappage dessinait un motif constitué de points et de lignes. Des pierres et des moules, songea-t-elle, résignée. Pourquoi je repense à la plage alors que je suis sur

---

* Ça fait des années que je vagabonde, libre et farouche, et j'ai dépensé tout mon argent en bière et en whisky.

** Shakespeare, *Macbeth*, acte IV, scène I, traduction d'André Markowicz, éditions Les Solitaires Intempestifs (2008).

le point de repartir à zéro ? Pourquoi ne me laisses-tu pas tranquille ?

Elle ouvrit la porte de son appartement d'un geste qui trahissait une certaine attente, et comprit très vite qu'elle serait déçue. Personne pour entendre ses projets d'entreprise. L'appartement était toujours aussi désert. Elle ne parvenait pas à se l'approprier, à imprégner les murs de sa propre odeur. Sans allumer la lumière, elle se dirigea vers la salle de bains où elle se déshabilla. Elle laissa ses vêtements entassés sur le bord de la baignoire, enfila une chemise de nuit chaude, et se mit au lit.

Dans son sommeil sillonné de murets de pierres, des chevaux paissaient et le sommet des montagnes disparaissait dans la brume. Elle sentit l'odeur salée des vagues de l'Atlantique qui se brisaient contre les falaises à pic. En Irlande, la terre se cabre devant l'océan. Les pointes de terre se ruent dans la mer, formant des gouffres. Des centaines de mètres séparent les crêtes blanches qui hérissent l'eau de leurs creux, et aucune barrière ne se dresse pour retenir les curieux. Il suffit d'un souffle de vent, avait-elle dit un jour.

Cela avait fait rire David.

Ils étaient en route pour Renvyle Point, comme toujours quand David voulait respirer l'air pur. Sur le chemin, ils avaient dépassé Letterfrack, le village fondé par les quakers, traversé Tullycross et constaté que la visibilité était bonne. Elle permettait d'apercevoir Croagh Patrick, la montagne sacrée – enfin, tant qu'il ne pleuvait pas. Ils n'avaient pas beaucoup parlé ce jour-là. À Tully, ils s'étaient arrêtés boire une Guinness. Elle brûlait d'envie de le questionner à propos de l'exposition, de lui demander ce que les gens avaient pensé des sculptures, mais elle s'était abstenue. Il le lui raconterait s'il le souhaitait. Son silence signifiait peut-être qu'ils avaient quelque chose à célébrer. Elle en saurait plus à Renvyle Point.

Au bout de la route, ils descendirent de voiture et se dirigèrent vers la langue de terre qui s'aventurait le plus loin dans la mer. Comme toujours, la beauté du paysage lui donnait l'impression d'être nue, comme si sa présence détonnait dans le tableau. Sur les collines verdoyantes, les moutons paissaient avec monotonie tandis qu'une vieille bâtisse en ruines étirait sa silhouette, laissant à la végétation le loisir de chatouiller l'espace entre ses dernières pierres. Les îles répandues autour de Ballinakill Bay se dessinaient avec une netteté inhabituelle ; voilà pourquoi les touristes affluaient en Irlande malgré les averses et l'humidité, se dit-elle : pour admirer ce genre de vue. Ils voulaient voir s'entremêler passé et présent, sentir les incantations des Celtes s'élever vers le ciel comme s'ils régnaient toujours en maîtres des lieux. L'océan était agité, mais le soleil chauffait. En chemin vers la falaise, David enleva sa veste.

Ils y arrivèrent presque en même temps et se penchèrent prudemment au-dessus du vide. En contrebas, la plage parsemée de moules et de galets semblait toujours aussi inaccessible. La première fois que David la lui avait montrée, Mari avait découvert une silhouette assise en contrebas, scrutant les vagues. David avait pris un air sérieux :

– Il est descendu en volant. C'est possible. Un jour, je te montrerai.

Puis il lui avait dévoilé l'existence d'un sentier caché entre les falaises. Sans trop d'effort, ils s'étaient retrouvés sur la plage et accroupis au bord de l'eau, admirant la vue. David avait toujours préféré Renvyle Point aux falaises de Moher.

– Elles sont plus nombreuses et plus hautes là-bas, je le sais bien. Mais ça me suffit ici, et je préfère éviter le défilé de cars et les troupeaux de touristes.

Elle se souvint du sentier et lui proposa de descendre. Il refusa, préférant par ce temps clair contempler l'océan d'en haut.

En le regardant déplier le plaid, Mari se dit que le moment

était venu. Tous deux attendaient depuis longtemps la reconnaissance professionnelle. Ils avaient fondé beaucoup d'espoir sur les nouvelles sculptures de David. Selon Mari, il n'en avait jamais fait de meilleures. Des corps en mouvement, enlacés, sculptés dans l'argile. Un hommage aux poissons dont il parlait souvent. Dans cette espèce, le mâle mordait la femelle après l'accouplement pour faire corps avec elle jusqu'à mêler leurs sangs.

– Ça, c'est de l'amour, avait-il déclaré alors qu'il pétrissait l'argile blanche pour y former le corps de Mari.

Elle avait imaginé le sang de David coulant dans ses propres veines, étendant son emprise sur elle. Effrayant. Il avait poursuivi avec enthousiasme sa description de ces poissons issus des profondeurs marines. La sculpture, une fois terminée, l'avait touchée. Tout en nuances, elle exprimait une souffrance délicate. Un critique ne manquerait pas de le voir. Cela sautait aux yeux, même pour l'amateur qu'elle était. Tôt ou tard, il deviendrait célèbre. D'ailleurs, à en juger par son comportement, c'était enfin arrivé.

Mais il gardait le silence. S'asseyant sur le plaid, il tira de sa veste une petite bouteille de vin et un paquet de biscuits.

– Le dernier repas, dit-il.

Cette référence biblique la fit sourire. Elle prit un biscuit, but une gorgée de vin, l'observa. Il plissait le front, ce qui mettait la pagaille dans les taches de rousseur qui mouchetaient son nez. Ses cheveux roux tombaient en cascade dans son cou. Mon Irlandais est le portrait craché de son peuple, se dit-elle. En plus, il chante et joue de la flûte : un vrai cliché. Mais ils ne sont pas tous comme ça. C'est un exemplaire unique. Il se tourna vers elle.

– Je t'ai dit un jour qu'on peut prendre son envol d'ici. Tu t'en souviens ?

– Bien sûr.

David se leva.

– Je vais te montrer.

Un courant d'air lui lécha le bas du dos, la tirant de son profond sommeil. David se glissa près d'elle et fit courir ses doigts le long de sa colonne vertébrale. Il l'obligea à se tourner vers lui. Sa peau sèche réclamait chaleur et humidité. Sous sa chevelure rousse qui se détachait dans l'obscurité, ses yeux étaient las.

– David, murmura-t-elle.

– Excuse-moi, je suis en retard, dit-il en pressant la jambe entre ses cuisses.

Une vague de froid se répandit dans le corps de Mari, gagnant son ventre, son dos, sa bouche. Elle se mit à claquer des dents.

– Tu ne peux vraiment pas…

Il posa un doigt sur ses lèvres.

– Non. J'essaie, mais je n'y arrive pas. Tu as été vivante aujourd'hui ?

– Oui, David. J'ai été vivante aujourd'hui, comme tu me l'as demandé.

– Tant mieux. Sinon, nous ne pourrons plus être ensemble.

Chapitre 3

Les rideaux n'étaient pas tout à fait clos. Anna s'étira et se passa doucement les doigts dans les cheveux. Depuis le lit, elle vit que la journée s'annonçait grise et pluvieuse, sans contours définis. Dans de telles circonstances, il devrait être permis de tourner le dos à la fenêtre et de se rendormir. Deux choses l'empêchaient pourtant de s'accorder cette faveur. Primo, ses deux nouveaux associés étaient à cheval sur l'emploi du temps. Secundo, la moitié de son lit était envahie par le corps d'un jeune homme qui lui avait semblé compétent la veille, mais dont les bras musclés et les mèches blondes trempées de sueur n'éveillaient plus en elle que des sentiments maternels.

En position fœtale, il lui rappelait Fanditha lorsqu'elle était enfant. Anna huma les senteurs qui embaumaient la pièce. Abstraction faite des parfums âcres de la nuit, un indéniable fumet de jouvenceau flottait dans l'air, trahissant la présence d'un enfant innocemment repu après une agréable soirée pimentée de plaisirs habituellement réservés aux adultes.

Anna s'extirpa discrètement du lit. Son amant d'un soir était suffisamment jeune pour dormir d'un sommeil profond et dépourvu de rêves une fois sa mission accomplie. Elle entra en silence dans la salle de bains où, contrairement à ses habitudes, elle se brossa les cheveux. Puis, sans se regarder dans la glace, elle passa dans la cuisine, se prépara du café et s'installa à table.

Tout avait commencé quelques semaines auparavant. L'idée de lancer une entreprise qui réglerait les problèmes des gens avait germé au cours d'une nuit délicieuse qui avait vu défiler les *irish-coffees.* Ils avaient ainsi dressé la liste des services qu'ils pourraient proposer. Mari avait raison. Réunis, leurs domaines de compétences couvraient un large éventail. Fredrik s'était chargé de concevoir une brochure attrayante, et Mari de créer un site Internet.

Anna avait observé ses deux amis le sourire aux lèvres. Leur enthousiasme était aussi touchant que communicatif, mais elle s'était perdue dans ses pensées. Mes plus proches amis me sont en réalité inconnus, s'était-elle dit. Pourquoi Fredrik ne nous a-t-il jamais présenté ses petites amies ? Pourquoi Mari n'a-t-elle jamais voulu nous raconter sa vie en Irlande avec David ? Malgré toutes les zones d'ombre, l'idée de travailler avec eux ne me pose aucun problème. Cette surprenante conclusion l'avait comblée de joie.

Au petit matin, quelque peu éméchés, ils s'étaient demandé comment ils allaient appeler leur entreprise. Aucune proposition n'avait été retenue, jusqu'à celle d'Anna.

– Je sais : Le peigne de Cléopâtre.

Ses deux amis l'avaient dévisagée, perplexes. Elle leur avait raconté sa promenade à travers les salles égyptiennes du British Museum, fascinée par les momies qui, derrière les vitrines, fixaient le visiteur du regard hautain des défunts. Elle avait eu la sensation que leurs os, leurs bandages et leurs enveloppes ornementées l'attiraient à eux, qu'ils allaient aspirer la vie qu'elle portait en elle. Au bout d'un moment, elle s'était réfugiée dans une salle voisine abritant des accessoires de l'Égypte antique, et rapprochée d'un groupe qui contemplait un bijou vieux de plusieurs milliers d'années.

– C'est le peigne de Cléopâtre, murmura l'un d'eux.

Quelques cheveux foncés étaient encore enroulés autour de ses grandes dents. Anna était parvenue à se faufiler jusqu'à la vitrine pour examiner l'objet de plus près. Cléopâtre, la reine d'Égypte. Étonnée, elle ressentit une certaine solennité. Me voilà devant des cheveux qui renferment son ADN et ses gènes, c'est-à-dire son corps et son âme. C'est ce peigne qu'elle utilisait pour se refaire une beauté avant de rejoindre ses amants, les empereurs romains. Ses mains ont touché cet objet, jour après jour. Des particules de sa peau sont peut-être encore prisonnières de ses interstices.

Fixant l'objet du regard pendant plusieurs minutes, elle avait eu l'impression de flotter hors du temps. Soudain, un petit carton explicatif l'avait tirée de sa rêverie. Il y était écrit que si le peigne avait bien appartenu à une Cléopâtre haut placée en Égypte, il ne s'agissait pas de la célèbre, de l'éternelle régente. En lisant ces mots, la fascination qu'elle venait d'éprouver lui sembla brusquement insensée. Elle avait eu l'étrange sensation que le temps s'était suspendu, jusqu'à ce qu'un simple bout de papier la ramène brutalement sur terre : l'objet qui venait de la bouleverser n'était rien de plus qu'un vieux bout d'os.

– Ce jour-là, j'ai compris qu'à force d'être admirées par les gens, les choses finissent par être entourées d'un halo de magie alors qu'en fait, dès qu'on est un peu informé, l'auréole disparaît. C'est l'histoire du peigne. Et cela nous arrive à tous, pour le meilleur ou pour le pire. Ce que je veux dire, c'est qu'il suffit d'un coup de pouce pour que les choses retrouvent des proportions raisonnables. Dans le cas du peigne, une notice explicative. Quant aux problèmes des gens, à nous de faire en sorte que l'impossible ou, si vous voulez, qu'un phénomène magique, perde sa fascination et redevienne réaliste. Comme quand on finit par jeter un vieux truc pourri au vide-ordures.

Mari, peu convaincue, avait suggéré de choisir un nom qui donnerait aux clients une idée plus concrète des services proposés par l'entreprise. Mais Fredrik était pour. Mari avait fini par céder : Anna irait enregistrer « Le peigne de Cléopâtre » en tant que S.A.R.L.

– C'est un nom intrigant, avait dit Fredrik. Le peigne de Cléopâtre résout tous vos problèmes. Qui résisterait à une telle accroche ? Pas moi, en tout cas. Je serais bien trop curieux.

Le lendemain, Mari avait demandé à sa voisine prête

pour le recyclage si elle avait envie de tenir le café d'Anna, le temps qu'ils montent leur affaire. Johanna, qui se faisait appeler Jo, avait accepté sur-le-champ, histoire de ne pas se laisser convaincre qu'elle manquait de qualifications. Anna lui avait proposé un salaire encourageant, et elle s'était mise à l'œuvre avec le talent d'une mère de trois enfants parfaitement multitâche.

Tout était allé si vite qu'Anna avait eu l'impression que c'était écrit. Ils avaient commencé modestement, en faisant imprimer quelques centaines de brochures soignées qu'ils avaient distribuées dans les boîtes aux lettres du quartier : l'équipe, le concept et une liste des services proposés par l'entreprise. Sur la photo, Anna était bien coiffée, Mari rentrait son ventre et Fredrik demeurait égal à lui-même. L'entreprise, en misant sur la qualité, devait inspirer confiance. Une équipe compétente était manifestement prête à faire de son mieux pour satisfaire le client. Le portrait de groupe illustrait également leur site Internet, clair et convivial.

Le message était passé. Dès le deuxième jour, alors que Mari installait des étagères dans leur bureau et que Fredrik badigeonnait des petits pains sucrés, une femme d'un certain âge s'était présentée. Elle cherchait la meilleure aide ménagère de la ville. On l'avait aimablement reçue et informée de la liste des services proposés. Quinze minutes plus tard, confortablement installée dans le rocking-chair, une tasse de thé délicieusement parfumé dans une main et un petit pain à la vanille dans l'autre, elle s'entretenait avec Fredrik de la façon dont elle devait formuler son testament pour que les fils de son mari ne puissent pas prétendre à l'héritage. Trois gourmandises plus tard, ils étaient d'accord sur la prestation, le prix et le prochain rendez-vous. La dame avait également promis de vanter les mérites du Peigne de Cléopâtre au conseil de sa paroisse. En effet, l'entreprise lui semblait « digne de confiance ».

D'autres missions avaient suivi. Fredrik avait réalisé une armoire en bois, tiré des câbles électriques, donné à au moins trois enfants des cours de soutien en anglais et en mathématiques. Mari avait fait la comptabilité de quelques entrepreneurs et assisté Anna dans la préparation d'un buffet pour cent personnes. Le client souhaitant des fruits de mer, Mari avait fermé les yeux et préparé des moules à la coriandre et au safran, informant brièvement Anna que la recette remontait à l'époque de son restaurant à Clifden, en Irlande. Anna, outre ses travaux de cuisinière, avait commencé un chantier d'aménagement dans une grande villa avec vue sublime sur l'eau, où le seul inconvénient (qui risquait d'entraver l'harmonie du résultat) était le penchant des propriétaires pour les « petits souvenirs » rapportés d'innombrables voyages d'affaires dans des pays dotés d'un « authentique artisanat local ».

Anna ressentit les bienfaits du café, cette source de plaisir désormais controversée, dans chaque parcelle de son corps. Tout était question de qualité. Des grains supérieurs fraîchement moulus combinés à de l'eau fraîchement bouillie produisaient une boisson qui n'avait rien à voir avec le jus de chaussette qu'on laissait brûler dans la cafetière sur des lieux de travail dépourvus d'éthique. Pareil pour le chocolat. Un cacao noir parfumé au piment ou à la fraise n'avait rien à voir avec la pâte saturée de gras qui, dans son enveloppe marron, était vendue sous le label de « chocolat véritable ». Anna savait de quoi elle parlait. Après avoir fait ses classes dans une pâtisserie française, elle avait consacré sa vie à la cuisine et à la dégustation et n'avait presque jamais été malade.

Contrairement à papa, se dit-elle.

Se raidissant, elle repoussa cette pensée. Tant qu'elle était son propre maître, elle s'en sortirait. Voilà ce qu'il lui avait appris. D'ailleurs, bien que son cœur défaillant le contraigne au repos, à la canne et à un traitement médical permanent, il était encore en vie. Tandis que sa mère, croyante, passait de Dieu au diable en fonction de la situation, son père lui expliquait en cachette qu'elle n'était pas obligée de prendre les divinités trop au sérieux. Il valait mieux se concentrer sur ce qui la rendait heureuse.

– Ni Dieu ni le diable n'ont rien contre une bonne rigolade, disait-il.

Anna en avait tiré la conclusion qu'être heureux ne présentait guère de danger.

Elle repensa à la visite rendue à son père, la veille, à l'hôpital. L'infarctus n'avait pas été très grave, mais la date de sortie n'était pas encore fixée. Le patient n'avait pas fermé l'œil depuis qu'on avait installé dans sa chambre un étranger qui ne savait dire que « manger ». Il hurlait donc le même mot nuit et jour. Sa femme n'était pas revenue après l'avoir abandonné à l'hôpital.

– Elle voulait sûrement se débarrasser de lui, avait dit le père d'Anna.

Elle lui avait répondu que ce ne serait pas surprenant, et ils avaient éclaté de rire, comme à leur habitude.

Puis il l'avait invitée à aller se servir dans sa collection de whiskys. Son appartement s'était terriblement dégradé depuis qu'il était tombé malade. Pour la première fois de sa vie, Anna aurait voulu être riche. Son père avait besoin d'une agréable maison de repos où il serait chouchouté et bien nourri, tout en flirtant avec la cuisinière. Il ne lui restait plus longtemps à vivre. Sa mère et sa sœur, s'obstinant dans le déni, ne l'aideraient certainement pas à prendre les dispositions nécessaires.

Elle regarda par la fenêtre, se disant que sa petite maison dans la baie d'Äppelviken était un don du ciel. Elle la sous-louait pour une bouchée de pain depuis qu'elle était revenue vivre en Suède. Bien des fois, elle avait remercié les puissances supérieures de verser un bon salaire aux propriétaires, installés aux États-Unis. Ainsi, ils n'étaient pas pressés de rentrer « chez eux ». Le plus important était qu'elle s'occupe avec amour de leur petite maison.

Jetant un coup d'œil à l'horloge – il n'était que six heures – Anna se dit que faire l'amour avec insouciance était une chose et se lever tôt, une autre. Elle ouvrit la porte d'entrée et se rendit compte qu'elle était nue. Couverte du premier manteau qui lui était tombé sous la main, elle s'avança jusqu'à la boîte aux lettres. Elle était sur le point d'en sortir le journal lorsqu'elle entendit un hurlement.

Le cri provenait de la maison d'en face – elle s'en était doutée avant même de lever les yeux. En redressant la tête, elle découvrit Mme Karlsten dans son jardin, vêtue d'une simple robe de chambre. Son mari hurlait depuis une fenêtre.

– Tu rentreras quand tu te seras excusée !

Effondrée sur la pelouse qu'au demeurant elle entretenait avec un soin méticuleux, Mme Karlsten se tenait la tête dans les mains. Puis elle se mit à arracher des touffes d'herbe autour d'elle. Elle souffrait pourtant de hernies discales, à tel point qu'elle arrivait à peine à se relever après ses travaux de jardinage.

Lorsqu'Anna avait emménagé, Mme Karlsten n'avait pas tardé à lui offrir un gâteau de bienvenue, lui expliquant qu'elle était femme au foyer et qu'Anna n'aurait qu'à frapper à sa porte si elle avait besoin de quoi que ce soit. À l'époque, son mari travaillait dans le bâtiment. Il était en déplacement la majeure partie du temps. Le sourire de Mme Karlsten n'était jamais aussi sincère que lorsqu'elle agitait la main en le voyant disparaître en voiture au coin de la rue. Mais depuis qu'il avait pris sa retraite, elle ne souriait plus.

De toute évidence, le mari infligeait à sa femme de constantes violences psychiques, et peut-être aussi physiques. Anna l'entendait régulièrement lui crier des ordres depuis l'intérieur de la maison lorsqu'elle s'occupait du jardin. « Elsa, fais-ci ! Elsa, viens là ! Elsa, bouge ta graisse ! Elsa, où est l'appareil photo ? Elsa, j'ai faim ! »

La fenêtre se referma. Mme Karlsten éclata en sanglots. Après une courte délibération intérieure, Anna traversa la rue et alla s'agenouiller auprès de sa voisine.

– Qu'est-ce qui vous arrive, Elsa ?

Elle passa doucement la main sur le dos de la vieille dame, dont les vertèbres saillaient sous sa paume. Elsa se détourna. La question avait remué le couteau dans la plaie. Retirant sa main, Anna eut soudain l'impression de s'adresser à un fantôme. La femme qui habitait jadis la maison d'en face s'était peu à peu désagrégée. Un beau matin, en secouant les draps par la fenêtre, elle avait disparu tout à fait. Peut-être la véritable Elsa Karlsten dansait-elle la nuit sur la pelouse alors que son fantôme passait l'aspirateur, faisait la cuisine et avalait des reproches à longueur de journée. Soudain, le corps presque éteint de Mme Karlsten lui agrippa les bras.

– Aidez-moi, murmura-t-elle.

Anna prit sa voisine par les épaules. Elles traversèrent la rue et, dans la cuisine d'Anna, la pauvre femme s'affala sur une chaise. Tendant l'oreille, Anna crut distinguer de faibles ronflements. Elle servit du café. Mme Karlsten saisit sa tasse et but quelques gorgées, semblant se ranimer.

En fait, elle n'est pas si décrépite, se dit Anna. Quel âge peut-elle bien avoir ? La soixantaine passée ? Soixante-cinq ? Elle n'a presque pas de rides. Sa bouche est très jolie. Elle porte une robe de chambre fatiguée – probablement comme le corps qu'elle recouvre –, mais on voit qu'elle a été belle. En fait, elle l'est toujours.

Mme Karlsten reposa sa tasse.

– Hier, il a jeté son repas par terre et il a crié que j'étais pire que les métèques qui nous servaient à l'hôtel en vacances. Quand je l'ai vu, avachi sur sa chaise, à ricaner, j'ai perdu la raison. Je lui ai dit que je le haïssais. Ça l'a rendu encore plus furieux que d'habitude. « Tu crois pouvoir vivre sans moi, bonne à rien ? » Je n'ai pas fermé l'œil de la nuit. Ce matin, il m'a ordonné de le laisser tranquille. Alors je suis sortie. Il fallait que je sorte.

Anna passa une main réconfortante sur l'épaule d'Elsa Karlsten.

– C'est tout à fait normal, Elsa. Je ne vous connais pas très bien, mais je vois bien ce que vous subissez. Il ne faut pas vous sentir coupable, vous êtes sa victime.

Mme Karlsten reprit une gorgée de café et lança un regard implorant à Anna.

– Je suis tellement lasse, murmura-t-elle. Je n'en peux plus. Il y a des choses que je voudrais vous dire mais...

Anna posa sur la table du pain complet aux noix et aux figues. Hésitante, Mme Karlsten se fit une tartine de fromage. Finalement, elle en avala trois, comme si elle n'avait pas mangé depuis plusieurs jours. Elle semblait reprendre espoir. À tâtons, en cherchant ses mots, elle se mit à raconter son calvaire. Mariée jeune, elle avait travaillé comme employée de bureau. Après avoir donné naissance à ses trois enfants, elle était devenue femme au foyer. Peu à peu, son mari était devenu agressif envers elle et leurs fils. À quelques reprises, elle avait osé lui suggérer de consulter un professionnel qui l'aiderait à maîtriser ses sautes d'humeur, mais il avait réagi en hurlant : la malade, c'était elle. Depuis son infarctus, il ne sortait quasiment plus.

Mme Karlsten tremblait de colère. Anna eut la vision d'une paire de ciseaux plantée dans une main d'homme.

– Pourquoi ne pas l'avoir quitté ?

Elsa Karlsten hésita. Se redressant sur sa chaise, elle finit par répondre :

– Je ne sais pas de quoi je vivrais. Il me répète constamment que je suis une bonne à rien. Pourtant, c'est moi qui m'occupe de tout. Il ne sait même pas où est rangé l'aspirateur. Mon salut, je le devais à ses heures supplémentaires et à ses déplacements. Le reste du temps, je prenais sur moi. Mais depuis qu'il est à la retraite...

Elle se recroquevilla.

– Croyez-moi, Anna, si j'avais une solution… Je ferais n'importe quoi… n'importe quoi… Mais je crois qu'il est trop tard. Mon problème est insoluble. En tout cas, je suis la dernière à pouvoir le résoudre.

Anna lui passa la main sur la joue. Comment aider une femme maltraitée ? La municipalité n'offrait-elle pas une assistance spécialisée aux victimes ? Un refuge ? Bien sûr, cela réveillerait l'eau qui dort – mais on ne pouvait pas rester les bras ballants. Les hommes comme M. Karlsten et le patron de Mari se prenaient pour les maîtres du monde… Quel bonheur de leur mettre des bâtons dans les roues !

– Elsa, il se trouve que je viens de démarrer une nouvelle activité avec deux associés dans les locaux de mon café, à Söder. Notre entreprise s'appelle Le peigne de Cléopâtre, et notre concept est justement d'apporter des solutions aux gens. Ça peut sembler vague, je sais. Mais tous les trois, nous avons touché un peu à tout et nous nous débrouillons dans pas mal de domaines. Même dans les cas qui, a priori, paraissent complètement insolubles. Si vous passez nous voir, on verra ce qu'on peut faire pour vous. La maltraitance, c'est atroce, mais malheureusement assez courant. Il existe sûrement de nombreux…

Mme Karlsten l'interrompit :

– Qu'est-ce que vous avez résolu comme problèmes, jusqu'ici ?

Craintive, elle se passait nerveusement la langue sur les lèvres et regardait régulièrement par-dessus son épaule, se sentant sans doute épiée. Anna s'efforça de lui expliquer le plus naturellement possible que l'équipe du Peigne de Cléopâtre avait déjà donné un coup de main à bon nombre de clients. Manifestement, les buffets, travaux de menuiserie et autres cours de soutien n'intéressaient pas la vieille dame. En revanche, elle réagit au cas du testament.

– Anna, si vous réussissez vraiment à résoudre les

problèmes des gens, vous deviendrez sûrement millionnaire. Le genre de testament dont vous venez de parler, par exemple, j'en voudrais un, moi aussi. Mais il est probablement trop tard. Tout lui appartient. Sur le papier, rien n'est à moi. La maison, la voiture, les assurances... Je n'ai pratiquement jamais travaillé.

– J'ai du mal à le croire. Il me semble que selon la loi...

– Mon enfant, les lois sont écrites par des hommes pour des hommes. Désolée si je vous semble pessimiste, je ne voudrais pas me montrer désagréable, mais quand une femme vit l'enfer que je vis, elle ne s'en sort pas. D'ailleurs, il le sait très bien. Tenez, en ce moment même, il se tient derrière les rideaux. Il guette mon retour. Il est sans doute en train de chronométrer notre petite entrevue. Quand je rentrerai après cette excellente tasse de café, il me rira au nez. Puis il exigera de moi que j'aille chercher son journal. Et vous voulez que je vous dise ? Eh bien, je le ferai.

Elsa Karlsten se leva.

– Vous êtes très gentille, Anna. J'aurais aimé pouvoir accepter votre proposition, mais je n'en ai plus la force. Vous, en revanche, vous êtes pleine de vigueur. Et généreuse, je l'ai remarqué dès que vous avez emménagé. Tant mieux pour vous, parce que l'eau qui stagne croupit vite. Comment vous y prenez-vous pour faire un aussi bon café, d'ailleurs ? Vous y ajoutez de la cardamome ? Je suis fille de pharmacien, vous savez. J'ai un assez bon palais.

Sur ces mots, elle resserra les pans de sa robe de chambre et se dirigea vers la porte. Anna la suivit des yeux depuis la fenêtre de la cuisine. Mme Karlsten ouvrit son portail. Quand elle poussa la porte d'entrée, un rideau remua à l'étage. Anna et Elsa Karlsten avaient pris le café ensemble très légèrement vêtues – et elles s'étaient mises à nu. En tout cas, après cette brève entrevue, Anna se sentait plus proche d'Elsa qu'après des années de bon voisinage.

Chapitre 4

Installés autour de la table, ils goûtaient prudemment la tourte jambon-fromage de Jo. Son premier plat du jour. Mari trouva le résultat plutôt satisfaisant, même si ça manquait de poivre. Anna triait des dés de jambon coupés trop gros sur le rebord de son assiette. Fredrik rinça le tout avec une bière légère. Contrairement à leur habitude, ils étaient silencieux.

Anna venait de leur relater l'épisode de Mme Karlsten. Cela avait rappelé à Mari des souvenirs qu'elle aurait préféré garder enfouis. Elle eut la sensation qu'on lui serrait la taille et qu'on lui susurrait à l'oreille : Tu es ce que je veux que tu sois, Mari. On est d'accord, n'est-ce pas ?

Lorsque Fredrik proposa de faire des recherches dans les textes de loi pour voir si on pouvait envisager une solution juridique, Mari se força à le regarder, mais elle avait beaucoup de mal à se concentrer. Elle se revit entrer au Mullarkey's Bar. Il y avait du monde au comptoir. Elle y avait sympathisé avec un groupe d'Italiens qui faisaient une randonnée à vélo. Pour ne pas avoir l'air trop paumée et profiter encore un peu de leur présence chaleureuse, elle avait prétendu qu'elle n'était pas seule, s'inventant un compagnon de voyage qui se reposait à l'hôtel.

Cette excursion en Irlande aurait pu être une bonne idée. Mari adorait le pays, et puisque personne n'avait voulu l'accompagner, elle s'était dit que ce serait l'occasion de découvrir des goûts et des parfums différents. Prendre l'avion, louer une voiture et voyager sans destination précise, une carte dépliée dans la main… Et si c'était le moyen de créer un appel d'air dans sa vie ? Que d'espoirs ! Au lieu de cela, elle avait passé son temps à se rabattre sur le bord de la route, en larmes, pour laisser passer les voitures agglutinées derrière elle. La circulation à gauche la rendait maladroite. Elle conduisait plus lentement que d'habitude.

Dans un premier temps, elle s'était sentie à l'aise chez Mrs Rymes et son mari. Puis, tous les matins, elle avait dû attendre que les familles et autres groupes aient fini de prendre leur petit déjeuner pour obtenir une table à elle toute seule. Finalement, l'amabilité de ses hôtes était toute professionnelle et comprise dans la note.

Le deuxième soir, elle s'était forcée à aller au pub. Les draps humides allaient peut-être lui sembler moins froids si elle était un peu pompette au coucher. Elle se renseigna sur les endroits où l'on jouait de la *traditional Irish music*, et en choisit un. Sur place, elle commanda une Guinness et s'efforça de paraître absorbée par les musiciens. Les gens la regardaient certainement, elle et sa tenue empestant la solitude. Étrange, cette faculté qu'ont les êtres humains de flairer la solitude. Pourquoi fait-elle si peur ? Pourquoi certaines personnes sont-elles si seules et d'autres, jamais ? Est-ce inné ou acquis ? Si Anna avait voyagé seule, au bout de quelques heures, elle aurait eu un vaste choix de camarades avec lesquels passer le reste de ses vacances. Elle aurait été adoptée par des familles, courtisée par des groupes de femmes et poursuivie par des hommes prêts à s'étriper les uns les autres pour l'avoir.

Ce soir-là, David se produisait au Mullarkey's. La scène étant ouverte à tous, touristes et talents locaux tentaient successivement de convaincre le public à l'aide des instruments mis à leur disposition. Aucun morceau ne l'avait encore touchée lorsque David était monté sur scène. Il portait une guitare et une collection de flûtes, qu'il déposa sur une chaise près du piano. D'une voix rauque et sauvage, il entama son set par quelques classiques rock. Elle contemplait ses cheveux roux, ses sourcils clairs et sa chemise froissée qui pendait par-dessus son jean. Quelle pouvait bien être la couleur de ses yeux ? Au bout d'un moment, il demanda à deux personnes du public de le rejoindre sur scène. L'un s'assit au piano, l'autre sortit un violon.

David saisit une petite flûte sur laquelle il fit courir ses doigts au hasard avant de la placer entre ses lèvres. Les sons qui en sortirent traversèrent le corps de Mari, réduisant son cœur en une pulpe palpitante. Lorsqu'un des Italiens lui demanda ce qui lui arrivait, elle se rendit compte que son visage était trempé – de larmes, ces sécrétions salées.

S'efforçant de reprendre ses esprits, elle se tourna vers Fredrik.

– Toi qui es un homme, toi qui aimes et respectes les femmes, explique-nous pourquoi tes semblables se conduisent comme le mari d'Elsa Karlsten.

Fredrik s'essuya la bouche avec sa serviette.

– Tu veux dire que je pourrais les comprendre parce que je suis du sexe masculin ? Je ne crois pas. Ce genre de comportement me répugne autant qu'à toi. Ça n'a rien à voir avec le fait d'être homme ou femme. Je vous promets de faire tout mon possible pour venir en aide à Elsa Karlsten. Le pire, c'est qu'elle n'aura peut-être même pas le courage de venir nous voir. Ce qu'elle subit ne date pas d'hier. Aujourd'hui, elle est âgée et affaiblie par les mauvais traitements. Enfin, va savoir ce qui la retient. La peur, probablement, ou une certaine conception de la morale.

Mari s'apprêta à répondre, mais Jo passa la tête par la porte. Elle semblait heureuse et embaumait le quatre-quarts.

– Une dame qui s'appelle Elsa Karlsten souhaite vous voir tout de suite au sujet d'une question importante.

Anna regarda Jo avec étonnement.

– Elsa Karlsten est ici ? Fais-la entrer.

La vieille femme apparut quelques instants plus tard.

Elle a de l'allure, se dit Mari. Mais elle est effrayée. Son chemisier est seyant, elle ne se teinte pas les cheveux.

Elsa Karlsten s'assit sur une chaise libre et parcourut des yeux les étagères remplies de livres de droit, d'économie, de jardinage et de décoration. Son regard s'arrêta sur la caisse à outils posée dans un coin de la pièce. Sa paupière droite tressaillit. Elle tripotait compulsivement les boutons de son chemisier. Lorsqu'elle prit la parole, sa voix tremblait.

– Autrefois, j'allais toujours droit au but. Mais celle que j'étais alors a disparu. Je veux qu'elle revienne. Ce matin, chez Anna, j'ai compris à quel point elle m'avait manqué. D'après ce que me dit Anna, vous résolvez les problèmes en tout genre. Eh bien, j'ai une mission à vous confier. Je veux que vous éliminiez mon mari.

Chapitre 5

Le silence dura quelques secondes, puis Elsa Karlsten reprit la parole, vite, comme s'il fallait qu'elle expose son cas avant de changer d'avis.

– J'ai de quoi vous payer. Comme il faut. L'argent n'est pas un problème, croyez-moi. Je comprends que ce ne soit pas le genre de service que vous proposiez en temps normal, et vous vous dites sûrement que je suis complètement folle, mais je n'en peux plus. Ce matin, j'ai compris que si je ne réagissais pas, je finirais par me suicider. C'est lui ou moi. Anna voit certainement ce que je veux dire.

Mari et Fredrik regardèrent leur collègue et amie, toujours silencieuse. Fredrik finit par répondre en leur nom.

– Il ne nous a pas échappé que... Enfin, Anna nous a fait part du regrettable incident de ce matin. Ce qui s'est passé est impardonnable. J'ai déjà commencé à chercher des textes de loi qui pourraient vous...

– Je préfère qu'on se tutoie. Appelez-moi Elsa, je vous en prie.

– ... qui pourraient te permettre, Elsa, de quitter ton mari et de subvenir à tes besoins. Nos lois sont faites pour protéger les droits des individus.

– Des individus, oui ! Mais les autres ? Les femmes, par exemple ? Jeune homme, je ne suis pas juriste, mais je sais pertinemment que si je demandais le divorce, mon mari me ferait vivre un enfer. Il s'en est donné à cœur joie pendant toute notre vie commune, alors la tyrannie, ça le connaît. Il sait exactement où appuyer pour que ça fasse mal. La culpabilité, la honte, la réputation, l'argent... Pour tout vous dire, après ce que j'ai vécu, je me fiche presque de la culpabilité et de la honte. Les problèmes de réputation ne me concernent pas. Mais avec un peu de chance, il me reste encore une dizaine d'années à vivre, et je veux les vivre pleinement. Après notre discussion ce matin, je me suis dit qu'il n'était pas trop tard pour être heureuse. Pas trop tard pour… Me mettre à fumer des cigares, ou, pourquoi pas, à porter des sous-vêtements en dentelle ! Mais d'abord, mon mari doit disparaître. Il ne doit plus jamais être en mesure de m'insulter ni de m'accuser de quoi que ce soit. Qu'une vieille dame souhaite vivre pleinement les quelques années qui lui restent, ça ne peut pas être complètement répréhensible, n'est-ce pas ?

Sa voix trahissait une certaine panique. Elle s'affala sur sa chaise. Anna s'excusa, disparut dans le café et revint avec quatre mugs de chocolat chaud.

– Du cacao de Côte d'Ivoire, parfumé au zeste d'orange.

En ayant bu une gorgée, Mme Karlsten fit disparaître d'un petit coup de langue la crème qui s'était déposée sur sa lèvre.

– À ce qu'il paraît, le chocolat contient des antioxydants qui aident à prévenir les maladies cardiaques, le cholestérol et le cancer. Excusez-moi, j'ai l'air de divaguer, mais c'est pour vous faire comprendre que je m'y connais en diététique. J'aime la bonne chère, et je sais cuisiner ! Même si mon mari prétend que… Il a hurlé toute la matinée. Mais revenons-en à votre rémunération. Un million, ça suffira ?

Les poings serrés, Elsa Karlsten parcourait des yeux ses trois auditeurs pour s'assurer qu'ils l'écoutaient. Ses paupières, prises d'un tic nerveux de plus en plus violent, tressautaient sans arrêt. Mari n'osait pas regarder ses compagnons. Un million. Fredrik toussota. Elsa Karlsten reprit la parole. Elle était lancée, plus question de lâcher le morceau.

– Quand il sera mort, je vendrai la maison. Je la déteste. Je n'y resterai pas une minute de plus que nécessaire ! Nous avons également de l'argent à la banque. Je le sais, même s'il ne m'a jamais laissé aucun droit de regard sur nos finances. Pour ma part, je peux vivre chichement. J'en ai assez de tous ces objets à dépoussiérer et à ranger à chaque changement de saison. Une fois qu'il ne sera plus là, je me contenterai d'un logement modeste. Je voyagerai autant que possible. Ce n'est pas l'argent qui me motive. Je suis donc disposée à vous donner une grosse somme. Un million et demi, ce serait mieux, d'ailleurs. C'est plus facile à partager en trois.

Le cacao semblait avoir revigoré la vieille dame en l'espace de quelques minutes. À l'entendre, il paraissait évident que son intellect était resté intact.

– Elsa, en cas de divorce, tu as droit à la moitié de cet argent, dit prudemment Mari. Ne serait-il pas possible de…

– Tu ne le connais pas. Ici, j'ose parler, mais à la maison, c'est lui qui dicte les règles. J'ai honte de l'admettre. Moi qui n'avais peur de rien dans ma jeunesse… Toujours la première à m'insurger contre les injustices ! Il m'a tout pris. Et le pire, c'est que je l'ai laissé faire. Mais maintenant, c'est fini. J'ai un plan. Il suffira que vous vous en chargiez. Je vous en prie, aidez-moi, je n'en peux plus ! Ce matin, il m'a dit qu'il allait me faire enfermer… Et si un nouvel infarctus le clouait au lit, ce serait à moi de m'en occuper. Il me torturerait, c'est certain…

Elsa Karlsten se mit à gémir. Mari chercha du réconfort dans son chocolat chaud. Quels ingrédients miraculeux, se dit-elle. D'ailleurs, ingrédients culinaires ou âmes charitables, peu importait, pourvu d'être rassérénée. Anna retrouva soudain l'usage de la parole :

– Je comprends ton désespoir, et je suis heureuse que tu sois venue nous voir. Mais qu'attends-tu de nous, au juste ?

Elsa Karlsten enfouit son visage dans ses mains.

– Je n'y arriverai jamais toute seule ! C'est à peine si j'ai osé venir ici. C'est terrifiant de vous raconter tout cela… S'il découvre que je suis sortie… Écoutez, je suis au bout du rouleau. Seigneur, je t'en prie…

– Une chose m'échappe, dit Anna d'une voix douce. Tu as trois enfants adultes, n'est-ce pas ? Ne pourraient-ils pas t'aider ?

Elsa Karlsten soupira.

– Deux d'entre eux ont coupé les ponts. Ils vivent à l'étranger. Je crois qu'ils me méprisent parce que je n'ai pas réussi à tenir tête à leur père. Ils en ont bavé, eux aussi. Le troisième habite en Suède. Ça fait des années qu'il m'encourage à quitter mon mari. Il a promis de m'aider à m'occuper des détails pratiques.

Elle se tut, fixa le plafond et cligna des yeux.

– Je devrais peut-être vous en dire plus sur la vie que j'ai menée, reprit-elle d'une voix faible. Vous ne pouvez pas comprendre si je ne vous raconte pas. Je ne suis pas sûre d'y arriver, mais je vais essayer.

Tentant de se ressaisir, elle inspira profondément. Puis elle ouvrit et referma les mains à plusieurs reprises.

– Nous nous sommes rencontrés à un congrès syndical. Ma mère était couturière, et m'avait confectionné une robe cintrée, qui me serrait là où il faut. Je n'avais que dix-neuf ans, mais les hommes me courtisaient déjà. Lui était en visite chez des amis. Ils étaient venus au congrès pour se distraire, comme moi. Il n'était pas vilain, et il me dévisageait avec une telle insistance que je n'ai pas pu m'empêcher de le remarquer. Je portais de la soie ornée de grandes roses rouges. Pas étonnant que ça l'ait tenté. Nous nous sommes revus le week-end. À peine un an plus tard, nous étions fiancés, et peu après, mariés. À l'époque, il était plutôt jovial. J'étais sans doute heureuse, même s'il m'arrivait de me demander si le grand amour ne faisait pas plus d'effet. J'avais bien eu des doutes juste avant le mariage, mais brusquement, tout était bouclé sans que j'aie eu mon mot à dire. Notre entourage s'en réjouissait : mes parents, les siens. Lui aussi, d'ailleurs. Mes sentiments à moi n'avaient aucune importance.

« J'ai cru que ça s'arrangerait. Que je me sentirais en sécurité. Il me paraissait fiable et je voulais m'envoler du nid. Ce n'était pas facile à la maison avec trois frères, un père et une mère qui trimaient comme des bêtes. Ça ne rigolait pas.

« Enfin bref, nous avons emménagé dans un petit appartement et j'ai travaillé pendant quelques mois avant la naissance des garçons. Puis il a obtenu un poste dans le bâtiment et nous avons déménagé à Stockholm. À ce stade, il était déjà colérique. “Elsa, fais-ci, Elsa, fais-ça.” Je devais être à son service vingt-quatre heures sur vingt-quatre et cuisiner tous les jours, même si d'après ce qu'il disait, je n'étais pas plus douée aux fourneaux qu'au lit. Il fallait en plus que je m'occupe de la maison et du jardin, que je repasse ses chemises et que je remplisse le frigo. Peut-être que l'alcool a aggravé son cas. En tout cas, d'après moi, il n'est pas seulement dérangé, mais aussi alcoolique. Ça fait des années que j'essaie de lui en parler. Il me répond que l'asile, c'est pour moi, pas pour lui.

De l'autre côté de la porte, les tasses de café et les verres s'entrechoquaient. Les clients arrivaient pour déjeuner. Gottfrid et Bela – des habitués du Refuge qui adoraient Anna et jouaient souvent aux échecs pendant leur repas – étaient peut-être déjà là. De même que la dame avec son chien, qui ressemblait à une serpillière. Ou encore les jeunes aux yeux cernés. Parmi eux, qui eût pu se douter que dans la pièce à côté, on envisageait d'assassiner un retraité dont le seul crime était de maltraiter sa femme ? Certes, il n'était pas blanc comme neige... Quand vous tailladez un cerveau à coups de mots, vous êtes considéré comme innocent, alors que si vous utilisez la lame d'un couteau, vous êtes coupable. Je sais ce que c'est, se dit Mari. Cette pensée influença sa décision de manière définitive. Elsa Karlsten méritait ses cigares et ses sous-vêtements en dentelle. Elle méritait de prendre son envol.

Les joues de la vieille dame s'étaient encore empourprées – pas sous l'effet de la colère, comme elle eut soin de le préciser, mais d'un regain de honte. Le mépris de soi avait succédé à la peur.

– J'ai honte. Honte d'avoir gâché ma vie au lieu d'oser la

vivre. Le travail ne me fait pas peur, j'aurais dû être capable de surmonter n'importe quelle épreuve. J'aurais dû déménager, ouvrir un restaurant et embaucher comme serveuses des jeunes filles dans le besoin. Au lieu de cela, j'ai trimé pour une ordure. Il m'a fait subir un lavage de cerveau. Il m'a comme ensorcelée, jusqu'à me faire croire que je n'étais qu'une bonne à rien, dépourvue de toute volonté. Et dire qu'il a suffi de parler avec Anna pour comprendre quelle imbécile j'ai été… C'est terrible, dit-elle en secouant la tête.

« Alors pourquoi avoir accepté tout cela ? Évidemment, je me suis posé la question. Tout ce que je peux vous répondre, c'est qu'on m'avait appris à ne pas baisser les bras. "Arrête de te plaindre, il n'y a pas de fumée sans feu", répétait ma mère chaque fois que je lui racontais mes tourments. Quand j'étais seule à la maison avec les enfants, tout allait bien. C'est épuisant d'élever trois garçons toute seule, mais comme je vous le disais, je n'ai jamais rechigné à la tâche. À son retour, quand il me crachait à la figure alors que j'étais aux petits soins pour lui, je parvenais à garder mon calme sachant qu'il repartirait. Il faut dire qu'il avait l'art et la manière de s'y prendre. Il m'arrivait même de lui donner raison : je ne valais rien, j'étais trop bête pour trouver un travail "digne de ce nom", c'était lui qui trimait pour nous. Je comprends que mes fils aînés me méprisent.

Elsa Karlsten se balançait d'avant en arrière sur sa chaise. Sa détermination avait laissé place à l'angoisse.

– Je ne sais pas comment j'ai tenu depuis qu'il est à la retraite. Je me suis couchée tous les soirs dans son lit, après une journée de reproches. En rentrant chez moi, après ma conversation avec Anna, je me suis dit que je n'avais plus qu'à préparer mon propre enterrement. Et puis j'ai entendu ta voix en moi, Anna… Et celle de la courageuse jeune fille que j'ai été jadis. Elle m'a soufflé qu'il valait mieux que je prépare son enterrement à lui.

Mari se pencha au-dessus de la table.

– Tu nous as dit que tu savais déjà comment le… l'assassinat de ton mari allait se dérouler…

– Vous devez me prendre pour une vieille folle. Mais que voulez-vous, quand la douleur est trop grande, il faut y mettre un terme, et ce n'est pas la première fois que j'y pense. Mon père était pharmacien. Avant de mourir, il m'a laissé pas mal de bocaux et de boîtes. Tout est soigneusement rangé au grenier. Personne n'y met les pieds. Je suis la seule à y monter de temps en temps, pour chercher des chandeliers de l'Avent ou des décorations de Pâques. Mon mari prend un ou deux somnifères avant de se coucher, ce qui ne l'empêche pas de se lever plusieurs fois dans la nuit pour aller aux toilettes. Bien entendu, il me réveille. Je pensais ajouter une dose supplémentaire de médicament dans son verre. Ça devrait suffire. Il ne sentira rien. Contrairement à lui, je ne suis pas sadique.

Mari n'osait pas regarder les autres. L'idée d'empoisonner un vieillard lui paraissait macabre et insensée, malgré toute la pitié qu'elle ressentait pour Elsa. Elle espérait qu'Anna ou Fredrik romprait le silence, mais personne ne réagit. Elle se racla la gorge et s'efforça de prendre un ton posé.

– Sache que je… Que nous avons pris toute la mesure de ta souffrance. Nous n'oublierons pas ton histoire de sitôt. Et je te promets que nous allons faire de notre mieux pour t'aider. Mais tu te doutes bien qu'en créant cette entreprise, nous n'avions pas prévu de proposer des services d'assassinat. Si je devais me décider immédiatement, il se pourrait que j'accepte le contrat parce que ton récit m'inspire de la colère, de l'horreur et de la compassion. Mais les conséquences d'un tel acte seraient irréversibles pour nous tous. Je te propose de revenir nous voir dans une semaine. Ça nous laissera le temps de réfléchir à la meilleure façon de t'aider. En cas d'urgence, surtout, n'hésite pas à prendre contact avec nous. En attendant, tu devrais aller rendre visite à ton fils cadet. Ça nous rassurerait de te savoir en sécurité.

Elsa Karlsten sembla prendre un coup de vieux. Une terreur incontrôlable envahit son regard. Elle se leva précipitamment, se dirigea vers la porte, chancela, s'appuya contre le mur. Puis elle se retourna et revint s'asseoir. Son front perlait de sueur.

– Je voulais éviter de vous en parler, murmura-t-elle. C'est tellement difficile. Mais ça vous aidera peut-être à vous décider... Si ça peut influencer votre choix en ma faveur, ça en vaut la peine. De toute façon, je n'ai plus de fierté. Et j'aurai tout le temps de me taire quand je serai dans ma tombe.

Elle tendit sa main gauche, qu'elle posa sur la table.

– Vous n'avez probablement pas remarqué que mon petit doigt était un peu raide. Il a suffisamment bien guéri pour passer inaperçu, mais j'ai beaucoup de mal à le plier. Cette blessure a mis un terme à ma carrière de pianiste. Eh oui, autrefois, j'étais une musicienne prometteuse. Je m'étais dit qu'au pire, je deviendrais professeur de musique. Je pensais donner des cours particuliers, ça m'aurait plu. J'aurais reçu des élèves chez moi, ce qui m'aurait permis de garder un œil sur mes propres enfants. Et les cours se seraient déroulés pendant la journée, sans que cela ne dérange mon mari.

« Bref... Nous étions déjà mariés depuis quelques années. J'attendais mon deuxième garçon et j'étais atrocement malheureuse. Mon mari avait des crises de fureur d'une grande violence, et je me rendais peu à peu compte que c'était invivable. Enceinte jusqu'aux yeux, je suis allée voir un avocat pour me renseigner sur la procédure de divorce. Et j'ai compris que c'était possible. Le soir même, j'ai eu une discussion avec mon mari. Je lui ai dit que nous ne serions jamais heureux ensemble et qu'il valait mieux nous séparer. Contre toute attente, il est resté calme. Ça ne le réjouissait pas, bien sûr, mais si c'était mon choix, il ne m'en empêcherait pas.

« J'aurais dû me méfier. Mais j'étais jeune et naïve. Il est allé se coucher. Je ne trouvais pas le sommeil, j'avais un sentiment étrange. Cela avait été trop facile. Finalement, je me suis allongée sur le lit de mon fils, où je me suis assoupie. C'est la douleur qui m'a réveillée. Une douleur atroce. Je me suis mise à hurler.

Elsa Karlsten glissa sa main infirme dans celle d'Anna.

– Il était assis à côté de moi, dans le lit. Il avait refermé un casse-noix sur mon petit doigt. Il m'a expliqué d'une voix très claire que la prochaine fois, ce serait l'index. Ou le majeur. Ou le doigt d'un de nos enfants. Notre fils aîné ou bien celui que je portais dans mon ventre. Il m'a conseillé de m'en souvenir tous les soirs en me couchant. Je n'ai plus jamais dormi paisiblement. Pourtant, ça fait plus de quarante ans. Aidez-moi à retrouver le sommeil pour le temps qu'il me reste à vivre, je vous en supplie.

Un oiseau auquel on avait brisé les ailes pour l'empêcher de s'envoler, songea Mari. Elle avait dû rassembler le peu de courage qui lui restait pour leur raconter cela. Fredrik prit la parole.

– Elsa, nous avons encore un certain nombre de détails pratiques à mettre au point : le mode opératoire, la date, le lieu et le virement de la somme que tu nous proposes. Mais je suis intimement convaincu que nous allons nous entendre.

Chapitre 6

Les lapins. Le souvenir de la puanteur l'avait assailli. L'odeur du sang quand son père rassemblait les restes démembrés et poisseux des animaux auparavant si doux. Le couteau avec lequel il écorchait hâtivement l'un d'eux, le plus petit au pelage gris, le bébé. Il avait revu la chair, encore rouge et palpitante, et senti son estomac se révulser jusqu'à céder. Il s'était revu vomir, horrifié, secoué de spasmes, au son d'un rire moqueur. « Regardez-moi ça ! Une vraie femmelette ! Quand est-ce que tu finiras par devenir un homme ? Comment mon gamin peut-il être une telle poule mouillée ? »

Toujours le garçon, le gamin, le gosse, ou simplement « lui ». Jamais Fredrik. Pas de nom, pas d'humanité, pas le droit d'exister. En camp de concentration. La comparaison s'imposait à lui, même si elle avait toujours semblé blasphématoire – leur souffrance avait été infiniment plus grande que la sienne.

Après l'écho venu du passé, une voix avait parlé de « détails pratiques » et de « s'entendre ». Lorsqu'elle s'était tue, Fredrik avait compris que c'était la sienne. Il avait donc accédé à la requête d'Elsa Karlsten, prenant Mari et Anna de court, les mettant en porte-à-faux. Mari se leva et lui tourna le dos, prétextant chercher quelque chose dans la bibliothèque. En rassemblant les mugs, Anna en fit tomber un par terre. Fredrik, bégayant, se tourna vers Elsa Karlsten. Il avait bien sûr voulu dire qu'il ferait tout pour l'aider à quitter son mari, Hans Karlsten. D'ailleurs, elle ne prononçait jamais son nom. Comme le père de Fredrik, elle le déshumanisait, mais dans son cas, c'était une stratégie de survie.

Hans Karlsten rappelait à Fredrik sa propre histoire. Les commentaires méprisants à tout bout de champ : sur ses vêtements, sa physionomie, ses goûts, ses centres d'intérêt. L'histoire d'Elsa l'avait bouleversé plus que ses acolytes ne pouvaient s'en douter. Il fallait aider cette femme. La question était : comment ?

Elsa promit de prendre contact avec son fils cadet et de revenir les voir la semaine suivante. Ils attendirent que la porte du café se referme, puis Anna se tourna vers lui.

– Comment tu as pu faire ça ? murmura-t-elle. Tu as osé lui promettre que nous allions assassiner son mari ? Tu as osé parler de mode opératoire, de date et… Fredrik, tu n'es quand même pas sérieux ?

– Je suis désolé, se hâta-t-il de répondre en s'efforçant de paraître sincère. J'ai ressenti un tel dégoût et… Nom de Dieu, c'est épouvantable ce qu'elle a raconté à propos de son doigt ! Ma mère était… Enfin, est professeur de musique. Je la revoyais devant son piano. Ses doigts courant sur les touches, et puis un casse-noix… J'ai eu l'impression que si je ne promettais rien à Elsa Karlsten, je ne pourrais plus me regarder dans une glace. Ça ne veut pas dire que nous devons accepter de faire ce qu'elle nous a demandé, même si je dois reconnaître que je suis tenté. Pour plusieurs raisons.

Anna se passa les doigts dans les cheveux, tentant de défaire un nœud. Elle dut tirailler.

– J'ai eu peur, Fredrik. Peur pour toi et pour Elsa. Et peur de mes propres pulsions. Et je me suis sentie complètement dépassée à l'idée qu'une telle chose puisse se produire. Nous avons évoqué un assassinat dans mon propre café, alors que des gens parfaitement normaux mangent et boivent de l'autre côté de la porte. Tuer un vieillard, pour de vrai… C'est immonde.

Elle se massa les tempes. Mari s'était rassise avec une expression insondable. Que ressentait-elle, au juste ? De l'empathie ?

– Tu m'as vraiment foutu la trouille, reprit Anna. J'étais complètement déconnectée de la réalité après avoir écouté

Elsa. Alors en entendant ta réaction… On devrait aller voir la police. Une femme battue qui planifie un meurtre… C'est de leur ressort, non ?

Fredrik essaya de sourire.

– Je suis navré de t'avoir effrayée. Bien entendu, je n'ai pas l'intention de tuer Hans Karlsten. Mais je refuse de dénoncer Elsa à la police. Si elle mettait son projet à exécution, ce serait de la folie, certes, mais je la comprendrais. Elle a toute ma sympathie. Je serais de son côté, vous comprenez ? Je suis de son côté.

– Moi aussi, se hâta de répondre Mari. C'est bien pour ça que nous devons éviter le pire. Une femme dans sa situation devrait pouvoir trouver de l'aide. Il faut solliciter les services sociaux, le corps médical, l'Église, les centres d'accueil de femmes victimes de violences…

– En espérant que son mari ne lui rende pas la vie encore plus insupportable en attendant.

Fredrik cachait mal son ironie. Il se mit à réciter dans sa barbe des passages de textes juridiques qui pourraient être utiles.

Les trois amis discutèrent d'Elsa Karlsten pendant plusieurs heures, interrompus seulement par Jo qui venait de temps en temps leur faire goûter son dernier plat – elle faisait des progrès à vue d'œil. Fredrik poussa le raisonnement plus loin. Il envisagea l'assassinat éventuel d'Hans Karlsten comme s'il s'agissait d'un cas juridique ou d'une équation mathématique qu'on les avait chargés de résoudre. Quant à la somme d'argent qu'ils recevraient, il évoqua la possibilité d'en faire don à des œuvres caritatives.

– Nous n'allons pas le tuer, bien sûr, mais d'un point de vue moral, ce meurtre reste défendable.

De toute façon, Hans Karlsten approchait des soixante-dix ans. Il n'était peut-être pas dans une forme olympique, ni physiquement ni mentalement.

Allait-il rester en bonne santé jusqu'à la fin de sa vie ? Peu probable. Le tuer lui éviterait sans doute des souffrances inutiles. Sans parler d'Elsa Karlsten. Fredrik choisissait soigneusement ses mots. Dans sa tête, les images tourbillonnaient. Passé et présent s'entremêlaient, à tel point qu'il finit par voir son propre père tenir Elsa Karlsten en joue. Avec son regard dédaigneux et son sourire railleur.

Fredrik craignit un moment d'avoir été trop loin. Il fut soulagé lorsque Mari reconnut que son raisonnement ne lui était pas entièrement étranger. Et qu'avec un million et demi, on pouvait faire beaucoup de bien. Anna prit le contre-pied avec des arguments moraux, mais finit par avouer qu'elle n'oublierait jamais l'épisode du petit doigt et qu'elle aussi était sensible aux arguments de Fredrik. En théorie, bien sûr. Uniquement en théorie.

Ils se mirent d'accord sur ce qui leur semblait une évidence : refuser avec autant d'indulgence que possible de commettre un assassinat mais accepter d'aider Elsa par ailleurs. Aucun d'entre eux ne doutaient de sa santé mentale. Tacitement, ils décidèrent qu'elle était désespérée, mais en pleine possession de ses moyens. Anna promit de s'occuper du volet logement, tandis que Mari se renseignerait sur les pensions de retraite et Fredrik sur les textes de loi.

Après avoir confié la fermeture du café à Jo, ils se séparèrent. Derrière son comptoir, Jo semblait épanouie. Fredrik nota qu'elle avait caché sa superbe chevelure brune dans un foulard, que la monture graisseuse de ses lunettes glissait sur son nez, que son T-shirt noir était taché aux aisselles et que, malgré tout, elle souriait aux clients. Par ailleurs, sous son tablier, elle portait une jupe plutôt courte qui dévoilait une paire de jambes galbées, aux chevilles hautes. Il l'imagina avec une autre coupe de cheveux, des lentilles de contact et une robe cintrée. Puis, refrénant son imagination, il donna l'accolade à Mari et à Anna. En arrivant à la station de métro, il décida soudain de ne pas rentrer chez lui. Et d'aller voir Miranda.

Les femmes… songea Fredrik. Depuis son plus jeune âge, elles le fascinaient. Enfant, il enviait déjà les culottes en dentelle et les robes à nœuds que les filles des voisins portaient pour les grandes occasions. Ces habits dont aurait été vêtue sa sœur : sa complice et confidente. Pour sa part, il avait été obligé de porter des caleçons affreux, des pantalons qui lui serraient l'entrejambe et des chemises qui lui sciaient la gorge.

Son père se moquait de lui à table. Fredrik ne comprenait rien à ses grands discours sur la chasse. Sa seule consolation était d'anticiper le moment où il se glisserait dans la chambre de ses parents, pendant qu'ils buvaient leur café devant le journal télévisé. Alors, caché dans la penderie de sa mère, il enfouissait son visage dans ses robes, ses vestes et ses chemisiers qui sentaient le parfum et la transpiration féminine, une douce fragrance enivrante bien éloignée des odeurs qui entouraient son père. Le sang. La suie âcre émanant d'un fusil lorsque la balle venait de transpercer la peau d'un animal innocent. Entouré des étoffes de sa mère, plongé dans la douceur, la sensualité et la beauté, il se donnait l'illusion d'une chaude étreinte.

Pourtant, sa mère n'était pas chaleureuse. Lorsque des invités, ignorant qu'il était caché derrière le canapé, se laissaient aller à des commérages, ils confirmaient généralement ses soupçons à cet égard. Une beauté froide, disaient-ils. La Grace Kelly des forêts suédoises. Ou, dans la bouche de visiteurs moins scrupuleux, une morue vaniteuse qui se donnait des airs. Longtemps, il crut qu'il s'agissait là d'un plat cuisiné.

Elle était si belle. Blonde aux yeux bleus, la peau diaphane, loin d'être aussi innocente que son physique angélique le laissait supposer. Professeur de musique, elle était faite pour l'art et non pour la triste réalité. Ses joues ne se coloraient que lorsqu'elle laissait ses doigts caresser les touches du piano : Chopin, Grieg, Gershwin. Fredrik se cachait encore derrière le canapé pour l'écouter jouer. Si elle le découvrait, elle le faisait sortir de la pièce. Elle avait besoin « de se concentrer », l'entendre jacasser lui donnait « mal à la tête ». Il avait donc appris à tenir sa langue. Les mots ne lui échappaient plus désormais. Ils restaient confinés dans sa bouche, voletant désespérément, se cognant contre les parois intérieures de ses joues. Alors, Fredrik les avalait. Ils se retrouvaient au fond de son estomac, où ils le rongeaient jusqu'à l'empêcher de marcher droit.

Elle chantait aussi. Il écoutait patiemment ses vocalises, la répétition des consonnes, ses tentatives pour trouver le timbre juste et sa voix de poitrine. Il savait qu'il en résulterait des mélodies qui le feraient accéder à des émotions interdites – à d'autres formes de vie. Les airs classiques valaient la peine d'être écoutés parce qu'ils annonçaient les couplets officiellement plus « vulgaires » des cabarets allemands et les chansons françaises. Marlene Dietrich, Édith Piaf, des extraits de *L'Opéra de quat'sous*, *West Side Story*, *La Mélodie du bonheur* et *Cabaret* le faisaient toujours frémir d'émotion. Il en retirait des sensations par ailleurs interdites.

Parfois, quand ses parents étaient de sortie, il se risquait à lire les recueils de chansons et les revues de sa mère. C'est là qu'elles se trouvaient : les femmes. Des mises en plis crantées, des visages lisses comme des coquilles d'œuf, des cils interminables qui leur chatouillaient les joues. Des femmes dont l'expression lui rappelait parfois le regard sombre des chevreuils mourants. Des femmes ornées d'or et de dentelle, de châles et de gants, de chapeaux et de talons hauts. Des femmes dont le parfum l'aurait enivré s'il avait pu les approcher. Il enfouissait son nez entre les pages pour tenter de s'en imprégner, mais seule s'en dégageait l'odeur du papier sec. Plus tard, il apprit à donner libre cours à son imagination pour pallier ces lacunes.

Fredrik avait cherché en vain de telles femmes dans son entourage. La seule qui pouvait se mesurer à ces images demeurait sa mère. Les dames du village revêtaient des pantalons amples et de larges chemisiers, souvent recouverts de tabliers. Elles nouaient leurs cheveux en chignon. Leurs joues n'étaient pas d'albâtre mais grêlées et rougies de gerçures. Elles ne peignaient pas leurs lèvres trop minces. Chaussées de grosses bottes, elles partaient en forêt cueillir des champignons ou des baies, s'occupaient des animaux, des enfants et se contentaient de fredonner des airs en écoutant la radio ou de chanter des cantiques le dimanche à l'église. Il avait cru que sa mère souffrait de sa différence, mais le jour où il avait abordé le sujet, elle s'était montrée perplexe.

– Tu sais bien, maman, tu n'es pas comme les autres.

– Mais mon chéri, j'aime être différente !

En fin de compte, elle n'avait pas souffert de la solitude. Peut-être préférait-elle une célébrité toute relative dans un petit village de l'Ångermanland plutôt que de n'être personne dans une des grandes villes dont il lui arrivait de parler.

Ça n'avait pas empêché Fredrik d'adorer Paris, Berlin, Vienne et les autres métropoles que ses voyages en solitaire lui avaient fait découvrir. À Berlin, il avait entendu des artistes professionnels chanter les airs de son enfance, qui n'avaient rien à voir avec la traversée de *montagnes baignées de rosée* ou une visite chez *Monsieur Chanterelle**. Il avait savouré les boîtes de nuit parisiennes et l'Opéra de Vienne. Plus tard, il avait découvert les danseuses du ventre égyptiennes et le flamenco andalou.

Stockholm n'offrait rien d'équivalent. La scène musicale n'y était qu'une pâle copie de ce qu'il avait connu dans les autres capitales européennes. À quelques exceptions près, les spectacles le laissaient toujours insatisfait. Jusqu'au jour où, dans la Vieille Ville, il avait découvert Fata Morgana et repéré Miranda.

Les femmes… Elles l'avaient tout d'abord rejeté. Et puis,

* Paroles tirées de chansons suédoises pour enfants.

la roue avait tourné. Il avait eu l'embarras du choix. Viril, un physique bien entretenu, il choisissait ses vêtements et ses sujets de conversation avec soin. Qui plus est, il s'intéressait toujours sincèrement à la femme qu'il fréquentait. Jamais il ne s'était autorisé à profiter de quiconque. Cependant, incapable de tout partager, il disparaissait avant qu'on n'exige de lui la transparence complète. Ses adieux étaient alors toujours francs, mais il ne pouvait éviter de faire de la peine. Il détestait voir ensuite ses ex se jeter dans les bras d'un sale type dont il pressentait qu'il les ferait souffrir.

Fatalement, ses liaisons ne duraient jamais assez longtemps pour qu'il présente ses petites amies à Anna et Mari. Au fil des ans, les secrets accumulés pesaient de plus en plus lourd sur sa conscience. Puis il s'était résigné. Il se contentait désormais de la profonde affection qu'il ressentait pour ses deux meilleures amies. Et dorénavant, il y avait aussi Miranda.

Avant même l'ouverture du Fata Morgana, il savait déjà que le nouveau club de la Vieille Ville proposerait exactement le type de spectacles qui lui plaisaient. L'inauguration avait tenu ses promesses. Sur scène, les artistes semblaient tout droit sorties des partitions de sa mère, et les hommes qui leur tournaient autour n'avaient rien du chasseur phallocrate ni de la brute épaisse. D'ailleurs, les leçons de virilité de son père avaient été pulvérisées. Un beau jour, dans la forêt, l'âme de Fredrik s'était éteinte pour renaître sous une autre forme.

Bien sûr, il était revenu au Fata Morgana. Confortablement installé dans un fauteuil de velours rouge, un cocktail à la main, il écoutait la musique, se délectant des couleurs, des formes et des parfums, puis il rentrait chez lui sans avoir adressé la parole à personne, hormis au propriétaire des lieux. À sa quatrième visite, Miranda était apparue.

Svelte, mais non dépourvue de formes. Ses longs cheveux roux lui descendaient jusqu'aux reins. Avec sa taille de guêpe, elle ressemblait aux créatures des magazines anciens. La mère de Fredrik était belle, certes, mais aussi froide qu'une statue. Il avait rêvé de femmes comme Anita Ekberg, Rita Hayworth ou Ava Gardner.

Miranda portait une robe dorée qui la mettait en valeur : poitrine, taille et hanches. Une longue fente dévoilait ses jambes, sublimées par des escarpins à talons aiguille. Elle commença par un morceau de Zarah Leander parfaitement adapté à sa voix de contralto. Elle était enfin là, la femme qu'il attendait depuis si longtemps.

Il l'observa du fond de la salle, caché dans l'obscurité, ne sachant si elle pouvait le voir ou non, déjà fermement décidé à lui rendre visite dans sa loge à l'entracte. Il entra sans frapper. Soudain, ils se firent face, ignorant comment c'était arrivé.

– Je m'appelle Miranda, dit-elle sans détour.

Elle lui montra ses habits de scène, ses bijoux et ses perruques. Cette entrée en matière inhabituelle lui sembla parfaite. Il avait l'impression de retrouver une vieille amie. L'enfance, les expériences du passé, les boulots insignifiants et les amours déchues, rien de tout cela ne valait la peine qu'on s'y attarde. Seul le présent importait. Une perruque dissimulait sa véritable chevelure – et alors ? Elle lui parla des airs qu'il aimait : Barbara Streisand, Judy Garland, Ute Lemper. Puis elle se prépara pour son numéro suivant.

– Je ne t'ai pas vu dans le public, lui dit-elle au moment où il allait passer la porte.

– Mais je suis là, répondit-il avant de regagner sa place.

Quelques instants plus tard, elle chanta un morceau de *Cabaret*, dont chaque parole lui était destinée. À lui et à personne d'autre.

*It's got to happen, happen sometime. Maybe this time I'll win**.

La promesse que contenaient ses paroles s'était réalisée.

---

* Cela doit arriver un jour, mais cette fois, je sortirai gagnante.

Ils s'étaient revus plusieurs fois. Fredrik s'était renseigné sur le calendrier des spectacles de Miranda et n'en avait pas manqué un seul. Avec elle, il sortait gagnant. À ses côtés, il parviendrait à survivre.

En route pour la Vieille Ville, sur le pont de Slussen, il se dit que Miranda saurait répondre à la question : un assassinat pouvait-il être justifié, aussi altruiste qu'en soit la raison ? Il la rejoindrait d'abord dans sa loge pour lui demander comment elle allait, ce qui avait occupé ses pensées pendant la journée et ce qu'elle allait chanter, le temps de se préparer mentalement à entendre son avis. Peut-être l'aiderait-il à choisir sa perruque. Puis il s'éclipserait dans un coin obscur et invisible de la scène, et se laisserait captiver par cet univers qui était le leur.

Elle sentirait sa présence et s'en réjouirait. Ensuite, elle l'accueillerait dans sa loge où ils trinqueraient à son succès, confirmé par le nombre croissant de spectateurs. Puis il lui raconterait l'histoire d'Elsa et de Hans Karlsten. Elle l'écouterait attentivement.

– Fredrik, dirait-elle, je ne te quitterai jamais, je te le promets. Nous sommes liés l'un à l'autre. Tu sais qui je suis, et je sais qui tu es.

Puis elle donnerait la réponse.

Chapitre 7

Mari attendait David. Il n'était pas encore rentré, mais cela n'avait rien d'étonnant. Elle alluma des bougies, s'installa dans le canapé et termina les sandwiches qu'elle avait rapportés du Refuge. Jo les lui avait donnés : autant que quelqu'un en profite avant qu'ils se gâtent. Comme toujours, elle faisait pitié, ce qui suscitait en elle un profond sentiment d'échec. Anna et Fredrik avaient quitté le café à la même heure qu'elle sans se voir distribuer d'en-cas.

Par terre, à côté d'elle, il y avait une lettre de Johan où apparaissait le sigle d'une nouvelle société. Il lui signalait qu'il ne porterait pas plainte, mais qu'il disposait d'un certificat médical incontestable. Si jamais Mari lui causait préjudice, il n'hésiterait pas à s'en servir. Il s'attendait également à ce qu'elle lui renvoie l'ascenseur pour cette fleur, sans préciser quel genre de « service » elle pourrait bien lui rendre. Mari avait lu la lettre et l'avait jetée au sol. Le papier sentait l'après-rasage. Elle serait obligée de la brûler.

Elle regarda autour d'elle : décidément, elle ne se sentait pas chez elle dans cet appartement – une parenthèse vide. Son vrai « chez elle », ce serait toujours la maison délabrée qu'elle avait rénovée avec David à Clifden, celle qui abritait leur restaurant au rez-de-chaussée et leur logement à l'étage. David y avait aussi installé son atelier. Ils avaient repeint, bricolé et inauguré chaque pièce au fur et à mesure – avec amour, bien sûr. Il ne lui restait plus de cette époque que la sculpture posée près du mur, pour pouvoir la contempler depuis le canapé, confortablement assise.

Deux êtres humains enlacés en argile blanche. Les jambes de l'un se prolongeaient dans les bras de l'autre, leurs pieds et leurs doigts s'entrelaçant pour former le socle sur lequel ils reposaient. Une tête dédoublée, deux visages tel celui de Janus, dont l'un regardait vers l'avant et l'autre vers l'arrière.

Elle avait mentionné Janus un jour où elle posait pour David. Il avait secoué la tête. Puis il lui avait parlé pour la première fois du *Ceratias holboelli,* une espèce singulière de poissons qui vit dans les profondeurs, là où la lumière ne les atteint plus. Lorsque ces êtres condamnés à l'obscurité trouvent un partenaire – si un jour ils en trouvent un – ils sont d'une fidélité absolue, jusqu'à la mort. Le mâle s'accroche à la peau de la femelle et fusionne avec elle jusqu'à ce que leurs systèmes vasculaires ne fassent plus qu'un.

En lui racontant cette anecdote, David ne l'avait pas quittée des yeux ; elle s'était sentie nue, à sa merci : il lui donnerait la forme qu'il désirait. Un frisson avait parcouru son corps. Instinctivement, elle s'était recroquevillée. David en avait ri.

– Trouillarde ! N'essaie pas de te dérober ! Redresse-toi, ou je tombe amoureux d'elle, avait-il ajouté en déposant un baiser sur les lèvres de la sculpture.

Mari s'était relevée, grelottante. Au fil du temps, les étranges poissons lui étaient devenus familiers, mais elle ne ressentait aucune sympathie pour eux. Elle préférait s'identifier aux dauphins qui ondoyaient au large.

Elle observait la sculpture de son corps uni avec un autre, se demandant quand David rentrerait. Elle se remémora leur rencontre, au pub, le soir où les larmes avaient laissé des traces salées sur ses joues. Les Italiens s'en étaient allés, après lui avoir lancé quelques « *ciao bella* » polis qui avaient fait ressurgir en elle de vieux souvenirs. Elle s'était tournée vers le comptoir pour commander une bière qu'elle avait bue d'un trait. Il ne lui restait plus qu'à retourner dans son Bed and Breakfast avant que l'effet de l'alcool ne rende sa conduite hasardeuse. Elle avait néanmoins pris le temps d'interroger le barman. David jouerait au Mullarkey's Bar toute la semaine.

Mari était revenue tous les soirs. Chaque fois un peu plus près de la scène, toujours suffisamment tôt pour s'assurer une place assise. À l'approche du week-end, elle ne s'était plus souciée qu'il la remarque. Tant pis s'il se demandait d'où sortait cette blonde banale qui ne pouvait manifestement plus se passer de lui ni de sa musique. Du reste, il n'était même pas certain qu'il l'ait vue. Tant qu'il jouait de la guitare, il semblait conscient du monde qui l'entourait. Il réagissait aux applaudissements, levait les yeux entre les chansons et riait parfois, peut-être même en regardant dans sa direction. Mais dès qu'il portait la flûte à ses lèvres, il semblait absorbé par son monde intérieur, ailleurs. Au son de l'instrument, Mari se brisait en mille morceaux. Les sons qu'il produisait lui lacéraient les entrailles et creusaient en elle des blessures béantes. Elle retenait désormais ses larmes, mais plus rien d'autre. Autant se rendre à l'évidence : elle était tombée amoureuse d'un homme dont la flûte la faisait à la fois mourir et ressusciter chaque soir. Un homme qu'elle devrait bientôt quitter sans avoir connu la couleur de ses yeux.

Tôt ou tard, elle allait devoir regagner l'aéroport, y rendre sa voiture de location et troquer la solitude des vacances contre la solitude du quotidien. La veille de son départ, cependant, David s'était tourné vers elle au beau milieu d'une prière celtique qu'il avait mise en musique. Avait quitté la scène, et s'était assis à sa table. Elle ne l'avait jamais vu d'aussi près. Ses yeux étaient bleu clair, comme un ciel dilué.

– Comment tu t'appelles ? lui avait-il demandé avec un léger accent irlandais.

– Mari, avait-elle répondu, persuadée qu'elle allait perdre la voix.

Sa présence la rendait fébrile. Elle avait subrepticement regardé les manches de sa chemise, se demandant ce qu'elle ressentirait en lui caressant les bras.

– Mari, avait-il dit, pensif.

Il l'avait prononcé « Mary » et répété plusieurs fois pour

lui-même. Mary. Mary. Elle avait eu l'impression que son prénom ne lui appartenait plus.

– Mary, mère de Dieu. Tu bois de la bière irlandaise ou ce serait un blasphème ?

S'immergeant dans le bleu de ses yeux, elle y avait lu un rire et peut-être aussi un soupçon de raillerie qu'à l'époque, elle n'avait pas su définir. Elle aurait voulu plaisanter, lui répondant que tous les saints sont des buveurs de bière, mais elle s'était bornée à acquiescer. Il avait disparu en direction du comptoir, d'où il était revenu avec deux Guinness. Heureusement qu'elle n'avait pas déjà trop bu ce soir-là.

Combien de temps avaient-ils passé à cette table ? Ils étaient restés jusqu'à la fermeture du pub, qui n'avait guère été tardive. Puis David lui avait demandé si elle voulait se promener sur la plage. Elle avait accepté, négligeant allègrement toute forme de prudence. Ils étaient partis des environs de Clifden et avaient rejoint la mer. En réponse aux questions de David, elle avait décliné son nom, sa date de naissance, son lieu de résidence, sa profession, ses loisirs et la liste de ses amis. Comme sur un C.V. Il lui en fit la remarque.

– Tu ne crois quand même pas que je vais te donner du travail ? avait-il répliqué sur un ton amusé.

Honteuse, elle s'était tue, laissant errer son regard sur les flots. Ils avaient atteint une falaise qui surplombait des rochers escarpés et offrait une vue panoramique sur un horizon parsemé de bateaux. L'infini se déployait devant elle – elle n'avait plus envie de repartir. Il s'était tourné vers elle. Il lit dans mes pensées, s'était-elle dit, à nouveau frappée par la rousseur éclatante de ses cheveux.

– Je ne devrais pas me promener ici avec une rousse. Ça porte malheur avant de sortir pêcher.

– Je ne suis pas rousse. Et tu n'es pas pêcheur, que je sache.

David avait pris le visage de Mari entre ses mains. C'était la première fois qu'il la touchait ; elle s'était mise à trembler.

J'en ai tellement envie, avait-elle pensé. Et j'ai attendu si longtemps.

– Tes cheveux ont des reflets roux. Tu ne le vois pas, mais moi, si. J'ai un voilier amarré un peu plus loin sur la plage. Si tu oses suivre un Irlandais inconnu en mer, je t'emmènerai sur une île et je jouerai de la flûte pour toi jusqu'au lever du soleil.

Évidemment, elle l'avait suivi. Mais dorénavant, dans son canapé, elle ne voulait pas se souvenir des détails. Seules les prières celtiques lui revenaient à l'esprit, celles qu'il déclamait et mettait en musique. *I am the Gift, I am the Poor, I am the Man of this night. I am the son of God in the door, On Monday seeking the gifts**.

« Murrughach », avait-il murmuré. Était-ce de l'irlandais ? Oui. Une sirène portant ce nom était capable de marcher sur la terre ferme comme un être humain tout en conservant ses nageoires. Il avait cherché celles de Mari, à tâtons. Je suis l'homme de la nuit qui attend. En haut de ces falaises, elle avait perdu quelque chose qu'elle ne voulait ni ne pouvait retrouver.

Le lendemain, Mari n'était pas rentrée en Suède. Elle avait pris ses bagages et réglé la somme qu'elle devait à Mrs Rymes. Puis elle s'était installée à la périphérie de la ville, dans le petit appartement de David qui lui servait aussi d'atelier. Elle avait informé ses proches qu'elle prolongeait son séjour. Son père avait répondu par un silence aussi terrible que familier, sa mère avait dit « ah bon », son frère « je vois », et sa sœur avait rétorqué qu'elle ne pourrait jamais vivre dans un pays aussi pluvieux. Quelqu'un – probablement Anna ou Fredrik – l'avait encouragée à en profiter. Elle avait suivi ce conseil de tout cœur.

Petit à petit, elle en avait appris davantage sur David

* Je suis le Don, je suis le Pauvre, je suis l'Homme de la nuit qui attend. Je suis le fils de Dieu à la porte, Le lundi, je cherche les dons.

Connolly. Dans sa famille, on était pêcheur de père en fils depuis plusieurs générations, si bien qu'il avait toujours un commentaire de marin à délivrer sur la météo. C'était soi-disant mauvais signe de voir se regrouper les mouettes. Apercevoir des ombres sur l'eau portait malheur. Le temps qu'il faisait ne venait pas d'en haut mais des profondeurs. Il lui arrivait de ponctuer ses sentences d'un rire hautain, mais ces superstitions de pêcheur étaient néanmoins ancrées en lui et l'empêchaient de considérer la mer comme une entité maîtrisable. Il avait dû couper pratiquement tout contact avec sa famille pour se consacrer à l'art. La musique le maintenait à flot, mais c'est avec ses tableaux et ses sculptures qu'il espérait un jour devenir célèbre dans cette *fucking Ireland* qui ne le comprenait toujours pas.

Une simple question de temps, lui disait Mari. L'élaboration d'une œuvre artistique s'inscrit dans la durée. Un mois plus tard, ils apprirent que les locaux du club de voile étaient mis en location pour une bouchée de pain en raison de leur mauvais état. Les économies qu'elle avait retirées de son compte en Suède ne suffiraient pas à les faire vivre indéfiniment, et ils eurent l'idée d'ouvrir un restaurant. David était très bon cuisinier, il savait choisir des produits de qualité. Quant à Mari, elle s'occuperait du service, de la comptabilité et du reste. Le principal était de s'assurer un revenu qui permettrait à David de consacrer son temps libre à son art. Faculté d'adaptation ou soumission féminine ? Quoi qu'il en soit, elle était prête à en payer le prix. En comparaison, la solitude qui l'attendait en Suède lui apparaissait comme un gouffre abyssal qui l'engloutirait irrémédiablement si elle y retournait.

L'idée du restaurant rendait David optimiste, ce qui n'était pas toujours dans ses habitudes. Il lui arrivait régulièrement de se laisser emporter par ses émotions, et Mari avait vite appris comment éviter qu'il ne se mure dans le silence. Tant qu'elle avait le reste, elle supportait volontiers ses sautes d'humeur. De toute façon, elle avait rompu avec son passé. Rien de ce qu'elle laissait derrière elle ne faisait le poids face au présent. La signature du bail de leurs nouveaux locaux fut accompagnée d'une poignée de main. Le restaurant Murrughach ouvrit ses portes quelques mois plus tard. Ils avaient choisi ce nom en l'honneur de Mari, la sirène suédoise devenue irlandaise, et aussi parce que les fruits de mer – notamment les moules à la coriandre et au safran – étaient la spécialité de David.

Elle contempla la sculpture, laissant son regard se promener sur les courbes torturées des corps d'argile, puis, plus loin, sur une amphore aux anses en forme de poisson, une autre œuvre de David. Elle le sentit approcher.

Il se glissa sur le canapé et posa les mains sur les yeux de Mari, qui sursauta de frayeur. Il éclata de rire en imitant sa réaction. Il écarta lentement les mains et elle se tourna vers lui. Ses cheveux étaient emmêlés et ses taches de rousseur luisaient sur sa peau, telles des gouttes d'huile.

– Désolé de ne pas être rentré plus tôt, dit-il en passant doucement ses doigts dans la chevelure de Mari.

Elle ferma les yeux. Il était là, ça ne faisait plus rien. Elle se blottit contre ce torse dont les côtes saillaient désormais sous la chemise.

Il lui demanda comment s'était passée sa journée, et elle put enfin lui confier l'histoire d'Elsa Karlsten. Il l'écouta attentivement.

– Qu'en dis-tu, David ? Peut-on tuer un être humain ?

Il la regardait comme s'il ne comprenait pas sa question.

– Si tu me le demandes, c'est que la réponse est oui. De toute façon, on obtient rarement la permission de tuer. On le fait un point c'est tout.

– Je sais, David, c'est toi qui me l'as appris. Mais je ne suis pas certaine d'être de ta trempe. Mon enfance n'a peut-être pas été idyllique, mais on a vu pire. J'ai été nourrie, blanchie, logée et j'ai même parfois reçu un peu d'amour en dessert, le dimanche. J'ai grandi sous l'autorité d'un père attaché à ses principes et d'une mère soumise, aux côtés d'un frère doué et d'une sœur qui était tout le contraire de moi. Je m'en suis relativement bien sortie, malgré les secrets de famille. Et puis, un jour, je t'ai rencontré et j'ai découvert le bonheur. Je crois être quelqu'un de bien. J'ai le sens du devoir et je tiens à mes amis. Est-ce que je peux vraiment devenir complice de l'empoisonnement d'un vieillard ?

– Un tyran ne cesse jamais d'abuser de son pouvoir, tu le sais bien. Cela crée une forme de dépendance chez sa victime. Nous portons tous une part de mal et de convoitise, mais la plupart du temps, ces émotions restent sous cape. Cela me fait penser à ce poisson dégoûtant que vous mangez ici. Le *surströmming*, c'est bien ça ? Tant qu'on n'ouvre pas la boîte, ça va. Mais dès qu'on la perce, ça suinte et ça pue. Et tu me demandes si tu peux aider une vieille dame à échapper à son tyran et à passer les quelques années qui lui restent à vivre en paix ?

– Je déteste le *surströmming*. Ce que j'aime, ce sont tes moules à la coriandre et au safran. Et ton poisson du jour accompagné de pommes vapeur.

– Parfois, je me demande dans quel monde tu vis.

– Dans le tien, David.

Il passa le bras autour des épaules de Mari, qui se mit à grelotter.

– Si c'est le cas, tu es sauvée. Tout est possible. Tu n'as tout de même pas oublié que je t'ai appris à voler ?

Elle tenta d'échapper à son étreinte mais il la serra contre lui. Elle regarda les bras qui l'enlaçaient, repensant brusquement à Johan. Les siens s'étaient transformés en serpents sous l'effet d'une hallucination qui l'avait poussée à lui planter une paire de ciseaux dans la main. Le geste s'était révélé bénéfique.

– Non, je n'ai pas oublié, répondit-elle. Je n'oublierai jamais que tu m'as appris à voler.

Chapitre 8

Installée dans sa cuisine, Anna buvait une bière légère en compagnie de Fanditha. En fait, elle aurait préféré être seule pour réfléchir au cas Elsa Karlsten. Elle avait pensé se rendre chez ses voisins pour jeter un coup d'œil à leur maison, sous prétexte de leur demander des œufs, mais la soirée ne s'était pas déroulée comme prévu. À peine avait-elle ouvert une bouteille de vin que la sonnette de la porte d'entrée avait retenti. En ouvrant, elle avait constaté avec surprise que Fanditha se tenait sur le perron. Cela faisait un moment qu'Anna et sa fille ne s'étaient pas parlé au téléphone et encore plus longtemps qu'elles ne s'étaient pas vues – plusieurs semaines, à vrai dire. Un court instant, Anna redouta qu'il lui soit arrivé malheur, mais elle fut rassurée par l'expression de Fanditha : la même indifférence hautaine que d'habitude. Anna regretta aussitôt d'avoir ouvert une bouteille.

– C'est toi ? Quelle surprise, entre ! J'allais justement… me préparer un petit truc à manger. Tu peux dîner avec moi si tu veux. Je…

– J'ai déjà mangé. Mais surtout ne te dérange pas pour moi, bois ton vin. J'aurais dû te prévenir, mais je passais dans le coin. Autant venir directement. Enfin, si tu es seule.

Tournant le dos à sa mère, Fanditha suspendit soigneusement son manteau à un cintre. Anna fut soulagée de ne plus être l'objet de son regard implacable. Elle ne l'aurait admis pour rien au monde, mais sa fille était la seule personne qu'elle craignait – une étrangère. Elle éprouvait en sa présence un malaise confinant à la douleur. Fanditha, dès qu'elle s'était mise à penser par elle-même, avait décidé de devenir le diamétral opposé de sa mère.

Autrefois, Anna se barbouillait de peinture et Fanditha la nettoyait avec une grimace désapprobatrice. Quand Anna faisait de la pâtisserie, Fanditha refusait de lécher la spatule : elle trouvait cela dégoûtant. Anna sautait dans les vagues et s'allongeait nue sur les rochers chauffés par le soleil, alors que Fanditha se changeait sous une serviette et suppliait sa mère de se rhabiller. Qu'est-ce qu'Anna pouvait bien apporter à sa fille ? Un amour sans réserve ? La tactique s'était révélée aussi maladroite que primaire. Fanditha s'était soustraite aux câlins en prétextant qu'ils froissaient ses vêtements, et aux bisous parce qu'ils lui mouillaient la peau ou qu'elle avait passé l'âge. Anna avait fini par comprendre que ce que sa fille attendait d'elle, c'était un peu de retenue, chose dont elle était incapable.

Fanditha s'était révoltée contre son prénom. Après avoir quitté leur kibboutz en Israël, Anna et Greg avaient parcouru le monde. Ils avaient fait une halte de plusieurs semaines aux Maldives. En explorant ce paradis encore vierge, ils avaient découvert la légende de Fanditha. Fille d'un sultan, elle était tombée amoureuse d'un marin portugais qui s'était blessé en mer. Les vagues avaient rejeté le malheureux sur le rivage et il était mort dans les bras de sa bien-aimée. Depuis ce jour, Fanditha apparaissait sur la plage à la pleine lune. Dans la langue locale, son prénom signifiait « magique ». Greg et Anna avaient décidé que le jour où ils auraient une fille, ils la baptiseraient Fanditha. Seul problème : celle-ci ne supportait pas l'excentricité de ce prénom.

– Ça signifie « magique », et tu es magique. Tu es une merveille, lui avait dit Anna pour tenter de la convaincre.

– Personne ne s'appelle comme ça !

– Mais tu n'es pas comme les autres, tu es unique.

– Je ne veux pas être unique, je veux être moi !

À sept ans, elle avait décrété que tout le monde – y compris ses parents – devait désormais l'appeler Fanny.

À Amsterdam, quand elle s'était rendu compte que les filles de son âge habitaient toutes dans des maisons bordées de plates-bandes bien ordonnées, Fanditha s'était mise à détester leur péniche. D'ailleurs, son aversion pour leur mode de vie « rustique » avait sans doute contribué à détériorer la relation entre Greg et Anna, qui avait alors décidé de déménager à Stockholm avec sa fille pour lui offrir une « vraie » maison sur la terre ferme. Plus elle s'évertuait à ne pas la perdre, plus cette dernière s'en moquait.

À Stockholm, mère et fille avaient vécu des vies parallèles. Fanditha avait quitté le foyer dès qu'elle l'avait pu. Elle avait entamé des études de sciences économiques, qu'elle avait poursuivies aux États-Unis. Elle se trouvait temporairement en Suède pour terminer un mémoire. Anna n'était jamais parvenue à savoir dans quel domaine d'économie international Fanditha s'était spécialisée. Réponse de cette dernière : logique, vu le manque d'intérêt dont elle faisait preuve à son égard depuis sa naissance. Anna en avait passé une nuit blanche.

À présent, attablées dans la cuisine, elles mordaient chacune dans un sandwich préparé à la hâte. Anna avait remplacé sa bouteille de vin par une bière légère.

Fanditha scruta d'un œil critique la vaisselle empilée au bord de l'évier. Anna admirait les boucles blondes de sa fille, qui lui rappelaient celles de Greg, et ses yeux marron hérités d'elle-même. J'ai une fille magnifique, se disait-elle. Si seulement elle laissait tomber ce style étriqué et convenu. Elle s'habille comme une souris grise.

Elles discutèrent des études de Fanditha. Anna s'efforça de paraître intéressée jusqu'à ce que sa fille l'accuse d'hypocrisie. Puis elles parlèrent des soucis de santé physiques et psychiques du père d'Anna. Soudain, les traits de Fanditha s'adoucirent. Elle promit de rendre visite à son grand-père.

– Qu'est-ce que tu fabriques en ce moment ?

Le ton de Fanditha s'était à nouveau durci. Anna eut envie de lui répondre qu'elle venait de créer une agence spécialisée dans les assassinats ordinaires, dont la première victime serait l'affreux M. Karlsten, le voisin d'en face.

Mais on va l'empoisonner. On n'est pas des sadiques, pensa Anna en luttant pour garder son sérieux. Elle parla tout de même à sa fille du Peigne de Cléopâtre et de leur projet de régler les problèmes de leurs concitoyens. Fanditha haussa un sourcil.

– Alors comme ça, tu t'improvises chef de projet ? Je ne t'en aurais pas cru capable, maman. Il faut avoir de la suite dans les idées pour mener une commande à bien. Et puis, le travail d'équipe... Enfin, il n'est jamais trop tard pour apprendre à respecter des règles.

– Tu n'imagines pas le nombre de boulots que j'ai faits. Je n'en suis pas morte. Mon mode de vie ne te convient pas. Très bien, je l'accepte, et je respecte le tien. Mais tu pourrais faire preuve d'un peu de tolérance.

Les mots lui avaient échappé, plus tranchants qu'elle ne l'aurait souhaité. Elle ouvrit la bouche pour se rattraper, mais le mal était fait. Fanditha rougit. Exactement comme un soir de fête sur la péniche, dans un lointain passé. Greg s'était mis une plume entre les fesses et avait exécuté une danse de la pluie. Fanditha était restée complètement insensible à l'enthousiasme général – y compris celui des autres enfants. Pour elle, il s'agissait simplement d'une preuve de plus qu'elle n'était pas née dans la bonne famille et qu'on la forçait à vivre une vie à laquelle elle n'était pas destinée. Et bien que ce soit Greg qui s'était donné en spectacle, elle l'avait mis sur le compte d'Anna.

– De tolérance ? répéta Fanditha en riant. Si ça peut te faire plaisir. Quand on mène une vie comme la tienne, c'est bien la seule chose qu'on puisse exiger de ses semblables.

– Qu'est-ce que tu veux dire par là ?

Fanditha portait un chemisier blanc tout simple et, autour du cou, une fine chaîne en or avec un pendentif en forme de cœur. Anna trouva ce bijou puéril, puis elle se rendit compte que c'était la chaîne qu'elle portait elle-même quand elle était petite – un cadeau de son père. Elle l'avait offerte à

Fanditha pour ses dix ans. Comme le temps passait… Vertigineux. Elle eut envie de ressortir la bouteille de vin malgré la présence de sa fille. De toute façon, au point où elles en étaient…

Fanditha se lança dans un soliloque bouillonnant de colère.

– Tu t'es déjà demandé ce que ça faisait d'être la fille de quelqu'un comme toi ? Quelqu'un qui dit, pense et fait uniquement ce qui lui chante, au point de négliger sa tenue et même parfois son hygiène, et qui se fout éperdument de toutes les règles ? Une mère-enfant qui se salit, hurle et fait des bêtises ? Quelqu'un à qui tout le monde voue une admiration sans bornes ? Ça ne risquait pas de m'arriver, maman ! En fait, j'aurais voulu te ressembler, c'est vrai. Je le reconnais. Tu es comme toutes ces drogues que, contrairement à toi, je n'ai jamais essayées. Mais tu vois, justement… Pourquoi fumer, boire, s'habiller n'importe comment et sécher l'école alors que ma mère n'aurait rien trouvé d'autre à faire qu'applaudir ? Pourquoi…

– Je ne me drogue pas, Fandi… Fanny. Et je ne fume pas. Il m'arrive de boire, c'est vrai, mais je le fais avec modération et par goût des bonnes choses. Que je sache, tu n'as jamais eu à prendre soin d'une maman saoule. Je mène une vie saine, et je veux dire par là que j'ai ma conscience pour moi. Je n'ai jamais abusé, volé ou trompé quiconque. J'ai tracé mon propre chemin, et je ne cherche pas à te contraindre à faire des choses qui te déplaisent. Tout ce qui m'importe, c'est que tu trouves ta propre voie, que tu sois heureuse. C'est pour ça que…

Anna se tut. C'était la raison de son déménagement à Stockholm, mais elle n'en dit pas plus. Elle s'était juré de ne jamais culpabiliser ses proches, contrairement à sa mère qui s'y était employée en invoquant Dieu et en distillant la honte autour d'elle. Sa mère qui, d'une voix pieuse, médisait sur les défauts des autres dans leur dos. Qui parvenait toujours à convaincre les gens autour d'elle qu'ils étaient la cause du fardeau qu'elle portait sur ses épaules. Anna ne reprendrait pas le flambeau, aussi tentant soit-il. Elle était venue à Stockholm pour Fanditha, certes, mais c'était son choix, et elle l'assumait.

– Qu'est-ce que tu cherches, au juste ? dit calmement Anna. Tu sais bien qu'en ce qui me concerne, tu peux vivre ta vie comme tu l'entends, du moment que tu es heureuse. C'est ma façon de voir les choses, et je ne pense pas qu'elle soit mauvaise. Tant que les gens sont respectueux les uns des autres et ne vivent pas aux dépens de leur entourage, on n'a pas à les juger. Alors, qu'est-ce que tu veux, Fanditha ?

Les paroles d'Anna étaient sincères. Fanditha reposa son sandwich sur son assiette.

– Je veux être comme tout le monde, c'est tout. Tu trouves sûrement qu'il n'y a rien de pire, mais c'est ce qui me convient. Je ne veux être ni trop douée, ni trop belle, ni trop admirée. Je veux être quelqu'un d'ordinaire qui n'attire pas l'attention. Je veux un travail normal, que je ferai bien, et je veux une famille normale avec un mari et des enfants. Je me contenterai d'une maison normale dans une ville normale. Tu sais pourquoi, maman ? Parce que je ne veux pas être seule. Je veux pouvoir retrouver mes amis normaux dans des cafés normaux pour parler de problèmes normaux. Parce que quand on sort du lot, on a des problèmes extraordinaires, maman, et quand on a des problèmes extraordinaires, on n'a pas d'amis normaux. Les gens qui réussissent dans la vie disent tous se sentir seuls. Je ne veux pas que ça m'arrive !

Anna fut surprise. Ces paroles étranges lui donnaient l'envie de sourire, mais elle se retint. Inutile de blesser sa fille.

– Normale ? Mais Fanny, tu es si jeune...

– Et alors ?

Fanditha leva les yeux. Au marron se mêlaient d'autres teintes. Une excellente idée de glaçage pour un gâteau au chocolat... Mais quelle incongruité ! Sa fille lui faisait une tirade sur la normalité, et ça lui inspirait des recettes de pâtisserie !

– Et alors ? répéta Fanditha. Je sais ce que je veux. Les amis que tu n'as jamais eus, moi, je les trouverai...

– J'ai Mari et Fredrik.

– Oui, et qui d'autre ?

Greg, pensa Anna. N'y tenant plus, elle se servit du vin. Fanditha la regarda d'abord avec dédain, puis, au grand étonnement d'Anna, elle alla se chercher un verre qu'elle remplit à moitié avant de trinquer :

– À la banalité, maman.

– Tu es venue pour ça ? Pour me dire que tu avais l'intention de devenir quelqu'un d'ordinaire, contrairement à moi ?

– Non. J'ai l'intention d'aller vivre chez papa pendant quelques mois. Mon travail de recherche consiste à comparer les économies suédoises et hollandaises. Je dois donc faire un séjour aux Pays-Bas. Papa m'a dit que j'étais la bienvenue sur sa péniche. Je ne crois pas que j'y resterai longtemps. Voilà, je voulais que tu sois au courant.

Dès lors, Anna fut incapable de se concentrer. Elle s'efforça encore de s'intéresser au contenu des travaux universitaires de Fanditha, mais pendant que celle-ci lui expliquait à contrecœur l'importance pour les petits pays de conclure des accords bilatéraux, des images défilaient dans son esprit – au point de lui donner envie de hurler : Greg en train de récurer le pont de la péniche. Greg faisant volte-face dans un éclat de rire. Greg et son coquillage autour du cou. Greg portant Fanditha dans ses bras quand elle était bébé. Greg dans leur lit, l'enlaçant. Anna se revit sur le bateau, à travers les yeux de Greg. Invincible, splendide, unique. Aussi loin de la normalité que possible.

Fanditha se leva, prit son manteau et lui dit au revoir, sans la toucher ni lui préciser comment elles garderaient le contact pendant les mois à venir. Puis elle sortit. Se laissant tomber à genoux, Anna se recroquevilla sur elle-même. Quel monde absurde… Elle se sentait coupable d'une obscure maltraitance, involontaire et indéfinissable, tandis qu'Hans Karlsten perpétuait ses sévices avec impudence. Tout serait tellement plus simple si les êtres humains culpabilisaient à bon escient. Ce genre de raisonnement aurait sans doute fait rire Fanditha. C'est toi tout craché, maman, aurait-elle dit. Comme d'habitude, tu crois détenir la vérité universelle. Et voilà que tu te donnes le droit de décréter ce à quoi nos consciences devraient réagir.

Chapitre 9

Depuis combien de temps elle était là, derrière l'arbre ? Peu importait. À mesure que l'obscurité l'enveloppait, elle se sentait gagnée par des idées inavouables. Elle jeta un coup d'œil à sa montre. Cinq minutes, dix, quinze, vingt, une heure, un jour, une éternité, un cercle.

Elle n'avait pas vraiment pris la décision d'assassiner le mari d'Elsa Karlsten. Les jours précédents, elle n'avait cessé d'y repenser, et elle en était arrivée à la conclusion que quelques années de plus ou de moins au crépuscule d'une vie déjà bien avancée ne pesaient presque rien. Elle avait hésité, bien sûr. Mais elle avait écouté l'histoire d'Elsa Karlsten, vu son doigt raide, entendu les mélodies qu'elle ne pourrait plus jamais jouer, et cela avait fait surgir en elle une souffrance si profonde qu'elle ne l'aurait jamais cru possible.

Elle était venue épier la maison dans laquelle sévissait Hans Karlsten. Naïvement, elle avait imaginé que l'endroit irradierait le mal. Que les fenêtres seraient plus sombres que les autres, bordées de pics, que la silhouette de la bâtisse serait plus nette et son toit, plus massif. Rien de tout cela. La villa aurait pu appartenir à n'importe quelle famille sans histoires. À des gens qui s'aimaient – si cela existait. Voilà pourquoi elle était restée cachée derrière l'arbre plus longtemps que prévu. Le dos contre son écorce rugueuse, au-dessous de ses branches noueuses, elle repensa brusquement aux œufs de son enfance.

Elle se levait à six heures tous les matins pour prendre le car scolaire. À cette heure matinale, son père était déjà parti au travail. Sa mère se prélassait au lit. Tous les soirs, elle lui promettait de lui préparer « quelque chose » pour son petit déjeuner du lendemain et, tous les matins, la table était vide, par oubli ou par manque de temps. Mais elle ne lui en avait jamais tenu rigueur.

Un matin, devant le réfrigérateur, retenant une envie pressante causée par la peur de rater le car, elle avait découvert une boîte d'œufs sur l'étagère supérieure. Cela pouvait faire office de petit déjeuner. Elle en avait pris un, qu'elle avait ensuite doucement cassé contre la vitre du car pour en aspirer le contenu. La coquille vide lui avait fait penser à de la peau humaine. La première fois, elle avait trouvé cela gluant. Puis elle s'était habituée. Pendant des semaines, les œufs lui avaient rempli le ventre le matin. L'emballage restait à sa place, se remplissant constamment, selon un système miraculeux qui lui échappait.

Le jugement dernier n'avait pas été délivré par une instance supérieure telle qu'un parent ou un enseignant. C'étaient ses camarades qui l'avaient trahie. Un jour, la maîtresse lui avait gentiment demandé de rester après la classe pour l'interroger à propos du petit déjeuner qu'on lui servait chez elle. Comme elle n'avait pas su quoi répondre, celle-ci lui avait demandé de but en blanc si ce que racontaient ses camarades était vrai. Gobait-elle des œufs crus dans le car scolaire ? L'institutrice était plutôt gentille, et elle avait fini par admettre qu'elle se levait toute seule tous les matins et qu'elle mangeait un œuf sur le trajet de l'école pour tenir jusqu'au déjeuner. Elle avait cru – à tort – que la maîtresse garderait ces révélations pour elle. Les événements qui s'ensuivirent lui firent comprendre que la tyrannie n'était pas un phénomène isolé ou ponctuel. Il s'agissait d'une chaîne aux multiples maillons : délation, fausse compassion, avidité de sensations fortes, ivresse du pouvoir, appât du gain et sadisme, pour n'en nommer que quelques-uns. Or chacun de ces éléments était présent dans l'affaire Karlsten.

Au cours de ses recherches initiales dans le but d'aider Elsa de manière « civilisée », elle s'était renseignée sur l'endroit où travaillait son mari avant d'être à la retraite. Les responsables de l'entreprise lui avaient laissé entendre qu'il était détesté par ses collègues. Hans Karlsten avait été mêlé à diverses manigances. Il avait également fait l'objet d'une plainte pour harcèlement sexuel. La direction était parvenue à étouffer l'affaire en dédommageant grassement la victime. Il était par ailleurs soupçonné d'avoir falsifié les comptes. Il n'avait échappé au licenciement que parce qu'il détenait des parts dans la société et était souvent absent du bureau.

Culpabilité. Le mot tournoyait dans sa tête au rythme de la tipule qui s'agitait près d'elle : l'insecte esquissait dans les ténèbres une danse macabre automnale. Secondes, minutes, heures, jours, éternité, cercle.

Elle aurait mieux fait de partir, mais elle s'en sentait incapable. Aux fenêtres, les lumières étaient depuis longtemps éteintes. Elle avait froid aux pieds. Une autre paire de chaussures eût été plus appropriée. Soudain, la porte d'entrée s'entrebâilla, et elle vit une frêle silhouette qui se faufila jusqu'à la poubelle pour y jeter quelque chose avant de revenir sur ses pas.

Il s'agissait d'Elsa Karlsten, aucun doute. Elle n'avait pas fermé à clef derrière elle. Cela paraissait improbable, mais enfin, pourquoi verrouiller sa porte lorsque le mal habite sous son propre toit ? Un signe de Dieu.

Sans but précis, elle s'avança vers la porte et entra discrètement. Dans l'entrée sombre et étroite flottait une odeur de nettoyant ménager et de vieux vêtements. Elle s'immobilisa, tendant l'oreille. Le silence régnait ; Elsa Karlsten avait dû retourner se coucher. Elle décida d'explorer la maison dans laquelle Elsa Karlsten vivait avec l'homme qu'elle détestait. Sa respiration s'accéléra et ses oreilles se mirent à bourdonner. Elle pénétra dans la pièce : le salon. Un canapé, des fauteuils et une bibliothèque se disputaient l'espace. Brusquement, elle aperçut quelque chose.

Il était assis sur une chaise, la queue voluptueusement enroulée autour de ses pattes, prêt à se jeter à la gorge de quiconque ferait un pas de trop. Sa gueule ouverte dévoilait des crocs jaunes acérés et son court pelage noir rappelait celui d'un loup ou d'un ours. C'était un chien de taille imposante. Pas question de faire plus ample connaissance avec lui. Lorsqu'un reflet passa sur ses yeux protubérants, dévoilant la profondeur de ses pupilles, elle ne put retenir un léger cri. L'animal empaillé était d'un réalisme saisissant. Hormis son regard vide, rien ne trahissait l'absence de vie. Elle se mit à douter de la légitimité de l'acte qu'elle projetait de commettre : avait-elle le droit de priver l'univers d'une de ses créatures ?

Ses yeux s'habituèrent à l'obscurité. Elle découvrit alors que la pièce était remplie d'animaux empaillés de toutes sortes. Sur les étagères de la bibliothèque, sur les chaises, dans un canapé d'angle, par terre. Sortant leurs griffes, montrant leurs crocs ou déployant leurs ailes. Chats, chiens, oiseaux, écureuils et renards la fixaient du regard, la gueule grande ouverte, comme si la mort s'esclaffait. Au musée, les bêtes empaillées ne l'avaient jamais effrayée, mais cette collection d'animaux morts dans un salon ordinaire lui parut tellement lugubre qu'elle sentit des gouttes de sueur dégouliner dans son dos.

Ses pensées furent interrompues par un cri : « Elsa ! » Elle se cacha derrière une porte, réprimant un fou rire. Quelle situation rocambolesque ! Plaquée contre le mur, elle entendit Elsa tenter de calmer son mari. Il vociférait sans retenue qu'il devait « pisser ». Les ordres décousus et les chuchotements se rapprochaient. Elle vit deux ombres glisser vers une porte, probablement celle des toilettes.

La puanteur de l'urine lui piqua les narines. Depuis sa cachette, elle discerna la silhouette d'Elsa, croulant sous le poids de son mari. Il avançait en chancelant, appuyé sur elle. Une robe de chambre élimée pendait sur ses épaules. En dessous, on apercevait un pantalon de pyjama flasque. L'odeur âcre lui fit comprendre qu'Hans Karlsten était en train de se soulager dans le couloir. Pour s'empêcher de vomir, elle pensa à du parfum et à des bouquets de roses, mais Elsa Karlsten avait réussi à traîner son mari jusqu'aux W.-C.

– Voilà, voilà. C'est tout droit, regarde. Tout droit…

– J'y vois rien, espèce de truie ! Qu'est-ce que tu fous ? Tu m'emmènes où ? Je veux aller aux toilettes, je t'ai dit ! Amène-moi aux toilettes !

On tira la chasse d'eau. Elsa Karlsten ressortit, soutenant son mari. Ils disparurent dans le couloir. Hans Karlsten hurlait des jurons tandis qu'Elsa s'efforçait de l'apaiser. Puis un bruit sourd, suivi du craquement d'un sommier. Peu après, des ronflements et – lui sembla-t-il – des pleurs.

Elle laissa passer un moment avant de gagner la chambre, guidée par la puanteur. Dans l'encadrement de la porte, elle jeta un coup d'œil à l'intérieur.

Des relents d'alcool et d'urine. D'un côté du lit défait, une masse informe et, de l'autre, une silhouette en léger relief sous une couverture. Des vêtements éparpillés sur le sol, d'autres soigneusement suspendus à un valet. Un sacré contraste.

Quand elle se pencha au-dessus du visage ridé d'Hans Karlsten et qu'elle put scruter ses yeux flétris, tout lui parut évident, comme prédestiné. Le gros oreiller était, semblait-il, placé au pied du lit à son intention. Elle s'en saisit, le plaça sur cette bouche nauséabonde qui ronflait bruyamment et appuya. Elle ne s'attendait pas à tant de résistance. Il se débattit avec force. Ses mains s'agrippèrent à ses bras. Ce contact la révulsa. Elle redouta soudain qu'il ne parvienne à la maîtriser. Prise de panique, elle se coucha alors sur l'oreiller pour augmenter la pression. Peu après, les mouvements cessèrent. Tremblante, en nage, elle se releva. Épuisée mais étrangement calme. Lorsqu'elle retira l'oreiller, le visage d'Hans Karlsten ne lui parut pas enlaidi. Toute mort recèle un rire, à en croire l'inscription qu'elle avait lue un jour sur une peinture dans une église de Riga.

Elle lissa l'oreiller et le reposa au pied du lit. Au moment de s'en aller, elle se sentit observée. Levant les yeux, elle s'aperçut qu'Elsa Karlsten, allongée dans le lit, la dévisageait. Elles s'observèrent mutuellement. Puis elle se détourna et sortit. En refermant la porte d'entrée, elle se dit que ses chaussures avaient finalement été bien pratiques, qu'elles l'avaient aidée à faire ce qu'on pouvait considérer comme une bonne action – du moins de ce côté-ci de l'éternité. Elle se souvint de l'expression que les Français employaient pour nommer l'orgasme : « la petite mort ». Pour elle, cela avait été le contraire. C'était la mort d'Hans Karlsten qui lui avait procuré du plaisir.

Chapitre 10

Mari s'adossa à sa chaise et savoura son café. Jo avait suivi les instructions d'Anna, ça se sentait : désormais, le café était fraîchement moulu. On n'utilisait plus les restes de la veille. Mari remarqua le regard vide d'Anna, qui venait de croquer dans un petit pain aux myrtilles. Elle avait de la confiture sur le menton.

– Tu as l'air fatiguée, Anna. Ça ne va pas ?

Celle-ci s'essuya du revers de la main.

– Non, ça ne va pas, et comme je ne suis pas douée pour aller mal, mes symptômes sont probablement plus graves que chez les autres. Fanditha… enfin, Fanny… m'a annoncé hier soir qu'elle allait s'installer quelque temps sur la péniche de Greg. Ça m'a fichu un coup. J'avais fini par m'habituer à notre semblant de relation. Enfin, c'est ce que je croyais. Je me disais que j'avais fait le maximum et que si je l'aimais suffisamment, tout irait bien. Mais visiblement, ça ne marche pas. Plus je veux me rapprocher d'elle, plus elle me fuit. Je me retrouve les bras pleins de câlins face à une gamine qui me dit : « Non merci, tu peux te les garder, tes sentiments puants. » Ce n'est pas nouveau, elle est comme ça depuis sa naissance. Je sais aussi qu'elle a toujours préféré Greg. Même quand c'était lui qui faisait une connerie, elle rejetait la faute sur moi. Il semble qu'elle ait fondé sa conception du monde sur le principe de ma culpabilité. Je le sais bien, et pourtant…

– Que cette coupe s'éloigne de moi, souffla Fredrik.

Il n'avait pas encore touché à son sandwich. Mari nota que depuis quelques semaines, il avait les traits tirés. Elle voulut répondre, mais Anna la devança.

– Exactement. C'est ce que ma mère m'aurait dit d'une voix mielleuse, ravie de constater que ma relation avec Fanditha est aussi mauvaise que la sienne avec moi. Selon elle, si ma fille me rejette, ça prouve que Dieu est juste. Son Dieu à elle, qui n'est pas très miséricordieux. Il préfère juger sévèrement plutôt qu'avec justesse. D'ailleurs, elle préfère l'Ancien Testament au Nouveau. Elle doit trouver Jésus mollasson avec ses histoires de pardon et ses tirades du genre « que celui qui n'a jamais péché jette la première pierre ».

– Il ne t'est jamais venu à l'idée que ses reproches pouvaient être un signe d'estime ?

– Comment ça ?

Fredrik garda le silence. Mari contempla sa chemise rose et se réjouit d'avoir choisi un pull couleur lavande qui s'accordait bien avec ses yeux. La douceur des fibres la réconfortait.

– Un jour, ma mère m'a demandé de me transformer en courant d'air. J'avais six ans. Elle n'avait pas de véritables amis. Dans notre village, personne ne lui ressemblait. Mais de temps en temps, elle aimait se complaire dans l'admiration qu'on lui vouait. Alors elle conviait les voisins à venir déguster des plats qu'ils faisaient semblant de connaître. Quand j'y repense, c'est étrange qu'elle n'ait pas été entièrement exclue de la communauté. Enfin, de toute façon, ça l'aurait laissée indifférente. Elle était tellement convaincue de sa supériorité que les railleries des autres ne l'atteignaient pas. Ils préféraient donc l'admirer de loin. Ce jour-là, elle avait préparé un soufflé. Je l'avais regardée cuisiner, curieux de goûter à cette merveille, et ensuite de voir la réaction des invités. Elle m'avait tout expliqué : le soufflé allait monter pendant la cuisson et former une croûte dorée. En bouche, il serait à la fois léger, croustillant et fondant… Aujourd'hui, sa description me semble incroyablement sensuelle, mais à l'époque, tout ce qui m'intéressait, c'était d'y goûter… Je n'avais jamais le droit d'être présent quand mes parents recevaient des invités. Cette fois-là, je n'ai pas pu me retenir, j'ai insisté. J'ai aidé ma mère autant que possible. J'ai mis la table et fait la vaisselle avec elle. Puis je lui ai demandé si je pouvais rester avec eux. Elle a posé les yeux sur moi et m'a répondu : « Oui, Fredrik, tu pourras te joindre à nous. Je vais te donner une mission très spéciale qui fera très plaisir à maman. Tu joueras le rôle du courant d'air. » Je n'ai pas tout de suite compris ce qu'elle voulait dire. Une fois les invités installés dans la salle à manger, elle m'a conduit à la porte, l'a refermée derrière nous et m'a demandé de rester assis là, et de me transformer en courant d'air. « Il n'y a rien de plus important que l'air, tu comprends ? À l'intérieur de la maison, on ne pourrait pas respirer s'il n'y avait pas d'air en réserve. En plus, ce soir, nous allons être nombreux. »

Fredrik but une gorgée de café. Sa main tremblait violemment. Il en renversa, mais ne sursauta pas au contact du liquide brûlant, et, pour une fois, il resta indifférent à la tache qui s'était formée sur la manche de sa chemise.

– Je suis resté assis pendant deux heures dans l'entrée en attendant de me transformer en courant d'air. Le pire, c'est que j'étais content. Maman venait me voir de temps en temps pour me féliciter. Au bout d'un moment, elle a regardé au loin en murmurant : « Concentre-toi bien sur ta mission parce que maman va chanter. Tu sais que dans ces moments-là, il me faut encore plus d'air. » Elle a joué les premières notes de piano. Je me suis gonflé comme un ballon. Je retenais ma respiration pour ne pas gaspiller d'oxygène. En passant, mon père m'a demandé ce que je fabriquais. Je lui ai répondu que je me changeais en courant d'air pour que maman et ses invités puissent respirer à l'intérieur. Lui qui ne riait presque jamais, il a ri tellement fort que ma mère s'est arrêtée de chanter. Elle ne supportait pas qu'on l'interrompe pendant ses interludes musicaux, mais l'expression de mon père l'a fait fléchir. « Il s'est changé en air ! Tu es vraiment une petite maligne, Michelle ! » Puis il est retourné au salon, a embrassé ma mère sur la bouche devant les invités installés sur le canapé, et a crié à ceux qui étaient restés dans la salle à manger : « Comme ça, vous aurez quelque chose à raconter en rentrant chez vous ! » J'étais terrorisé. Ma mère n'aimait pas les effusions en public. Mais quand mon père a desserré son étreinte, elle était impassible. Elle a tout raconté à ceux qui avaient raté la scène. Elle en a fait une petite comédie dans laquelle elle jouait mon rôle et le sien, ce qui a beaucoup fait rire l'assemblée. Toutes ces femmes qui n'osaient pas se moquer d'elle ont pu se défouler sur moi. Elle s'était foutue de moi, clairement, mais il m'a fallu plusieurs années pour comprendre à quel point. C'est bizarre. La pire des maltraitances est celle qu'on ne cerne pas bien. Comme si le cerveau conservait le souvenir du mal jusqu'à ce qu'on soit suffisamment mûr pour l'analyser. Cet effet à retardement est plus destructeur que l'effet immédiat. Le poison agit plus longtemps.

Mari eut l'impression que Fredrik regrettait de s'être trop épanché. Elle se souvint d'un jour où il avait affirmé que ce n'était pas en discourant sur son enfance qu'on la rendait moins douloureuse. D'après lui, il n'avait pas besoin de compassion ni des conseils avisés d'un psychologue pour assumer son statut d'élément dérangeant au sein de l'étrange union que formaient ses parents. Mari avait acquiescé, sans rien dévoiler de son propre passé. L'histoire de Fredrik semblait encore plus tragique après les propos d'Anna. Ils révélaient malgré tout l'amour d'une mère pour sa fille. Comment pouvait-on ne pas aimer son enfant ? Si elle en avait un, Mari le chérirait jusqu'à l'étouffement.

– Excuse-moi, Anna, dit Fredrik après un moment. Je me plains de mes parents alors que tu avais quelque chose à nous confier. Ce que je voulais dire, c'est que pour un enfant, il vaut mieux susciter une réaction – même mauvaise – de la part de ses parents que d'être ignoré. Jouer les courants d'air… Enfin, c'est comme ça. Vous avez réfléchi à la situation d'Elsa Karlsten ?

Tous trois demeurèrent pensifs. Anna, qui avait terminé

son petit pain aux myrtilles, se pencha au-dessus de la table et prit une bouchée du sandwich de Fredrik. Il fixa d'un air absent les traces que ses dents avaient laissées dans le pain. À côté, Jo discutait avec les deux habitués joueurs d'échecs. Bela trouvait le café filtre excellent et Gottfrid qualifia une meringue de « légère comme la caresse d'un ange ». Jo émit un rire aigu, aussi sonore que communicatif.

Depuis la visite d'Elsa Karlsten une semaine plus tôt, chacun s'était employé à trouver des moyens de lui venir en aide. Fredrik avait rassemblé des textes de loi qui lui garantissaient une vie décente après son divorce, Mari avait contacté plusieurs organisations de défense des femmes et Anna s'était renseignée sur les solutions d'hébergement. Ils avaient fait le bilan de leurs trouvailles, sans aborder le véritable sujet de sa requête. La première rencontre avec Elsa Karlsten avait été tellement sinistre que la perspective de remettre un éventuel assassinat sur le tapis les rebutait manifestement.

Mari n'en avait plus reparlé à David. Qu'il y soit favorable ne l'avait pas surprise. Il n'y avait donc rien à ajouter. Elle préférait ne pas repenser à la froideur avec laquelle il s'était exprimé, ni à la manière dont ses mains blanches la glaçaient en la touchant.

– Comment va ton père, Anna ? demanda-t-elle pour changer de sujet.

– Il ne sera bientôt plus qu'une pathologie, un dossier, ou une consultation à noter dans un agenda, comme vous voudrez. Autrement dit, il est en train de devenir un fardeau pour la société. Il habite encore chez lui, mais il est obligé d'aller à l'hôpital presque tous les jours. Il a la poitrine oppressée. Il ne va pas assez mal pour être hospitalisé mais il est trop malade pour rester chez lui. L'assistante à domicile passe quand ça lui chante. Maman, quand elle lui téléphone, trouve qu'il a l'air en forme, mais c'est facile quand on est dans sa maison de vacances au Portugal. Ma chère sœur est tellement débordée qu'elle n'arrive pas à se libérer. Il faut qu'elle s'occupe des chevaux, et maman la comprend parfaitement. Quant à moi, c'est une autre histoire. J'habite « tout près » de chez lui et j'ai « beaucoup de temps libre ».

La mère d'Anna avait quitté son époux au moment opportun de leur retraite commune. « Je suis le produit d'une immaculée conception », disait régulièrement Anna. Elle ne pouvait imaginer que sa mère puisse s'abandonner dans un moment de passion. Une conférence œcuménique sur la côte ouest avait cependant fait des miracles, puisque sa mère s'y était liée à un homme aussi pieux qu'elle.

Le Saint-Esprit – à moins que ce ne fût sa propre conscience – la poussait de temps en temps à prendre des nouvelles de son ex-mari, qui lui disait généralement que tout allait bien. Dans le cas contraire, elle lui énumérait une liste de conseils à suivre pour aller mieux. Quand tant de gens ont besoin de votre aide, difficile de se rendre disponible pour un ex-époux. Aimer son prochain était d'ailleurs bien plus simple quand il se trouvait en Afrique : on gardait la puanteur à distance. Voilà ce qu'en disait Anna. Mari ne pouvait qu'acquiescer. Cela faisait longtemps qu'Anna avait perdu le contact avec sa sœur installée en Scanie. Mari, qui ne fréquentait pas sa famille non plus, n'y voyait rien de curieux ni de particulièrement révoltant. Du reste, Anna et elle étaient aussi proches que des sœurs auraient pu l'être.

Anna tendit l'oreille et constata que son café tournait très bien sous la direction de Jo. Elle soupira.

– Pour la première fois de ma vie, j'ai désespérément besoin d'argent. Pour mon père. Je n'aurais jamais cru en arriver là. J'aimerais pouvoir l'installer dans une maison de retraite agréable où il serait pris en charge et entouré. Il a toute sa tête, mais il est fatigué. Son corps ne suit plus le rythme. Les meilleures résidences à Stockholm ont des listes d'attente de vingt ans. On devrait d'ailleurs songer à s'y inscrire, tous les trois. Il n'a aucune chance d'y entrer.

Ce qu'on appelait jadis le modèle suédois est une montagne de ruines. J'ai fait des recherches en province et trouvé l'endroit idéal : une petite maison de retraite en Dalécarlie, d'où il est originaire. De construction récente, en bon état et près d'un lac. Il y a deux bâtiments : dans le premier, les appartements, et dans l'autre, un centre de soins avec une équipe compétente disponible vingt-quatre heures sur vingt-quatre. C'est bien meublé, la nourriture y est bonne, les gens sympathiques... J'y suis allée il y a quelques semaines. Quinze mille couronnes par mois, tout compris. Ils ont une place pour mon père. Il pourrait y emménager d'ici quelques semaines.

Elle se gratta le cou d'un air absent et poursuivit :

– Mais c'est impossible. Nous n'en avons pas les moyens, ni lui ni moi. Ça me met dans une rage folle. Nous n'avons jamais rien demandé. Nous avons toujours travaillé et payé toutes nos foutues cotisations. Et maintenant qu'il devrait pouvoir en profiter, les caisses sont vides. C'est une véritable trahison de la part de la société. C'est très bien qu'il existe des maisons de retraite de ce genre, ce n'est pas le problème, mais je trouve que tous ceux qui ont travaillé dur devraient y avoir accès. Alors, depuis la visite d'Elsa Karlsten, il m'arrive même de penser que je devrais faire le boulot. Une vie pour une vie. Je traverserais la rue, j'entrerais en face, je verserais des somnifères dans un verre, j'empocherais l'argent et j'offrirais une vie décente à mon père, sans tenir compte des conséquences de mes actes. Ça m'effraie. Vous comprenez ?

– Et un prêt bancaire ?

Anna éclata d'un rire ironique.

– Bien sûr, Fredrik, tu me vois contracter un prêt avec mon parcours professionnel chaotique ? Les banques préfèrent les dossiers plus conventionnels et mon père aura bientôt quatre-vingts ans. C'est vite vu.

– Peut-être qu'Elsa serait disposée à payer une partie de la somme si nous l'aidions, suggéra Mari. Ça te permettrait de payer la maison de retraite pendant un moment. Je te laisserais volontiers…

Elle s'interrompit. Elle allait dire à Anna qu'elle lui laisserait volontiers sa part, mais une telle proposition aurait été d'une générosité douteuse, et contraire à la décision qu'elle venait de prendre. Elle avait besoin d'argent pour réaliser un rêve. Sans cela, elle n'était rien. Et elle devait agir rapidement, faute de quoi elle allait se désagréger.

Elle regarda les beaux sourcils de Fredrik. Jamais les siens n'atteindraient cette perfection. Elle eut la singulière impression que, lui aussi sur le point de proposer sa part à Anna, il avait subitement changé d'avis, tout comme elle.

– Je me suis fait les mêmes réflexions que toi, Anna. J'ai repensé plusieurs fois à ce qu'Elsa nous avait raconté, dit-il. Puis j'ai tué Hans Karlsten en pensées de toutes les manières possibles et imaginables. Je lui ai enfoncé la tête sous l'eau, je l'ai renversé en voiture, j'ai mis des somnifères dans son verre. Je l'ai poussé du haut d'une montagne, je lui ai tiré dessus. Je l'ai même poignardé, alors que le sang me rebute, même en imagination. Le pire, c'est que j'ai pris du plaisir à l'éliminer. J'ai crié au triomphe quand les soubresauts ont cessé sous l'eau, ou quand il s'est arrêté de hurler, le front traversé par une balle. Mais tout ça n'a pas grand-chose à voir avec la réalité. L'imaginaire est parfois notre seul refuge. Tu es sous pression, Anna. Tu aimes ton père et il souffre, donc tu…

Il fut interrompu par Jo qui passa la tête par la porte. Avant même qu'elle n'ait pu ouvrir la bouche, Elsa Karlsten s'était faufilée dans la pièce. Elle semblait exaltée. Des boucles s'échappaient de son bonnet et son manteau, ouvert, pendait sur ses épaules, de travers. Sa robe ocre était assortie à la couleur de ses joues. Elle avait maquillé ses paupières d'une ombre aux reflets dorés qui donnait à son regard profondeur et expression. Jo se retira en fermant la porte derrière elle et Elsa Karlsten s'assit sur la chaise libre près de la table. Elle retira ses gants sans remarquer l'inquiétude que suscitait sa présence.

– Excusez-moi de faire irruption. J'ai compris que vous ne vouliez pas me contacter… pour ne pas éveiller les soupçons… Mais je me suis dit que… Enfin, je voulais juste vous remercier pour ce que vous avez fait. Ça n'aurait pas pu mieux se passer. La police est venue, bien sûr, et elle m'a posé des questions dérangeantes. Mais c'est la routine quand quelqu'un décède à domicile. Ils ont été charmants, ces petits jeunes, et je ne crois pas qu'ils se soient doutés de quoi que ce soit. Le médecin a déclaré que le cœur s'était arrêté et constaté l'infarctus. Il en avait déjà eu un. D'infarctus, je veux dire. Ils l'ont emmené, enfin, ce qu'il en restait. J'ignore s'ils vont faire une autopsie. Le médecin et les infirmiers ont évidemment remarqué l'odeur d'alcool. Il avait bu avant de se coucher. Et quand ils ont vu les flacons de médicaments, ça n'a plus fait aucun doute : sa mort était due à son mauvais état de santé et à ce qu'il avait ingurgité. Sans parler de ses problèmes cardiaques, bien sûr.

Elle fit une courte pause afin de reprendre son souffle. Ses mains couraient nerveusement sur son manteau et elle s'humectait sans cesse les lèvres.

– Je crois que j'ai fait bonne impression. Il n'a pas été question de me faire subir d'interrogatoire. En revanche, ils m'ont présenté leurs condoléances. J'ai d'ailleurs eu du mal à me retenir d'éclater de rire. Vous me trouvez insensible ? Une vieille dame comme moi devrait faire preuve de retenue devant un tel événement. Je devrais sans doute être angoissée. Mais tout ce que je sais, c'est qu'il fallait absolument que je vienne vous voir pour vous exprimer ma gratitude. J'ai vécu un tel calvaire… Et maintenant…

Les larmes roulaient sur ses joues. Elle ne faisait rien pour les en empêcher. Au contraire, elle reniflait bruyamment. Mari sentit une vague de froid se répandre dans ses membres – comme en présence de David. Elle avait la bouche sèche. Elle essaya de s'éclaircir la voix tout en observant ses deux amis. Anna était blême, et Fredrik se tenait la tête entre les mains, cachant son visage.

– Tu veux dire que ton mari... Hans Karlsten... est mort ? finit-elle par demander dans un murmure.

Elsa Karlsten parut étonnée.

– Bien sûr qu'il est mort ! J'ose à peine y croire. Je dois bien reconnaître que, par moments, j'ai douté de vous. Mais je n'ai jamais perdu espoir. Et puis elle est venue. Déterminée. C'était... beau. Je comprends que ça puisse paraître étrange, mais c'est une des plus belles choses qu'il m'ait été donné de voir. On aurait dit un ange de la vengeance tout droit descendu du ciel pour réclamer justice. Elle se déplaçait comme une ombre. Et cette chevelure... Je ne l'oublierai jamais.

– Qui était-ce ?

Anna s'était forcée à poser la question. Fredrik avait toujours le visage enfoui dans les mains. Elsa Karlsten, le regard perdu dans le vide, tentait de revivre ses impressions nocturnes.

– Comme je viens de vous le dire, c'était un ange de la vengeance, pas un être humain. Ça faisait partie du plan, je suppose. Ainsi, je ne pourrai jamais accuser personne puisque je ne sais pas qui a appuyé un oreiller contre le visage de mon mari dans ma chambre. Ça aurait pu être n'importe qui. Et pour moi, ça l'est... Rien à voir avec vous. Mais je tiens à vous dédommager aussi vite que possible, en liquide. J'en saurai plus sur ma situation financière la semaine prochaine. Dans un premier temps, il faut que je m'occupe des détails pratiques. L'enterrement, entre autres, auquel vous êtes invités. Je vais avoir besoin de votre... soutien. Ensuite, je mettrai la maison en vente. Chaque chose en son temps, comme disait mon mari.

Elsa Karlsten s'interrompit. Puis elle sourit. Son visage s'illumina d'une joie innocente qui la rajeunit. Mari fut parcourue d'un frisson. Elsa semblait en transe. Elle était tellement différente de la femme qu'ils avaient rencontrée la semaine précédente que c'en était effrayant. Un ange de la vengeance. Némésis, fille de la nuit.

Mari voulut dire un mot, mais Elsa Karlsten la devança :

– Avant l'arrivée de la police et de l'ambulance, je me tenais à côté du lit et je regardais mon défunt mari. Il avait l'air paisible, et je me suis dit que j'avais dû l'aimer un peu. Au tout début. Mais j'étais incapable de m'en souvenir. Je ne ressentais… plus rien. Je ne pouvais penser à rien d'autre qu'à ce qu'il m'a fait subir, et je me suis rendu compte que l'imparfait était un temps merveilleux pour parler d'un époux comme le mien.

Chapitre 11

Elsa Karlsten venait de s'en aller. Personne ne dit mot. On entendait le cliquetis des couverts et le rire d'un ancien client – un homme divorcé qui passait de temps à autre discuter de l'éducation de ses enfants avec l'équipe du Peigne de Cléopâtre. Fredrik, qui l'avait encouragé à être tolérant et à l'écoute, pria en son for intérieur pour qu'il ne réclame pas une énième consultation.

Anna fixait intensément une hypothétique tache, à tel point que Fredrik dut se retourner pour voir de quoi il s'agissait. Mari, pour sa part, tirait sur un fil qui pendait à son pull. Ne parvenant pas à l'en détacher, elle poussa un juron. La tension était palpable. Fredrik rompit le silence en chuchotant qu'Elsa Karlsten avait dû passer à l'acte.

– Elsa doit être plus atteinte que nous ne l'avions cru. Peut-être que nous avons sous-estimé les violences psychologiques qu'elle a subies.

Il se lança ensuite dans un long monologue crispé, affirmant qu'il se sentirait à jamais coupable d'avoir mal évalué la situation et ainsi ouvert la voie au meurtre qui, manifestement, avait eu lieu.

Il s'efforça d'être convaincant :

– Je me suis laissé fourvoyer par l'horreur de son récit. J'ai ressenti une telle compassion… et perdu mes facultés de jugement… Il ne nous reste plus qu'à espérer.

– Espérer quoi ? cria Anna.

Puis elle éclata en sanglots. Fredrik bondit de sa chaise et la prit dans ses bras. Il lui caressa les cheveux en murmurant des paroles de consolation. Elle finit par se calmer et lança un regard interrogateur à ses amis : quelles seraient les conséquences de cet acte ? L'examen médical révélerait-il des irrégularités ? Elsa Karlsten saurait-elle tenir sa langue ? Quelqu'un avait-il remarqué sa visite au Peigne de

Cléopâtre ? Que feraient-ils si elle avait réellement l'intention de les rémunérer ?

L'évocation du paiement fit réagir Mari, jusqu'ici murée dans un mutisme angoissé. Sa jambe tremblait, mais sa voix était posée.

– Je vois les choses comme toi, Fredrik. Nous nous sommes trompés. Nous n'avons pas compris la gravité de son propos et nous avons eu la bêtise de croire que nous pourrions régler son cas tout seuls. Mais j'estime que nous avons des circonstances atténuantes. Chacun de nous possède une expérience riche et variée des rapports humains et nos antécédents familiaux ne sont pas des plus simples. Nous avons cru, à tort, que notre expérience suffirait. Maintenant, il ne nous reste plus qu'à faire du mieux que nous pourrons.

La pondération de Mari étonna Fredrik. À vrai dire, il ne l'aurait pas cru capable d'une telle présence d'esprit. Anxieux, il reprit la parole – tout ce qu'il allait dire pouvait être retenu contre lui.

– Si j'ai bien compris, Elsa Karlsten a étouffé son mari avec un oreiller. Elle lui a cloué le bec, au sens propre du terme. La symbolique est évidente. Mais ce n'est pas sa méthode qui m'inquiète. J'aimerais savoir si elle a laissé des traces. S'est-il débattu ? Le corps présente-t-il des griffures ? Et celui d'Elsa ? Les médecins pousseront-ils leurs analyses jusqu'à vérifier la présence de fibres dans les bronches du défunt ?

Anna tenta de maîtriser ses sanglots.

– Je ne sais pas, mais je peux me renseigner, dit-elle.

Elle enroula machinalement une mèche de cheveux autour de son doigt et en fit un nœud. Puis elle reprit :

– J'ai accompagné papa à l'hôpital tellement de fois que je commence à bien connaître ses médecins. Je peux leur demander quelles sont les procédures en cas de décès à domicile. La question ne paraîtra pas inopportune vu son état de santé.

Elle prononça cette dernière phrase avec difficulté, comme si Dieu allait la punir en laissant son père mourir seul chez lui, sans personne pour lui tenir la main. Fredrik lui rappela ce qu'Elsa Karlsten leur avait dit avant de les quitter :

– Elle a acheté quelques viennoiseries qu'elle va déguster dans sa cuisine en feuilletant un livre ou en regardant par la fenêtre. Elle compte s'accorder deux heures pendant lesquelles elle écoutera le silence. Elle semblait si heureuse en nous disant cela...

Elsa Karlsten était-elle enfin libérée ? Elle avait ouvert la porte de sa cage avec une brutalité interdite, mais elle avait réussi. Elle allait enfin avoir du temps pour elle-même, pour ses enfants et ses petits-enfants. Du temps pour voyager. Pour se sentir en sécurité et dormir paisiblement la nuit.

Fredrik eut alors une idée – pourquoi n'y avoir pas pensé plus tôt ?

– Hans Karlsten a peut-être succombé à une mort naturelle. La description d'Elsa était si poignante que nous nous sommes laissé dérouter. Mais son récit est-il vraisemblable ? Si les médecins et le personnel ambulancier s'accordent à dire que la mort était naturelle, ou qu'il peut s'agir d'un infarctus... Puisque ça puait l'alcool dans la chambre et que tout laissait à penser qu'il avait bu alors qu'il prenait des médicaments... Il était âgé et malade. Abstraction faite, de la visite d'Elsa Karlsten la semaine dernière, si personne n'affirme le contraire, quelle raison avons-nous de douter qu'il soit mort d'une crise cardiaque ? Il avait peut-être senti que sa femme était sur le point de le quitter, et il ne l'a pas supporté. Ça arrive. Cette histoire d'oreiller et d'ange de la vengeance pourrait être purement symbolique. Peut-être qu'Elsa délire, mais cela ne fait pas d'elle une meurtrière.

Mari émit un sifflement que Fredrik interpréta comme une expression de soulagement.

– Tu as raison, évidemment. C'est idiot de notre part d'avoir cru à un meurtre... Mieux vaut attendre la suite des événements sans rien faire, mis à part les recherches qu'Anna mènera en toute discrétion. Et s'il n'y a aucun rebondissement, nous n'aurons rien à nous reprocher. Hans Karlsten sera mort de mort naturelle et nous aurons agi pour le mieux. Tout peut arriver, même des choses complètement absurdes. Nous ne le savons que trop bien.

Anna acquiesça. Ils restèrent assis en silence. Puis Mari s'excusa et quitta la pièce. Anna et Fredrik sortirent les plans d'une maison de banlieue pour laquelle ils préparaient une proposition d'aménagement. Avec concentration et détermination, ils s'accordèrent sur un style et poursuivirent l'élaboration du projet chacun dans son coin. Mari revint au bout d'une heure. La fameuse heure à laquelle tout le monde a droit, à en croire Elsa Karlsten.

Plus tard dans la soirée, au Fata Morgana, Fredrik écoutait Miranda chanter. *Raus mit den Männern aus dem Reichstag, und raus mit den Männern aus dem Landtag, und raus mit den Männern aus dem Herrenhaus, wir machen draus ein Frauenhaus** ! Quel plaisir d'écouter une femme chanter l'expulsion des hommes du Parlement et exiger que les institutions dirigeantes tombent aux mains de ses semblables. Dire que cette chanson avait été écrite dans l'entre-deux-guerres… À présent, Fredrik avait sa propre guerre à mener. Décidément, il ne comprendrait jamais les femmes. Si leur frustration les poussait à assassiner leur mari endormi, peut-être valait-il mieux qu'elles prennent le pouvoir. Enfin… Quel assassinat ? Il s'agissait d'une mort naturelle, point final. Il fallait qu'il en soit ainsi.

Les trois amis n'avaient pas reparlé du million et demi proposé par Elsa. Lorsqu'elle vint s'asseoir à sa table,

* Hommes, dégagez du Reichstag, dégagez du parlement local, dégagez du manoir (littéralement « maison d'hommes »), on en fera une maison de femmes !
Refrain de la chanson *Raus mit den Männern* écrite en 1926 par le compositeur allemand Friedrich Hollaender pour la chanteuse de cabaret Claire Waldoff.

Miranda ne manqua pas de le lui faire remarquer. Son spectacle avait provoqué un torrent d'applaudissements. Dans la salle comble, Fredrik s'était de nouveau installé à l'abri des regards. Il ne voulait pas être vu. Quoi qu'il en soit, elle savait qu'il était présent et qu'ils se retrouveraient après son numéro.

Ayant remercié le public, elle descendit de scène, se faufila entre les tables, un sourire aux lèvres, et s'installa prestement sur la chaise à côté de Fredrik. Elle se mouvait avec aisance malgré son long fourreau rouge. Son chignon laissait échapper quelques boucles de cheveux noirs. Elle passa la main sur ses bracelets, s'adossa à la chaise et sortit un fume-cigarette doré qu'elle allongea de quelques centimètres avant d'y glisser son cigarillo et de l'allumer. Les yeux rivés sur l'accessoire, il la regarda inspirer la fumée, qu'elle recracha en cercles parfaits. La grand-mère de Fredrik en avait eu un semblable, que sa mère conservait dans le tiroir d'une commode. Elle ne s'en était jamais servie et avait refusé de le lui prêter, sous prétexte qu'il était trop fragile. Son désir de fume-cigarette avait conduit Fredrik à sa perte.

Un serveur déposa un cocktail rouge devant Miranda. Elle lui fit un sourire, saisit le verre et but une gorgée. Puis elle se tourna vers Fredrik.

– Et l'argent ?

Il ne comprit pas tout de suite à quoi elle faisait allusion. Elle répéta sa question, agacée.

– Elsa Karlsten vous a confié le meurtre de son mari. Le voilà mort, et elle croit que vous l'avez tué. Elle vous a remerciés d'avoir accompli votre mission avec brio. Quand compte-t-elle vous payer ?

D'un geste involontaire, Fredrik fit chanceler le verre posé sur la table. Quelques gouttes rouges lui éclaboussèrent la main. Il s'essuya hâtivement. L'image lui rappela Mari plantant des ciseaux dans la main de son patron. Était-ce ainsi que tout avait commencé ? Après le récit haut en couleur qu'il lui avait fait dans sa loge avant le spectacle, la question de Miranda avait quelque chose de vexant.

– Elsa a dit qu'elle s'en occuperait dès que possible. Mais ce n'est pas pour ça que je…

– Quoi ?

– Ce n'est pas pour ça que je t'ai raconté les événements de la journée. Ce qui est arrivé est atroce. Le destin d'Elsa Karlsten me poursuit depuis plusieurs jours. Son histoire m'a bouleversé. J'essaie de croire qu'il existe un déterminisme positif derrière tout ça. Quelques minables billets de mille ne peuvent pas influencer à ce point le cours des choses.

Miranda lui caressa le bras. Il se mit à transpirer.

– Je n'ai pas insinué que ça aurait influencé le cours des choses, répliqua-t-elle d'une voix de chat ronronnant face à un oiseau à l'aile cassée. Tout ce que je voulais savoir, c'est quand vous allez toucher l'argent. Était-ce une mort naturelle ? L'a-t-elle étouffé avec un oreiller ? Nous n'en savons rien. Apparemment, nous avons décidé de croire au premier cas de figure, ne serait-ce que pour protéger Elsa. Nous voulons son bien, n'est-ce pas ? Jusqu'ici, nous sommes d'accord ? La voilà prête à payer la somme promise. Ne pas l'accepter la surprendrait énormément car elle est persuadée que c'est vous qui avez assassiné son mari. Ne vaut-il pas mieux pour elle qu'elle continue d'y croire ? Sinon, l'autre hypothèse refait surface. Autrement dit, elle aurait étouffé son mari avec un oreiller. Or il serait préférable pour tout le monde, sauf pour Elsa Karlsten, de penser que son mari a succombé à une mort naturelle, non ?

Le raisonnement semblait biaisé. Et puis cette façon qu'avait Miranda de dire « nous » en roucoulant… Fredrik trouvait ça écœurant.

– Bien sûr que la mort de son mari était naturelle ! Et nous ne pouvons pas encaisser un million et demi de couronnes pour un acte que…

– Que vous n'avez pas commis ? C'est ce que tu allais dire ?

Il acquiesça. Miranda passa sa langue sur ses dents.

– C'est bien ce que je pensais. Vous ne vous autorisez pas à dire ni à imaginer que l'un d'entre vous ait pris l'initiative. Que l'un d'entre vous soit l'ange de la vengeance dont elle a fait un si beau portrait. L'ange à la magnifique chevelure. Repense au nom de votre société, Le peigne de Cléopâtre. Les apparences sont trompeuses, sauf à lire entre les lignes.

Elle lança à Fredrik un regard provocant tout en tirant sur son fume-cigarette. Puis elle croisa les jambes. Elle portait des bas résille, bien sûr. Il était à court de répliques. Elle se pencha vers lui ; il sentit son parfum – une fragrance démodée.

– Tu te souviens des lapins, Fredrik ? Tu te souviens du jour où tu as été définitivement puni ?

Il ne le voulait pas. Il avait déjà tant revu cette scène… Son inconscient mettait le film en marche dès qu'on évoquait l'un des éléments de l'histoire. Il tenta de résister, mais Miranda insista, et ses maudites dents brillaient dans le noir comme de petites perles taillées. Il se retrouva dans la salle à manger de son enfance.

On entendait le tic-tac de l'horloge au mur. Sa mère était installée dans le grand fauteuil de cuir marron, les jambes croisées et les bras posés sur les accoudoirs. Elle regardait dans le vide, l'air absent, paraissant ignorer son mari et son fils. Fredrik, vêtu d'un pantalon et d'un pull-over, se tenait le plus droit possible afin de se grandir. L'index que son père lui avait glissé sous le menton était dur et froid. En fait, il ne s'agissait pas d'un doigt. C'est avec un fusil que son père lui relevait la tête.

– Alors comme ça, on n'a pas été sage ? Encore une fois.

Fredrik était terrorisé. Il devait mobiliser toute sa volonté pour lutter contre ses haut-le-cœur, tandis que son père l'étouffait, la crosse du fusil pressée contre sa gorge. Fredrik avait toutes les raisons de craindre le pire. Tant que son père hurlait, il n'était pas dangereux. Il ne contrôlait pas son agressivité. Sa violence n'en était que plus facile à parer. Quand la punition tombait, elle n'atteignait pas son but avec la précision diabolique que conférait le calcul. Mais justement, cette fois-ci, son père prenait tout son temps. L'enfant n'avait manifestement pas compris la gravité de sa faute. Il serait puni. Avec calme et précision.

Fredrik pria Dieu pour ne pas se pisser dessus. Du coin de l'œil, il vit sa mère bouger dans le fauteuil mais s'efforça de ne pas tourner la tête dans sa direction. Il ne put néanmoins retenir un tressaillement de la gorge, auquel son père répondit en appuyant la crosse encore plus fort. Les yeux de Fredrik s'emplirent de larmes. Son père plissa les siens en deux fentes sombres.

– Je croyais que tu étais grand maintenant, qu'on pourrait bientôt te considérer comme un petit homme, un fils qu'on pourrait fièrement emmener en forêt pour le présenter aux copains. Quelqu'un sur qui on pourrait compter pour faire une partie du boulot. Parce que dans la famille, on se serre les coudes, non ?

Même s'il l'avait voulu, Fredrik n'aurait pas pu répondre. La crosse du fusil l'empêchait de parler. D'ailleurs, il savait que son père n'attendait aucune explication de sa part. Les palabres, c'était pour les bonnes femmes, avait-il dit un jour. Un homme, ça agit. Sa mère avait souri d'un air mystérieux, sans le contredire.

Savourant la situation, son père allait la faire durer aussi longtemps que possible. Les puissances supérieures ne pouvaient l'aider qu'à retenir ses larmes, son urine et ses vomissements. Il soutint le regard de son bourreau, qui reprit la parole :

– Mais tu n'es pas un petit homme. Tu n'es rien du tout. Tout juste un gamin qui veut continuer de s'amuser. Alors il ne nous reste plus qu'à nous résigner et à tirer le meilleur parti de la situation. Heureusement, dans cette famille, nous aimons les jeux. Et nous sommes doués, pas vrai, Michelle ?

Son père s'exprimait toujours à la première personne du pluriel. Depuis son enfance, Fredrik était allergique à ce « nous ». Comme si ses deux parents et lui-même formaient un seul et même corps, à l'image de celui que le pasteur évoquait parfois dans ses sermons. Fredrik avait-il bien compris ? Les êtres humains constituaient-ils les parties du corps de Jésus-Christ ? En absorbaient-ils certaines pendant la communion ? Son père reprit la parole. Quant à sa mère, assise dans son fauteuil, elle ressemblait à une statue de marbre blanc scintillant que l'on aurait revêtue d'une robe.

– Tu vois, j'ai réfléchi toute la matinée. Il faut que nous inventions un jeu encore plus amusant que les autres. Un jeu auquel on puisse jouer tous les deux. J'ai pensé au chat et à la souris, mais en y ajoutant un peu de sel. On va cacher un objet quelque part, et quand on le trouvera, il se passera quelque chose de spécial.

Il baissa son arme. Par réflexe, Fredrik porta sa main à l'endroit meurtri. Rapide comme l'éclair, son père lui saisit le bras et lui fit empoigner le canon du fusil. Quand il lâcha prise, Fredrik dut faire un pas en arrière pour ne pas perdre l'équilibre. Son père se mit à rire. Puis il reprit, avec calme et sang-froid :

– Ce n'est pas rien de tenir une arme entre ses mains. Pendant longtemps, l'homme n'a eu que ça pour sauver sa peau. Avec un joujou pareil, on peut s'amuser, mais c'est avant tout un instrument de survie. Nous pouvons nous procurer des choses avec. Quoi par exemple ?

Fredrik devait répondre, mais il ignorait quoi. Qui ça, nous ? Pas moi, toi, papa. Tu chasses des animaux avec ce fusil. Des animaux que tu dépouilles et que tu vends. Des animaux dépecés dont les cornes se retrouvent accrochées au mur des maisons de la région. À quoi servent ces animaux ? À quoi servent les armes ?

– Alors, que pouvons-nous nous procurer avec une arme ? Tu n'en sais rien ? Vraiment ? C'est inquiétant, mais je peux le comprendre. Tu es un enfant des temps modernes. Un enfant qui n'a jamais eu faim ni manqué de rien. Un enfant qui n'a jamais eu froid. Tu ne respectes pas ceux qui te nourrissent et t'habillent. Tu t'entêtes à nous humilier alors que nous n'exigeons pas grand-chose de toi.

Le père de Fredrik claqua des doigts pour montrer à quel point sa mère et lui étaient peu exigeants. Le bruit réveilla la statue dans son fauteuil de cuir. Fredrik n'osa pas tourner la tête dans sa direction lorsque de sa voix froide et maîtrisée, elle demanda s'ils n'avaient pas bientôt fini pour qu'elle puisse faire un peu de musique avant de servir le dîner. Son manque d'intérêt fit perdre son calme à son père. Il approcha son visage à quelques centimètres de celui de Fredrik, qui sentit l'odeur de sa transpiration lui piquer les narines. Mais lorsque son père lui expliqua la marche à suivre, il ne broncha pas :

– Cache-moi ce fusil ! Si je ne le trouve pas dans les cinq prochaines minutes, tu auras gagné pour cette fois. Sinon, j'irai abattre tes foutus lapins et ta mère en fera une blanquette. Et tu devras finir ton assiette. Comme ça, tu n'oublieras plus que tu es un gosse chanceux à qui on sert des repas chauds tous les jours. Si je ne retrouve pas le fusil de toute la semaine, tu auras gagné pour de bon. Je te donne une vraie chance, je me montre plus généreux que tu ne le mérites. Tu as compris ? Je te demande si tu as compris ? Réponds !

Fredrik aurait voulu murmurer « oui, papa ». Mais sa voix ne lui obéissait plus. Il sentit un liquide chaud dégouliner le long de sa jambe. Rassemblant toutes ses forces, il réussit à stopper l'écoulement et pria les dieux pour que personne ne l'ait remarqué. Sinon, son père tuerait immédiatement les lapins. Lisen, la plus grosse, toute marron. Ses trois bébés : Flocon avec sa langue rose, Chaussette, les pattes noires et la fourrure bigarrée, et Câlin, le plus doux avec son pelage gris. Câlin, le plus petit et le plus courageux. Quand Fredrik leur apportait à manger, il croquait toujours la première feuille de salade, et quand il plongeait la main dans leur cage, Câlin était le premier à accourir.

Quelques mois auparavant, un voisin lui avait donné Lisen. Elle était pleine et n'allait pas tarder à donner naissance à trois petits qui, depuis, partageaient sa cage. Au moment du cadeau, son père était de bonne humeur. Il avait accepté que son fils garde le lapin à condition qu'il s'en occupe. Fredrik avait rempli sa part du contrat. Il avait construit une cage solide, l'avait tapissée de paille et équipée de compartiments. Il la nettoyait régulièrement et nourrissait les nouveaux venus tous les jours. Les voisins servaient du lapin à table de temps à autre, mais il n'avait pas fait le lien. Il s'était contenté de remercier son père sans réfléchir.

Les lapins s'étaient montrés plus faciles à apprivoiser qu'il ne l'aurait cru. Il les adorait ; leur présence l'aidait à supporter sa solitude. Lorsqu'il enfonçait son nez dans le pelage de Lisen, il lui arrivait de trouver qu'elle sentait aussi bon que les robes dans la penderie de sa mère.

– Tu as compris ? hurla son père.

Fredrik rassembla toutes ses forces pour répondre « Oui, papa ». Le poids de l'arme lui faisait mal au bras. Il la souleva des deux mains et la prit dans ses bras comme on porte un bébé. Un mouvement imprudent, et le coup pouvait partir. Le cran de sécurité devait être abaissé ; Fredrik espéra que son père n'aurait pas l'idée de corser le jeu davantage en le levant.

– Je chronomètre. Cinq minutes à partir de… maintenant !

Le père de Fredrik regardait sa montre. Il avait pris le ton léger des plaisanteries entre père et fils, celui qu'il utilisait parfois devant les invités pour faire croire à une forme d'amour filial.

– C'est l'heure de l'interlude musical, Michelle ?

Elle s'avança vers le piano à queue et se mit à chanter.

Chicago. Elle venait de recevoir des États-Unis la partition de la comédie musicale. Une histoire de femmes qui tuent des hommes, que sa mère lui avait racontée d'une voix exaltée.

*When you're good to Mama, Mama's good to you**.

Les paroles illustraient bien la situation. Le rire de son père le poursuivit dans toute la maison, se mêlant au chant de sa mère, alors que Fredrik se précipitait à la recherche d'une cachette idéale pour le fusil. Il ouvrit les penderies, songea un instant à celle de sa mère, mais ne voulut pas se rendre coupable d'un double crime. Il s'agissait d'une zone interdite. Dans la cuisine, il pensa au placard à balais mais leurs manches étaient trop fins pour dissimuler l'arme. Son père écoutait la musique, confortablement installé dans le canapé du salon. En l'apercevant, Fredrik fut saisi d'une terreur semblable à celle que devait ressentir le gibier. Le chasseur ne paraissait pas vouloir l'espionner ni le surprendre. Il n'interviendrait qu'au moment voulu. « Nous les hommes, nous savons tenir parole. Pas la peine de faire salon pour ça. »

Fredrik ouvrit la porte principale dans l'idée désespérée de courir ensevelir l'arme dans la forêt. Mais cela ne servirait à rien. Son père en possédait plusieurs. Si celle-ci disparaissait pour de bon, il entrerait dans une rage folle qui ne laisserait aucune chance à Lisen et ses petits. De plus, Fredrik devait éviter de s'approcher de leur cage. S'il voyait Câlin, il risquait de perdre ses moyens.

Du calme, Fredrik, du calme. Dans quelle pièce de la maison papa n'entre-t-il jamais ? Quels recoins lui sont-ils inconnus, voire tabous ? Luttant contre la panique, il s'efforça de réfléchir, et finit par avoir une idée : il allait cacher le fusil dans sa propre chambre, où son père n'entrait jamais, sauf lorsqu'il lui prenait l'envie d'inspecter les lieux. Fredrik passa en revue son lit (qui était fait), la chaise sur laquelle pendaient quelques vêtements, le placard où il rangeait ses

---

* Si tu es gentil avec maman, maman sera gentille avec toi.

jouets, la bibliothèque, le tapis et les rideaux jaunes. Par terre, il y avait une paire de ciseaux, de la colle et des feuilles de papier à dessin. Quelques heures plus tôt, il faisait de la gouache sans se douter que sa paisible existence ne tarderait pas à être bouleversée. La belle voix de sa mère résonnait encore dans ses pensées. Soit gentil avec maman et maman sera gentille avec toi. Tout à coup, il sut quoi faire.

Il défit rapidement les draps du lit, jeta le matelas par terre et découpa une longue entaille dans le coutil rayé. Au loin, il entendit son père crier : « Plus que deux minutes ! » Sa mère chantait toujours. Les paroles évoquaient une femme qui avait tué son mari et venait d'être libérée. Son séjour en prison lui avait même permis de devenir une artiste reconnue.

Fredrik tenta d'enfoncer le fusil dans le matelas, mais le garnissage était trop épais. Dégoulinant de sueur, il en arracha plusieurs poignées jusqu'à dégager suffisamment de place pour l'arme. Il rembourra ensuite le matelas comme il put, le traîna jusqu'au sommier et refit son lit avec la précision militaire que son père exigeait de lui. Il tenta de ramasser les restes de fibres qui parsemaient le sol et finit par les fourrer sous le tapis. Alors qu'il s'apprêtait à rejoindre la cuisine, il se ravisa et s'allongea sur son lit. Son père ne le croirait pas capable d'un tel sang-froid. Il aurait peut-être une chance.

En entendant « J'arrive ! », Fredrik eut un haut-le-cœur. Il déglutit. Son esprit quitta lentement son corps et s'éleva vers le plafond pour surveiller la situation à distance. Il entendit son père passer méthodiquement en revue les placards, tiroirs, penderies et étagères de la maison. L'odeur du gratin que sa mère avait mis au four se répandait dans les pièces. Peut-être dut-il son salut, le premier soir, à ces délicats effluves. Son père ne jeta en effet qu'un rapide coup d'œil dans sa chambre et tourna les talons avec un rictus. Puis, depuis la cuisine, il cria que la chasse était terminée et que le gosse avait gagné la première manche.

À table, de bonne humeur, il mangea avec appétit. Son garçon avait enfin appris ce qu'était une bonne partie de chasse, déclara-t-il. La mère de Fredrik les considéra tous deux avec détachement. Autant servir des abats au prochain dîner, puisque personne n'avait la décence de la complimenter pour son gratin dauphinois, dit-elle ensuite. Père et fils s'empressèrent de réparer cette erreur, et elle accepta que son mari l'embrasse sur la joue. La table était joliment dressée avec des serviettes en lin et des bougies. Elle détestait qu'on ne sache pas se tenir à table. Son mari se servait désormais de cure-dents.

Les jours suivants, Fredrik fut rongé par la peur, au détriment de sa concentration en classe. Il passa tout son temps libre avec les lapins dans la remise. Il n'avait pas le droit de les emmener dans la maison. Il les sortait de leur cage l'un après l'autre, fourrait son visage dans leur pelage et respirait leur odeur, se laissait lécher les mains, les gâtait avec de la nourriture. Peut-être devinait-il déjà qu'il ne pourrait pas les sauver. Sa cachette était bien trouvée, mais pas suffisamment pour leurrer un chasseur expérimenté.

Il s'en fallut de peu pour qu'il réussisse. Cinq jours durant, l'arme resta dissimulée dans le matelas. Puis, un soir, pendant le jeu de cache-cache, son père entra en coup de vent dans sa chambre, le tira du lit, retourna le matelas et en sortit le fusil. Connaissait-il la cachette depuis le début ? Peut-être s'était-il amusé à prolonger la souffrance de sa victime.

Retrouvant ses esprits, Fredrik remarqua qu'une nouvelle artiste était entrée en scène. Une femme forte du nom de Belle. Il se tourna vers Miranda, ignorant ostensiblement sa question sur les lapins. Jamais il ne les oublierait, elle le savait très bien.

– Où veux-tu en venir ? rétorqua-t-il, inhabituellement agressif.

Elle fit la moue et balança nerveusement le pied.

– Ne me parle pas sur ce ton. Je suis ton amie. Je suis

même plus que cela. C'est pour ça, je me permets de te parler des lapins. Pour te rappeler à quoi ressemble le quotidien d'une personne victime d'un tyran. Elsa Karlsten subissait son mari, elle s'en est débarrassée. Quel que soit votre point de vue sur la méthode adoptée, vous l'avez aidée. Hans Karlsten est mort et sa veuve souhaite vous récompenser pour le travail accompli. J'ai une idée très précise de la manière dont nous allons utiliser ta part.

– Comment ça ?

Miranda poussa un soupir agacé.

– Tu es vraiment distrait ce soir, Fredrik. Mais ça ne m'étonne pas. Dès qu'il faut agir, c'est moi qui dois prendre les rênes. Un million et demi de couronnes divisé par trois, ça fait un demi-million. C'est la part qui te revient. C'est notre argent. Tu n'as pas compris ce que cela impliquait ? Le Palace de Miranda va se concrétiser ! Je n'aurai plus à chanter ici, au Fata Morgana, pendant que Michael se remplit les poches. On ouvrira notre propre établissement. Et on touchera le pactole, mais avec finesse. Je me produirai aux côtés des meilleurs, triés sur le volet. Stockholm n'aura jamais rien vu de semblable.

Fredrik voulut protester, mais elle lui coupa le sifflet.

– Je l'imagine déjà, notre Palace ! Du velours bleu. Des lustres en cristal. Des fauteuils confortables. Un style rétro combiné à une architecture moderne. Un interphone à chaque table pour que les clients puissent appeler l'autre bout de la salle ou commander un verre. Comme à l'époque où on téléphonait avec classe. Il y aura un préposé au vestiaire serviable et poli. La cravate sera de mise, le public, soigné. Tout le monde va adorer. Piste de danse certains soirs. Les meilleurs musiciens, les meilleurs comédiens. Fredrik, tu imagines ?

Bien sûr qu'il l'imaginait. Il lui suffisait de fermer les yeux pour contempler le Palace de Miranda. C'était le genre d'endroit qui lui avait toujours manqué à Stockholm.

L'établissement lui appartiendrait, et il le façonnerait à sa guise, puisant son inspiration à Berlin, à Paris... Au lieu de cela, il répliqua :

– Un demi-million, ce n'est pas grand-chose. Ma part suffirait à peine à payer le loyer du local à moyen terme. Sans compter les travaux. Les meubles et les accessoires. Il nous faudrait plusieurs millions pour mettre sur pied un établissement de ce standing.

Miranda termina son cocktail.

– Bien sûr, ça coûtera des millions. Mais il est plus facile d'obtenir un prêt quand on a un apport. Avec un demi-million sur ton compte, tu attireras les investisseurs. N'oublions pas que nous disposons d'un incroyable capital humain, Fredrik.

– Un capital humain ?

Miranda plissa les yeux et sourit. Ses dents brillaient dans le miroir, et pourtant, soudain, ce n'étaient plus des perles qu'il voyait, mais des crocs.

– Toi et moi, Fredrik. Les investisseurs s'intéresseront à notre argent, mais aussi à notre talent. Qui pourra nous résister ? Comment ne pas voir notre immense potentiel ?

Elle fit signe au serveur, qui lui apporta un autre verre. Du vin rouge. Écarlate comme ses lèvres entrouvertes. Sous ses paupières alourdies par le fard, ses cils trop longs paraissaient artificiels.

– Qui sait ? poursuivit-elle. Le peigne de Cléopâtre vient d'accomplir une mission à l'entière satisfaction du client. Nul ne sait quel type de commandes suivront. L'entreprise qui résout tous vos problèmes, c'est bien ça ? Un peu naïf, peut-être. Quoi qu'il en soit, votre concept est porteur. Le peigne de Cléopâtre peut devenir une société lucrative. Les gens ont tellement de problèmes. Elsa Karlsten nous l'a bien démontré, non ?

Chapitre 12

Mari tripotait son assiette. Finalement, n'y tenant plus, elle passa l'index sur la porcelaine et lécha les restes de crème pâtissière du gâteau qu'elle avait rapporté chez elle. Impatiente de croquer les amandes effilées, elle se mordit la joue. Le goût du sang lui donna de l'espoir. Avec un peu de chance, cette gourmandise ne se transformerait pas en cellulite sur ses cuisses déjà charnues. Peut-être profiterait-elle au galbe de ses seins. David lui avait toujours dit qu'ils étaient de taille suffisante, mais elle en doutait.

Quelques bougies faisaient danser la sculpture et donnaient à l'urne aux poignées en forme de poisson des allures d'être vivant. Le regard rivé sur les flammes, Mari tenta de se remémorer ce qu'elle avait ressenti lorsqu'Elsa Karlsten était entrée dans le café pour leur raconter la mort de son mari.

Elle n'avait pas été surprise. Pourquoi avait-elle eu la certitude, dès le moment où la vieille dame leur avait présenté sa terrible requête, que cela finirait ainsi ? Inexplicable. Tout ce qu'elle savait, c'était qu'elle avait dû simuler indignation et inquiétude alors que les autres semblaient avoir du mal à maîtriser leur émotion.

Mari s'était excusée et avait laissé Anna et Fredrik seuls. Le calme bleu et froid qui l'avait envahie était compréhensible. David avait ravagé sa vie affective. Elle se retrouvait isolée, neutralisée. Inoffensive ? S'il l'avait cru, il s'était trompé. Une personne aussi insensible qu'elle ne pouvait pas être considérée comme inoffensive. Pendant sa promenade, elle s'était donc préparée à feindre la candeur.

Heureusement que Fredrik avait réussi à retourner la situation. Seule Elsa Karlsten semblait désormais coupable. Une mort naturelle. Bien sûr. Tant de choses trouvaient leur explication dans des prétendues « causes naturelles ».

Quoi de plus naturel que les sautes d'humeur, les disputes, la tyrannie au quotidien ? Quoi de plus naturel que le suicide ?

Elle ferma les yeux, survola en pensée la mer du Nord en direction des îles britanniques, traversa l'Irlande et atterrit à l'ouest de l'île. Plus précisément à Clifden, dans le Connemara, au restaurant Murrughach, dans les anciens locaux du club de voile. Elle se glissa à l'intérieur du restaurant, investit un corps assis à une vieille table et planta son regard dans la flamme d'une bougie enfoncée dans le goulot d'une bouteille. Le chandelier du pauvre.

Comme si souvent, elle était immergée dans son passé. En promenant son regard dans la salle, elle vit les tables dépareillées, les accessoires de voile accrochés au mur et les nappes à carreaux. À travers les vitres mouchetées par les embruns, elle aperçut des bateaux tirant sur leurs cordes d'amarrage et des plaisanciers qui rejoignaient leur embarcation en canot pneumatique. Les montagnes se dessinaient au loin. Des senteurs iodées se mêlaient aux parfums de la cuisine. La plupart des tables étaient occupées, elle se mit à prendre les commandes.

Une famille venait d'entrer, quelques randonneurs se reposaient dans les canapés confortables à côté de la porte, un jeune couple s'était installé dans un coin. Les habitués étaient là, eux aussi : Joseph – qui roulait les « r » – annonça depuis le bar qu'il pouvait se servir une bière tout seul si c'était *all right*, tandis que Math lisait son journal en attendant qu'elle lui serve le poisson du jour sans même qu'il ait besoin de le commander. Tous des anciens pêcheurs au visage buriné par le vent et le dur labeur. Plutôt taciturnes. Mais ils l'acceptaient comme elle était. Autrement dit, ils l'aimaient bien.

Mari alla rejoindre David en cuisine. Il s'affairait pour que le poisson et les pommes de terre soient prêts en même temps. Son tablier était taché et son cou, trempé de sueur.

Il jeta un rapide coup d'œil dans le four pour surveiller la cuisson de la tarte aux prunes. Lorsqu'il se retourna, elle vit qu'il était dans un de ses bons jours. Il avait le regard franc. Il sourit, la prit dans ses bras et lui fit un bisou sur la bouche.

– Trois poissons du jour et deux steaks. Je crois qu'ils prendront des desserts.

– Ça roule, je gère ! répondit-il en faisant quelques pas de danse improvisés près des marmites.

Il glissa la louche derrière son oreille et éclata de rire lorsqu'elle tomba par terre. Puis il but une gorgée de bière, reposa la bouteille sur l'évier et l'enlaça pendant qu'elle vidait le lave-vaisselle, se collant contre son dos. Il la serra si fort qu'elle sentit son cœur battre contre ses omoplates. Il effleura des lèvres le lobe de son oreille. Une vague de chaleur la submergea tandis qu'il se mettait à fredonner : *As I was sitting by the fire, eating spuds and drinking porter, suddenly a thought came into my mind : I think I'll marry old Reilly's daughter** !

– C'est oui, David, même si je ne suis pas la fille de Reilly.

Mari aurait voulu que sa réponse sonne comme une plaisanterie, mais au contraire, elle révéla ses espoirs déçus. Elle s'en voulut de ne pas savoir contenir ses sentiments pour David. Il s'en aperçut et continua sa chanson, tout en la berçant dans ses bras. Puis il la retourna vers lui et la regarda droit dans les yeux :

– Tu es ce que je veux que tu sois, Mari. On est d'accord, n'est-ce pas ?

Son ton enjoué ne parvint pas à masquer la rudesse de son propos. Il lui tendit deux assiettes. Il était temps de retourner en salle. L'interlude lumineux et obscur à la fois était passé. Restait un couple aimant qui s'appliquait à faire

---

* Assis au coin du feu, je mangeais des patates en buvant une porter, quand une pensée me traversa l'esprit : je crois que je vais épouser la fille du vieux Reilly !
Premier couplet de la chanson traditionnelle irlandaise *Reilly's Daughter*.

tourner un restaurant. Mari, souriante, se dépêcha d'aller servir les deux tourtereaux. Peut-être étaient-ils comme elle et David... Non, probablement pas.

Le service fut fatigant mais ils remplirent la caisse. Les clients se succédèrent. Nombreux furent ceux qui restèrent prendre un dernier verre au bar après leur repas. Une fois le restaurant fermé et nettoyé, Mari se traîna à l'étage et s'effondra sur le matelas posé au sol sans avoir la force de se déshabiller. Minuit était passé depuis longtemps. David s'allongea près d'elle. Il sentait le poisson grillé et la crème anglaise. Elle passa le bras sous sa chemise pour lui caresser le ventre. Douceur et fermeté. Une ligne de poils drus courait jusqu'au nombril. Côtes recouvertes d'une peau blanche. Bras fins et forts. Un creux dans la gorge, pour les secrets. Visage. Bouche. Yeux bleus. Sourcils aussi clairs que des traînées de nuages, chauffés à blanc aux extrémités. Elle promena ses doigts, s'attarda sur tous ces trésors, et descendit sous la ceinture. Cuisses puissantes. L'arrondi du genou. Désir et dégoût. Travail et répit.

Il finit par lui répondre, la redécouvrant du bout des lèvres et des doigts. Il fit rétrécir ses hanches et gonfler sa poitrine, creusa son ventre et relâcha sa chevelure au-dessus de la mer. Je suis l'homme de la nuit qui attend. Écho de leur première soirée sur la falaise. Corps pâles, enchevêtrés comme dans de l'argile. Jusqu'à mêler leurs sangs.

Au lieu de s'endormir auprès d'elle, David passait ses nuits à sculpter. Elle ne s'en était pas rendu compte. Un matin, réveillée par le soleil qui se faufilait à travers le carreau moucheté de sel, elle sentit l'oreiller refroidi à côté d'elle. Alors, son corps nu enroulé dans le drap, elle se dirigea vers l'atelier à pas de loup – le surprendre pouvait avoir des conséquences imprévisibles. Le dos tourné, il pétrissait l'argile avec une ardeur qui avait dû l'habiter toute la nuit et qui le porterait encore pendant quelques jours. Elle contempla la sculpture représentant deux corps enlacés à l'horizontale, reconnut leurs proportions et comprit que les moments passés ensemble ne satisfaisaient pas chez lui le même besoin que chez elle.

Il se retourna. L'épuisement marbrait ses cernes de violet.

– Aujourd'hui, on part à Carna. Il faut que je te montre quelque chose, dit-il sur un ton qui n'aurait pas supporté la moindre réponse négative.

– Je peux prendre mon petit déjeuner d'abord ? demanda-t-elle, histoire de ramener la situation à la normale.

Il ne semblait pas l'entendre.

– On part à Carna, répéta-t-il.

Mari s'habilla à la hâte et passa dans la salle de bains, le temps de se laver le visage et les dents. Puis elle dévala les escaliers, but d'un trait un verre de jus de fruit et empocha une pomme. Il était déjà en chemin. Saisissant sa veste, elle lui emboîta le pas. Dehors, le vent la freina. Des nuages bas masquaient à présent le soleil. Avec un peu de chance, il ne ferait que bruiner. Mais une pluie drue semblait plus probable.

Ils prirent la route côtière en silence. Traversèrent Ballyconneely et Roundstone, Cashel et Bertraghboy Bay, là où les panneaux de circulation étaient écrits en gaélique – une réminiscence d'un autre temps, d'un autre monde. Devinant les collines verdoyantes et les murets de pierres derrière les vitres détrempées de la voiture, Mari eut une pensée pour les nombreuses victimes de la famine au milieu du XIXe siècle. Cette terre natale avait dû manquer pour toujours à ceux qui étaient parvenus à la quitter en émigrant. Comment ne pas être imprégné de la beauté sublime de ses paysages lorsqu'on y avait grandi ? L'île verte où, pourtant, on mourrait de faim. Étrange ironie… Un éclat de rire à la face de l'Histoire.

David conduisait en silence. Malgré le ballet des essuie-glaces sur le pare-brise, on n'y voyait presque rien. Heureusement, la route était quasiment déserte – à croire que la

Providence y veillait. Mari fut soulagée quand le panneau annonçant Carna apparut sur le bord de la route. Peu après, David se gara sur le petit parking d'une station-service.

Frigorifiée, Mari resserra les pans de sa veste autour d'elle. Elle n'avait aucune envie d'aller se promener sous cette pluie battante. Mais David descendit immédiatement, fit le tour de la voiture et ouvrit sa portière. Elle prit la main qu'il lui tendait, retint sa respiration au contact des premières gouttes de pluie et rabattit sa capuche pour se protéger le visage.

David la mena de l'autre côté de la route. Elle n'y voyait rien. Il allait certainement attraper froid. Il ne s'était pas soucié de prendre un blouson, mais elle savait qu'il était inutile de lui en faire la remarque. Un petit cimetière longeait la route. Ils marchèrent jusqu'à la clôture. Malgré ses chaussures trempées et pleines de boue, Mari suivit David qui la guida vers le portail et le referma derrière eux. Il contempla le cimetière, elle l'imita.

Des tombes auxquelles les herbes sauvages donnaient un air abandonné. De grandes croix, des statues et des monuments funéraires. Des anges, la Vierge Marie et l'enfant Jésus. La Mort, rescapée de l'illusion. Des épitaphes en irlandais et en anglais. Des lampes funéraires allumées ou consumées, quelques flammes vacillant au gré du vent, des bouquets de fleurs à divers stades de flétrissement. Mari porta son attention sur la tombe la plus proche. Une pierre blanche monumentale ornée d'une Madone en pleurs. Elle tenta de lire l'épitaphe, mais ne put déchiffrer qu'un nom : Catherine Murilla Joyce. Née le 28 juin 1965. Morte vingt-trois ans plus tard. Vingt-trois ans seulement, songea Mari. Ce cimetière n'était pas un vestige du siècle passé. Il était toujours utilisé. Peut-être la famille de Catherine Murilla Joyce résidait-elle non loin de là. Peut-être ses membres faisaient-ils le deuil d'une fille, d'une sœur ou d'une amante. Peut-être venaient-ils au cimetière tous les jours pour soulager leur chagrin et lui rendre hommage.

La pluie s'intensifia. Mari ne distinguait qu'une partie de la pente en haut de laquelle aurait dû se dresser l'église ou la chapelle. David se promenait dans les allées d'un pas résolu et s'arrêtait de temps à autre pour examiner une tombe. Mari le suivait. Trempée jusqu'aux os, elle se mit à claquer des dents. Cette singulière mélodie accompagna sa lecture des pierres tombales, dont les noms formèrent bientôt un chœur de lamentations dans sa tête. Burke. Flaherty. Walsh. O'Halloran. Des patronymes qui témoignaient d'une douleur transie et d'une croyance stoïque en la vie éternelle. *Oh Mary, pray for us.*

Sainte Marie, priez pour nous. Chaque pierre tombale sollicitait la miséricorde de la mère de Dieu. Mari eut brusquement l'impression que les blocs de pierre gris s'animaient. Des bouches noires, béantes, s'ouvrirent telles des failles qui murmuraient, appelaient, haletaient, hurlaient ou pleuraient pour qu'on leur vienne en secours. *Oh Mary, pray for us.* Sainte Marie, mère de Dieu, priez pour nous. Prie pour nous, Mari. Mari. Mary. Mari.

– David, je suis gelée. On ne pourrait pas retourner à la voiture ? David ! Qu'est-ce que tu voulais me montrer ? Tu ne peux pas me le dire ? David !

Elle le rattrapa en courant et s'agrippa à sa chemise. En se retournant, il lui sembla dans un état second. Ses yeux brillaient d'excitation et ses cheveux ruisselaient. Des gouttes de pluie roulaient le long de son visage telles des larmes. Il lui saisit les bras avec tant de brutalité qu'il lui fit mal.

– Tu vois ce que je vois ? cria-t-il.

– Quoi ? brailla-t-elle à son tour.

Mari avait tellement froid qu'elle ne se souciait plus de le ménager. Ne relâchant pas son étreinte, David se mit à la secouer.

– Des hommes, des femmes. Jeunes, vieux. Des mères, des pères. Des fils et des filles. Des enfants. Enterrés. L'un hier, l'autre il y a un demi-siècle, mais tous pour l'éternité.

Tu lis les noms et tu te dis que celui-ci est mort à soixante-huit ans, celle-ci à quatre-vingt-quatre ans, et l'autre là-bas, à quinze. Tu te demandes peut-être ce qui les a tués. La maladie ? Un accident ? Ou pourquoi pas l'âge ? Le corps qui lâche. Tu te demandes ce qu'ils ont fait de leur vie. Quel métier ils exerçaient. Ce qu'ils pensaient, ce qu'ils ressentaient. Où est passé l'air qu'ils ont respiré ? Les pensées qu'ils ont eues ? Quelqu'un a-t-il hérité de leurs désirs ? À quoi réfléchissent les gens quand ils lisent ces noms ? Est-ce qu'ils réfléchissent ? Voilà la question. Parce qu'une chose est sûre : ils ont tous fini ici. Qu'est-ce qu'ils ont laissé derrière eux, à part une mère en pleurs ou l'amour d'un enfant ? Voilà à quoi je pense, Mari. Pas au chemin qu'ils ont suivi, mais à ce qu'ils ont laissé derrière eux.

Il enchaîna, toujours aussi exalté :

– Sais-tu ce qui me fait vraiment peur, Mari ? C'est de me retrouver dans ce cimetière avec une statue commémorant ma triste dépouille, et d'entendre pendant une éternité les gens passer leur chemin sans s'arrêter. De ne laisser derrière moi que quelques âmes en peine qui viendraient me rendre visite parce qu'ils m'ont connu à un moment de leur vie. De toute façon, le souvenir qu'ils gardent de moi ne tarderait pas à disparaître. Imagine que tout ce qu'il reste de David Connolly soit un souvenir aussi furtif qu'une douce odeur de cuisine. « Il était sympa, David. Je me souviens des parties de pêche de notre enfance. » « David, celui qui travaillait au restaurant à Clifden ? Est-ce qu'il avait renoué avec sa famille ? Les dernières années de sa vie, ils ne se parlaient plus. En tout cas, ils ne sont pas venus à l'enterrement. »

Il avait prononcé ces paroles sur un ton sarcastique et théâtral. Mari voulut l'interrompre :

– Tu veux dire qu'il faut vivre l'instant présent, puisque personne ne sait ce qui l'attend ? Dans ce cas, tu n'avais pas besoin de m'emmener jusqu'ici. Tu aurais pu me dire tout cela ce matin au lit, j'aurais compris. D'ailleurs, c'est comme ça que je vis depuis que je t'ai rencontré. C'est toi qui me l'as appris. Rejeter les conventions, oser lâcher les rênes... Je...

– Ce n'est pas ce que je veux dire !

– Qu'est-ce que tu veux dire, alors ?

Elle avait crié sa question, pour couvrir le bruit de la pluie et la panique qui transparaissait dans sa voix. David desserra son étreinte et ouvrit grand les bras.

– Je ne te parle pas de vivre l'instant présent, Mari ! C'est à la portée de n'importe qui, même si peu de gens le font. Peu importe. *Fuck them all*, tous ceux qui se contentent du temps qui leur est imparti. Ce n'est pas mon cas. Moi, je veux l'éternité. Je veux que les gens se souviennent de moi pour toujours. C'est la seule voie vers la vie éternelle, quoi qu'en disent les prêtres. « Marie, mère de Dieu, priez pour nous. » Marie, ben voyons. La mère de Dieu qui n'a même pas pu empêcher que son propre fils soit crucifié. Quelle miséricorde veux-tu que j'attende d'elle alors que je n'ai même pas été un bon fils ? Que je n'ai pas honoré père et mère ? Aucune, Mari. Je ne crois qu'en l'éternité. En ce que je vais conquérir de mes propres mains !

La pluie ruisselait le long de ses bras et de sa chemise. Elle s'avança vers lui.

– David, tu vas prendre froid. Si on retournait à la voiture ? Je ne demande qu'à t'écouter et à comprendre ce que tu me dis, mais il n'y a rien à voir ici. S'il te plaît...

Il continua, sourd à ses suppliques.

– Dommage que Dieu ne confère pas la vie éternelle. Oui Mari, Dieu. Je ne dis pas qu'il n'existe pas. Au contraire. Tu crois que je ne ressens pas sa présence, son inspiration quand je crée ? Le problème, c'est que Dieu ne peut pas m'offrir mes semblables. Et ce sont mes semblables qui décident si j'atteindrai la postérité ou pas. The *fickle crowd.* Il avait bien raison, ce bon vieux Shakespeare, même s'il n'était qu'anglais. L'inconstante multitude. C'est elle qui décidera de la notoriété de mes œuvres, de ce qu'on écrira à leur propos. De leurs lieux d'exposition, de leur valeur. Je dois m'en remettre à la multitude. Celle qui dépense son argent pour de la merde. Pour de l'art dépravé, au rabais, qui ne veut rien dire à part que les gens ne sont pas fiables. Je méprise leurs goûts ordinaires et la tiédeur de leurs choix.

« Et pourtant, je travaille pour eux et je recherche leur estime. Leur argent aussi. Je veux que mes œuvres soient chez eux, dans leurs musées et dans les couloirs de leurs entreprises. Je ne veux pas être un anonyme sous une pierre tombale. Quelle horreur de les imaginer passer devant ma tombe en se disant qu'il y a longtemps, ils ont connu un certain David Connolly !

Il hurlait. Mari saisit son visage et le força à la regarder dans les yeux.

– David, tu me dis que tu crois en Dieu et que ce sont les hommes qui décident de ton sort. Ce n'est pas logique. Ce Dieu dont tu ressens la proximité, il n'aurait pas le pouvoir de les influencer ?

Il lui caressa la joue d'un geste glaçant. Son sourire n'était qu'une grimace figée. Il semblait se parler à lui-même.

– Non. Enfin, si, d'une certaine manière. Je ne crois pas que Dieu puisse influencer les hommes, sauf indirectement. Dieu peut semer une idée dans l'esprit de celui qui souhaite forger son destin. Il l'a peut-être fait, dans mon cas. Je n'en sais rien. Je n'ai qu'une certitude : il faut qu'il se passe quelque chose. Une sensation… Quelque chose hors du commun, que la multitude n'oubliera pas.

Il tourna le dos à Mari et contempla la vue de l'autre côté de la route. Elle suivit son regard. Ciel et mer se mêlaient en une masse floue à l'horizon. Elle avait les pieds tellement gelés qu'elle ne les sentait plus. Elle partit en courant rejoindre la voiture. Inutile de s'échiner à convaincre David de la suivre. Toutes ces pierres tombales l'oppressaient. Elle eut l'impression d'entendre rire les morts. Derrière elle, la voix stridente de David retentit :

– On s'amuse bien à Carna, hein, Mari ? Ici, les gens sont habitués à mourir. Surtout depuis la grande famine. La seule idée que Dieu ait réussi à semer dans leur esprit, c'est de quitter le pays le plus vite possible. Ceux qui l'ont fait sont devenus ses élus en Amérique. Les autres sont restés. Pour toujours. Leurs corps et leurs âmes ont nourri la terre. L'éternité les a oubliés.

Mari entendit à peine sa dernière phrase. Arrivée à la voiture, elle se rendit compte que les portières étaient fermées. Désespérée, elle tenta de les ouvrir jusqu'à ce que les pas de David se rapprochent dans son dos. Avec le plus grand calme, il tourna la clef dans la serrure et la laissa monter. Puis il referma la portière, contourna le véhicule, s'installa au volant et reprit la route.

Ils demeurèrent silencieux un long moment. La température étant montée dans l'habitacle, Mari avait peu à peu senti ses pieds se réchauffer. Elle avait ôté ses chaussures pour les frictionner. David avait jeté un coup d'œil sur elle et éclaté de rire. D'un rire normal, signifiant qu'il avait retrouvé ses esprits. À Roundstone, ils s'étaient arrêtés dans un pub où ils avaient commandé de la bière et du ragoût de viande. En se réchauffant près du feu, ils s'étaient mis à discuter de leur restaurant : il fallait étendre les horaires d'ouverture. Aucun d'eux n'avait fait allusion à ce qui venait de se passer.

Mari se retrouva soudain dans le présent. En contemplant la sculpture, elle se demanda à quand remontaient ces événements. Quatre, cinq ans ? Elle ne s'en souvenait plus précisément. Quoi qu'il en soit, elle n'avait jamais oublié les paroles de David sur Dieu. Elle en avait saisi le sens à Renvyle Point. Voilà pourquoi elle ne refuserait pas l'argent d'Elsa Karlsten. Sa décision était irrévocable. Elle devait retourner en Irlande et reprendre le restaurant Murrughach.

Chapitre 13

Anna allait rendre visite à son père. Pourquoi ? À cause de l'argent, du paiement dont Mari, Fredrik et elle-même avaient évité de discuter après le départ d'Elsa Karlsten. Était-ce hier ? Seulement hier ? La situation était franchement absurde. Morbide et irréelle.

Avant de quitter le café, elle avait observé ses habitués. Le Refuge leur permettait de faire une pause dans leurs existences parfois difficiles et de repartir le regard haut et le cœur plus léger. Britta et sa tresse, qui vendait des tableaux sur les marchés et portait le même pantalon de velours vert toute l'année. Philip, dont les mains alcoolisées tremblaient moins une fois qu'il avait fini sa soupe. Gottfrid et Bela, ses préférés. Ils se ressemblaient comme deux gouttes d'eau, mais l'un prenait son café avec du lait et l'autre, sans. Il lui arrivait parfois de se les représenter comme le Bien et le Mal formant une seule et même conscience. La sienne. Que lui conseilleraient-ils, si elle leur exposait sa situation ? Et surtout, la croiraient-ils ?

Elle serra le volant plus fort. Pria intérieurement pour retrouver son père en forme et de bonne humeur. Dans ce cas, elle n'aurait aucune difficulté à renoncer à un demi-million de couronnes. Cet argent, elle n'en avait pas besoin. Elle n'en voulait pas. Le refuser lui permettrait de se convaincre que les événements récents n'étaient qu'une horrible hallucination.

Mais dès qu'elle franchit le seuil, ses illusions se heurtèrent à la réalité. En désordre, l'appartement sentait mauvais, probablement parce que l'employé du service d'aide à domicile n'était pas venu. Pour la première fois de sa vie, son père ne l'accueillit pas dans l'entrée. Il l'appela depuis le salon, où elle le trouva assis devant une tasse de café refroidi et un petit pain entamé sur un plateau.

– Eh oui, je suis là, dit-il sur un ton résigné. J'ai connu des jours meilleurs.

Anna s'avança vers lui, s'accroupit et, prenant ses mains dans les siennes, les posa doucement sur ses propres joues.

– C'est triste, ma fille. J'ai un poids sur la poitrine et je ne garde plus la nourriture. Sauf ce que tu m'as apporté l'autre jour, bien sûr.

Anciennes attentions, nouvelle souffrance, nouvelle fatigue. Anna lut le découragement dans son regard, remarqua ses cheveux mal peignés et les pantoufles à ses pieds. Soudain abattue, elle tenta d'y remédier en nettoyant l'appartement. Heureusement qu'elle avait apporté à manger du café ! Elle remplit le frigo, de quoi nourrir son père pendant une semaine… S'il pensait à s'alimenter. Ils prirent ensuite leur repas ensemble. Son père retrouva des couleurs et demanda à sortir dans le jardin.

À l'extérieur, il inspira profondément. Il lui arrivait de croire que c'était pour la dernière fois. Il s'excusa immédiatement de la mélancolie de ses propos et s'appuya pesamment sur le bras d'Anna.

– Je me sens un peu seul.

Craignant de la culpabiliser, il reprit :

– Mais je m'en sors plutôt bien. Et toi, ça va ?

Une tentative de changer de sujet. Anna maudit silencieusement sa mère et sa sœur pour leur égoïsme et fit à son père un résumé de l'activité du Peigne de Cléopâtre, sans nommer Elsa Karlsten. Elle hésita, puis l'informa également de la décision de Fanditha d'aller s'installer sur la péniche de Greg à Amsterdam. Son père fit claquer ses lèvres et pressa son bras un peu plus fort.

– C'est un bon gars, Greg. Il prendra soin d'elle, ne t'en fais pas, dit-il d'une voix qui le rajeunit de dix ans.

Ces paroles signifiaient qu'il regrettait leur séparation, mais ne souhaitait pas influencer sa fille. Anna le savait.

– Ne t'en fais pas pour moi.

Elle le prit dans ses bras pour lui dire au revoir. L'après-midi lui avait redonné suffisamment de forces pour qu'il puisse la raccompagner dans l'entrée. C'est ce qui la décida une fois pour toutes. Une vie pour une vie. Impossible de faire marche arrière.

Quelques jours plus tard, elle en parla à Fredrik et Mari alors qu'ils planchaient sur des dossiers plus absurdes que jamais. Désormais, les problèmes de leurs clients leur semblaient anodins. Mari contrôlait la comptabilité d'un chenil nommé Le Lampadaire, tandis que Fredrik dessinait une étagère à chaussures sur mesure. Anna élaborait un programme de nutrition et d'activités physiques pour les membres en surpoids d'un cercle d'études. La nutrition, elle s'y connaissait, mais les activités physiques... À chaque fois qu'elle se sentait forcée de bouger un peu, elle prenait un verre de vin. Quand elle ne misait pas sur une partie de jambes en l'air. Une idée à intégrer au dossier, peut-être.

Dieu, que ce silence était douloureux ! Anna aurait voulu crier à pleins poumons. Ou disparaître. Pourtant, a priori, aucun sujet de discussion n'était tabou entre les trois amis. Mais depuis qu'Elsa Karlsten leur avait triomphalement annoncé le décès de son mari, ils préféraient rester plongés dans leurs pensées plutôt que de les partager. Fredrik, amaigri, n'avait pas bonne mine. Les yeux de Mari brillaient étrangement. Comme ceux d'un ange de la vengeance, s'était dit Anna. Comment pouvait-elle penser cela de Mari ? Impossible, elle ne ferait pas de mal à une mouche. Elle a quand même planté une paire de ciseaux dans la main de son patron, lui susurra une voix intérieure. Anna chassa cette idée de son esprit.

Personne n'avait osé remettre en question le consensus : Hans Karlsten avait succombé à une mort naturelle, même si Elsa Karlsten l'interprétait autrement. Il valait mieux la laisser faire pour ne pas éveiller de soupçons sur sa culpabilité. C'était leur position officielle. Personne n'avait évoqué la conviction d'Elsa qu'ils avaient tué son mari, ni le fait que le paiement reposât sur cette hypothèse, ni la possibilité que l'un d'entre eux fût réellement mêlé à l'assassinat.

Mari s'inquiétait de la discrétion d'Elsa. Selon le charmant cardiologue auquel Anna s'était adressée, les examens effectués sur le corps de Hans Karlsten resteraient probablement sans suite puisqu'il ne s'agissait pas d'un homicide. Mais l'interne était d'avis qu'on devrait pratiquer davantage d'autopsies, puisque de nombreux meurtres n'étaient jamais découverts.

Anna n'y tenait plus. Elle leva les yeux du programme sportif sur lequel elle venait d'inscrire « une promenade vivifiante » en guise d'étape matinale et jeta son stylo, ce qui attira l'attention des deux autres.

– Je n'en peux plus ! Je n'y arrive pas, et je ne veux pas y arriver. Je sais bien que nous devrions dire à Elsa Karlsten que nous n'avons pas fait ce qu'elle croit et que nous ne méritons aucune rémunération. Mais j'ai décidé de me taire et d'empocher l'argent. Pour mon père. S'il n'est pas rapidement placé en maison de retraite, il va mourir. Il n'y a pas d'alternative, et je suis la seule dans la famille à m'en rendre compte. Alors je me suis dit qu'après tout, ce qui m'arrivait n'était peut-être pas un hasard. Et si Dieu nous protégeait, mon père et moi ? Je sais en tout cas qu'il aime mon père.

Fredrik et Mari la dévisageaient. Elle poursuivit son explication.

– C'est peut-être criminel d'escroquer une vieille dame. Le fisc pourrait fouiner dans nos comptes. Je suis sûrement une créature damnée qui ne mérite pas de monter au ciel. Mais je crois en mon instinct. Il m'a toujours guidée. Dans la vie, je m'en suis sortie sans me soucier de l'opinion des autres. Je ne crois pas que nous ayons porté préjudice à Elsa. Au contraire, nous lui avons donné la force de… Peut-être pas de tuer son mari, mais de se préparer à une nouvelle vie. Il est possible que ça ait influencé le cours des choses. En ce qui me concerne, j'ai l'intention de faire de mon mieux pour l'accompagner dans toutes les démarches qui l'attendent, et je veux accepter l'argent qu'elle nous a proposé. Vous trouvez ça horrible ?

Elle leur jeta un regard implorant.

Mari finit par lui répondre :

– Non, je ne trouve pas cela horrible. Si ça peut te consoler, sache que ces derniers jours, je me suis tenu le même raisonnement. Elsa Karlsten veut nous payer pour un acte que nous n'avons pas accompli. Mais nous avons toujours été prêts à l'aider. Fredrik a proposé de s'occuper du volet financier et de l'aider à placer judicieusement son argent. Si elle veut vendre sa maison, je m'occuperai des démarches. Il lui restera de l'argent après nous avoir payés et, manifestement, c'est un geste qui lui fera du bien. Alors je me suis dit que...

– Tu ne peux pas savoir à quel point tu me fais plaisir en disant cela ! l'interrompit Anna, gênée d'être au bord des larmes. J'ai eu tellement peur que vous me trouviez infecte, égoïste et immorale – c'est l'image de moi-même que me renvoie Fanditha. Je tiens à vous deux et à ma famille plus que tout au monde, et si vous aviez cru que je voulais garder cet argent pour moi, ç'aurait été...

– Arrête, ça suffit ! intervint Fredrik. Enfin, bon sang, Anna, je te connais ! Tu donnerais jusqu'à ta dernière chemise au premier venu et tu ouvrirais ta maison à n'importe qui pour la nuit. Les vieux qui sont assis dans la salle de l'autre côté de cette porte payent leurs consommations deux fois moins cher qu'au café d'à côté. Tu as toujours eu le cœur sur la main ! Tu n'as pas besoin de te justifier au sujet de ton père, nous savons combien tu tiens à lui. Nous sommes tous les trois bouleversés par les événements : rien d'étonnant. Ça n'est pas tous les jours qu'on propose à d'honnêtes gens de tuer quelqu'un.

Fredrik avait tenté une blague, mais Anna lut son désespoir dans ses yeux.

– Qu'est-ce que tu en penses, toi ? murmura-t-elle. Je vois bien que cette histoire t'a profondément perturbé. Comment envisages-tu la question du paiement ? Tu vas aussi…

Fredrik lui coupa la parole.

– Je compte accepter l'argent, moi aussi. Comme toi, j'ai réfléchi, et je dois reconnaître que ça a été… atroce. Vous vous rendez compte que nous sommes en train d'aborder les questions les plus sombres de l'humanité dans un petit café de Söder ? Violence, maltraitance, miséricorde, pénitence. Je ne suis pas un grand philosophe, mais, à l'évidence, Elsa Karlsten va mieux et elle souhaite nous donner cet argent. Tout ce que je peux faire pour racheter notre éventuelle faute, c'est d'exploiter mon talent au maximum.

– Et tu sais comment tu vas t'y prendre ?

La question de Mari était prudente. Fredrik semblait en pleine délibération intérieure. Il soupira.

– Il se pourrait que j'utilise ma part pour créer quelque chose qui donne de la joie à mes semblables. Peut-être dans l'industrie du spectacle. La musique et la danse. Les arts rendent le monde meilleur. Si des gens vivent un moment de bonheur grâce à moi… Excusez-moi. J'ai honte de débiter de telles banalités, mais c'est tout ce qui me vient à l'esprit.

Anna regardait Fredrik. Il venait d'exprimer à peu près ce qu'elle ressentait elle-même.

– Si Dieu existe, reprit-il, il doit se moquer de notre crédulité. Comme si nous allions résoudre une énigme qui préoccupe l'humanité depuis la nuit des temps… Ou alors, il pleure de nous entendre raisonner comme ça. Quoi qu'il en soit, Anna, ta décision me donne de l'énergie. Tu vas utiliser ton argent pour une bonne cause. J'ai l'impression de vivre un moment de pardon collectif.

Mari se frottait les bras, comme si elle avait froid.

– Moi aussi, j'ai réfléchi, dit-elle, et je suis arrivée à la même conclusion que toi, Fredrik. Je me suis demandé ce qui rendait mes semblables heureux et j'ai constaté que je n'avais jamais autant contribué à leur bonheur que quand je tenais mon restaurant à Clifden avec David. J'ai toujours pris plus de plaisir à servir un bon repas qu'à résoudre un problème au bureau. Alors je pense investir cet argent dans un restaurant. Vous êtes mes meilleurs amis et je sais que ce n'est pas l'appât du gain qui dicte vos choix. Je n'ai pas votre hauteur d'esprit, mais vous réussissez parfois à me faire croire que mon avis est important. Vous m'avez confortée dans ma décision.

Anna regarda Fredrik d'un air de connivence. Mari parlait rarement de ses années en Irlande. Quand elle le faisait, elle restait évasive, esquivait les questions. À l'époque, elle avait refusé toute visite, et ni Anna ni Fredrik n'avaient insisté. Anna voulut saisir l'occasion pour l'interroger, mais elle se ravisa. La complicité retrouvée entre les trois amis était encore fragile. Des indiscrétions risqueraient de la faire voler en éclats.

Quelques jours plus tard, Elsa Karlsten leur rendit visite, munie d'un grand sac d'où elle tira trois enveloppes. Chacune contenait cinq cent mille couronnes. Elle leur précisa qu'elle n'avait même pas eu besoin d'hypothéquer sa maison pour en disposer. Il lui avait suffi de vendre quelques actions dont elle n'avait eu connaissance qu'indirectement.

– Si j'avais su… soupira-t-elle à plusieurs reprises.

Il ne leur restait plus qu'à éviter que leurs banques respectives et le fisc ne s'intéressent de trop près à l'argent. Pour sa part, elle déclarerait qu'elle avait eu besoin de liquidités afin de régler diverses dépenses liées à la maison, ce qui ne devrait déranger personne.

Anna s'étonna de tant de perspicacité. L'image d'une pierre runique finement taillée et débarrassée de sa mousse lui vint à l'esprit. Elle demanda à Elsa Karlsten si l'hôpital ou la police s'étaient manifestés. Celle-ci hocha la tête en remettant son chapeau bordeaux, dont l'aigrette lui cachait une partie du visage. Elle était élégante. Mais lorsqu'elle tendit le bras pour saisir sa tasse, sa main trembla. On lui avait apporté un café crème saupoudré de cardamome.

– La police estime inutile de poursuivre l'enquête, et pour les médecins, le dossier est clos. Le journal intime de mon mari contenait un bon nombre de remarques sur sa santé, il était question d'alcool et de médicaments...

À cet instant, Jo passa la tête dans l'embrasure de la porte. Elle avait les cheveux propres et paraissait plus épanouie de jour en jour. Elle s'excusa de les déranger. Un couple était venu demander si Le peigne de Cléopâtre proposait des séances de thérapie familiale. Anna se glissa devant la porte pour dissimuler les enveloppes rebondies posées sur la table et la pria d'informer les clients qu'ils seraient reçus une demi-heure plus tard. Puis elle lui referma la porte au nez.

Elsa Karlsten conclut leur entretien par une invitation aux obsèques de son mari. Après son départ, ils prirent chacun son enveloppe en silence. Fredrik passa l'index dans le col de sa chemise et déclara, sans s'adresser à personne en particulier, qu'il fallait tourner la page.

– C'est terminé, répéta-t-il, comme pour s'en convaincre lui-même.

Le paiement avait eu lieu, accompagné d'une bienveillante poignée de main. Le destin de Hans Karlsten pouvait être relégué aux archives. En ce qui les concernait tous les trois, c'était enfin terminé.

Pour le père d'Anna, en revanche, cela ne faisait que commencer.

Chapitre 14

Assise sur le banc de l'église, Anna triturait son bouquet de roses blanches en regardant autour d'elle. Le débit monocorde du pasteur s'apparentait au chant des cigales. C'était un bel endroit. Les murs blanchis à la chaux, les images encadrées dépeignant la vie et l'œuvre de Jésus, l'autel sur lequel ne trônait qu'un simple chandelier… Tout témoignait du pardon et non du jugement. Le Dieu de son père se plairait ici, alors que celui de sa mère choisirait probablement l'église plus ancienne et plus rigoriste située sur les hauteurs.

« C'est à la sueur de ton visage que tu marcheras jusqu'aux pieuses demeures. » Voilà comment se serait exprimée la mère d'Anna. Son père aurait répliqué qu'il était inutile de se fatiguer avant même que le prêche ait commencé.

À l'avant de l'église se trouvait un cercueil de bois sombre, orné d'un petit nombre de bouquets et de couronnes de fleurs. Les rangs de la nef n'étaient pas plus fournis. Anna jeta un coup d'œil vers le côté droit. Elsa Karlsten était entourée de trois hommes qui devaient être ses fils. Deux femmes les accompagnaient – probablement les épouses ou petites amies – et quelques enfants s'efforçaient de ne pas se laisser distraire. Sur le côté gauche étaient assis quelques hommes d'une soixantaine d'années – sans doute des collègues ou des voisins. L'un d'eux l'avait saluée dans le cimetière, lorsqu'ils attendaient pour entrer.

Une église paisible pour le dernier voyage d'Hans Karlsten ? Belle pensée, trop belle pour un mort dont l'âme n'était pas assez vertueuse pour accéder à l'éternité. Anna écoutait le pasteur raconter la vie du défunt. Il s'agissait d'éviter les écueils… Lieu de naissance, formation, mariage, enfants, travail et décès. La version officielle ne laissait pas de place aux digressions sur la maltraitance ou la consommation de psychotropes.

Le retable représentait comme il se doit la sainte Trinité. Anna se tortillait sur son banc, serrée entre les cuisses de Mari et de Fredrik. Ils formaient également une trinité – unie dans la culpabilité et non dans le salut. Coupables de ce qu'ils n'avaient pas fait… Un demi-million de couronnes chacun. Anna n'avait pas sorti sa part de l'enveloppe.

Sa mère lui avait si efficacement instillé le sentiment de culpabilité que l'effet était persistant. Il suffisait d'un commentaire ou d'un soupir béat de sa part pour que son entourage comprenne à quel point il était maudit. Anna n'avait pas été sa seule victime. La plupart du temps, ses stratégies étaient tellement subtiles que seule la culpabilité subsistait, détachée de toute notion de faute.

« Il me faudrait une femme de ménage. La maison est dans un état pas possible et personne ne m'aide. – Bonne idée, je peux me charger de t'en trouver une. – Je fais mal le ménage ? Vous osez critiquer ma façon de tenir la maison alors que vous ne fichez rien ? » Ce petit jeu, Anna ne l'avait percé à jour que bien trop tard. Sa petite sœur avait compris ce qui se passait et avait su l'esquiver.

L'église. Comme sa mère en avait abusé ! Anna se souvint d'un retour de prêche en famille. Ils avaient croisé des voisins heureux d'être allés se promener sur la glace par une belle journée d'hiver.

– Nous venons de faire une superbe balade ! s'étaient-ils exclamés.

La mère d'Anna avait répliqué en grimaçant :

– Nous revenons de l'église. Tout le monde y était.

Elle avait bien insisté sur « tout le monde ». Les promeneurs s'étaient recroquevillés dans le froid hivernal alors que la mère d'Anna s'éloignait, la tête haute et le sourire aux lèvres. Accabler ses semblables lui apportait une satisfaction grandissante d'année en année.

Anna contempla le cercueil en écoutant le pasteur, qui parlait de la vie éternelle. Un souvenir surgit, datant d'une trentaine d'années. L'église du village était comble. La foule se pressait pour entendre le sermon du pasteur à propos du désespéré qui s'était pendu sans demander la permission de Dieu ni de la paroisse. La veuve, assise devant, le visage figé, était flanquée de ses deux enfants, qui avaient pleuré pendant toute la cérémonie. Coincée entre d'autres paroissiens, la mère d'Anna était entourée du halo de la victoire. Elle avait été récompensée pour sa peine lorsque le pasteur, joignant les mains, les avait levées en déclamant que le défunt, par son geste, s'était interdit l'accès au ciel. Terrifiée, Anna avait suivi des yeux le cercueil que l'on descendait dans la tombe en s'imaginant qu'il finirait dans les flammes de l'enfer. C'est alors qu'elle avait entendu la voix de son père.

Il avait fait un pas en avant, fixé le pasteur du regard, et, joignant lui aussi les mains, prononcé des mots qu'Anna n'oublierait jamais :

– C'est un don du ciel de savoir prononcer un éloge funèbre. Aujourd'hui, notre cher pasteur n'a pas été touché par la grâce divine.

À cette époque, le père d'Anna avait encore de la force. C'était un homme courageux, qui savait se montrer indulgent – et faire preuve d'humour. Plus maintenant. Anna repensa à sa dernière visite chez lui, à son air abandonné, désespéré. Mais tout allait s'arranger. Bientôt, elle ne serait plus coupable de rien, et son père serait chouchouté.

Au moment où le pasteur allait conclure, Anna ressentit une légère pression de la cuisse de Mari. Le pasteur invita Elsa Karlsten et ses enfants à se lever. Ils s'exécutèrent et déposèrent en silence leurs bouquets de fleurs sur le cercueil. Quand les invités eurent fini de défiler, l'organiste entonna un psaume sur la fragilité des choses. Puis la cérémonie s'acheva. Le son des cloches cogna aux tempes d'Anna. Elle se leva et sortit prendre l'air pour chasser toutes ces énigmes de sa mémoire. Quand cesserait-elle de se rendre malade pour autrui ?

– Tu crois qu'on peut s'éclipser ? lui demanda Mari qui l'avait rejointe.

– Je ne sais pas, répondit Anna dans un murmure.

– Le café sera servi dans la maison paroissiale, leur annonça Elsa Karlsten. Il y aura aussi de quoi se sustenter. Comment avez-vous trouvé la cérémonie ? Cela m'a fait penser à l'hypocrisie de nos existences. Honnêtement, je ne crois pas qu'une seule personne dans l'assistance ne regrette mon défunt mari. C'est la triste vérité. Pour ma part, j'ai fait le deuil de mon ancienne vie et je me prépare à la nouvelle. Je tiens à ce que vous restiez, c'est important pour moi. Et puis je voudrais vous présenter à mes fils.

Anna jeta un regard paniqué autour d'elle, craignant que quelqu'un ne les entende.

– Nous avons un tas de...

– Je vous en prie. Je compte sur vous. Cette réception, je l'ai organisée en pensant à vous. Et je ne suis pas aussi calme que j'en ai l'air. J'ai pris un cachet pour arriver à... Vous imaginez...

Mari intervint, l'interrompant à son tour.

– Nous venons.

Puis, sans attendre de réponse, elle suivit le cortège des invités.

Anna entendit Fredrik soupirer dans son dos. Elle se retourna et lui prit le bras.

– Détends-toi, murmura-t-elle en le tirant vers elle.

Elsa répondit à sa place :

– Oui, bien sûr. Je fais ce que je peux. Je me suis promis d'être détendue jusqu'à la fin de mes jours.

Ses fils allaient passer quelques jours auprès d'elle. Le cadet, un peu plus longtemps, pour l'assister dans la vente de la maison.

Ils rattrapèrent les autres devant la maison paroissiale, ôtèrent leurs vestes et s'installèrent à table où étaient servis salades, pain et petits fours élégants accompagnés d'un bon vin. Mari était assise à côté d'un des fils du défunt, et sa veuve, en face de Fredrik, en bout de table. Anna se retrouva seule à côté de l'homme âgé qui l'avait saluée avant la cérémonie funèbre. L'air ravi, il se tourna vers elle et lui tendit la main.

– Martin Danelius, enchanté. Vous devez être mademoiselle Anna. Quel beau prénom ! Ma femme porte le même. Elle était aussi ravissante que vous dans le temps – la même chevelure étincelante et les mêmes yeux rieurs. Excusez mon enthousiasme devant votre pétillante jeunesse, mais ça revigore un vieillard comme moi.

De tels compliments auraient pu sentir la galanterie rance, mais Anna les trouva gentils. Elle esquissa un sourire. Elsa Karlsten fit tinter son verre pour souhaiter la bienvenue aux invités. Dans sa robe bleu marine à l'encolure rayée de blanc, elle se tenait droite, rayonnant d'assurance plus que de deuil. En un rien de temps, elle était devenue particulièrement séduisante pour son âge.

– J'aimerais vous laisser profiter du buffet, alors je serai brève. Je tiens tout d'abord à remercier mes enfants et leurs familles pour leur immense soutien. J'ai également réuni des personnes qui m'ont aidée lorsque j'en ai eu besoin.

Soudain très triste, au bord des larmes, elle fit une pause. Anna observa l'assemblée en se demandant combien de personnes connaissaient réellement la situation d'Elsa Karlsten. Ses fils, forcément, ainsi que leurs familles. Mais qu'en était-il des hommes en costume noir, probablement d'anciens collègues du défunt ? Et les voisins ? Le monsieur sympathique assis à ses côtés ? Peut-être avaient-ils seulement perçu la fragilité de façade, dont ils avaient attribué les fissures aux tensions qui existent « dans toute famille normale ». Peut-être Elsa Karlsten était-elle restée discrète par crainte des représailles. Dans ce cas, elle n'avait plus besoin de jouer la comédie. Elle était à présent – selon ses propres termes – libre.

Libre. Anna trouva tout d'abord morbide qu'un enterrement puisse procurer un sentiment de liberté, mais elle se ravisa. C'était naïf de sa part. Alors que certains pleuraient le défunt, d'autres étaient soulagés. De nombreux héritiers comptaient certainement leurs deniers sur les bancs de l'église pendant que le prêtre parlait de vie éternelle. Il était en effet bien plus difficile de se représenter la vie éternelle que la vie avec plus d'argent. L'être humain était somme toute une créature assez primaire…

Anna se mit à penser à Greg. Habile plongeur, il adorait la mer et avait exploré la vie sous-marine aux quatre coins de la planète. Selon lui, la plongée était une des rares possibilités offertes à l'homme de vivre pleinement l'instant présent. Il s'agissait plus d'une forme de méditation que d'un sport. Rien de tel que l'apesanteur pour s'affranchir des influences extérieures. Grâce à cela, il vivait au jour le jour.

Anna ne rencontrerait pas deux hommes de sa trempe : quelqu'un d'aussi détaché des obligations sociales, de l'étiquette, des habitudes et des exigences d'autrui. Greg et ses cheveux trempés qui lui arrivaient aux épaules. Greg et son bronzage permanent. Greg et son coquillage autour du cou. Greg, qu'elle avait récemment décidé de revoir. Greg, qui se réjouissait de la venue de Fanditha. Était-elle déjà chez lui ? Peut-être trinquaient-ils sur la péniche à Amsterdam à cet instant même.

Anna se força à se concentrer sur le discours d'Elsa Karlsten.

– … Et comme je vous le disais, ce qui est arrivé à mon mari… à Hans… m'a une fois de plus fait comprendre l'importance de vivre chaque jour pleinement sans regarder en arrière ni en avant. Surtout pas en arrière. Nous vivons aussi longtemps que brûle la flamme qui nous anime, mais un jour, elle s'éteindra. Voilà pourquoi il faut profiter du présent. Je souhaite que nous passions un bon moment ensemble, et que rien ne vienne troubler notre plaisir. Soyez les bienvenus, et bon appétit.

À la fin de son discours, la voix d'Elsa Karlsten parut pâteuse. Elle se moucha et se rassit. Un murmure gourmand traversa la salle alors que les plats passaient de main en main. Les verres furent remplis de vin et d'eau. S'efforçant de ne plus penser à Greg, Anna s'aperçut que son voisin lui présentait une assiette de canapés et fut reconnaissante à Elsa de ne pas avoir passé commande à son café pour le buffet. La disparition d'Hans Karlsten était suffisamment compliquée sans devoir en plus préparer un dîner d'adieu en son honneur. Anna saisit une bouteille de vin, se servit un verre et se tourna vers son voisin qui trinqua volontiers.

– C'était bien dit, n'est-ce pas ? Je parle du petit discours d'Elsa. C'est une femme intelligente. Nous sommes de vieux amis. Nous nous sommes rencontrés il y a longtemps au cours d'un voyage et nous avons gardé le contact. Nous habitons Stockholm aussi, ma femme et moi, enfin, en périphérie. Mais nous n'avons jamais fréquenté Hans.

Martin Danelius faisait partie de ces gens dont la banalité est la plus grande ressource. De taille moyenne, le crâne un peu dégarni, le visage trop large et les traits plutôt grossiers, il n'attirait pas l'attention. Ses seuls atouts étaient une musculature probablement développée par un travail manuel en extérieur et une rayonnante amabilité qui adoucissait son profil anguleux. L'amour, pensa Anna. Cet homme sait aimer. Il reprit la parole :

– Ces derniers temps, Elsa et moi nous sommes vus sans ma femme. Ma chère Anna est tombée malade il y a quelques années et elle n'habite plus à la maison. Elle est dans un état très grave. Pour vous dire la vérité, elle est… à l'hôpital. Et… Enfin, elle n'est plus consciente du monde qui l'entoure.

Ses lèvres s'étaient mises à trembler. Il s'essuya la bouche, peut-être par pudeur.

– Je sais bien que je ne devrais pas me plaindre. Je devrais m'estimer heureux. Peu de gens connaissent un tel amour. Anna et moi nous sommes rencontrés à l'école primaire. Je n'oublierai jamais ses tresses nouées de rubans. Son regard vif et perçant. Mais voilà que je m'égare dans des détails profondément ennuyeux pour une jeune personne comme vous ! Enfin bref, dans la cour de l'école, elle gambadait partout avec entrain alors que les autres filles avaient peur de se salir. Pas elle. Pas mon Anna.

– Je vois ce que vous voulez dire.

Anna n'avait pas pu s'empêcher de commenter. Martin Danelius éclata de rire.

– Ça ne m'étonne pas. Vous avez plus en commun avec mon Anna que votre prénom. Certaines femmes sont des forces de la nature. Pas moyen de les contenir. Moi, je n'ai jamais essayé. Je suis tout de suite tombé amoureux d'elle, et je le suis toujours. Croyez-vous en l'amour éternel ? Vous savez, lorsque deux êtres sont faits l'un pour l'autre, comme la marmite et son couvercle, ou la bouteille et son bouchon ?

Le souvenir de Greg sortant de l'eau après une séance de plongée lui fit l'effet d'un coup de poing dans le ventre – elle en eut le souffle coupé. Elle balbutia qu'on était sûr de rien, qu'il paraissait impossible qu'on n'ait qu'une seule âme sœur, que c'était, bien sûr, ce qu'on ressentait quand on était amoureux, qu'une relation durable...

Martin Danelius ne l'écoutait pas.

– Certains croient que l'amour, c'est le bonheur au quotidien. Comme s'il n'y avait que ça, dans l'amour : être bien ensemble jour après jour ! Comme si l'amour n'était pas un travail comme les autres ! Si vous saviez, Anna, à quel point je ris de ces gens qui décrivent la bonne manière d'entretenir l'amour. C'est aussi stupide que tous ces régimes amincissants. Regardez-moi. Je n'ai jamais fait d'exercice de ma vie, mais j'ai mangé toujours sainement et travaillé dur. J'ai dansé, aussi, bien sûr. Anna et moi, nous dansions dès que l'occasion se présentait. Nous ne perdions pas notre temps à lire les modes d'emploi du bonheur.

Anna se resservit du vin et tendit un plat de dinde à Martin Danelius. Elle y goûta également. La chair était tendre. Son goût délicat se mariait bien avec les pruneaux. Pourtant, elle avait du mal à avaler.

– On dirait que vous avez été heureux, dit-elle prudemment.

Il acquiesça. Son point de vue sur l'amour avait réveillé en elle des émotions qu'elle aurait préféré laisser en sommeil. L'enterrement, les souvenirs d'enfance à l'église, Elsa Karlsten, les images de Greg et les événements des derniers jours avaient fini par lui couper l'appétit. Plus loin, elle vit Mari en grande conversation avec l'un des fils Karlsten, qui semblait agréable et attentif. Anna tenta d'attirer l'attention de son amie, mais celle-ci était entièrement absorbée par son voisin de table à la chevelure brune. Fredrik tâtait son assiette du bout de sa fourchette sans lever les yeux ni parler à personne.

– Vous avez des enfants, Anna ?

– Oui. Une fille de vingt-deux ans. Elle se prénomme Fanditha mais préfère qu'on l'appelle Fanny.

Martin Danelius lui sourit.

– Je n'aurais pas cru que vous auriez un enfant de cet âge. Vous faites si jeune ! Fanditha, c'est un joli prénom. Étranger, n'est-ce pas ? Ma femme et moi avions réfléchi à de nombreux prénoms pour les enfants que nous pensions avoir. Notre fille se serait appelée Marianne. Et si nous avions eu un garçon, ç'aurait été Anders.

Finalement, Martin Danelius n'était pas si banal qu'Anna l'avait cru au premier coup d'œil. Son visage répandait une lumière dont elle ne distinguait pas la source. Elle devinait seulement que l'homme assis près d'elle était d'une rare honnêteté. Il semblait indifférent au jeu de cache-cache qui caractérise si souvent les relations humaines. Aussi profond que fût son regret de ne pas avoir d'enfants, il l'avait accepté, manifestement convaincu que l'on pouvait traverser les épreuves de la vie avec ou sans progéniture.

– Nous avons essayé d'en avoir, mais à l'époque, il n'existait pas de méthodes aussi efficaces qu'aujourd'hui. Enfin, il faut reconnaître que nous n'avons pas fait d'examens très poussés. Nous avions un peu honte de parler à des médecins de quelque chose d'aussi précieux et d'aussi personnel. Parfois, je me dis que l'absence d'enfants dans notre couple n'est que justice. En fait, je suis persuadé que la quantité de bonheur disponible en ce monde est limitée, et que chacun a droit à sa ration.

– C'est poétique.

– Poétique ? Voilà qui aurait parlé à Anna. De nous deux, l'artiste, c'était elle. J'ai toujours été plus terre à terre. Le jardinage, les plantes et les arbres, ça me connaît. Les racines, la terre et les saisons. D'ailleurs, ce n'est peut-être pas entièrement étranger à la poésie... Anna lisait beaucoup. Elle était bibliothécaire. Les livres étaient ses enfants, puisqu'on n'en avait pas. Mais elle n'était pas détachée du monde. Au contraire, c'était probablement la personne la plus curieuse que j'aie jamais rencontrée. Nous avons beaucoup voyagé, voyez-vous. Sans enfants à charge, on en a profité pour parcourir le monde : des randonnées en montagne, des pensions de famille, le train, toujours le train. On était libres de nos mouvements.

Une serveuse retira les assiettes et distribua des tasses à café. Mari riait. L'ambiance était détendue. Pour l'instant, aucun discours sur la vie d'Hans Karlsten – ce dont personne ne semblait se plaindre. Elsa Karlsten leva son verre en souriant à Anna. Martin Danelius posa la main sur son bras.

– C'est arrivé sans crier gare, dit-il, sentant que le temps lui était compté. Des petits riens. On allait partir au Brésil, et j'avais demandé à Anna de sortir nos manuels de conversation. Elle ne se souvenait plus de l'endroit où elle les avait rangés. On les a retrouvés dans la bibliothèque, et on en a plaisanté en disant qu'on se faisait vieux. Anna m'a rappelé qu'elle avait eu soixante-quinze ans l'année précédente. J'ai répété son âge en la contemplant. Elle était toujours aussi belle. Ses cheveux étaient un peu plus courts et un peu plus gris qu'avant, mais toujours splendides. À mes yeux, son corps n'avait pas changé. Le séjour a été merveilleux, mais par moments, Anna était distraite. Un jour, elle n'a plus retrouvé le chemin de l'hôtel. Pourtant, elle avait un bien meilleur sens de l'orientation que moi. Une autre fois, elle a oublié ses clefs à l'intérieur. Des broutilles, rien de grave. Enfin, c'est ce qu'on a cru sur le moment.

Martin Danelius fit une pause, cherchant ses mots.

– J'aurais peut-être dû m'en rendre compte plus tôt. Quelque chose ne tournait pas rond. Ses oublis étaient de plus en plus fréquents. Ce qui nous avait amusés un moment ne nous faisait plus rire. Elle perdait son argent, elle oubliait d'éteindre les plaques de cuisson de la cuisinière, elle ne retrouvait plus son chemin en rentrant de l'épicerie. La maladie d'Alzheimer, c'est pourtant courant, mais je n'arrivais pas à comprendre que c'était ce dont souffrait mon Anna. En fait, je ne voulais pas l'admettre, vous comprenez ?

Ses yeux avaient pris une couleur délavée, semblable à celle d'une vitre sale.

– Sûrement un mécanisme de défense, suggéra Anna.

En son for intérieur, la voix de Fanditha avait remplacé celle de Greg. « Tu t'es déjà demandé ce que ça faisait d'être la fille de quelqu'un comme toi ? » Anna passa la main dans ses cheveux pour chasser ces paroles de son esprit. Impossible. « Je veux être comme tout le monde. J'ai l'intention d'aller vivre chez papa pendant quelques mois. »

– Quoi de plus naturel que de vouloir éviter le chagrin et la douleur ? reprit Anna. Ou de préférer penser que le bien l'emportera sur le mal ?

Elle goûta au sorbet à la framboise qu'on avait posé devant elle. Martin Danelius soupira.

– Si vous saviez à quel point je me suis battu pour elle. Je l'ai grondée. Je l'ai forcée à se souvenir, à sortir alors qu'elle se renfermait sur elle-même. Mais au bout d'un moment, son corps a lâché. Elle a maigri, un rien l'épuisait, elle n'arrivait plus à se laver. Finalement, j'ai baissé les bras, après cinq ans de lutte. Le jour où elle est partie pour la maison de repos a été le plus dur de ma vie.

« Maison de repos, quel drôle de terme ! Comment peut-on se reposer quand on est loin de chez soi ? On n'avait jamais été séparés. Les premiers mois, elle essayait de rentrer chez elle. Elle fuguait et elle errait dans les alentours. Pendant l'hiver, elle a même failli mourir de froid. Les infirmières avaient oublié de fermer sa chambre à clef. Ensuite, elle est devenue apathique. À chaque fois que je lui rendais visite, je la trouvais affalée dans son fauteuil. Elle ne mangeait plus, elle ne parlait plus.

Les yeux de Martin Danelius étaient humides. Une larme roula sur sa joue et vint mourir dans l'une de ses profondes rides, à la commissure des lèvres. Anna posa sa main sur la sienne et il la serra très fort.

– Cela fait trois ans qu'elle est à l'hôpital, dans le coma. Elle a eu une attaque cérébrale. On la nourrit par un tuyau et elle est sous assistance respiratoire. Les infirmières la tournent et la retournent plusieurs fois par jour pour éviter les escarres. Anna était la personne la plus indépendante que j'aie connue. Et maintenant, elle est alitée, inerte, réduite à l'état d'objet. Quand je vais la voir, je lui tiens la main et je lui caresse les cheveux. Lui murmure que je l'aimerai toujours. Mais vous savez, je ne crois pas qu'elle m'entende. Et tout ça me rend furieux contre ce bon Dieu auquel j'ai toujours cru parce qu'il nous a offert une vie si douce, à Anna et moi.

« Pourquoi l'a-t-il diminuée ainsi ? Pourquoi l'éloigner de moi ? Vous savez, la femme qui est à l'hôpital n'a plus rien à voir avec mon Anna. Si elle était encore dans ce corps, elle me répondrait. Mais rien, pas un geste, même pas un soupir. Parfois, ses cils frémissent, mais je ne crois pas que ce soit pour communiquer avec moi. Son âme est absente. Elle est déjà partie, elle m'attend quelque part. J'ai quelque chose à vous demander, Anna. Je crois que vous pouvez m'aider.

Il se rapprocha d'elle et baissa la voix. Anna jeta un coup d'œil par-dessus son épaule : apparemment, personne ne regardait dans leur direction.

– Sachez que nous nous sommes préparés, Anna et moi. On a parlé de tout ce qui touche à la vie et, forcément, à la mort aussi. Je n'aimais pas penser à cette étape définitive à laquelle personne n'échappe. J'ai toujours entretenu de bons rapports avec mon Créateur, mais j'adore la vie. Et puis il y avait Anna. Je ne pouvais pas imaginer vivre sans elle. Son point de vue était différent du mien. Elle a toujours dit que si elle partait avant moi, elle m'attendrait sur l'autre rive pour m'aider à la rejoindre.

« Une belle pensée, non ? Elle ne craignait pas l'au-delà, comme elle disait. La seule chose qui lui faisait peur, c'était justement ce qui lui est arrivé. Être alitée, malade et dépendante des autres. Ne plus pouvoir s'occuper de soi, être un objet de pitié. Pour elle, c'était une honte insupportable. Elle m'a fait promettre ceci : "Si jamais mon cas devenait désespéré, fais-moi disparaître. Jure-le-moi, Martin. Sur la Bible."

Martin Danelius baissa encore la voix. Il n'émettait plus qu'un murmure rauque.

– C'est terrible de promettre une chose pareille, n'est-ce pas ? Promettre devant Dieu d'ôter la vie à son épouse chérie n'est pas une bagatelle, Anna. Et je dois reconnaître que j'ai eu très peur en le faisant. Peut-être que je ne l'ai pas pris très au sérieux sur le moment. Anna abordait régulièrement le sujet. Elle craignait de tomber malade en vieillissant. À la fin, elle en parlait tout le temps. Elle avait remarqué que son état se détériorait et savait à quoi s'attendre. Alors, par une fraîche matinée de mars, elle m'a fait prêter serment sur la Bible. Et j'ai déclaré solennellement que je m'engageais à l'aider à passer de l'autre côté, le jour où elle ne voudrait plus vivre... La Bible m'a brûlé le bout des doigts. Illusion religieuse, sans doute. Vous comprenez ?

Quel Dieu avait bien pu brûler les doigts de Martin Danelius ? Anna se demanda si c'était celui de son père ou de sa mère. Cela dépendait quel angle de vue on adoptait. De toute façon, la scène qu'il venait de lui décrire était à la fois dérangeante et magnifique. Était-ce le Dieu de la vengeance prévenant un pauvre mortel de garder les mains dans les poches ? Ou le Dieu de l'amour et de la miséricorde qui lui manifestait son soutien ?

– Ça a dû être très émouvant pour vous deux, dit-elle avec tact, préférant ne pas imaginer la question qui suivrait.

– Émouvant ? Peut-être, oui. D'autres auraient trouvé ça égoïste d'exiger une telle chose de la personne qui vous aime. Je ne lui ai rien demandé de semblable. Pas question qu'elle se sente responsable de ma vie future ou de mon éventuel décès. Mais j'étais en bonne santé. Anna était malade. Voilà la différence. Depuis, je porte le fardeau de cette promesse. J'y pensais hier, alors que je lui rendais visite. J'y pensais hier et j'y repenserai demain. Jusqu'à ce que ce soit accompli.

Anna sentit son ventre se nouer. Elle leva les yeux vers Mari et, l'espace d'une seconde, croisa son regard. Aide-moi, voulut-elle lui dire, mais le message ne passa pas. Mari semblait à la fois vigilante et étrangement gaie. Elle se tourna de nouveau vers son voisin. Anna ne pourrait pas compter sur elle, c'était évident. Fredrik avait déserté sa place. Il ne l'épaulerait pas non plus.

Martin Danelius avait bu son café, mais n'avait pas touché à son sorbet. Une masse rose recouvrait son assiette. Anna crut la voir changer de couleur et se répandre sur la table. Elle secoua la tête et se força à inspirer une profonde bouffée d'air. Les consignes de plongée résonnaient dans sa tête. « Si tu veux pouvoir remonter à la surface, respire calmement. »

– Je ne comprends pas… reprit-elle.

– Comme je vous le disais, Elsa et moi sommes de vieux amis. Nous habitons la même ville, nous nous connaissons bien et nous avons toujours fait appel l'un à l'autre quand nous en avons eu besoin. Pendant que son mari était en voyage d'affaires, Anna et moi en profitions pour lui rendre visite. On se retrouvait tous les trois autour d'un repas ou on faisait du jardinage. Hans était un homme antipathique. Je crois savoir que vous êtes dans la confidence, Anna, alors je ne vais pas vous raconter des histoires. Nous nous en sommes rendu compte dès le début, pendant le voyage où nous nous sommes rencontrés. Il buvait, se mettait en colère et hurlait sur Elsa. On faisait ce qu'on pouvait pour l'aider. Et puis elle avait des enfants adorables. Comme on n'en avait pas, on a reporté notre affection sur eux.

Martin Danelius soupira en dirigeant son regard vers l'autre extrémité de la pièce, où étaient rassemblés les fils d'Elsa Karlsten et leurs familles respectives.

– Ce sont de bons garçons. En particulier le plus jeune, Lukas. Les aînés ont pris leurs distances en grandissant, sans doute pour se protéger. Ils ont dû justifier leur éloignement en se disant qu'Elsa ne les avait pas assez défendus contre lui. Je ne le leur reproche pas. La tolérance est une vertu rare, et ce n'est jamais facile de pardonner quand on a subi des mauvais traitements. Lukas en a d'autant plus de mérite. Ses frères ne viennent pas souvent voir Elsa, mais lui, il l'a toujours fait. Maintenant, peut-être que la situation va changer.

– C'est lui qui est assis à côté de ma collègue ?

Martin Danelius hocha la tête.

– Oui, c'est Lukas. Il a l'air de bien s'entendre avec votre amie. C'est une bonne nouvelle. Il est toujours célibataire. Non qu'il ne plaise pas, au contraire, mais il doit être exigeant. Il a de l'allure, ce petit, et il est doué. Il est avocat.

Anna observa la manière dont Lukas Karlsten souriait à Mari. Puis elle se tourna vers Martin Danelius. Elle allait lui demander dans quel domaine juridique Lukas Karlsten s'était spécialisé, mais il ne lui en laissa pas le temps.

– Sachez qu'Elsa et moi avons été d'un grand soutien l'un pour l'autre ces dernières années. Elle est la seule personne au monde à qui je peux me confier sans retenue, et je crois qu'il en est de même pour elle. Elle sait ce que j'ai promis à Anna. Elle m'a même accompagné à l'hôpital. L'état d'Anna n'est pas un secret pour elle. De mon côté, j'ai été témoin de la destruction progressive d'Elsa par son mari. Dieu sait que je lui ai proposé mon aide. J'aurais pu l'héberger. Mais elle n'a jamais osé franchir le pas. Ni porter plainte ou divorcer. Et puis, un jour, elle a trouvé une solution.

Anna soutint le regard de Martin Danelius aussi longtemps que possible, s'efforçant de ne pas cligner des yeux. Martin Danelius devait tout de même imaginer son effroi. Pourtant, elle ne lisait sur son visage qu'amabilité et franchise. Un charmant vieil homme dans le besoin désespéré qu'on lui vienne en aide. Il se tourna vers elle et prit ses mains dans les siennes.

– Elsa Karlsten m'a invité chez elle il y a quelques jours. J'y ai goûté d'excellents florentins qui venaient de votre café, Anna. Elle m'a parlé de votre entreprise, Le peigne de Cléopâtre. Nous sommes réunis ici aujourd'hui pour célébrer le fruit de votre travail, si je puis m'exprimer ainsi. J'ai une question à vous poser. Je suis un homme de condition modeste, mais je ne manque pas de ressources, au propre comme au figuré. Je possède des terrains et des forêts qui intéressent de gros portefeuilles. Une partie est déjà vendue et, petit à petit, je compte tout liquider. Je ne me vante pas en affirmant que j'ai les moyens de vous payer. Au moins autant qu'Elsa. Je me demandais donc si… Vous ne pourriez pas m'aider, moi aussi.

Chapitre 15

Des casseroles en cuivre rutilantes pendaient au mur. La grande huche à pain en bois et le plat à gâteaux datant des années cinquante accentuaient l'impression de sérénité désuète qui se dégageait de la salle. Mari regarda le comptoir et constata qu'il ne restait presque plus de tartines de pain complet au jambon ni de parts de tourte au poulet. Sur un plateau se bousculaient meringues, fondants au chocolat et sablés à la framboise. Juste à côté, la tarte au citron était à peine entamée. Jo l'avait probablement préparée dans l'après-midi pour calmer la faim des nombreux clients venus passer le temps au café. Mari était arrivée juste avant la fermeture. Depuis le repas organisé par Elsa Karlsten, ses pensées étaient occupées par les murmures désespérés d'Anna réclamant une entrevue… Et le visage de Lukas Karlsten.

Elle n'avait rien vécu de tel depuis longtemps. Cette rencontre n'était pas comparable à la première fois qu'elle avait entendu David jouer de la flûte. La musique lui avait lacéré les entrailles, et elle avait tout abandonné – y compris elle-même – pour le suivre dans son voyage en marge de la normalité. Lukas Karlsten, au contraire, lui avait inspiré confiance. En pensant à lui, elle imaginait un couple installé devant un feu de cheminée, chacun muni d'un verre de cognac et d'un bon livre, comme dans une publicité.

Mari s'était efforcée d'éprouver de la colère après les événements, mais finalement, elle ne ressentait que de l'indifférence. La tristesse qui émanait de la cérémonie n'était pas due au décès, mais au vide que le défunt laissait derrière lui. On ne regrettait pas l'homme, mais la vie qu'il aurait pu offrir à ses proches.

Le regard de Mari s'était attardé sur la nuque de Lukas Karlsten avant de s'élever vers le modeste crucifix qui surplombait l'autel. L'homme sur la croix, dans sa nudité, lui avait paru plus vulnérable que jamais. Elle avait peine à croire qu'il puisse lui venir en aide. Pourtant, elle s'était lancée. Mains jointes, tête baissée, elle avait murmuré une prière, enveloppée dans la chaleur du corps de son amie assise à côté d'elle. « Mon Dieu, faites qu'il me voie, moi, et pas Anna. Mon Dieu, donnez-moi un peu de l'aura d'Anna. » Puis elle s'était redressée avec un sourire gêné. De toutes les prières que le fils de Dieu avait dû entendre ce jour-là, la sienne était certainement la plus pathétique.

Mais elle avait eu pour lui une pensée reconnaissante au moment où, pressant le pas, elle était arrivée au repas d'enterrement avant Anna. Dans sa bonté, Jésus lui avait permis de se trouver au vestiaire au même moment que Lukas Karlsten. Il avait pris son manteau sans dire un mot, l'avait suspendu et ensuite seulement, lui avait tendu la main pour se présenter :

– Lukas Karlsten.

– Mari Modin.

Elle avait réussi à prononcer son nom sans que sa voix ne flanche. Dans sa main, celle de Lukas était aussi chaude et sèche qu'un feu de cheminée. Il l'avait regardée :

– Je sais qui vous êtes. Vous travaillez pour une société qui a aidé ma mère à régler certains détails financiers. Elle vous en est très reconnaissante. Et je vous remercie à mon tour, au nom de toute la famille. Nous aurions peut-être pu l'aider nous-mêmes, mais enfin… Ça ne s'est pas fait. Quel est ce nom original que vous avez donné à votre entreprise, déjà ? Celui d'une reine d'Égypte ?

– Le peigne de Cléopâtre.

Mari ne reconnut pas le timbre de sa propre voix. Lukas Karlsten insinuait-il qu'elle avait commis un crime ? En savait-il plus qu'il ne voulait l'admettre ? Laissait-il entendre qu'elle et ses associés s'étaient mêlés de choses qui ne les regardaient pas ? Elle ouvrit la bouche pour se défendre, mais comprit aussitôt qu'elle se méprenait. Le visage de Lukas Karlsten était ouvert et franc. Tout en amabilité et en retenue, il n'avait exprimé que de l'intérêt pour leur activité.

Elle l'avait observé à la dérobée. Il ressemblait à sa mère. Élancé, des cheveux bruns et épais qui ne tomberaient pas avec l'âge. Ses yeux tiraient sur le vert. Son nez pointu et sa large bouche donnaient à ses traits une irrégularité qui inspirait confiance. S'il est médecin, ses patients doivent lui être fidèles, se dit-elle avant qu'il ne devance sa question.

– Excusez-moi si j'ai été trop direct, mais je suis avocat et c'est moi qui me suis occupé des finances de mes parents, même si mon père – je dois le reconnaître – était plutôt secret en la matière. Je vais maintenant pouvoir étudier ces questions de plus près.

Cela aurait pu être interprété comme une menace latente, mais encore une fois, Mari n'avait rien lu d'autre sur son visage que les difficultés passées de la famille Karlsten. Elle avait bredouillé que Le peigne de Cléopâtre restait à leur disposition. Lukas Karlsten n'était pas un imbécile. Il risquait de s'apercevoir qu'il manquait un million et demi au patrimoine familial. Mais sa mère, dont il tenait son intelligence, ferait tout pour dissimuler la disparition de cet argent de la succession. Et il se pouvait qu'elle y parvienne.

Mari jeta un coup d'œil autour d'elle. Le café s'était vidé. À son arrivée, elle s'était installée dans l'un des petits fauteuils du fond. Toutes les autres places étaient prises. Depuis son poste d'observation, elle avait observé Jo qui s'activait d'une table à l'autre. Elle s'était attardée un moment auprès d'un jeune homme installé vers la fenêtre et lui avait rendu son sourire. Mari l'avait trouvée en beauté. Qu'est-ce qui avait changé dans son allure ? Ses cheveux ? Sa coiffure ? Mari passa la main dans les siens. Heureusement, David lui avait suggéré de les laisser pousser. Ils allaient devenir aussi impénétrables que la végétation autour du lit de la Belle au bois dormant.

Les clients avaient fini par s'en aller et Jo avait débarrassé les tables, nettoyé la salle et rangé les invendus au frigo. Puis elle s'était éclipsée en lançant un « à demain ! ». Mari était restée assise, immobile. Elle avait promis de ranger les sandwiches et les biscuits, mais elle s'en sentait incapable. Tout en détaillant les murs verts, les vieux meubles et l'horloge murale, elle se demanda ce qu'Anna pouvait bien avoir à lui dire. Son amie semblait bouleversée : de mauvaises nouvelles en perspective. Pourtant, Mari ne ressentait ni nervosité ni crainte, seulement une infinie fatigue. Elle promena son index sur la nappe à carreaux noirs et blancs, repensant aux deux messieurs âgés qui jouaient aux échecs à son arrivée. L'un d'eux, en allant aux toilettes, avait failli trébucher sur son sac. Elle s'était excusée et il lui avait dit que ce n'était rien. Mais au moment de poursuivre son chemin, il s'était ravisé :

– Vous êtes jeune, mademoiselle, mais vos yeux sont âgés. Prenez garde à ce qu'ils ne vieillissent pas davantage.

Mari l'avait dévisagé, perplexe. Il avait alors poursuivi :

– Ce n'est pas parce qu'on s'est engagé sur un chemin qu'on doit forcément le suivre. Les brebis égarées sont toujours les bienvenues à leur retour. Mais il est plus facile de rentrer chez soi quand on ne s'aventure pas trop loin.

Il avait hoché la tête d'un air entendu et effleuré la joue de Mari. L'espace d'un instant, elle aurait voulu poser sa tête sur son épaule et se laisser aller. L'homme avait disparu puis était retourné s'asseoir et avait repris sa partie d'échecs, dans une concentration absolue. Son adversaire et lui devaient être frères, vu leur ressemblance.

L'obscurité gagnait la salle. Mari se leva pour allumer les petites bougies placées sur les tables. Quand elle eut fini, la porte s'ouvrit et elle sursauta. Anna entra, vêtue de la même tenue qu'à l'enterrement : une jupe vert algue, une tunique bleue et une ceinture décorée de coquillages. En comparaison, le tailleur noir de Mari semblait sorti d'une friperie.

– Tu m'as fait peur.

Malgré son malaise, elle esquissa un sourire. Anna resta impassible.

– Ce n'était pas mon intention.

Elle laissa tomber un sac sur l'un des fauteuils, disparut dans la cuisine et en revint avec deux tasses fumantes : du café nappé de mousse de lait et de copeaux de chocolat noir. Mari sentit le parfum vanillé et se promit une fois de plus de servir la même boisson au Murrughach.

Anna s'assit en face d'elle et but une gorgée.

– Tu avais l'air de passer un bon moment avec ton voisin de table pendant le repas. C'était le fils d'Elsa ?

Mari sentit ses joues s'empourprer.

– Oui, répondit-elle sur un ton aussi neutre que possible. Son fils cadet. Il s'appelle Lukas et il est très sympa. Il est avocat.

Anna soupira.

– Je sais. Malheureusement.

– Qu'est-ce que tu veux dire ?

– Je veux dire que nous sommes dans un sacré pétrin et que la présence d'un avocat dans la famille ne joue pas en notre faveur.

Anna se leva pour tirer les rideaux.

– Elsa nous a fait de la pub. « Le peigne de Cléopâtre, l'entreprise qui résout tous vos problèmes. » C'est bien ainsi que nous avons formulé notre concept, n'est-ce pas ? Enfin bref. Elle croit que nous avons réglé le sien. Et voilà qu'elle voudrait qu'on en règle d'autres. Tu as remarqué mon voisin de table, ou est-ce que Lukas Karlsten a monopolisé ton attention pendant tout le repas ?

– Bien sûr que je l'ai vu. Dans les quatre-vingts ans. Dégarni. Il avait l'air agréable. Et fasciné par ta compagnie.

Comme tous les hommes, pensa Mari avec lassitude, mais pour une fois, sans jalousie.

– Fasciné ? C'est le moins qu'on puisse dire. Mais ce

n'est pas ce que tu crois. Il a déjà trouvé l'amour de sa vie. Le seul et unique. Selon lui, quand deux personnes sont faites l'une pour l'autre, leur union est écrite dans les étoiles. C'est ce que tu crois, toi aussi ?

Ceratias holboelli. « Tu es ce que je veux que tu sois. »

– Je l'ai peut-être cru autrefois, répondit Mari. Mais je me trompais.

Anna n'insista pas.

– Lui, en tout cas, en est convaincu. Je lui rappelle sa femme quand elle était jeune. Elle s'appelle Anna, comme moi. Ils se sont rencontrés dans une cour d'école et ils ont vécu heureux ensemble, mais ils n'ont pas pu avoir d'enfants. Puis Anna est tombée malade. Elle a perdu la tête et il a dû l'interner. Alzheimer. Et une attaque cérébrale par-dessus le marché. Elle est dans le coma, à l'hôpital.

– C'est affreux. Quel âge a-t-elle ?

– Comme lui, environ quatre-vingts ans. Avant de sombrer dans la démence, elle lui a fait faire une promesse. Elle refusait de devenir un légume – qui voudrait d'un sort pareil ? Alors elle a demandé à son mari de jurer sur la Bible que le moment venu, il l'aiderait à passer de l'autre côté. Mot pour mot. La phrase est bien tournée. Elle serait belle si elle n'était pas aussi sinistre.

Mari fut parcourue d'un frisson. Son sang se glaça malgré la chaleur que diffusaient les bougies.

– C'est horrible, répondit-elle, tout en sachant en son for intérieur qu'elle n'aurait pas pu refuser si David avait exigé d'elle une telle promesse.

Anna éclata d'un rire moqueur qui ne lui ressemblait pas.

– Horrible ? Si on veut... Enfin, le plus horrible, c'est que ce Martin Danelius m'a demandé si nous pouvions tenir sa promesse à sa place. Nous, Le peigne de Cléopâtre, l'entreprise qui résout tous les problèmes. Il est prêt à nous payer généreusement. Plus encore qu'Elsa Karlsten, parce qu'il possède des hectares de forêt. Tu vois, manifestement, elle l'a bien informé. Excuse-moi, mais j'ai besoin de boire quelque chose de plus fort.

Anna s'éclipsa et revint avec une bouteille de porto. Elle leur servit deux verres.

– Nous ?

– Oui, nous. Il veut que nous allions à l'hôpital débrancher un fil pour qu'elle meure. En toute discrétion, j'imagine… Nous n'avons pas discuté des détails. Avec un peu de chance, ça aurait encore l'air d'une mort naturelle, même si je ne vois pas bien comment on s'y prendrait. D'après Elsa, Hans Karlsten est mort étouffé. Qui sait, peut-être que la méthode de l'oreiller fonctionnerait aussi sur une vieille démente plongée dans le coma.

La voix d'Anna commençait à dérailler, de plus en plus aiguë. Les petites rides autour de ses yeux ressemblaient à une sombre toile d'araignée. Elle était sur le point d'éclater en sanglots. Mari, elle, avait sombré dans l'hébétude. Non seulement Elsa Karlsten racontait que Le peigne de Cléopâtre avait assassiné son mari, mais elle en recommandait les services à ses proches.

– Ne me dis pas que…

– Je te dis qu'il veut que nous assassinions sa femme ! D'après lui, ce serait un geste de compassion et non un crime, bien qu'il soit incapable de l'accomplir lui-même. Il n'ose pas, tout comme Elsa Karlsten. À la fin de notre conversation, il m'a affirmé qu'il était prêt à doubler la mise. On récolterait donc trois millions. Tu te rends compte ? Nous sommes en plein cauchemar ! Comment en est-on arrivés là ? Nous sommes pourtant des gens normaux, Fredrik, toi et moi. Jusqu'à ces dernières semaines, en tout cas. Et voilà qu'on nous considère comme les tueurs à gages de la compassion. Dis-moi que je rêve, je t'en prie !

Mari avait rarement vu Anna dans un tel état.

– Tu te poses la question ? demanda-t-elle sur un ton plus sarcastique qu'elle ne l'aurait voulu. Tu crois vraiment que ça puisse être l'un d'entre nous ? Tu t'es peut-être carrément dit que c'était moi qui avais étouffé Hans Karlsten ? J'imagine que tu ne soupçonnes pas Fredrik, puisqu'Elsa a parlé d'un ange de la vengeance à la chevelure abondante. Mais sa description pourrait me correspondre. C'est ce que tu penses ?

Mari se tut, épouvantée par ses propres paroles. Anna but une gorgée de porto. Sa main tremblait.

– Et toi, tu crois que c'est moi ? finit-elle par répondre d'une voix plus calme. Parce que si ce n'est ni Fredrik ni toi, c'est forcément moi. Autant cracher le morceau, puisque tu sembles y avoir beaucoup réfléchi.

– Ça l'est ?

Anna ne répondit pas. Mari tenta de revenir en arrière de quelques semaines, à l'époque où le peigne de Cléopâtre n'était rien d'autre qu'un objet exposé dans une vitrine du British Museum. Anna était la même qu'alors : des cheveux bruns, bouclés, des yeux marron et une bouche généreuse. Une poitrine ferme sous sa tunique. De belles mains fortes qui savaient pétrir et donner forme à n'importe quelle pâte rebelle.

– Pardonne-moi, Anna. Les événements ont pris une tournure qu'aucun d'entre nous n'aurait pu imaginer. Ces derniers jours, j'ai l'impression que quelque chose a changé. Fredrik s'est renfermé sur lui-même, et toi... Tu es ma meilleure amie, et je me demande ce que je ferais si tu n'étais pas là. Mais tu sais, la nuit, j'ai des idées noires, quand David...

Elle s'interrompit, consciente d'en avoir trop dit. Puis elle reprit :

– C'est admirable que tu aies réussi à garder ton sang-froid pendant tout le repas d'enterrement. Comment as-tu mis terme à la conversation ?

Anna regardait ses mains d'un air absent.

– Il m'a présenté son idée au moment du dessert. J'ai juste eu le temps de répliquer qu'Elsa était sûrement très troublée après ce qui était arrivé à son mari et qu'elle avait dû se méprendre. Je lui ai fait remarquer que personne n'avait contesté la mort naturelle d'Hans Karlsten et que notre intervention auprès d'Elsa s'était bornée à des conseils financiers. Il m'a regardée, l'air étonné, et il a dit qu'il passerait me voir au café pour discuter. J'imagine qu'il réitérera sa demande. Et il a proposé le double de ce que nous a payés Elsa. Trois millions, comme je te le disais. Un million chacun. Ça fait beaucoup d'arbres.

Anna se tut. Puis elle reprit, pensive :

– Crois-tu qu'il existe plusieurs réalités ?

– Qu'est-ce que tu veux dire ?

– Greg parlait souvent de réalités parallèles. Selon lui, l'apesanteur qu'on ressent dans les profondeurs en plongée suscite en nous une appréciation différente du temps : le présent devient en quelque sorte infini. Il n'y a plus que l'instant. Ni passé, ni futur, rien que le déplacement en souplesse dans l'eau et le silence total. Ceci dit, Greg vit aussi comme ça sur la terre ferme. Je n'ai jamais rencontré quelqu'un qui jouisse aussi librement de l'instant présent. Il est tellement serein… C'est extraordinairement reposant de vivre à ses côtés.

– Il te manque ?

Anna se tut pendant un long moment. Mari se demanda si elle finirait par obtenir une réponse. Les réalités parallèles de David avaient été d'un autre ordre.

– Oui, il me manque, répondit enfin Anna. Je reconnais que Martin Danelius m'a émue quand il m'a dit que certains êtres sont faits l'un pour l'autre. Pourtant, tu sais que la fidélité n'est pas mon point fort. Peut-être n'ai-je pas osé lui être fidèle par crainte d'être moi-même trompée. Mieux vaut partir en premier… Pour éviter la malédiction divine, comme dirait ma mère. Heureusement, mon père m'a toujours soutenue. Lui et Greg ne se sont rencontrés que rarement, mais ils s'aimaient bien. Ça aurait dû m'aider à comprendre que j'étais arrivée à bon port. Et puis Fanditha est née. J'ai voulu prendre sa vie en mains. Moi qui ai toujours affirmé mon indépendance et exigé qu'on fasse preuve de tolérance à mon égard, je ne l'ai pas laissée suivre sa voie. J'ai été trop exigeante, et quand on est trop exigeant, on finit toujours par perdre ce qu'on désire.

– Et te voilà en plein dilemme. Tout comme moi.

– C'est vrai.

Les deux amies échangèrent un regard de connivence. Mari chassa ses idées noires.

– Il faut expliquer à Martin Danelius qu'il se trompe sur notre compte, suggéra-t-elle, apaisée par le porto. Il faut maintenir notre version des faits. Hans Karlsten a succombé à une mort naturelle. Sa femme a interprété son décès autrement, et nous l'avons laissée faire. Nous risquons qu'il le lui répète et qu'elle demande à être remboursée. À moins que ce ne soit elle qui l'ait assassiné. Dans ce cas, elle a intérêt à garder le silence.

Mais le raisonnement manquait de logique. Si Elsa Karlsten avait tué son mari, elle n'aurait pas recommandé les services du Peigne de Cléopâtre. Sauf si elle avait perdu la raison. Or l'élégante femme qui avait prononcé un discours au repas d'enterrement de son mari semblait au contraire avoir toute sa tête.

– Il va falloir refuser, tout simplement, reprit Mari. Et nous assurer qu'Elsa tiendra sa langue, pour son bien et pour le nôtre. En ce qui concerne l'argent…

Anna ne l'écoutait plus. Son verre était de nouveau rempli. Elle se massait les tempes.

– Parle-moi de David. Tu sais que je t'aime, Mari, tout comme j'aime Fredrik et Fanditha. Et sans doute Greg, mais je ne veux pas y penser pour l'instant. Pourtant, tu te fermes comme une huître. Ou comme tes moules à la coriandre et au safran. Je sais que tu as rencontré l'amour de ta vie en Irlande et que tu as été incroyablement heureuse, mais vous viviez dans une bulle. Tu n'as jamais voulu qu'on vienne te voir. Et quand tu revenais en Suède, tu étais à la fois plus gaie et plus triste qu'avant. Je souhaitais ton bonheur, tu le sais bien. Mais je m'inquiétais pour toi. Et quand ça s'est terminé...

– Il n'était pas sain d'esprit.

Les mots lui avaient échappé. Mari les vit tournoyer dans la pièce comme un nuage de fumée. Elle avait atteint le point de non-retour. Les bougies projetaient de belles ombres sur le mur. Les trois amis étaient confrontés à une situation difficile. Ils devaient s'en sortir ensemble. Le temps des secrets était révolu.

– Comme je te l'ai dit, je l'ai rencontré dans un pub et j'en suis tombée éperdument amoureuse. En fait, le mot « amoureuse » ne convient pas. Il évoque la beauté et l'innocence, alors que ce que je vivais était tout le contraire. Je devrais plutôt dire « envoûtée ». Quand il s'est mis à jouer de la flûte, je me suis sentie à la fois déchirée et entière. On aurait dit qu'il me détruisait pour mieux me reconstruire. Pendant ses périodes de dépression, il me réduisait en lambeaux. Il me brisait, il anéantissait ma confiance en moi, il fracassait ma joie de vivre et me poignardait dans le dos, coup sur coup. Il se renfermait complètement sur lui-même, refusait parfois de se lever, gardait le silence pendant plusieurs jours. Dans le meilleur des cas, il travaillait à ses sculptures, mais avec désespoir. Pendant ses épisodes maniaques, au contraire, nous vivions au rythme de son euphorie. Quand il était au sommet, tout était possible. Nous allions nous marier, avoir d'innombrables enfants, construire un château et vivre de son art. Il deviendrait célèbre et notre restaurant à Clifden serait dans tous les bons guides touristiques.

« Pendant ses périodes noires, en revanche... Il m'adressait à peine la parole. La vie en ce bas monde n'était que vanité et absurdité. Selon lui, la seule façon de sauver son âme était de laisser une œuvre à la postérité. Tout le reste lui était égal. J'ai essayé de le persuader de voir un médecin, mais il a toujours refusé. Il disait que les médicaments nuiraient à sa créativité. Et qui sait ? Il avait peut-être raison. Il n'aurait sans doute pas pu créer s'il avait été tout à fait sain.

– Pourquoi ne pas l'avoir quitté ?

Mari s'esclaffa intérieurement. Sa vie affective était décidément incompréhensible.

– Tu sais ce qui était le pire ? Et qui l'est encore ? Eh bien, même quand il était au fond du trou, j'étais plus heureuse avec lui que je ne l'ai jamais été avec personne. Il me donnait l'impression d'être vivante, d'avoir de l'importance. Ou alors, pour reprendre les propos du vieil homme avec qui tu as discuté aujourd'hui, qu'on était faits l'un pour l'autre. Il ne créait pas que de l'art. Il m'a créée. J'étais belle à ses yeux. Forte. Audacieuse et effrontée. Maintenant, avec le recul, tout ça me paraît pitoyable, surtout face à toi, qui ne te serais jamais laissé faire comme moi. Mais quand il était exalté…

Elle se tut, sentant qu'elle choisissait mal ses mots.

– Tu as déjà eu l'impression que tout était possible ? Qu'on peut envoyer paître cette foutue société qui nous impose à tous de rester à notre place ? Voilà ce que je ressentais. Les gens savaient où était leur place dans la hiérarchie, mais la mienne était invisible. Ça me vient de mon éducation. Mes parents m'ont certainement aimée à leur façon, je ne dis pas le contraire, mais ils ne pensaient qu'à eux. À leurs carrières, leurs soirées, leur engagement politique et leurs amis. Vus de l'extérieur, c'étaient des gens bien. Mais en fait, leur affection avait toujours un prix. Moi, j'étais la jolie petite fille qu'on exhibe, tant que je ne perturbais pas leurs habitudes. Mon frère et ma sœur s'en sont mieux sortis. Lui est sportif et intelligent. Elle, mince et éthérée. Moi, personne ne me voyait. Parfois, je faisais le tour de la maison en regardant mon reflet sur toutes les surfaces réfléchissantes pour m'assurer que j'avais un visage.

« David parlait souvent d'un poisson, le *Ceratias Holboelli*, qui vit dans l'obscurité totale des profondeurs marines, là où chaque rencontre est un hasard improbable dont il faut tirer profit. Quand un mâle de cette espèce trouve une femelle, il y plante la mâchoire et fusionne avec elle jusqu'à ce que leurs systèmes vasculaires ne fassent plus qu'un. J'avais horreur de cette histoire, sans doute parce que c'était une métaphore de notre relation. David vivait dans l'obscurité, mais aussi dans la lumière. Et surtout, il m'a vue. Dans son regard, j'ai cessé d'être transparente. Il a sculpté mon corps, il l'a trouvé unique. Avec lui, j'étais... quelqu'un, Anna. Tu comprends ?

– Oui. Et je ne crois pas que ton histoire soit si extraordinaire. Ma mère n'a jamais pris le temps de savoir qui j'étais. Elle connaissait ma sœur, et ça lui suffisait. Fredrik a probablement vécu la même chose. Il était transparent aux yeux de ses parents. Ils lui ont même demandé de se changer en courant d'air. Toi, de ton côté, tu t'es retrouvée dans les bras d'un homme pour qui tu existais, au moins de temps en temps. Tu étais donc prête à tous les compromis. Fredrik, lui, semble avoir choisi la solitude.

– Tu crois ?

Les deux amies se turent. Dans le verre de Mari, la robe du porto était sombre. Il tirait sur le noir, telle une étoffe de velours rouge chatoyante.

– Quand allons-nous lui parler ? dit-elle.

Anna secoua la tête.

– Je ne sais pas. Je voulais lui demander de venir, mais il a vite disparu du drôle de buffet après l'enterrement. J'ai essayé de le joindre, mais il ne décroche pas. Sincèrement, je me fais du souci pour lui. Il a l'air très préoccupé, ces derniers temps. Je le trouve pâle et taciturne. Et puis son projet de créer une salle de spectacle... Je me demande ce qu'il a en tête.

– Peut-être ce qui nous tracasse tous : la mort de Hans Karlsten.

Le café était à présent plongé dans l'obscurité, éclairé seulement par la lumière des bougies. Le visage d'Anna ressemblait à un masque de théâtre aux yeux écarquillés et à la bouche tordue.

– Qu'est-ce qu'on va faire, Mari ? Qu'est-ce qu'on va dire à Martin Danelius ? Et à propos de Fredrik, on fait quoi ?

– Il faut lui dire ce qui s'est passé. C'est épouvantable, mais on n'a pas le choix. Après, on décidera ensemble comment annoncer notre refus à ce monsieur Danelius. Il faudra peut-être aussi avoir une conversation sérieuse avec Elsa Karlsten pour lui faire promettre de se taire. Dans le pire des cas, il faudra lui rendre son argent.

Anna secoua la tête.

– Pour moi, c'est trop tard, murmura-t-elle. J'ai appelé la maison de retraite en Dalécarlie et j'ai réservé un des derniers appartements. Quand je lui ai appris la nouvelle, la joie de mon père a été indescriptible. Il s'est demandé comment il s'en sortirait financièrement, mais j'ai réussi à lui faire croire que j'avais des économies. Je ne peux plus reculer. Impossible.

– Moi non plus. J'ai promis à David que…

Mari s'interrompit en espérant qu'Anna ne l'avait pas entendue. Trop tard.

– Tu lui as promis quelque chose, Mari ? Et tu comptes tenir ta promesse ? Il a la même emprise sur toi qu'autrefois ?

– Non ! J'ai juste dit que…

Anna s'agenouilla près de Mari, rapprochant son visage du sien, et prit ses mains dans les siennes.

– Je ne sais pas grand-chose de la vie que vous meniez, dit-elle. Mais je sais comment ça s'est terminé. Tu me l'as raconté. Tu crois que j'ai oublié ? Vous êtes allés à Renvyle Point, là où les falaises tombent abruptement dans la mer. Vous avez bu du vin et discuté de l'exposition. Contemplé la mer et la plage en contrebas. David a voulu t'apprendre à voler. Il a ouvert les bras et il a sauté.

– Non !

Mari porta ses mains à ses oreilles.

Collines verdoyantes, étendue bleue, falaises, ruines, moutons. Une bouteille de vin renversée. Les images tournoyaient dans sa tête. « Non, non, non ! » Mais Anna reprit, impitoyable :

– Il a sauté, Mari. Il prétendait t'apprendre à voler, et il a sauté dans le précipice. Tu m'as décrit la scène en détail. Tu n'as presque rien raconté d'autre, mais ça, oui. Il a plané comme un oiseau au-dessus de la plage. Sa chemise voletait au vent. Tu l'as entendu crier quelque chose, mais le bruit des vagues a couvert sa voix. Tu t'es précipitée vers le bord et tu as failli glisser. Il t'a semblé entendre un bruit sourd quand il s'est écrasé sur les rochers. Tu as hurlé jusqu'à ce que des touristes te rejoignent et prennent soin de toi. Ils ont appelé les secours, n'est-ce pas ? Ensuite, ils t'ont accompagnée à l'hôpital. Tu étais en état de choc. Tu y es restée plusieurs semaines, jusqu'à ce que tu aies la force d'organiser l'enterrement de David. Tu as réussi à retrouver tous les membres de sa famille, qui ont assisté à la messe mais qui t'ont laissée accomplir le geste final. Ça a été un enfer de convaincre des catholiques, mais tu y es parvenue. C'est à toi qu'on a confié les cendres de David. Tu les as transvasées dans une des urnes qu'il avait sculptées et tu es retournée à Renvyle Point pour les disperser au vent.

– Je t'en prie, Anna, arrête. Je t'en supplie…

– Non, Mari. Je ne me tairai pas tant que tu n'auras pas compris. David ne peut plus donner son avis. Parce qu'il est mort. David est mort, Mari. Tu me l'as dit toi-même. Il ne reviendra plus.

Chapitre 16

Mari, agenouillée dans son salon, fixait du regard la sculpture représentant deux corps enlacés et l'urne aux anses en forme de poisson posée à côté. Elle ignorait combien de temps s'était écoulé. Après s'être levée d'un bond de son fauteuil et avoir bousculé Anna en partant, elle avait hélé un taxi qui l'avait ramenée chez elle. Ensuite, elle ne se souvenait plus de rien.

Chez elle, pensa-t-elle avec un rire sarcastique, en parcourant du regard les murs nus peints en blanc. Chez elle, c'était à Clifden. Au restaurant Murrughach. Elle aurait pu faire ses valises sur-le-champ. Prendre quelques affaires, l'enveloppe d'Elsa Karlsten et s'en aller. Elle aurait pu se rendre à l'aéroport et prendre le premier avion pour l'Irlande. Avec de l'argent, tout était possible. De l'argent et de la conviction.

Anna avait dit que David était mort. Qu'est-ce que ça signifiait ? Exister dans les souvenirs de quelqu'un, dans ses pensées, n'était-ce pas une forme de vie suffisante ? Fallait-il à tout prix s'affirmer parmi les vivants ?

Mari se leva, ouvrit le couvercle de l'urne et contempla la cendre grise qui gisait au fond. Ici reposait David... Non, impossible. Il vivait dans sa tête, pas dans un vase. Elle le sentit approcher. Il la prit sur son dos et s'éleva au-dessus de la terre, du feu, de l'air et de l'eau. Puis il la déposa sur le lit, au premier étage de leur maison, à Clifden. Rien n'avait changé. Un coup d'aspirateur, et le passé se muerait en présent. « Tu te souviens d'Inishbofin, Mari ? Là où je t'ai embrassée en te disant que tu étais un ange ? »

Il était de bonne humeur. Aucun signe d'hyperactivité. Depuis plusieurs jours, il dormait paisiblement la nuit. Il s'écoulerait donc quelque temps avant qu'il ne replonge dans un épisode mélancolique et angoissé. Ce matin-là, ils s'étaient réveillés tôt, le regard attiré par les rayons qui filtraient entre les rideaux de la chambre. Se tournant vers la fenêtre, Mari observa les particules de poussière qui dansaient dans la lumière. David se leva et revint avec des œufs au plat, du jambon, du jus de fruits et du thé. Ils se nourrirent mutuellement de pain frais. Ils s'embrassèrent goulûment. Au bout d'un moment, David déclara qu'il voulait savourer ce jour de repos en faisant une excursion à Inishbofin. Ils prendraient le bateau à Cleggan.

– J'ai joué plusieurs fois là-bas, dans un pub.

L'île était habitée par une centaine de personnes qui vivaient de la pêche et de l'élevage des moutons, lui expliqua David. Quelques minutes plus tard, ils étaient en voiture. Elle lui confia qu'elle voulait entreprendre une activité épanouissante, l'équivalent pour elle de sa sculpture. Elle pensait rénover le restaurant et lui adjoindre une bonne cave à vins, sans pour autant renoncer à son caractère rustique. Il trouva l'idée bonne et promit de l'aider. Devant eux, de part et d'autre de la Sky Road, se déployait une vue splendide dont elle ne se lasserait jamais.

Cleggan les accueillit dans l'atmosphère lasse d'un village de pêcheurs somnolent. Elle observa un vieillard en haillons qui, accompagné de son chien, dirigeait les voitures vers un tapis d'herbe caillouteux tenant lieu de parking, derrière quelques vieilles maisons où le linge séchait sur des cordes. Il leur montra un carré d'herbe verte et empocha la pièce que David lui tendit par la fenêtre côté conducteur. Ils discutèrent un instant, puis le vieux pointa son doigt vers les bateaux de pêche amarrés au port. David et Mari embarquèrent parmi les nombreux visiteurs affublés de sacs à dos et de vélos, dans l'odeur apaisante de la mer et des cordages gorgés de sel. Lorsque le bateau eut quitté le port, ils virent bientôt les îles, qui semblaient avoir poussé dans l'eau, recouvertes de pâturages verdoyants et de plages – un panorama parfaitement conforme aux attentes des touristes.

À l'approche d'Inishbofin, elle ne distingua tout d'abord que l'imposante ruine grise qui, malgré sa décrépitude, surveillait l'arrivée des intrus. Au port, la foule se dispersa. On louait des vélos et on partait dans l'une des deux directions possibles, à la découverte d'« authentiques paysages irlandais », selon les termes que David lui murmura à l'oreille. Il n'avait pas beaucoup parlé pendant le trajet et se contenta de parcourir les alentours des yeux une fois qu'ils eurent accosté. Puis ils marchèrent côte à côte vers l'ouest et quittèrent les sentiers battus pour gravir une pente caillouteuse que les moutons, qui les regardaient passer avec une indifférence flagrante, avaient parsemée d'excréments.

Au bout d'un moment, ils rebroussèrent chemin. David entra dans un pub et s'entretint avec le propriétaire pendant que Mari, restée à l'extérieur, songeait aux ruines grises qui se dressaient devant elle. Leur délabrement accentuait leur beauté. Elle avait faim. Ils se rendirent dans un hôtel récent dont la carte les avait alléchés avec son *tea and scones*. Mari découvrit le hall avec stupéfaction : bien agencé, son style moderne paraissait si déplacé sur cette île qu'on se serait cru dans un autre monde. Ils demandèrent à être servis sur la terrasse.

Ils contemplèrent la carcasse d'un vieux navire, à quelques mètres de là. David dit tout haut ce qu'elle pensait tout bas.

– C'est un bel hôtel, mais as-tu remarqué que la modernisation s'arrête à la terrasse ? Intelligent. Ceux qui viennent découvrir l'Irlande ne veulent pas voir de constructions récentes, mais des épaves de bateaux, des vieux bergers qui font paître leurs moutons, des ruines qui évoquent les Celtes et la guerre. Plus les sites authentiques se feront rares, plus les touristes seront fortunés – ceux qui sont tellement blasés qu'ils recherchent des émotions fortes pour donner un sens à leur vie. En Irlande, ils sont à la recherche de la « grandeur de la nature ». Moi, j'appelle ça de la pauvreté.

– Qu'est-ce que tu veux dire par là ?

– Que ce sont les traditions des pauvres qui constituent la plus grande attraction touristique du pays, et que le tourisme est une source importante de revenus. Il faut donc conserver le passé, au moins dans les régions comme le Connemara. Au rythme où vont les choses, les Irlandais pourront bientôt jouer les figurants sur leur propre terre. Le spectacle s'appellerait « le mythe irlandais ». Nous devons préserver nos ruines et nos maisons délabrées, nos moutons et nos vieillards, éviter qu'ils portent des vêtements dernier cri et les encourager à ne pas abandonner la pêche traditionnelle. Ça vaut d'ailleurs pour le reste du monde aussi. Les pauvres sont une espèce en voie de disparition, qu'il faut protéger pour que les riches aient de quoi se divertir. Ensuite, ils s'endormiront sous leurs couettes douillettes dans des chambres d'hôtel climatisées.

Un homme avait dressé un chevalet et s'apprêtait à peindre l'épave devant lui.

– C'est un peu cynique, non ?

– Pas du tout. Je suis réaliste.

Il lança une miette de scone à un oiseau qui s'en empara avant de s'envoler vers la ruine et poursuivre sa route vers l'horizon.

– Tu exagères, David. L'hôtel est moderne, d'accord. Mais le tourisme crée des emplois qui améliorent la situation du pays. Nous sommes les premiers à en profiter. Je ne crois pas qu'il faille préserver la pauvreté. Ce qui compte, c'est de préserver la nature, et je crois que vous saurez le faire. D'ailleurs, l'agriculture n'est-elle pas aussi une source de revenus importante pour le pays ? Les moutons et les chevaux ne risquent pas de disparaître, même si les paysans changent de style vestimentaire.

David tourna la tête et prit celle de Mari entre ses mains.

– Quelle innocence, Mari… Tu es vraiment… naïve. Ma Mari… Tu es un ange. Depuis que je t'ai rencontrée, je crois en Dieu.

Il l'embrassa. Doucement d'abord, puis si fort qu'il lui fit mal.

– Je... murmura-t-elle en reprenant son souffle.

« Je n'ai jamais rien entendu de si beau », aurait-elle voulu lui dire. Mais d'un baiser, il l'en empêcha et elle le laissa faire, même si, au fond d'elle-même, elle ne croyait pas à ses belles paroles. Son Dieu les observait depuis leur première rencontre. Son Dieu créateur. Celui auquel il avait toujours cru, malgré les déceptions qu'il lui infligeait. Le Dieu dont il avait parlé au cimetière de Carna.

Ils payèrent l'addition et se dirigèrent vers les ruines. Des oiseaux avaient fait leurs nids sur les vestiges des plus hautes tours. Entre les pierres, l'herbe faisait grise mine. Quelques personnes pique-niquaient. La mer bleue tirait sur l'anthracite. David ne dit pas un mot jusqu'au trajet du retour. Mari se tenait au bastingage, seule, le regard perdu sur l'immensité des flots. Il l'enlaça par-derrière.

– Quand la pauvreté sera éradiquée, il nous restera toujours la mer et ses profondeurs inconnues. Elles sont habitées par des créatures que nous ne pouvons qu'imaginer.

– Que reste-t-il d'inconnu sous l'eau ? Je croyais que l'humanité avait exploité les océans aussi impitoyablement qu'elle a, d'après toi, exploité l'Irlande.

David resserra son étreinte.

– Sais-tu que les fonds marins constituent soixante pour cent de la surface de la terre et que nous en savons moins sur ce monde immergé que sur la Lune ? On a longtemps cru qu'il n'cxistait aucun organisme vivant dans les obscurités abyssales. Mais nous n'en avons découvert qu'une infime fraction. Les océans abritent une infinité de créatures. Des poulpes géants, longs de vingt mètres, qui pèsent jusqu'à une tonne ; des poissons qui nagent dans le noir et attirent leurs proies grâce à des lanternes anatomiques qu'ils tiennent devant leur mâchoire ; des méduses, des vers, des crabes, des baleines...

– Et des *Ceratias Holboelli*.

– Tu apprends vite, Mari. L'abysse le plus profond fait onze mille mètres, tu le savais ? En comparaison, cette mer paraît ridicule. On pourrait presque respirer au fond.

Il la poussa contre le bastingage. Brusquement, elle sentit ses pieds perdre contact avec le pont. Il la fit basculer en avant, par-dessus bord, tout en la retenant fermement par la taille. Le buste penché au-dessus de la crête des vagues, Mari protesta faiblement, puis elle se mit à paniquer. David continuait à parler comme si de rien n'était.

– Tu ne ressens pas l'envie de t'unir à quelque chose qui te dépasse quand tu penses aux abysses ? Si des créatures transparentes, sans bouche ni appareil digestif, réussissent à se nourrir de la graisse qu'elles absorbent sur les squelettes des baleines, à des milliers de mètres de profondeur, un être aussi accompli que toi devrait bien pouvoir survivre dans ces eaux, n'est-ce pas ? Ma Murrughach à moi. Ma sirène rousse. Tu ne veux pas éprouver tes nageoires ?

Le sel lui piqua les yeux. Elle se mit à hurler. Des voix indignées se firent entendre en arrière-plan. David desserra son étreinte et éclata de rire.

– Ma petite Murrughach, tu ne croyais tout de même pas que j'allais te jeter à l'eau ? Pour qui tu me prends ? Tu as perdu le sens de l'humour ? Ou peut-être es-tu en train de perdre la tête…

Son regard avait pris la couleur de la mer. Sa peau était aussi blanche que celle de la chair d'un poisson. Elle regarda son gros pull gris, son jean et ses mains, terriblement belles. Elle les saisit et lui lécha doucement le bout des doigts.

– Oui, répondit-elle. Je crois que je suis en train de perdre la tête.

Les souvenirs s'estompèrent. Mari se retrouva assise par terre, dans le salon de ce « chez elle » qui n'en était pas un.

*Mary, you are an angel. Since I met you, I believe in God**. Les paroles de David la faisaient toujours frissonner. La sensation de ses doigts lui effleurant les joues. Il aurait pu lui briser le cou sans grand effort. Enfant, elle avait eu des poupées Barbie à tête amovible. C'était plus pratique de leur changer la tête que de les recoiffer.

Elle plongea la main dans l'urne. La cendre glissa entre ses doigts. Les particules étaient douces contre sa peau, qui se ganta d'une couche de poussière transparente. Elle aurait dû les disperser à Renvyle Point, comme elle se l'était promis. Mais au dernier moment, elle avait changé d'avis.

– Tu es mort, David ? demanda-t-elle à haute voix dans la pièce vide.

– Bien sûr que non, répondit-il d'une voix railleuse.

Elle replaça le couvercle de l'urne et se tourna vers lui. Il était le même que sur le bateau qui les avait ramenés d'Inishbofin : les cheveux mouillés et la manche de son pull tachée de marmelade. Il avait fait tomber son scone en prenant le thé à l'hôtel.

– Tant que tu vis pour moi, je ne suis pas mort, Mari. Dans ton imagination, je suis bien là, n'est-ce pas ? Dans tes rêves et dans tes pensées. Nous serons toujours ensemble. Jusqu'à ce que la mort nous sépare, diraient les gens normaux. Mais finalement, même la mort ne peut nous séparer.

Se blottissant dans ses bras, elle eut l'impression d'enlacer un nuage qui lui filait entre les doigts, comme la cendre quelques instants plus tôt.

– Le peigne de Cléopâtre a reçu une nouvelle demande d'assassinat, balbutia-t-elle au creux du bras qui n'était peut-être qu'un courant d'air.

– Ça ne m'étonne pas, répondit-il d'une voix irréelle. Vous croyiez contrôler les choses, mais comment auriez-

* Mari, tu es un ange. Depuis que je t'ai rencontrée, je crois en Dieu.

vous pu ? L'Enfer est vide, et tous les diables sont devant nous*. Qu'est-ce que vous allez faire ?

– Je ne sais pas, David. Tout ce que je sais, c'est qu'un vieil homme nous a demandé de tuer sa femme qui est dans le coma à l'hôpital.

– Et vous hésitez ?

Sous sa peau transparente, elle distingua son squelette.

– Je ressemble aux créatures des abysses. C'est ce que tu penses, non ? Peut-être. Tout à l'heure, tu t'es souvenue d'Inishbofin et maintenant, tu ne sais pas si tu dois aider un vieillard. D'ailleurs, il y a quelque temps, tu ne savais pas si tu devais aider une femme maltraitée. Tu me déçois, Mari. Peut-être que tu es vraiment en train de perdre la tête.

Elle lui caressa les cheveux, sentant enfin la chaleur de son corps.

– Je ne suis pas seule dans cette affaire, nous formons une équipe. Les apparences sont trompeuses. C'est la signification du Peigne de Cléopâtre.

– Alors fais ce que tu as à faire.

Il glissa hors de sa conscience et ses pensées rationnelles reprirent le dessus. De ses doigts raides, elle appuya sur les touches du téléphone, et lorsqu'on répondit au bout du fil, elle sut qu'elle avait pris la bonne décision.

– Fredrik, murmura-t-elle, il faut que je te parle. Le peigne de Cléopâtre a reçu une nouvelle mission.

---

* Shakespeare, *La Tempête*, acte I, scène II, traduction d'André Markowicz, éditions Les Solitaires Intempestifs (2003).

Chapitre 17

Fredrik était installé dans l'un des fauteuils en velours du Fata Morgana. La salle n'était pas encore pleine, mais il était tôt. La plupart des clients arriveraient au fil de la soirée. Après minuit, il serait difficile de trouver une place assise. Michael, le propriétaire, irait saluer les spectateurs – tout en se frottant les mains. Peu importait qu'on le paie en euros ou en couronnes. Comme il avait l'habitude de le dire, le taux de change était un problème qu'il fallait traiter avec amour. Michael était né pendant la Seconde Guerre mondiale en Allemagne, et par deux fois sa famille avait tout perdu. Finalement, sa monnaie de référence restait le mark.

Fredrik s'efforçait de ne pas songer aux récents événements. Sous prétexte de prendre l'air, il faisait de longues promenades qui intriguaient Mari et Anna. Il prenait le métro, regardait les stations défiler et descendait loin du centre, pour aller marcher le long des plages du Mälaren. Des navires lourdement chargés passaient au loin. Il lui arrivait d'être tenté de se jeter à l'eau, de les rejoindre à la nage et de s'embarquer pour une destination inconnue. Une fois, il avait ôté son manteau, remonté les manches de sa chemise et trempé les doigts dans l'eau glacée. Mais le rire moqueur de Miranda l'avait retenu.

Elle venait de temps à autre le retrouver. Il ignorait comment, mais elle se débrouillait toujours pour savoir où il se trouvait. Elle connaissait déjà ses coins de prédilection, en dehors du Refuge. Fredrik ne l'avait pas encore invitée au café. Il ne se sentait pas prêt à révéler son existence à Mari et Anna.

« Poule mouillée ! » lui lançait-elle parfois, dans un élan de bonne humeur. Quand elle était agacée, en revanche, elle le traitait de lâche, et, dans un murmure, il lui demandait un sursis. Alors, elle levait les doigts comme pour compter.

Peut-être le nombre de jours avant qu'il ne leur avoue enfin son existence. Ou que son père ne trouve le fusil.

Elle lui parlait sans arrêt d'argent.

– Remue-toi, Fredrik. On est près de réaliser notre rêve. Pour peu que tu abattes bien tes cartes, tu seras un homme riche. Et on pourra ouvrir le Palace de Miranda d'ici un an.

– Tu crois ? répliqua-t-il sur un ton agressif.

– Votre idée de génie, Fredrik ! Régler les problèmes des gens ordinaires. Maintenant que vous y parvenez, tu recules, le succès te fait peur. Je te l'ai déjà dit : avec un peu de bonne volonté et une solide stratégie commerciale, le genre de mission dont vous a chargé Elsa Karlsten…

– Arrête, nom de Dieu !

Des passants lui jetèrent des regards en coin et poursuivirent leur chemin, blottis les uns contre les autres.

– Ne crie pas, Fredrik. Et ne joue pas les torturés ou les donneurs de leçons. Nous savons tous les deux que tu peux agir sans aucun scrupule. Souviens-toi de la chasse à l'ours, le jour de la mort de ton père. Il a été tué par une prétendue balle perdue, alors qu'il se trouvait dans le champ de vision du tireur. On n'en a jamais retrouvé la provenance.

La forêt. Les arbres. Les rochers couverts de mousse et de brindilles. La chasse, les armes, le sac à dos contenant café et sandwiches. Dans l'équipe, un des meilleurs chasseurs de la région, d'une rare précision. Un véritable artiste. Au fil des ans, la satisfaction grandissante de son père quand les autres le félicitaient d'une tape dans le dos. Enfin maté, le fiston. Il avait suffi d'un peu de poigne et de quelques bonnes engueulades. Les hommes doivent être éduqués par des hommes, comme il le disait souvent, mais toujours à l'insu de sa mère. De toute façon, elle l'aurait ignoré. Car ce qu'évitait le père de Fredrik, ce n'était pas tant son indignation que son indifférence.

Ce matin-là, par un temps gris et froid, la pointe des pins déchirait de lourds nuages en lambeaux anthracite. Sous ses pieds, le sol était humide. Épines et pommes de pin traçaient des zigzags sur les sentiers. Broussailles, chasseurs sans peur ni égard pour rien. Ils s'étaient répartis entre plusieurs postes et avaient attendu, heure après heure, que la proie se montre ou ne se montre pas. L'ours était si rare dans la région qu'il était permis de douter de son existence. Mais cette fois-ci, les traces ne faisaient aucun doute : dépouilles lacérées, incursions en territoire habité. La faim le pousserait bientôt à pire. Mieux valait prévenir que guérir.

Il s'était positionné avec soin et bénéficiait d'une très bonne visibilité, mais c'est grâce à son odorat qu'il avait senti la proie approcher. Le large dos, les muscles. Les rameaux se brisant sous ses pas lourds. La chevelure bouclée. La fourrure. Il avait visé avec minutie, sans trembler, puis pressé la détente. Touché la proie. Ensuite, silence et attente.

Quelques heures s'étaient écoulées avant que les autres ne réagissent. On avait crié, appelé inutilement les secours. Son père était étendu sur le sentier, une balle dans le front. L'ours avait été blessé. On l'avait retrouvé quelques jours plus tard, agonisant dans un trou à plusieurs kilomètres de là. Il avait reçu la fourrure de l'animal en guise de trophée.

– On n'a jamais su qui avait tiré. Mon poste se trouvait loin de là. Je ne faisais pas partie des suspects.

– Tu affirmes ne pas avoir tiré, Fredrik, mais est-ce que tu as pleuré ?

Miranda souriait. À cet instant-là, il l'avait détestée, mais pour l'heure, assis dans son fauteuil au fond de la salle, il ne lui en voulait pas. Mari allait arriver d'un moment à l'autre. Il fallait éviter de se laisser absorber par Miranda, comme d'habitude. Le moment des présentations n'était pas encore venu.

Au téléphone, Mari avait semblé désespérée. Le peigne de Cléopâtre avait reçu une nouvelle demande de la part d'un vieil homme dont la femme était hospitalisée. Il s'agissait d'accomplir une promesse. Il avait fini par proposer à Mari de le rejoindre au Fata Morgana, jusqu'alors tenu secret. Elle avait accepté, non sans étonnement. Depuis, il l'attendait.

En levant les yeux, il vit Michael approcher, vêtu d'un costume sombre, d'une chemise grise et de souliers vernis étincelants. Ses cheveux blancs coiffés en arrière dénudaient son visage. Les rides s'étaient creusées sur son front, mais il se déplaçait avec souplesse entre les tables, tantôt échangeant une poignée de main, tantôt effleurant une joue. Pour ses soixante-cinq ans, il était encore séduisant. Il avait le visage émacié, les pommettes hautes et le nez pointu. Les contours de sa bouche accentuaient sa ressemblance avec un oiseau de proie – mais un oiseau de proie gentil. Il s'assit à côté de Fredrik dans un fauteuil rouge chair.

– Comment ça va ? s'enquit-il avec un très léger accent allemand.

Fredrik se demandait depuis combien de temps Michael vivait en Suède. Assez longtemps pour être parfaitement intégré, même s'il serait toujours considéré comme un Allemand, ici et dans son pays d'origine. Fredrik se garda de le questionner. Si leur amitié était solide, c'était justement parce qu'ils savaient s'en tenir à l'essentiel.

– Bien, répondit-il.

Fredrik n'avait guère envie d'en dire plus. Michael connaissait l'existence du Peigne de Cléopâtre, sans plus.

– Bien ? Tant mieux.

Michael croisa élégamment les jambes. Fredrik admira ses splendides chaussettes : probablement des mi-bas. Pour un esthète comme Michael, une paire de chaussettes trop courtes, risquant de dévoiler des tibias poilus, aurait été une abomination.

– Le cabaret va bien aussi, comme tu peux le voir. Les gens reviennent et ne regardent pas à la dépense. Une clientèle aisée : l'idéal pour un commerçant. Loyauté, argent et discrétion, c'est le cocktail gagnant. Mais je ne t'apprends rien, n'est-ce pas ?

Fredrik décida de se jeter à l'eau :

– Combien d'établissements de ce genre est-ce que tu possèdes ? Tu as un véritable empire, n'est-ce pas ?

– Un empire ?

Michael éclata de rire. Dans sa bouche, le *r* d'« empire » prenait une sonorité clairement allemande.

– Je viens d'un pays où la déclaration d'impôts n'est pas un document public. Ça ne veut pas dire qu'on ait systématiquement des choses à cacher, mais qu'on respecte la sphère privée.

Il leva les mains en signe d'excuse.

– Pardonne-moi, mon ami. Je ne voudrais pas paraître insolent. Je suis conscient de ce que je te dois. Mon soi-disant empire, c'est cinq salles de spectacle à Hambourg, trois à Berlin et quelques clubs dans différentes régions d'Allemagne, notamment à Cologne et à Francfort. À peu près une dizaine d'établissements en tout, dans des styles différents. Certains sont plus chics que d'autres. Il y en a pour tous les goûts, mais ils doivent correspondre à mes exigences en termes de qualité et de rentabilité.

– Et pourtant, tu as choisi de vivre en Suède.

– Absolument.

D'un mouvement de tête presque imperceptible, Michael vérifia que les membres du personnel étaient à leur poste. Quelques employés préparaient la scène pour le spectacle.

– Tu te plais vraiment ici ?

Fredrik n'aurait peut-être pas dû poser la question. Michael parlait rarement de sa vie privée. Il avait une fille mariée à un Suédois, raison pour laquelle il était venu s'installer à Stockholm avec sa femme, qui était morte d'une pneumonie un an après leur arrivée.

– Je me plaisais bien ici. Du moins jusqu'à l'année dernière. Jusqu'à l'accident.

– Quel accident ?

Michael lui aurait-il caché quelque chose de grave ? Ils

étaient tout de même amis. Michael leva les yeux au plafond.

– Je n'aime pas parler de cette histoire. Le personnel n'est pas au courant, les artistes non plus. Je vais te raconter ce qui s'est passé, mais c'est pour une seule et unique raison : Le peigne de Cléopâtre. « L'entreprise qui résout tous vos problèmes. » Quelle accroche ! La meilleure que j'aie entendue.

– Le peigne de Cléopâtre ? Comment tu…

Fredrik s'interrompit. La réponse était évidente : Miranda avait dû en parler à Michael derrière son dos. Que lui avait-elle dit ?

– Si j'ai bien compris, c'est une idée incroyablement porteuse et innovante. En plus, ça a l'air de se passer tout en finesse.

Fredrik se racla la gorge. Le rideau se leva. Une chanteuse en fourreau apparut sur scène et se mit à enlever ses longs gants. Elle pria le public de faire porter la faute à Mame*.

– Aider son prochain est une bonne chose. Qu'on l'aide à se débarrasser de ses ordures ou d'un fâcheux, c'est secondaire. Ce que vous avez fait pour cette vieille dame… Elsa, c'est bien ça ? Je trouve que c'est une bonne action. Si les opposants à Hitler avaient réussi à le faire assassiner, on y aurait beaucoup gagné. Voilà comment il faut voir les choses, Fredrik. Toute ma famille serait d'accord avec toi. Ceux qui sont encore en vie, en tout cas.

« Je suis un homme riche, Fredrik. Je travaille depuis longtemps et je vis en dessous de mes moyens. Depuis l'accident, j'ai encore moins de raisons de mener une vie dissolue. Tout ce que je souhaite, c'est que justice soit faite. Et je suis prêt à en payer le prix.

Comme Elsa Karlsten, se dit Fredrik. Pour elle aussi, les biens matériels avaient perdu leur valeur.

---

* Allusion à Rita Hayworth et à sa chanson *Put the Blame on Mame* dans le film *Gilda* de Charles Vidor.

– Qu'est-ce que tu veux, exactement ? demanda-t-il sur un ton plus direct que prévu.

Michael se pencha au-dessus de la table. Il ouvrit la bouche mais se ravisa. Son regard glissa vers le haut. Mari se tenait près de leur table, les dévisageant. Elle était en sueur, à croire qu'elle avait couru. Son mascara coulait sous ses yeux rougis. Elle avait pleuré.

Michael lui souhaita la bienvenue dans son palais de l'illusion, dont il se présenta comme le grand magicien. Mari lui expliqua qu'elle était une collègue de Fredrik. Michael l'invita à s'asseoir.

– Nous venons de discuter de votre entreprise, Le peigne de Cléopâtre. Une idée très intéressante. Autant que la reine du même nom, courtisée à la fois par Jules César et Marc Antoine. Elle a fini par se suicider après une défaite militaire. Si mes souvenirs sont bons, elle s'est laissé mordre par un serpent venimeux.

Se penchant vers Mari, il poursuivit :

– Je vous laisse. Je crois que vous avez des choses à vous dire. Nous aurons peut-être l'occasion de nous revoir. D'ici là, profitez de l'ambiance, et commandez ce que vous voulez, vous êtes mes invités. Enchanté d'avoir fait votre connaissance, Mari. *Sehr nett**.

Sur ce, il s'éclipsa. Mari le suivit du regard puis reporta son attention sur la scène, où la dame en fourreau déversait des *r* à la française dans les oreilles du public.

– Tu viens souvent ici, Fredrik ? Pourquoi tu ne nous en as jamais parlé ?

Il contempla ses cheveux bouclés et ses yeux lavande. Il ne pousse pas de lavande en forêt, se dit-il.

– Pourquoi ça n'a pas marché, toi et moi ? Ton David en Irlande, qui te maltraitait – du moins c'est ce que je crois, tu n'en as jamais beaucoup parlé – et moi…

---

* Très agréable.

– Oh, Fredrik…

Mari prit sa main.

– Fredrik, je… je t'aime, bien sûr. Tu représentes beaucoup pour moi. J'ai souvent regretté… Mais… je n'ai pas osé, et puis j'ai rencontré David… Ce n'était pas le bon moment…

Un vague goût de sang se répandit dans la bouche de Fredrik.

– Tu n'as pas osé ? Pourtant, avec David et avec le fils cadet des Karlsten, tu as osé ! Et tu viens juste de le rencontrer ! À l'enterrement de son père, alors qu'on est plus ou moins impliqués dans sa mort. Pour lui, ce n'est pas le mauvais moment. Au contraire, tu es tombée amoureuse.

– Mais non ! J'ai discuté avec un homme charmant, voilà tout. Ça n'a rien à voir avec toi. Et puis tu as beau jeu de m'engueuler comme ça ! Comment aurais-je pu savoir que tu t'intéressais à moi ? Tu as toujours eu des tas de petites amies. De toute façon, je n'étais qu'un lot de consolation pour toi. C'est bien Anna que tu veux vraiment, n'est-ce pas ? Tu as essayé, au moins ?

Fredrik regrettait son accès de colère. Demander à une femme pourquoi elle n'avait pas choisi de l'aimer… C'était vraiment pathétique.

– Aucune importance, répondit-il. J'ai fini par me trouver. Mais ce n'est pas de ça qu'on devait parler.

– Tu sais, Fredrik, j'y ai pensé en venant ici. Tu es l'homme le plus beau que j'aie jamais rencontré, et ce que je ressens pour toi, c'est un amour noble. Un amour fondé sur la confiance.

La rougeur de ses yeux leur donnait un contour inhabituel.

– Je sais que tes intentions sont bonnes, Mari. Pardonne-moi. Je n'aurais pas dû dire ça. On ne demande pas à quelqu'un pourquoi il ne vous aime pas. Parle-moi plutôt de notre nouvelle mission. Je pourrais peut-être y ajouter mon grain de sel.

Mari se tourna vers la scène. La dame en fourreau avait été remplacée par un duo d'artistes qui roucoulaient des paroles sirupeuses en allemand. *Freundin*. Amie. Elle frissonna. Ce n'était pas le moment d'aimer.

– Anna m'a demandé de la rejoindre au café après l'enterrement. Tu avais disparu. Où étais-tu, d'ailleurs ?

– Je suis parti. Je n'en pouvais plus.

Mari, la gorge nouée, avait du mal à déglutir.

– Tu as remarqué que j'étais assise à côté du fils d'Elsa Karlsten. Lukas, de son prénom. Tu as peut-être aussi vu qu'Anna s'est retrouvée à côté d'un homme âgé, un vieil ami d'Elsa, Martin Danelius. Il a trouvé Anna tout à fait charmante, ce qui n'a rien d'étonnant. Mais qu'est-ce qu'elle a de plus que nous, à la fin ?

Ils échangèrent un sourire.

– Quoi qu'il en soit, ce monsieur Danelius s'est spontanément confié à elle. Sa femme s'appelait aussi Anna. Enfin, s'appelle. Apparemment, ils ont été merveilleusement heureux, et ce depuis leur rencontre à l'école primaire. Ils n'ont pas pu avoir d'enfants, et ils se sont suffi l'un à l'autre. Jusqu'à ce que la vie en décide autrement : madame Danelius souffre de la maladie d'Alzheimer. Elle est dans le coma à la suite d'une attaque cérébrale.

Mari regarda de nouveau la scène. *Meine beste Freundin**, *meine beste Freundin*. Fredrik lut dans ses pensées.

– Cette chanson parle d'homosexualité féminine. Elle a été écrite dans l'entre-deux-guerres, à une époque tolérante, où on pouvait exprimer un tas de choses qui ne sont plus permises aujourd'hui. Sais-tu que l'Allemagne fourmillait de compositeurs et de paroliers talentueux qui faisaient l'éloge de la démocratie et de la libération sexuelle ? Quand Hitler a pris le pouvoir, tout a été interdit. Mais excuse-moi, je m'égare… Cette madame Danelius a quel âge ?

* Ma meilleure amie.

– Dans les quatre-vingts ans, je crois. Elle est malade depuis longtemps. Avant de perdre la tête, elle a demandé à son mari de lui faire une promesse. Elle savait très bien que tôt ou tard, elle ne pourrait plus prendre soin d'elle-même. Elle voulait que son mari... l'aide à passer de l'autre côté. Mais il n'en est pas capable, et Elsa Karlsten lui a conseillé de se tourner vers nous. On serait très bien payés. Tu me suis ?

Fredrik ne répondit pas. Beaucoup de gens semblaient nettement plus fortunés qu'on aurait pu le croire. Y compris Michael. Soudain, Fredrik eut la nausée. Il prit sa tête entre ses mains. Le peigne de Cléopâtre vient de recevoir une nouvelle mission. Exactement ce que tu voulais, Miranda. Tu es contente ?

– Tu ne te sens pas bien ?

La voix de Mari lui parvint de très loin. Il s'efforça de la regarder droit dans ses yeux rougis. Elle ressemblait à un lapin de laboratoire.

– Si c'est le cas, je te comprends. Anna et moi avons réagi comme toi. Comment a-t-on pu se fourrer dans un guêpier pareil ? Et comment en sortir ? J'y ai réfléchi avant de venir ici.

– Alors, qu'est-ce que tu en penses ?

– Pour le moment, je voudrais disparaître. M'en aller. J'ai proposé à Anna qu'on rende son argent à Elsa Karlsten et qu'on déménage. Mais elle dit que pour elle, c'est trop tard. Elle a déjà réservé un appartement pour son père à la maison de retraite dont elle nous a parlé, et elle ne veut pas le perdre. Je la comprends. En ce qui me concerne, je pourrais annuler mon projet d'installation en Irlande. Ou plutôt, partir sans argent sale. Quoi qu'il en soit, nous devons dire à cet homme que nous ne pouvons pas lui rendre ce service.

– Bien entendu, répondit Fredrik dans un murmure.

– Tu es sûr que ça va ?

Fredrik revivait un cauchemar : le sentiment d'avoir

tout perdu quand son père était entré dans sa chambre et avait trouvé le fusil dans le matelas ; la terreur au moment où son père s'était dirigé vers le jardin d'un pas rapide et assuré, l'arme à la main ; l'humiliation de lui courir après en le suppliant de les épargner ; l'angoisse étouffante quand il avait ouvert la porte de la cabane à bois et en avait sorti les lapins par la peau du cou, un par un. « On va leur laisser une chance. Montrez-nous que vous savez sautiller, sales petites bestioles. Qu'il reste en vous une part de gibier. Que les mamours en captivité ne vous ont pas complètement pervertis. » Les pas hésitants mais enjoués des lapins dans l'herbe où ils étaient lâchés pour la première et la dernière fois. Leurs silhouettes bondissant vers la forêt et disparaissant entre les arbres, alors que son père éclatait de rire. « Tiens donc ! Une partie de chasse en bonne et due forme ! Suis-moi, je vais t'apprendre quelque chose. »

– Oui, ça va, répondit-il à Mari. Mais je suis aussi choqué que toi. Il faut bien sûr refuser et disparaître de la circulation un moment. Ça n'est pas si difficile que ça en a l'air. Je l'ai déjà fait plusieurs fois, même si j'ai toujours fini par refaire surface.

Fredrik tentait de contenir son malaise.

– Je n'ose pas imaginer les véritables circonstances de la mort du mari d'Elsa Karlsten, murmura-t-il. Il reste tant de zones d'ombres. Mais ça m'est égal, je ne veux pas savoir. Il est mort, un point c'est tout. Espérons qu'on arrive à empêcher un nouveau meurtre, à moins que ce Danelius ne s'en charge quand il comprendra que nous n'agirons pas à sa place. À t'entendre, on dirait qu'il est déterminé à tenir sa promesse. Au fond, je le comprends. Exactement comme je comprenais Elsa Karlsten quand elle nous a raconté l'histoire du casse-noix.

– Moi aussi. Et je suis d'accord avec toi, c'est bien ça le pire.

Ils se turent. Mari caressa la joue de Fredrik. Celui-ci

saisit sa main et embrassa délicatement sa paume, puis il la referma afin qu'elle conserve ce baiser.

– Fredrik, je n'ai pas envie de croire que les gens sont capables de tuer. Mais je sais... Enfin je crois qu'ils en sont capables.

– Je le crois aussi, Mari, même si je préférerais me tromper.

– Souviens-toi de ce que le médecin a dit à Anna : beaucoup de meurtres passent inaperçus.

La musique attira l'attention de Mari, qui se mit à scruter les deux femmes sur scène : leurs vêtements, leurs chignons, leurs bijoux et leurs mimiques élastiques. Manifestement, elle avait deviné que quelque chose clochait. Était-ce la forme de leurs hanches ? Ou bien leurs épaules fines et bien proportionnées, mais anormalement anguleuses sous les boas ? Leurs voix, peut-être ? Elle se tourna vers Fredrik.

– Ces deux chanteuses, dit-elle, ce sont des femmes... ou des hommes déguisés ?

– Ce sont des hommes. Tous les artistes qui se produisent ici sont des hommes. La plupart des clients ne s'en rendent pas compte. Ils sont subjugués par une beauté féminine parfaite car irréelle. D'autres savourent justement le côté artificiel, et donc parfait.

Mari ne répondit pas. Peut-être pensait-elle que ces artistes étaient plus belles que la plupart des vraies femmes.

– Les non-initiés leur donnent une multitude de noms. Transsexuels, bisexuels, travestis, etc. Mais en réalité, la question de la sexualité est accessoire. Ce qui leur importe, c'est d'exprimer une partie de soi, et encore... Dans le temps, tous les rôles de théâtre étaient joués par des hommes. Personne ne s'en étonnait. Ça n'avait rien à voir avec l'orientation sexuelle.

Il se demanda si elle le questionnerait sur ses propres penchants, mais elle semblait vouloir rester discrète.

– Ça te choque ?

– Bien sûr que non. Mais que tu puisses le penser, oui. Je sais bien que tu as toujours raffolé de danse et de spectacles. Enfin… Revenons-en à notre affaire. On fait quoi ?

Fredrik parcourut la salle des yeux. Les splendides fauteuils de velours pouvaient paraître vulgaires, le comptoir kitsch et la clientèle avide de sensations fortes. Tout ce que le Palace de Miranda éviterait.

– Je crois que nous sommes d'accord, répondit-il. Tout d'abord, on va dire à cet homme qu'on ne peut rien pour lui. Anna est la mieux placée pour s'en charger. Elle sait où on peut le joindre ?

– Il doit passer au café. Je suis de ton avis, il vaut mieux que ce soit Anna qui lui parle. On devrait aussi faire quelque chose au sujet d'Elsa Karlsten. Il faudrait lui expliquer clairement qu'on n'a pas fait ce qu'elle croit. La convaincre que c'était un rêve, lui rendre son argent et aider le père d'Anna du mieux qu'on le peut. À moins qu'on ne décide de prendre la fuite.

– Combien M. Danelius est-il prêt à payer pour cette… mission ?

Fredrik ne pouvait se résoudre à prononcer le mot « meurtre ».

– Trois millions. Un chacun.

Les deux amis restèrent silencieux. Au bout d'un moment, Fredrik reprit la parole :

– Trois millions ? Je me disais justement que quand on passe aux choses sérieuses, tout à coup, l'argent ne manque pas. On dirait que dans ces moments-là, il perd son importance. Comment va-t-il payer une telle somme ?

– Il vendrait de la forêt.

Mari regarda les deux « femmes » remercier le public enthousiaste. Puis elle se tourna vers Fredrik.

– C'est un excellent spectacle. Je suis sincère. C'est rare que je sois touchée par de la musique.

– David était musicien, n'est-ce pas ?

– Oui, mais c'est en tant que sculpteur qu'il voulait être reconnu.

Elle avait détourné le visage.

– Je te laisse, Fredrik. On se verra au café demain. À moins que tu ne veuilles dormir chez moi…

Il vit qu'elle n'avait pas dit ça à la légère. C'était une véritable invitation. Un parfum de lavande lui chatouilla à nouveau les narines.

– Peut-être, répondit-il. Sinon, on se voit demain.

À peine était-elle sortie qu'il se précipita en coulisses, sachant que Miranda serait furieuse de son retard. En ouvrant la porte, il trouva sa loge vide. Il s'assit sur une chaise. Un instant plus tard, elle apparut dans le miroir – elle s'était furtivement glissée derrière lui.

– Désolé pour le retard.

Elle lui sourit. Ses boucles, blondes ce soir-là, étaient ébouriffées sur le front et sa robe blanche lui donnait une aura innocente qu'il savait trompeuse. Son maquillage avait laissé une trace sur sa joue. Elle avait dû se préparer à la hâte.

– J'ai attendu aussi longtemps que possible. Tu sais que je n'aime pas finir de me préparer sans toi, Fredrik. J'ai besoin de tes conseils. J'ai dû me dépêcher. C'est bientôt mon tour d'entrer en scène, pourtant ! Enfin, visiblement, je ne fais pas le poids face à la belle blonde.

– Bien sûr que si, répondit Fredrik avec lassitude.

L'interrogatoire ne faisait que commencer. Miranda tournoyait sur son siège.

– Qu'est-ce qu'elle voulait ?

– Tu le sais. Le peigne de Cléopâtre a reçu une nouvelle commande. Il s'agit d'une femme qui est dans le coma. Son mari nous demande de mettre fin à ses jours, ou du moins, de l'aider à mourir.

– Et il est prêt à mettre combien ?

– Je savais que tu me poserais la question. Trois millions. Autrement dit, un million chacun.

– Votre entreprise commence à bien tourner.

– C'est tout ce que tu trouves à dire ?

Se penchant vers le miroir, Miranda effaça la trace de mascara que Fredrik avait remarquée. Son visage occupait tout l'espace, cachant celui de Fredrik.

– Tu as eu honte, n'est-ce pas ? Honte du Fata Morgana et de ce que nous représentons. Honte de tous ces hommes vulgairement déguisés.

– C'est faux. Mari est une des femmes les plus tolérantes que je connaisse. Jamais elle ne se permettrait de juger quiconque.

– Le mot clé, Fredrik, c'est « femme », pas « tolérante ». Tu préférerais en avoir une « vraie » à tes côtés, je ne suis pas dupe. Mais tu as échoué. Alors tu te consoles avec moi.

Elle attrapa ses boucles dorées et les tira sur le côté. La perruque tomba, découvrant ses cheveux courts.

– Question femme, il faudra te contenter de ça, Fredrik. Et qu'est-ce qu'une vraie femme, au juste ? Pour le public, je suis la féminité incarnée, malgré mon corps d'homme. Je ne t'abandonnerai jamais. Je sais ce que tu penses, ce que tu ressens, et je le partage. Nous allons accomplir de grandes choses ensemble. Nous nous ressemblons, et nous nous soutenons. La solidarité n'est-elle pas une forme d'amour ? D'ailleurs, c'est tout de même pire de devoir jouer la comédie en permanence que de porter une perruque et oser être soi-même ! Je suis l'illusion parfaite, Fredrik. Et tant que tu seras en vie, je ferai en sorte que tu ne l'oublies pas.

Chapitre 18

Celui qui avait dit un jour que la vie humaine était comparable à une pièce de théâtre avait raison, mais seulement en partie, se dit-elle. Il s'agissait plutôt d'une mascarade. Enfin, l'habit importait peu. Seules les pensées comptaient. Celles que l'on doit si souvent dissimuler pour coller à son rôle. Comme à celui qu'elle jouait à cet instant, dans le couloir de l'hôpital, en blouse blanche.

Et ces derniers jours, quels costumes avait-elle portés ? Les mêmes que d'habitude, évidemment. Ceux qui passaient inaperçus, qui camouflaient sa tristesse et son désespoir. Ceux qui occultaient son effrayant dialogue avec Dieu. Pourquoi m'infliger cela, puisque c'est ce que je redoute le plus ?

Le lendemain de l'enterrement, ils s'étaient retrouvés tous les trois au Refuge pour une mise au point. Pouvait-on s'entretenir avec Elsa Karlsten et Martin Danelius en même temps ? Ce serait l'occasion de jouer cartes sur table et de voir ce qu'il en résulterait. Ils avaient vite enterré le problème de l'identité du coupable. De toute façon, cela ne changerait rien. La question financière était elle aussi restée en suspens. La réplique « on verra ça en temps voulu » avait fait plusieurs fois le tour de la pièce. Formules banales, stratégies d'évitement et purs mensonges semblaient être devenus les nouvelles spécialités du café.

On avait crié, pleuré, proféré des accusations. Tant de hargne ne pouvait être le produit des seuls événements. Ils n'avaient jamais osé racler le fond de leurs casseroles pendant les années où ils s'étaient soutenus. Encore une mascarade…

Par chance, elle était seule au café le soir où il était passé. Elle avait ouvert les fenêtres pour aérer, moulu du grain et bu un café au calme. Un revigorant instant de répit. On avait frappé à la porte et elle l'avait aperçu à travers la vitrine : un homme âgé dont le corps semblait plus jeune que la pensée et dont la tenue sobre ne reflétait pas la fortune.

Elle lui avait servi un petit sandwich accompagné du café filtre qu'elle savait dorénavant préparer les yeux fermés. Il avait accepté la collation et déclaré que le sandwich lui rappelait le pain que faisait sa femme autrefois. Puis il était allé droit au but. Pas de tergiversations sur la honte ou la culpabilité, le deuil et le pardon. Non, il avait parlé d'un sentiment d'appartenance et d'un amour qui ne reculait pas devant la mort. Elle s'était sentie envahie par le dégoût et l'angoisse. Elle le comprenait tellement bien…

Elle aurait voulu lui expliquer qu'ils avaient déjà discuté de son cas et ne comptaient pas s'en occuper, mais elle n'y était pas parvenue. Finalement, elle lui avait donné la réponse qu'elle ne voulait pas lui donner. L'idée de la somme qu'il était prêt à payer y avait-elle contribué ? Si c'était le cas, c'était répugnant. Elle chassa cette pensée de son esprit.

– Vous avez sérieusement l'intention d'aller jusqu'au bout ? lui avait-elle demandé d'une voix tremblante.

La détermination qu'elle avait lue dans son regard ne faisait aucun doute.

– Je suis allé lui rendre visite hier. Je les ai vus la retourner. Je lui ai tenu la main et parlé comme je le fais d'habitude. Aucune réaction. Ma réponse est donc oui. De tout mon cœur. Anna l'aurait mieux formulé que moi.

Anna Danelius l'aurait mieux formulé si elle avait pu s'exprimer. Mais Anna Danelius ne pouvait plus parler.

Elle ne pouvait rien lui promettre avant d'en avoir discuté avec ses collègues. Elle irait voir Anna à l'hôpital avant de se décider. Elle lui avait demandé les informations nécessaires et il les lui avait tout de suite données : le service dans lequel Anna était hospitalisée, le couloir, la chambre et l'équipe soignante. Il l'avait renseignée sur les horaires des visites et lui avait donné les numéros de téléphone. À présent, elle était sur place.

L'idée de la blouse blanche lui était venue spontanément. Il fallait qu'on la prenne pour un membre du personnel soignant. Qu'on ne lui pose pas de questions. Elle voulait être là sans se faire remarquer, tel un écho sans âme. Elle s'était donc rendue au magasin de farces et attrapes et y avait trouvé la panoplie parfaite. Affublée de sa blouse, d'un pantalon blanc et de vieux sabots, elle passerait inaperçue. De loin, on la prendrait pour une remplaçante.

Elle regarda autour d'elle. Les couloirs se croisaient à angle droit. Elle rejoignit sans encombre la chambre numéro neuf. La porte était fermée. En l'ouvrant, elle remercia la providence que personne n'ait encore remarqué sa présence. Elle referma derrière elle, s'adossa à la porte et ferma les yeux tout en retenant sa respiration.

La femme allongée sur le lit aurait aussi bien pu être un homme. On aurait dit la quintessence d'un être humain vieilli, asexué. La couverture jaune étendue sur son corps ne dessinait pas la moindre courbe. Elle recouvrait un corps décharné et des orifices nauséabonds. Sur l'oreiller, la tête ressemblait au crâne d'un squelette. Quelques mèches de cheveux collaient à son front, à ses joues et aux draps. Il faisait moite, et l'odeur suave de putréfaction qui flottait dans la pièce lui donna la nausée. La mort avait commencé son œuvre depuis longtemps. Peut-être la plupart de ses organes avaient-ils déjà cessé de fonctionner.

Elle caressa doucement la joue de la mourante. Pas de réaction, même pas un tressaillement de paupières. Sa gorge était percée d'un gros tube souple ; à son bras, des tuyaux lui administraient une alimentation liquide. Elle repensa à la femme dont lui avait parlé Martin Danelius. Un être plein de vie, toujours en mouvement, jusque dans ses pensées. Elle avait été suffisamment courageuse ou égoïste pour prévoir ce qui allait lui arriver et prendre des dispositions.

Rien n'était joué d'avance, s'était-elle dit. Elle avait tenté de se convaincre elle-même qu'elle n'était venue que par curiosité – un tissu de mensonges. En fait, elle savait pertinemment ce qu'elle trouverait, et la panique que cela provoquerait en elle. Elle savait que ça toucherait sa corde sensible.

Elle était venue chercher du sens, et elle avait recueilli la preuve amère de l'absurdité de l'existence. Nul ne pourrait jamais la convaincre qu'il y avait une quelconque dignité dans cet état de dépendance totale. Son corps s'opposait à sa volonté – l'esprit est prompt mais la chair est faible. Sur la table de chevet, quelques photographies de la jeune Anna aux cheveux sombres aux côtés d'une autre femme, sans doute sa sœur.

Comme elle aurait aimé avoir une sœur…

À l'âge de cinq ans, elle s'était déjà habituée à être la fille unique et imparfaite. Elle n'avait pas sa place dans sa famille. Elle ne comprenait pas les règlements ni les attentes de son entourage. Elle vivait pleinement sa vie, sans carcan. Elle n'était pas malheureuse, mais il lui arrivait de ressentir un manque que ni les petits pains du garde-manger ni le jeu interdit avec les allumettes dans le jardin ne parvenaient à combler. Instinctivement, elle percevait le malaise de ses parents lorsqu'ils croisaient un landau ou que l'on parlait d'accouchement.

Ce jour-là, en rentrant à la maison, elle avait trouvé ses parents assis à la table de la cuisine, resplendissants de joie. Quelques semaines plus tard, on lui avait annoncé : « Tu vas avoir une petite sœur. Maman est enceinte. »

Elle avait alors compris ce que signifiait former une famille. Il était désormais permis de rire. L'insatisfaction latente avait disparu. Ses parents s'étaient enfin retrouvés. Son père caressait ce ventre qui s'arrondissait. Sa mère la laissait entrer dans sa chambre et faire des choses jusqu'alors interdite, comme emprunter de vieilles robes pour se déguiser.

Peu avant la naissance du bébé, on l'avait confiée aux voisins. Morte de nervosité, elle ne tenait pas en place. Elle courait à travers la maison. La voisine avait fini par en avoir assez.

– Quand un bébé arrive, tout change dans une maison, lui avait-elle dit. Autant t'y habituer tout de suite : à partir de maintenant, tu ne seras plus le centre du monde.

Elle s'en souvenait mot pour mot.

Son séjour chez les voisins se prolongea. Elle dormait dans un cagibi nauséabond où elle faisait des cauchemars. Quand on l'autorisa enfin à rentrer chez elle, elle comprit que ses parents étaient rentrés depuis un moment… avec la nouvelle. Iris.

« Iris est le nom d'une belle fleur », lui avait dit sa mère. En se penchant au-dessus du berceau, elle s'attendait à découvrir une petite chose rougeaude, fripée et vigoureuse. Au lieu de cela, elle y trouva un corps blême comme la lune. La minuscule créature qui respirait par à-coups était si frêle qu'elle se serait envolée si on lui avait soufflé dessus. Les cris de bébés étaient généralement perçants, mais Iris n'émettait que des sons grêles et retenus. Pourtant, ses parents l'entendaient toujours.

Petit à petit, elle se rendit compte que quelque chose clochait. La sérénité qui avait précédé la naissance de l'enfant avait disparu. Des rides d'anxiété refirent leur apparition autour de la bouche de sa mère. Son père n'avait plus le droit de la toucher. Et elle, la première enfant, glissa peu à peu au fond d'un puits d'indifférence.

À en croire les médecins, l'anomalie cardiaque d'Iris l'avait condamnée dès la naissance. Mais le petit corps endurant avait déjoué les prévisions. Jour après jour, mois après mois, on veilla la petite fille. Elle sortit de son berceau, se faufila à quatre pattes et, petit à petit, apprit à marcher. Elle ne courait pas et ne mangeait que rarement. Elle était sage. Aussi sage qu'un enfant doit l'être. Contrairement à sa sœur.

À chaque fois qu'Iris attrapait un virus et se retrouvait alitée, on aurait dit que sa mère vivait la vie de la petite par procuration. Tandis qu'Iris sombrait dans un sommeil fiévreux derrière la porte de sa chambre, sa mère racontait ce qu'elle aurait fait, ce qu'elle aurait ressenti ou pensé. Iris, pleine de compassion. Iris, si pure et immaculée.

Iris incarnait l'inaccessible et la perfection : un ange. Quand sa sœur se regardait dans le miroir, elle voyait ce qu'elle aurait pu être, mais en mieux. Elle s'efforçait d'être le reflet d'Iris, mais en vain. Quoi qu'elle fît pour paraître plus calme, plus gentille et plus pâle, Iris, la fille du miroir, la surpassait toujours. Lorsque la prophétie s'était réalisée, la famille s'était désintégrée : Iris s'était éteinte. Elle s'était retrouvée seule à porter ce poids écrasant et avait donc fini par fuir, préférant vivre dans un autre monde fait de parfums, de couleurs, de rires et de péché. Elle avait coupé les ponts.

Se penchant au-dessus d'Anna Danelius, elle prit sa main dans la sienne. Sa bouche était creuse, dépourvue de lèvres ; ses mains, parcheminées. Par une étrange ironie du sort, Le peigne de Cléopâtre était sur le point de supprimer une momie. Il lui sembla entendre des pas dans le couloir. Elle fut parcourue par un frisson d'adrénaline. Une illusion, tout comme le costume d'infirmière qu'elle portait. Elle fut d'abord déroutée par les commandes du respirateur, mais finit par comprendre lequel permettait d'arrêter l'appareil. Elle hésita, puis appuya. La pompe cessa de battre. Puis la machine et, bientôt, le cœur de la patiente.

L'air s'échappa du corps de la malade, comme s'il se dégonflait. Jamais le sens de cette expression ne lui avait paru plus clair. Ses poumons déchirés tentèrent de remplir leur fonction en se vidant et se remplissant. Puis la mort tendit la main vers elle et lui caressa le front. Son souffle ralentit, ses paupières tressaillirent. La vie. Voilà ce que c'était. Soudain, elle prit conscience de ce qu'elle venait de faire. Paniquée, elle rappuya sur le bouton, comme pour rembobiner un film. La cage thoracique marqua un temps d'hésitation. Des pas retentirent dans le couloir. Il était temps de s'éclipser. Elle s'était tenue au bord du gouffre, prête à sauter, mais elle s'était ravisée. Juste à temps ?

Les jambes flageolantes, elle ouvrit la porte et se glissa à l'extérieur. Il ne fallait pas laisser la panique prendre le dessus. Elle se dirigea vers la sortie d'un pas rapide, puis ralentit pour donner l'impression qu'elle effectuait une ronde nocturne. Elle crut apercevoir quelques silhouettes à l'autre bout du couloir ; celles-ci bifurquèrent dans une autre direction. Peut-être se rendaient-elles dans la chambre d'Anna Danelius, où elles la trouveraient morte… À moins qu'elle n'ait été sauvée *in extremis*. Oui, on l'avait sûrement sauvée.

Après avoir poussé la lourde porte battante du service, elle se dit qu'elle avait dû bénéficier de la protection du Tout-Puissant. Sinon, on l'aurait découverte. Elle s'était brûlé le bout des doigts, mais ses plaies guériraient. Le personnel soignant arriverait à temps pour venir en aide à Anna Danelius. Son acte s'évanouirait dans le cosmos. Elle ressentit l'envie de pousser un cri de victoire qui résonnerait jusqu'à son bien-aimé sans qui – elle le savait désormais – elle ne pourrait pas vivre. Elle était libre, puisqu'elle n'avait plus rien à perdre.

Elle entra dans l'ascenseur, descendit quelques étages, gagna la sortie et heurta de plein fouet un homme vêtu de blanc qui lui dit « Hop là ! ». Elle se dégagea et inspira l'air de la nuit. Puis elle vomit sur le trottoir. Elle avait tenté de tuer un être humain et attiré l'attention d'un témoin potentiel.

Elle ne serait plus jamais libre.

Chapitre 19

Fredrik était frigorifié. La neige fondue qui recouvrait les rues était à la hauteur de la réputation du mois de novembre. En fait, le temps reflétait bien l'atmosphère lugubre de ces derniers jours. Leur sainte trinité n'était plus qu'une parodie d'elle-même. Leurs derniers échanges truffés de lieux communs (comme « faire le bon choix » ou « être raisonnable ») lui faisaient honte quand il y repensait. Brusquement, ils devaient « se parler », alors qu'ils n'en avaient jamais eu besoin auparavant. D'ailleurs, maintenant qu'il était devenu crucial de communiquer, ils n'avaient plus rien à se dire.

Il fuyait les discussions, préférant ses promenades. Dès que possible, il se réfugiait au Fata Morgana. Le soir où Mari était venue l'y retrouver, elle lui avait proposé de dormir chez elle. Il regrettait désespérément de ne pas l'avoir fait. Ça aurait peut-être tout changé. Le lendemain, Mari avait dit en passant à Anna que Fredrik était au courant de la requête de Martin Danelius, mais rien de plus. Elle avait caché sa visite au cabaret.

Résultat de leurs discussions : ils allaient décliner l'offre du vieil homme et informer Elsa Karlsten qu'ils envisageaient tous les trois de disparaître. Peut-être chacun préparait-il déjà sa retraite. En tout cas, Fredrik était fermement décidé à s'éloigner du café, d'Anna et de Mari. Mais avant tout, il voulait s'éloigner de Miranda et du projet de cabaret dont elle lui rebattait les oreilles. Avec ou sans l'argent d'Elsa Karlsten, il s'en irait. Probablement à Berlin, où ils étaient nombreux à vouloir oublier leur passé. Fredrik s'y fondrait dans la masse.

Il marcha dans une flaque et poussa un juron en sentant l'eau pénétrer dans sa chaussure. En se penchant pour l'essuyer, il remarqua qu'un véhicule ralentissait à sa hauteur. Levant les yeux, il découvrit l'étoile à trois branches de

Mercedes. Au volant de l'imposante berline, Michael, vêtu avec élégance, comme d'habitude.

– Tu n'es pas au Fata Morgana à cette heure-ci ?

Le conducteur se pencha vers Fredrik.

– Bravo pour ton sens de l'observation. En effet, je n'y suis pas. Un patron digne de ce nom doit savoir déléguer. Tu veux bien monter ?

Fredrik ouvrit la portière et s'assit sur le siège en cuir souple. Il s'efforça de ne pas trop souiller le tapis avec ses chaussures trempées. Le ronronnement de la voiture lui rappela celui d'un chat, ou bien… – pourquoi pas ? – celui de Miranda.

– Où tu m'emmènes ?

Michael se tut. N'insistant pas, Fredrik se mit à observer la palette de gris qui se déployait de l'autre côté de la vitre. Michael se dirigeait vers Södertälje, au sud de Stockholm. Fredrik se préoccupait peu de savoir quelle serait leur destination. Il se contenta de fermer les yeux en pensant à une source de chaleur.

Il se réveilla au moment où cessa le ronflement du véhicule. Michael s'était garé devant le jardin d'une petite maison blanche. Un chat se faufila le long du mur et contourna la bâtisse. Cela ressemblait à un décor de conte de fées au parfum de framboises bien mûres. Une rampe en bois semblait avoir été ajoutée récemment au perron.

– Où sommes-nous ?

Michael sortit de la voiture, toujours en silence, et Fredrik lui emboîta le pas, inspirant l'air humide de la forêt.

– Merveilleux, n'est-ce pas ? dit Michael en se dégourdissant. On a à peine quitté la ville, et la qualité de l'air est tout de suite meilleure. Je me demande si ce que nous respirons là-bas mérite toujours d'être qualifié d'« air ».

– Tu n'as pas répondu à ma question.

Michael eut un sourire en coin.

– Nous sommes chez ma fille. Je lui ai offert cette maison

quand mon gendre l'a quittée. Ce n'est pas le logement idéal, vu les circonstances, mais c'est Stella qui l'a choisi. Elle n'est pas du genre à se laisser influencer.

Le jardin était de taille modeste, mais bien entretenu : les pommiers noueux semblaient sains ; dans quelques mois, les buissons se pareraient de baies, et les rosiers, de fleurs multicolores. Au fond de la pelouse commençait la forêt. Fredrik se demanda à quelle distance se trouvait le premier voisin, puis il aperçut quelques maisons au loin. La fille de Michael n'était donc pas coupée du monde. Au moment où il effleura l'écorce rugueuse et humide d'un pommier, il entendit une voix inconnue.

– J'avais l'intention de vous présenter, mais ça me fait plaisir de voir un invité faire le premier pas. L'arbre s'appelle Rufus. Moi, c'est Stella.

Pris au dépourvu, Fredrik fit volte-face.

La femme qui avait parlé était assise dans un fauteuil roulant, mais sa façon de regarder son interlocuteur lui donnait l'air d'être plus grande qu'elle ne l'était. Elle avait les pommettes hautes de son père, ses yeux bruns aussi. Les traits qui paraissaient émaciés chez lui avaient gardé chez elle leur douceur, comme légèrement gravés au burin dans un bois clair et parfumé. Son teint pâle rappela à Fredrik la peau diaphane de sa mère. Les rides autour de ses yeux souriants ne révélaient pas tant son âge que son caractère. Sa longue chevelure blonde lui descendait jusqu'à la taille. Elle lui serra la main d'un geste aussi ferme que chaleureux. Il s'attendait à un contact plus froid.

– Fredrik, dit-il, tout en se demandant ce qu'on attendait de lui.

Elle devina ses pensées.

– Papa m'a appelée pour me prévenir qu'il viendrait avec un ami. Mais j'imagine qu'il ne vous a pas dit où il vous conduisait. Il n'est pas très bavard, surtout à mon sujet. Vous l'avez peut-être déjà remarqué.

– Je savais seulement qu'il avait une fille, répondit machinalement Fredrik.

Il frissonna. Il ne portait qu'un blouson de cuir peu épais. Stella ne semblait pas avoir froid. Elle n'était pourtant pas vêtue pour l'extérieur : chemisier blanc, jean et une paire de baskets délacées.

– Ça ne m'étonne pas de lui. Papa parle peu de sa vie privée, ni du reste. Il n'aime pas les chichis. Les formules de politesse alambiquées du suédois ne sont pas de son goût. D'ailleurs, on lui reproche souvent de manquer de délicatesse.

– Ce n'est pas l'image que j'ai de lui. Enfin, je n'aime pas parler de moi non plus, alors ça me paraît sans doute naturel.

Paradoxalement, il venait de se confier, mais il le comprit trop tard. Stella lui sourit.

– Dans ce cas, je me chargerai de faire la conversation. Quelle perspective réjouissante, pour une fois que je reçois de la visite. Entrons, si vous le voulez bien.

Fredrik se demanda s'il devait l'aider à pousser son fauteuil, mais il n'osa pas. Elle peina un peu. Le sol était irrégulier – il crut percevoir un « Scheiße* ! » – puis elle rejoignit l'allée principale sans grand mal. Michael les attendait en haut de la rampe. Il se pencha vers Stella et l'embrassa sur la joue. Elle ouvrit la porte, puis, se tournant vers Fredrik :

– Je ne ferme jamais à clef quand je sors dans le jardin. L'avantage du handicap, c'est qu'on abandonne les vieux réflexes inutiles. On devient plus courageux aussi. Faute de jambes, il faut acquérir de la souplesse d'esprit.

Michael essuya les roues du fauteuil avec un chiffon et elle franchit le seuil de la maison. Fredrik la suivit. Derrière la façade ancienne, il découvrit un intérieur entièrement moderne. La plupart des cloisons avaient été abattues, probablement pour faciliter les déplacements de Stella. Au sol,

* « Merde ! » en allemand.

le bois clair du plancher donnait une impression d'espace malgré sa surface réduite. L'entrée donnait le ton : blanc, gris, bleu. Dans le salon, seules des toiles aux couleurs vives rompaient la neutralité du décor : canapé blanc, table basse en pierre claire. Au fond, dans une cuisine marron, une coupe de fruits remplie de citrons se détachait sur le plan de travail.

Fredrik suspendit son blouson à une chaise. Stella mit de l'eau à bouillir, puis sortit des tasses et des soucoupes d'un placard à sa hauteur.

– Je peux vous aider ?

– Oui, si vous voulez bien apporter ça à côté. Lorsque je suis seule, je ne prends pas la peine de faire la navette. Je mange dans la cuisine. Mais la vue est plus belle depuis le canapé. Essayez-le. Moi, je suis déjà assise.

Dans ce commentaire dénué d'ironie, Fredrik ne détecta aucune trace d'apitoiement. Il posa les délicates tasses en porcelaine de Rosenthal sur la table basse. Il n'avait pas pris le thé ou le café dans un service aussi raffiné depuis très longtemps – sans doute chez sa grand-mère paternelle, quand il était jeune.

– Cette maison est magnifique.

– Merci. C'est papa qui me l'a offerte. Il est adorable. Mais c'est moi qui l'ai aménagée.

Elle sortit de la cuisine avec un plat sur les genoux : une tarte aux pommes. Quelques secondes plus tard, Michael apporta la théière.

– Il va falloir te contenter de ce qu'on t'offre, Fredrik.

– Papa !

Les yeux rivés sur les mains de la jeune femme qui manœuvrait son fauteuil, Fredrik s'empressa de la rassurer : il aimait beaucoup le thé.

Qu'attendait-on de lui ? Michael ne l'aurait pas fait venir sans raison. Stella était-elle au courant des intentions de son père ?

Les deux hommes prirent place sur le canapé et admirèrent la vue. Malgré les protestations de Fredrik, Stella lui avait fait du café.

– Ma fille est la personne la plus compétente que je connaisse. Elle l'était il y a un an, quand elle marchait encore, et elle l'est toujours, dit Michael. Je t'ai parlé d'un accident, Fredrik. C'est Stella qui en a été la victime.

Ne sachant que dire, Fredrik tripotait sa tasse. Cette conversation sur sa vie privée ne gênait-elle pas la jeune femme ? Mais elle ne semblait ni triste ni agacée. Elle écarta une mèche blonde de ses yeux et observa Fredrik d'un œil gai.

– Ça ne vous intéresse probablement pas, mais la plupart du temps, quand les gens rencontrent une personne handicapée, ils veulent savoir ce qui lui est arrivé. Peut-être un désir inconscient de se protéger… De prendre des mesures pour que ça ne vous arrive pas. Cela dit, je ne crois pas qu'on puisse prévenir un accident comme le mien. J'ai été renversée par un homme qui avait bu quelques verres de trop. Le test d'alcoolémie a révélé qu'il avait 1,5 gramme dans le sang. Il ne devait pas y voir grand-chose. En tout cas, moi, il ne m'a pas vue.

– C'est affreux. Je suis désolé. Je…

– Ne dites rien, Fredrik, c'est inutile. Je comprends que vous trouviez ça épouvantable. Moi aussi. Le pire, c'est que cet homme n'a jamais essayé de prendre contact avec moi. Il ne s'est jamais excusé. Aussi étrange que ça puisse paraître, c'est plus dur que de ne plus pouvoir marcher. Pour couronner le tout, il a déclaré aux assurances que je n'avais pas traversé sur le passage pour piétons. Il a menti, et c'était sa parole contre la mienne.

Les joues de Stella s'étaient empourprées.

– C'était un vendredi soir. J'allais rejoindre mon mari au restaurant. Il avait fait des heures supplémentaires et on voulait enfin profiter du week-end. Les rues de notre banlieue résidentielle étaient pratiquement désertes. Les gens dînaient tranquillement chez eux, les rideaux tirés. Tout semblait normal. J'étais presque arrivée au métro quand j'ai vu une voiture prendre le tournant. Je me suis engagée sur le passage piéton. La voiture approchait à toute vitesse, en zigzaguant. Je ne m'en étais pas rendu compte. Elle a foncé droit sur moi. Ensuite, je ne me souviens plus de rien jusqu'au moment de mon réveil à l'hôpital. Je me suis retrouvée branchée à une multitude de tuyaux, le visage couvert de sang coagulé. J'avais mal partout. Petit à petit, j'ai compris ce qui s'était passé.

Sa mèche rebelle retomba sur ses yeux.

– Les médecins ont d'abord cru que je ne survivrais pas. Puis que je resterais alitée jusqu'à la fin de mes jours. Quand j'ai su que je guérirais, même sans pouvoir marcher, j'ai eu l'impression d'avoir une seconde chance. Ma gratitude compense un peu la perte de mes jambes... Et de mon mari, bien sûr.

– De votre mari ?

– Ce salopard l'a quittée quand il a compris qu'elle resterait handicapée ! s'indigna Michael avec un accent allemand marqué.

Stella lui caressa la joue.

– Ne dis pas ça, papa. Tout le monde n'est pas capable de vivre avec une personne infirme. J'aurais préféré que ça se passe autrement, bien sûr. Il a quand même veillé sur moi pendant toute mon hospitalisation. Il a suivi mes progrès. Un jour, je l'ai appelé pour lui demander de venir à l'hôpital. J'avais une grande nouvelle à lui annoncer. Il a quitté son travail sur-le-champ pour me rejoindre. On m'avait aidée à me laver les cheveux et je me sentais presque séduisante dans mon fauteuil. J'ai eu l'impression qu'il me trouvait jolie, lui aussi. Il est resté planté là, à me regarder. Je lui ai annoncé que je pouvais avoir des enfants. Je croyais qu'il serait fou de joie, mais au lieu de cela, il a eu l'air choqué. « Je croyais que tu remarcherais. » Je lui ai dit que non, que c'était impensable. À ce moment-là, j'ai su que je l'avais perdu.

Fredrik resta interdit. De l'autre côté de la fenêtre, un oiseau s'envola vers l'horizon. Peut-être un retardataire qui quittait son nid pour migrer alors qu'il faisait déjà trop froid. Stella poussa un léger soupir.

– Avant, j'avançais à pas de géant. À l'hôpital, j'ai appris à faire des pas de fourmi. Il a d'abord fallu apprendre à me déplacer du lit au fauteuil roulant en faisant pivoter mon corps figé. Pendant plusieurs semaines, ça m'a semblé insurmontable. Mais finalement, j'y suis arrivée. Je vivais dans un monde rétréci. Le bonheur, c'était qu'on étende une couverture douce sur mes genoux, qu'on m'aide à me doucher après une nuit où j'avais beaucoup transpiré, ou qu'on m'apporte un bon repas. Puis j'ai pris conscience que tout serait plus facile si je considérais mon petit univers comme équivalent au grand. Voilà ce qui m'a permis d'en arriver là. Ça et mon père. Sans lui, rien n'aurait été possible.

Fredrik tenta de chasser de son esprit les paroles de son propre père : « À trop chérir ses enfants, on finit par se laisser dépasser. »

Stella soupira de nouveau.

– Ça peut vous paraître étrange, mais je suis heureuse. J'ai cru que je m'effondrerais après le départ de mon mari. Mais j'ai rapidement compris que ce serait m'infliger un double échec. J'avais survécu, et il était de mon devoir de profiter au mieux de cette chance. Par la suite, tout s'est très bien passé – à croire que la vie m'offrait une compensation. Je suis architecte, un métier dans lequel les bras sont plus importants que les jambes. Mon employeur m'a assuré que je serais la bienvenue si je voulais revenir au cabinet, mais j'ai préféré suivre ma propre voie. Je n'avais rien à perdre. Depuis, je me suis spécialisée. Je m'occupe du cadre de vie des personnes handicapées. La demande est croissante, et, pour une fois, je suis reconnaissante envers les lois contraignantes de ce pays. J'ai plus de travail qu'il n'en faut. Je donne des conférences à la Fédération des associations de handicapés et dans les entreprises. J'explique comment surmonter une épreuve à force de motivation. C'est parfois difficile, mais souvent, quand je leur parle de ma chaise roulante, les participants se disent que si moi, j'y arrive, il n'y a pas de raison pour qu'eux ne le puissent pas.

Elle s'esclaffa et Fredrik entrevit sa langue rose.

– Vous allez rigoler, mais figurez-vous que j'ai même été mannequin. J'ai commencé par des publicités pour du matériel destiné aux handicapés. Ensuite, un magazine féminin m'a contactée pour présenter les nouvelles coiffures du printemps. Avant l'accident, j'étais bien plus ronde. Pendant ma convalescence, j'ai fondu. Ça a peut-être joué en ma faveur. Manifestement, le surpoids est davantage stigmatisé que la paralysie. C'est absurde, non ?

Elle remuait beaucoup les mains en parlant. Son indignation à l'égard du chauffard semblait oubliée. Soudain, Fredrik eut honte de ses propres sentiments. De sa haine et de son désir de vengeance. Elle avait surmonté les siens, et il était toujours pris dans un tourbillon de culpabilité, d'humiliation et de dégoût.

– Je suis sûr qu'avec quelques kilos en plus, vous étiez aussi belle que maintenant. Enfin, je ne sais pas… Vous êtes quelqu'un d'admirable, réussit-il finalement à dire.

Stella éclata d'un rire qui lui évoqua des perles nacrées s'éparpillant sur un plancher clair.

– Merci, Fredrik. Vous avez gagné le droit de revenir. Ça vous donnera l'occasion de voir le revers de la médaille. Je ne suis évidemment pas heureuse tout le temps. La nuit, je rêve que je me lève de ma chaise roulante et que je pose un pied devant l'autre. J'accélère le pas, et je finis par courir. Une fois lancée, rien ne m'arrête. Et je me réveille en nage, les jambes inertes. Dans ces moments-là, je regrette le temps où j'ignorais que la vie pouvait être aussi dure. En quelque sorte, j'ai perdu mon innocence, si vous voyez ce que je veux dire.

– Oui, je vois très bien.

Derrière la gaîté de Stella, il y avait une part de tristesse.

Michael se leva.

– Désolé d'interrompre cette agréable conversation, mais je dois retourner au Fata Morgana. Tu viens, Fredrik ?

Question purement rhétorique. Stella fit pivoter son fauteuil et les assura qu'elle n'avait pas besoin de leur aide pour débarrasser. Sur le pas de la porte, elle tendit la main à Fredrik, qui la serra un peu plus longtemps que nécessaire. Il ressentit un vif désir de l'embrasser, mais cela aurait été par trop incongru.

– Vous m'avez offert bien plus qu'un café et une part de tarte. Merci. J'espère que nous nous reverrons.

– J'y compte bien. Et je vous recevrai de manière plus civilisée. Le café et la tarte, c'est bon, mais un peu trop suédois à mon goût.

Sur le seuil de la maison, elle leur fit un signe de la main pendant qu'ils montaient en voiture.

– Son suédois est presque parfait, à la différence du mien. Pourtant, nous avons toujours parlé allemand, dit Michael.

– Elle est extraordinaire.

Michael resta silencieux pendant le reste du trajet. Aux abords de la capitale, il prit une sortie en direction d'une banlieue sud que Fredrik connaissait peu. Après avoir longé des rues bordées de jolis jardins et d'immeubles, Michael se gara dans un parking, à proximité d'un lotissement. Puis il se tourna vers Fredrik.

– Je regarde souvent les vieux films amateurs que j'ai tournés autrefois. Je ne m'en lasse pas. Ma femme était encore en vie, et Stella courait sur la pelouse. Quand je revois ses petites jambes bouger, je suis submergé par la haine. Ça ne veut pas dire que je ne suis pas fier d'elle. Mais je suis incapable de pardonner à cet homme qui n'assume même pas son acte. Il n'est pas le seul, bien sûr. Ne va pas croire que j'ignore qui ils sont. Des médecins, des avocats, des entrepreneurs, des paysans et des ouvriers sont devenus des nazis virulents quand il le fallait, avant de se changer en bons démocrates. C'est toujours pareil. Il faut pardonner, mais comment faire quand le coupable ne reconnaît même pas son crime ?

Il montra du doigt une maison en briques devant eux. Une voiture rouge était garée devant la porte du garage. Dans le jardin, il y avait une balançoire.

– Ici habite un homme qui boit un peu trop, de temps en temps. Il est marié, il a trois enfants. Enfin, il était marié. Sa femme est partie avec les gosses après l'accident. Ils vivent dans une autre ville. Il n'a même pas pris la peine de démonter la balançoire. Pas étonnant, puisqu'il est porté sur la bouteille.

Michael regarda par la vitre et reprit, la voix trouble :

– On lui a retiré son permis pendant quelque temps. Il a écopé d'un mois de prison et d'une petite amende. Voilà ce que lui ont coûté les jambes de Stella. Même ça, j'aurais pu l'accepter s'il s'était manifesté. Mais il ne l'a pas fait. Et il a eu le culot de faire une fausse déclaration pour limiter la somme remboursée par l'assurance. Aujourd'hui, M. Ahlenius est tout juste autorisé à s'occuper de la paperasserie au sein de la rédaction du journal où il travaille, et il boit encore plus qu'avant. Tu penses bien qu'il conduit toujours en état d'ivresse. Je le sais. J'ai passé suffisamment de temps garé sur ce parking, à l'épier. À chaque fois que je l'ai vu prendre le volant, chancelant, j'ai appelé la police. Aucune réaction. Ils ne vont pas venir jusqu'ici arrêter un chauffard éméché alors que les meurtres s'enchaînent à l'autre bout de la ville. Quelle sera sa prochaine victime ? Le petit garçon des voisins en allant chercher son ballon ? La vieille dame du coin qui n'a plus la force de traverser en courant ?

– Michael, je ne vois pas où tu veux en venir.

– Mais si, Fredrik. J'en ai marre de voir tous ces bourreaux s'en sortir en toute impunité alors que leurs victimes purgent une peine à vie. C'est injuste. C'est ce qui se passe quand la loi n'est plus de notre côté. On se retrouve avec une étoile jaune sur la veste.

Fredrik aperçut une lueur au fond des yeux de Michael – une lueur qui n'exprimait pas de la colère, mais de la tristesse.

– Je voudrais charger Le peigne de Cléopâtre d'éliminer Esbjörn Ahlenius. Vous avez le réseau nécessaire, j'en suis sûr. Si vous acceptez, le Fata Morgana sera à toi. Dès que ce sera fait, je signerai tous les papiers. Tu deviendras propriétaire d'un des plus grands cabarets de Stockholm.

Chapitre 20

Anna ne recherchait plus la compagnie de Mari et Fredrik. Au contraire, elle les fuyait. Le déménagement de son père lui avait donné une bonne raison de se tenir à l'écart. L'appartement qu'elle avait réservé pour lui en Dalécarlie était prêt, meublé et équipé. Quand il avait appris la nouvelle, il avait regardé autour de lui et déclaré avec détachement qu'il se contrefichait des vieux meubles et objets qui prenaient la poussière chez lui.

– Tant qu'à commencer une nouvelle vie, autant le faire pour de bon. Si c'est meublé là-bas, pas besoin de trimbaler tout ce bric-à-brac.

Père et fille avaient donc rangé quelques vêtements et autres effets personnels dans des valises et emporté le violon. L'appartement ne se vendrait pas tout de suite. Peut-être pourraient-ils le mettre en location. La question fut remise à plus tard. Ce n'était pas une priorité.

Le trajet prit deux heures. Le père d'Anna semblait rajeunir au fil des kilomètres. Il baissa la vitre et laissa le vent ébouriffer les quelques mèches de cheveux qui lui restaient, tout en chantant les vieux tubes qui passaient à la radio. Au bout d'un moment, il déclara qu'il avait l'impression d'être le héros d'un *road-movie*. Sa prononciation la fit éclater de rire, ce qui ne lui était pas arrivé depuis longtemps. Ils s'arrêtèrent au bord de la route et déplièrent une couverture sur laquelle ils pique-niquèrent. Le père d'Anna mangea de bel appétit. Il semblait en forme et respirait calmement, même s'il lui arrivait de sortir son mouchoir pour s'essuyer le front.

Ils parvinrent à destination dans l'après-midi et furent accueillis par la directrice, Gun, ravie qu'ils aient apporté le beau temps avec eux. Du jardin bien entretenu émanaient des parfums d'automne et des promesses de printemps. Au-delà s'étendait un paysage de collines sauvages. Ils se rendirent tous trois dans la nouvelle demeure du père d'Anna, un appartement clair dont les beaux meubles en bois étaient pour la plupart fabriqués dans la région. Quand il s'installa dans un fauteuil près de la fenêtre, tout commentaire fut superflu. Une fois seuls, père et fille admirèrent la vue en silence avant de ranger quelques vêtements dans la penderie. Peu après, Gun repassa pour les inviter à se joindre au dîner. Plusieurs personnes âgées avaient déjà pris place dans la salle à manger, une grande pièce agréable dotée d'une baie vitrée. Le père d'Anna fut placé à une table et sa fille à une autre, en compagnie de Gun.

Le ragoût de poisson, préparé avec soin, ne sortait pas d'une boîte de conserve. Le père d'Anna prit part à une discussion animée avec ses voisines de table. Celles-ci semblaient ravies de l'arrivée d'un nouvel homme – une bonne excuse pour se faire belles. Gun expliqua le quotidien de la maison de retraite : les horaires des repas, les activités et les visites médicales. Le bâtiment voisin abritait une infirmerie équipée de lits. Anna eut les larmes aux yeux à l'idée d'avoir trouvé pareille maison de repos en Suède. Elle en éprouvait un soulagement indescriptible. Elle se rappela néanmoins qu'un tel paradis n'était pas gratuit et que l'argent qui finançait la place de son père provenait d'une source quelque peu sulfureuse. Tant pis. Un grand rideau noir tomba devant sa conscience. Tout était pour le mieux. Un point c'est tout.

Elle passa la nuit sur place, prit un bon petit déjeuner le lendemain matin – thé et pain frais – et déballa le reste des affaires de son père. Ils firent une promenade. Elle ne l'avait pas vu aussi heureux depuis une éternité. Il avait déjà prévu une partie de cartes avec des voisins dans l'après-midi et un concert le soir. Au moment de se séparer, il serra si fort sa fille qu'elle faillit étouffer. Elle prendrait bientôt de ses nouvelles, promis.

– Ma petite Anna, répéta-t-il en lui caressant la joue.

Ma petite Anna. Tout était dit. Quand, dans le rétroviseur, elle le vit secouer la main dans sa direction, elle fut envahie par l'émotion. Chez elle, elle se dirigea tout droit vers le téléphone sans enlever ses chaussures ni son manteau. Les doigts tremblants, elle composa un numéro. Il répondit à la troisième sonnerie.

– Allô ?

Elle resta sans voix. Ses mains tremblaient et, peu à peu, ce fut son corps tout entier. De sa voix familière, Greg demandait qui était à l'appareil. Dire qu'ils ne s'étaient pas parlé depuis presque un an... Au bout d'un moment, il pria aimablement son interlocuteur muet de rappeler ultérieurement et raccrocha. Anna se recroquevilla dans le canapé.

Deux heures plus tard, elle refit une tentative, fortifiée par un verre de vin et une série de phrases qu'elle avait répétées dans sa tête.

– Allô ?

– Salut, c'est Anna.

Il y eut un silence chargé de tendresse.

– Anna...

Un moment d'hésitation rempli de joie. La douceur d'un accent australien.

– Oui, Greg, c'est moi. Je te dérange ?

Commentaire habituel pour gagner du temps. En guise de réponse, un éclat de rire.

– Anna, tu me connais mieux que ça, non ? Il est tard. Tu crois que je travaille sur quelque chose de trop important pour faire une pause et parler avec toi ?

– Pardon.

– Depuis quand on se demande pardon, toi et moi ?

– Oh Greg...

Anna éclata en sanglots.

– Anna, qu'est-ce qui se passe ?

La voix de Greg, sa sollicitude. Un violent désir de se blottir dans ses bras.

– Rien. Enfin, si. Je ne sais pas comment t'expliquer, c'est difficile au téléphone... Mais je voulais entendre ta voix, et...

– Viens me le dire, alors.

Il la connaissait tellement bien qu'il devinait ce dont elle avait besoin sans qu'elle le dise.

– Tu es sérieux ?

– Anna, ne fais pas de manières. Tu as envie de venir ? J'avais commencé à ranger tes affaires et les photos de toi. À chaque fois, tu me fais le même coup...

Silence.

– Panditha dort dans son ancienne chambre, poursuivit-il, sachant qu'Anna aurait du mal à demander de ses nouvelles.

– Elle compte rester sur la péniche ?

– Provisoirement, d'après ce que j'ai compris. J'ai fait des efforts, tu sais. J'ai récuré le pont, épousseté, acheté une plante pour décorer la table. Tu m'imagines en tablier ?

– Sans rien dessous.

Ils éclatèrent de rire. Anna essuya sa joue d'un revers de main.

– Apparemment, elle va bien. On a passé de longues soirées à discuter. Je la trouve plus ouverte et plus gaie que la dernière fois. Elle réussit brillamment dans ses études, comme tu le sais. Notre fille fera peut-être une carrière universitaire.

– Quel châtiment !

– Ne dis pas ça, Anna. Tu es aussi fière d'elle que moi.

– L'important, c'est que tu le sois. Elle se fiche complètement de ce que je pense.

– *Bullshit !*

– Je peux vraiment venir ? Tu es sûr que je ne vais pas... déranger quelqu'un ?

– Tu es toujours la bienvenue, Anna. Tu es ma meilleure amie. Et peut-être davantage... En tout cas, on a toujours un lit pour sa meilleure amie...

– Greg chéri...

– N'en dis pas trop. Quand est-ce que tu viens ?

– Je ne sais pas. Dans quelques jours, ou bien dans quelques semaines. Ça te dérange si je reste vague ? Tu crois que ma visite posera des problèmes à Panditha ?

– Non, je ne crois pas. Et tu peux rester vague.

– Greg, je crois que je t'aime.

– Et moi, je sais que je t'aime, Anna.

– Bonne nuit.

– Je vais allumer une bougie en pensant à toi. Comme je l'ai fait si souvent.

Elle raccrocha. La paume de sa main était moite. Elle se dirigea vers la penderie. Comment allait-elle faire sa valise ? Soigneusement, comme Fanditha, pour s'entraîner ? Ou bien à la va-vite, comme dans les films ? Elle emportait toujours une photo. Un portrait de son père ou de Greg et Fanditha ? Les deux respiraient la nostalgie.

Elle eut à peine le temps de plier une chemise de nuit qu'on sonna à la porte. Il était neuf heures du soir. Qui pouvait bien lui rendre visite aussi tard ? Elsa Karlsten ? Ces derniers temps, Anna évitait de regarder la maison d'en face de crainte de l'apercevoir, ou, pire encore, d'entrevoir le fantôme de son mari derrière les rideaux.

Mais sur le seuil de sa porte, elle trouva Mari. D'abord rassurée, elle remarqua ensuite que quelque chose clochait. L'expression de Mari ne présageait rien de bon.

– Je me demandais qui ça pouvait être. Entre.

Mari alla tout droit dans la cuisine sans dire un mot et jeta son manteau sur le dossier d'une chaise. Anna lui emboîta le pas. Mari s'était laissé pousser les cheveux. Son chemisier vert mettait sa poitrine en valeur. Au creux de son décolleté profond pendait une croix celtique.

Elles n'avaient pas reparlé de David. De toute évidence, Mari avait du mal à se détacher de l'homme qu'elle avait tant aimé. Son séjour en Irlande l'avait métamorphosée. Elle avait toujours été réservée, mais à son retour, elle avait perdu une partie de son innocence, et son regard brillait désormais d'un éclat perçant. Être témoin du suicide de David avait dû être une expérience atroce.

Fermant les yeux, Anna imagina Greg plonger dans l'eau

et ne plus jamais refaire surface. Un frisson la parcourut. Pourtant, elle se sentait capable de supporter un tel choc, contrairement à Mari, qui s'était réfugiée dans son monde imaginaire. Anna s'était posé des questions : Mari était-elle autre que ce qu'elle laissait paraître ? Tout comme le peigne de Cléopâtre au British Museum.

– Qu'est-ce qui se passe ? demanda Anna.

– Où étais-tu passée ?

– Je suis allée en Dalécarlie pour installer mon père dans sa nouvelle maison de retraite, comme je vous l'ai dit.

Mari serra sa croix dans sa main gauche.

– J'ai travaillé au café toute la journée et toute la soirée. J'ai avancé sur le carnet de tendances pour la dame qui est venue nous voir la semaine dernière et sur la comptabilité de la *start-up*. Nous n'avons pas que des commandes d'assassinat, tu sais. Enfin, pas encore.

– Qu'est-ce que tu veux dire par là ?

– Je veux dire que ça recommence ! Fredrik est passé au café aujourd'hui. Il était perturbé, et nous avons longuement discuté de choses dont je te ferai part plus tard. Quand je suis partie, il est resté boucler quelques dossiers. J'étais presque arrivée chez moi lorsqu'il m'a appelée sur mon portable. Il était hors de lui, je comprenais à peine ce qu'il disait. Il pleurait, Anna. Au bout d'un moment, il a réussi à m'expliquer que Jo avait laissé entrer Martin Danelius.

– Martin Danelius ? Moi qui croyais…

– Quoi ?

Anna déglutit.

– Je croyais qu'il n'oserait jamais revenir nous voir. On n'a pas mis les choses au clair avec lui, je le sais bien. J'ai fait l'autruche.

– Il n'est pas venu solliciter notre aide.

– Qu'est-ce qu'il voulait, alors ?

– Tu ne le devines pas ?

Anna sentit son pouls tambouriner.

– Tu veux dire que...

Elle tâtonna pour saisir son verre de vin. Mari la fixait d'un regard presque narquois.

– Eh bien oui. Martin Danelius est venu nous remercier. Sa femme a enfin trouvé la paix. Elle est décédée à l'hôpital il y a quelques jours.

Le bruit du verre brisé la dispensa de répondre. Elle ressentit une vive douleur. Dans la paume de sa main, quelques éclats étaient restés plantés. Les autres s'étaient répandus sur la table, telles des gouttes de pluie scintillantes. Un filet de sang sombre mêlé à du vin coulait le long de son poignet. Mari se leva d'un bond.

– Anna, ça va ?

L'espace d'une merveilleuse seconde, Anna eut l'impression de flotter en apesanteur, comme dans un rêve. Lorsqu'elle reprit conscience, elle était allongée par terre. Agenouillée près d'elle, Mari tentait de retirer les éclats de verre de sa main à l'aide d'une pince à épiler. Anna voulut se relever, mais son amie la maintint au sol.

– Ne bouge pas. Il faut que j'enlève ça. On ne va pas les laisser enfoncés dans ta main jusqu'à la fin des temps.

– N'essaie pas de m'effrayer.

– Apparemment, c'est déjà fait.

Anna resta allongée jusqu'à ce que Mari l'autorise à se relever. Elle alla se rincer les mains sous le robinet de la cuisine. Pendant ce temps-là, Mari trouva une bande de gaze dans la salle de bains.

– Il faudra que tu ailles voir un médecin. Ce bandage n'est que provisoire.

– Je ne te savais pas infirmière.

Mari fit une grimace.

– David se coupait souvent en faisant la cuisine. Je crois qu'il le faisait exprès. Il adorait se faire dorloter, et je dois reconnaître que je n'avais rien contre. Ça finissait souvent en scène d'amour débridée, si tu vois ce que je veux dire.

– Dis donc, ça ne te ressemble pas d'être si…

– Franche ? Je n'ai plus aucune raison de jouer les hypocrites. D'ailleurs, un peu de sincérité nous aiderait sans doute à nous sortir du pétrin dans lequel on s'est fourrés.

– Mari…

– Tu es sincère avec moi, Anna ? Tu me caches des choses ? Tu savais par exemple que Fredrik passe beaucoup de temps dans un cabaret de travestis dans la Vieille Ville qui s'appelle le Fata Morgana ?

Anna la regarda avec étonnement. Elle s'efforçait de tenir sa main tranquille pour ne pas ressentir le douloureux battement de son pouls. Les deux amies s'étaient rassises à la table de la cuisine. Malgré le coup d'éponge qu'avait passé Mari, il restait des morceaux de verre et du sang.

– C'est du porno ?

– Non, pas du tout. Ce sont des *drag-queens* qui chantent de vieilles chansons. Plutôt classe, dans un style rétro. Je crois que Fredrik sort avec un des hommes qui chante là-bas. En arrivant au café aujourd'hui, il était bouleversé. En tout cas, il s'est confié à moi. Il m'a parlé d'une certaine Miranda. Apparemment, ils sont très proches. Si j'ai bien compris, cette Miranda est un travesti.

– Et Fredrik sort avec lui ?

– Je crois que c'est ce qu'il a voulu dire. Il n'était pas très cohérent. Il m'a dit qu'ils se connaissaient depuis longtemps, que, parfois, ils reprenaient leur liaison, mais qu'il voulait se séparer d'elle. Oui, il a bien dit « elle »… En tout cas, il ne sait pas comment s'y prendre. Elle – ou il – semble avoir une forte emprise sur lui. J'ai essayé d'en savoir plus, mais il a changé de sujet : il s'est mis à parler du propriétaire du Fata Morgana, un certain Michael, dont la fille est en fauteuil roulant. Fredrik a dit qu'on était foutus parce que Michael voulait venger sa fille. Elle s'est fait renverser par un chauffard du nom d'Esbjörn Ahlenius. Fredrik a répété son nom plusieurs fois, comme s'il récitait un mantra. Je ne sais pas si ça signifie qu'on a reçu une nouvelle demande d'assassinat. Quoi qu'il en soit, il n'a pas voulu en dire plus. Il a fini par tourner toute l'histoire en dérision, comme il sait si bien le faire.

Anna demeura silencieuse quelques instants.

– Tu as été au Fata Morgana sans m'en parler ?

– Toi non plus, tu n'es pas très bavarde, ces derniers temps.

– Fredrik non plus. D'après toi, il voulait t'avouer qu'il était gay, ou c'était autre chose ?

– Je n'ai pas insisté. Mais je ne crois pas que… La nuit où je suis allée au Fata Morgana, je lui ai proposé de dormir chez moi et s'il était venu…

Mari préféra laisser sa phrase en suspens.

En imaginant ses deux amis au lit, Anna éprouva un certain malaise. Probablement parce qu'elle se sentait exclue.

Mari enfouit sa tête dans ses mains.

– À mon avis, il n'y a aucun rapport entre l'histoire de Fredrik et celle de la femme de Martin Danelius, dit-elle. Mais tous les trois, on ne se connaît pas aussi bien que je le croyais. Si Fredrik a des secrets…

– Ça veut dire que j'en ai peut-être.

– Et moi aussi.

Anna posa sa main valide sur celle de Mari, qui lui parut aussi froide qu'une pierre humide.

– Tu veux bien être plus précise sur ce qu'a dit Martin Danelius ? demanda-t-elle posément.

– Je ne sais rien de plus que ce que Fredrik m'a raconté. Et comme je te l'ai dit, il était bouleversé. Martin Danelius est passé au bureau nous annoncer que sa femme était décédée il y a quelques jours. D'après ce que j'ai compris, il n'y a pas de quoi en faire un drame. Anna Danelius était gravement malade, et elle a cessé de respirer après avoir passé plusieurs années dans le coma. Martin Danelius s'est rendu à l'hôpital pour lui faire ses adieux. Il n'est pas venu nous voir tout de suite parce qu'il avait besoin de reprendre ses esprits. Mais manifestement, il était très reconnaissant. Il n'aurait jamais cru que sa discussion avec toi donnerait des résultats aussi rapides. Il a affirmé être convaincu que nous sommes derrière tout ça. Il a évoqué le paiement, et un compte en banque aux îles Caïmans.

Le sang avait traversé le bandage d'Anna au niveau du poignet. Elle ferma les yeux et tenta de détourner son attention des coups sourds de son pouls.

– Quand j'ai parlé avec Martin Danelius, il ne m'a même pas dit dans quel hôpital se trouvait sa femme…

Elle s'interrompit pour rassembler ses esprits et se remémorer les consignes de Greg en plongée. Respirer profondément. Prendre le temps de descendre.

– Je pourrais hurler, mais je vais essayer de me maîtriser. Excuse-moi si je te parais insensible, seulement je ne vois pas d'autre manière de nous tirer d'affaire. Anna Danelius est morte, comme Hans Karlsten. Que s'est-il passé ?

Anna déplia ses doigts l'un après l'autre.

– Nous sommes peut-être en présence de deux cas de mort naturelle. Hans Karlsten est décédé dans son lit, Anna Danelius à l'hôpital. Tous deux étaient malades ; gravement, dans le cas de Mme Danelius. Personne ne semble soupçonner d'irrégularités. Si nous faisons abstraction des entretiens avec Le peigne de Cléopâtre, aucun crime n'a eu lieu.

Aucun crime n'a eu lieu. Voilà comment Fredrik se serait exprimé. Anna fut prise de panique, mais elle se ressaisit.

– Bien entendu, il se pourrait que l'une de ces deux personnes soit décédée de mort naturelle et que l'autre ait été assassinée, probablement par son conjoint, ou bien que les deux aient été tuées par leurs conjoints respectifs. Il est possible qu'Elsa Karlsten ait étouffé son mari et que Martin Danelius ait provoqué la mort de sa femme. Sans entrer dans les détails, je n'ai pas de mal à imaginer Elsa se servant du coussin dont elle nous avait parlé, voire des cachets qu'elle voulait mélanger au traitement de son mari. Quant à Martin… Peut-on éteindre un appareil respiratoire ? Pourquoi pas ? Ce serait répugnant, mais envisageable. Quatrième hypothèse : Elsa serait responsable des deux décès. En peu de temps, elle se serait métamorphosée en quelqu'un d'extrêmement déterminé. Ou peut-être nous trompe-t-elle depuis le début. Après s'être débarrassée de son époux, elle aurait décidé d'aider son ami. En revanche, il me semble improbable que Martin Danelius soit responsable des deux meurtres. Tu es d'accord avec moi ?

Mari avait le regard perdu dans le vide.

– Ce sont des scénarios envisageables. Et ils ont intérêt à être crédibles parce que sinon, l'un de nous est le coupable.

Les mots étaient lâchés. Ils grouillaient sur le sol, pareils à des serpents venimeux. Les cheveux de Mari avaient pris des reflets dorés. Sa croix celtique était belle. Elle avait dû l'acheter en Irlande.

Anna se pencha pour lui caresser la joue. Ne pas poser de questions. Ne pas répondre.

– Mari, murmura-t-elle doucement.

Mari s'affaissa sur la table et se mit à pleurer, d'abord doucement, puis avec désespoir. Bientôt, ses sanglots se changèrent en plainte. Anna sortit deux verres et une des bouteilles de whisky qu'elle avait ramenées de chez son père. Il lui avait légué toute sa collection, à part sa bouteille préférée.

– Tiens. Je sais que tu n'aimes pas le whisky, mais bois quand même.

Mari but d'un trait le liquide jaune foncé. Anna fit de même. L'alcool réveilla la douleur dans sa main meurtrie. Elle prit sur elle pour ne pas gémir.

– Anna, qu'allons-nous faire ? demanda Mari.

– Nous allons considérer qu'il s'agit dans les deux cas de mort naturelle. Si tu veux, je peux en parler à Elsa Karlsten et à Martin Danelius. Nous verrons bien ce qu'ils diront à propos de l'argent. Aucun paiement n'a été effectué pour le deuxième décès. Quant à Elsa… C'est étrange, je ne sais pas quoi penser à son sujet. Elle nous laissera peut-être garder la somme qu'elle nous a versée en échange de notre silence, quel que soit le coupable. Bien entendu, je ne lui présenterai pas les choses de cette façon. Mais je crois qu'elle raisonnera comme ça.

– Elle est chez elle ce soir ?

Anna se leva et alla ouvrir la porte d'entrée. En face, la maison semblait inhabitée, mais certaines pièces étaient éclairées. Il pleuvait. Le jardin était boueux. La neige fondue gommait les contours du paysage.

– Il y a de la lumière, elle doit être chez elle. Mais je n'ai pas envie d'aller lui parler maintenant.

– Ne me laisse pas seule, je t'en prie !

Mari bondit de sa chaise et se jeta dans les bras d'Anna. L'espace d'un instant, celle-ci s'abandonna, posant sa tête sur l'épaule de Mari. Elle sentit sa poitrine contre la sienne. Les choses étaient si simples, au fond... Il ne manquait plus que Fredrik.

– Où est Fredrik en ce moment ? dit-elle, brusquement inquiète.

– Je ne sais pas.

Mari regarda Anna droit dans les yeux, le visage rougi par les larmes.

– Après m'avoir raconté toute cette histoire, il a raccroché en plein milieu d'une phrase. Je l'ai rappelé, mais il n'a pas décroché. Alors je suis venue te voir.

– Est-ce qu'il t'a dit où il allait ? Réfléchis bien. C'est important.

Mari se concentra.

– Il a parlé de Martin Danelius... Du meurtre... Et dit que c'en était fini pour nous. Et de Miranda, je crois. Enfin, je ne sais plus. Il se peut que je mélange avec ce qu'il m'a raconté plus tôt au café. Mais je crois qu'il a parlé de Miranda. Il a dit qu'il devait choisir, qu'il n'en pouvait plus. « Plus d'illusion. » Est-ce possible qu'il ait dit ça ? « Plus d'illusion. »

Anna était déjà en route.

– Il faut qu'on trouve Fredrik. Tu sais mieux que moi où il peut être.

Chapitre 21

Regard effrayant. Lèvres répugnantes. Serpents ondoyants. Terre, mousse, parfums d'écorce. Les paroles d'un vieil homme. Merci pour ce que vous avez fait. Merci d'avoir aidé mon Anna chérie à passer sur l'autre rive. Elle est libre, maintenant. Et moi aussi. Je vous en serai reconnaissant jusqu'à la fin des temps.

La fin des temps.

Les questions. Elle est donc morte. Depuis quelques jours. La surprise sur le visage du vieil homme. Vous ne le saviez pas ? Je n'osais pas croire que vous le feriez. Que vous pourriez le faire. Le paiement. Bien sûr. Triste, évidemment. La mort est définitive. Le deuil aussi. Mais pas la souffrance. Elle dure éternellement. À présent, son éternité à elle a trouvé une fin.

L'effroi.

Des questions, encore. Comment demander ? Comment faire semblant d'être normal ? Des vers grouillant sous la peau. L'âme meurtrie. Culpabilité. Tu n'as pas su sauver tes lapins. Tu n'as pas su sauver Anna Danelius. Tu croyais que tu pourrais rejeter la demande de Michael. Un deuxième meurtre. Atroce, mais encore supportable. Éviter, fuir. Quelle naïveté. Deux personnes sont mortes maintenant. Y en aura-t-il une troisième ?

Il faut empêcher cela.

Payer. Îles Caïmans. Un compte en banque. Éclat de rire. Une main tendue. Une arme. La fuite. Merci. Reviens. Je… Dois… Partir. Adieu. Une porte fermée.

Silence. Des pas qui résonnent. Les siens. Clap clap clap sur le trottoir. Un homme en fuite. Un homme ?

Fredrik courait. Les mots se heurtaient en lui, gorgés de sang. Comme si chacun d'eux était un cœur dont les battements épelaient la vérité. Merci. D'avoir. Aidé. Ma. Femme.

Et juste avant, Michael. Liquider Ahlenius. Reprendre le Fata Morgana. Peut-on posséder une illusion ? Une. Illusion.

Il avait appelé Mari sur-le-champ, comme par réflexe, rien à voir avec une quelconque logique. Au son de sa voix, il s'était ressaisi à temps pour ne pas tout lui avouer. Il lui avait appris la nouvelle. Elle allait en informer Anna. Il fallait qu'elles sachent.

Que tout le monde sache.

Il leva les yeux. Les flots gris glissaient le long des quais en direction de Slussen. Il comprit qu'il était en route vers l'illusion. Pourtant, il ne le voulait pas. Il ne voulait pas aller au Fata Morgana. Il ne voulait pas les retrouver. Lui. Elle. Miranda. Il voulait revenir à la réalité.

À cette pensée, il s'arrêta net. Il sortit son téléphone et composa le numéro. Le col de sa chemise noire le serrait. Panique froide. Plus de soleil. Au cœur des ténèbres. La voix de Michael.

– Bonjour, Fredrik. Tu es en route ?

Sa question. Bredouillée comme celle d'un petit garçon. S'il te plaît, papa. S'il te plaît.

– Bien sûr. Je ne donne pas l'adresse de ma fille à n'importe qui, mais à toi, oui. Elle m'a appelé peu après notre visite pour me demander ton numéro de téléphone et me poser des questions à ton sujet. Je lui ai dit ce que tu aurais toi-même aimé entendre. Je t'apprécie beaucoup, Fredrik. Tu le sais. Et j'aime ma fille à la folie. Voici son adresse. Tu sais ce que j'attends de toi.

Il répéta le nom de la rue comme un mantra pour le mémoriser. Les mots rejoignirent ceux qui dansaient déjà dans sa tête. C'est à peine s'il put lever le bras pour héler un taxi. Ils filaient sous ses yeux. Filaient ? Non, ils détalaient. Comme des lapins.

À peine assis dans le véhicule, Fredrik sentit les larmes lui monter aux yeux. Tant pis pour le chauffeur. Dans un accès de désespoir, il plongea son visage dans ses mains et sanglota longuement. Puis il sécha ses larmes, se disant qu'il aurait l'air ridicule quand Stella ouvrirait la porte. C'était sa première pensée rationnelle depuis que Martin Danelius était apparu dans l'encadrement de la porte du café.

À son arrivée, elle était dans le jardin. Debout. Une illusion, bien sûr. Son handicap faisait partie de la normalité, alors que ce qui semblait normal ne l'était plus. Les roues de son fauteuil s'enfonçaient dans les feuilles mortes qui gisaient encore sous les pommiers. Il paya le taxi et le regarda s'éloigner, incapable de s'approcher d'elle. Son corps frêle. Ses longs cheveux blonds. Ses yeux qui brillaient jusqu'à lui. Diamants ou strass ? La lumière se divisa en millions de rayons d'or. De la pacotille de théâtre qui passe pour un métal précieux. Tout dépend du point de vue. De celui qui observe le cou. Un cou à encercler de ses mains.

À serrer.

Fredrik avança lentement vers elle pour tenter de calmer ses tremblements. Elle n'était pas une illusion. Une femme dans un fauteuil roulant. Réelle et précieuse.

– Bonjour, Stella.

Elle tendit les bras vers lui. Il perçut de la chaleur dans ses yeux. De l'espoir ? Sa peau diaphane s'était parée d'un voile rose. Ses lèvres, légèrement entrouvertes. Au commencement était le verbe, soit. Mais avant le commencement, il y avait l'amour. Il prit ses mains dans les siennes, embrassa ses paumes et s'accroupit. Son visage se rapprocha du sien. Elle laissa ses mains blotties au creux des siennes et lui sourit.

– Mon père m'a dit que tu lui avais demandé mon adresse. J'ose espérer que… Enfin, je lui avais déjà demandé ton numéro de téléphone. Une handicapée le fait rarement après la première rencontre. Peut-être que je ne t'aurais pas appelé, mais…

N'y tenant plus, il s'agenouilla à côté d'elle et l'embrassa, avec hésitation d'abord, craignant de l'avoir mal comprise, et ensuite avec abandon, quand il la sentit consentante. Le parfum de la terre se mêla à ceux d'un pommier en fleur et d'une récolte de fruits de fin d'été. La serrant contre lui aussi fort qu'il le pouvait, il se dit que la vie était une voie sans issue. Il aurait fallu pouvoir rebrousser chemin pour trouver le bonheur.

Il relâcha son étreinte et la contempla. Ses yeux avaient la douceur du velours. Elle sourit. Il sentit son souffle sur son cou.

– Dès que je t'ai vu dans le jardin l'autre fois, je me suis dit : « C'est lui. » Ensuite, j'ai bien joué mon rôle. Je n'aurais jamais cru que ça puisse encore m'arriver, tu sais.

Elle sourit de nouveau.

– Tu veux bien qu'on entre ? Pousse le fauteuil, ça ira plus vite. C'est une phrase que je ne répéterai pas, et que je ne dirai jamais à personne d'autre que toi.

Il saisit les poignées du fauteuil roulant et courut presque jusqu'à la rampe en bois. Devant la porte d'entrée, il s'aperçut que les roues étaient couvertes de boue.

– Porte-moi à l'intérieur, Fredrik. Laisse ce mastodonte dehors et fais comme si je m'étais foulé la cheville. Donne-moi l'impression d'être normale, l'espace de quelques minutes.

– Tu es la seule personne normale dans ce monde de fous.

Elle passa les bras autour de son cou. Il huma la fraîcheur de ses cheveux et dut se refréner pour ne pas éclater de nouveau en sanglots. Puis il la souleva. Elle lui parut fragile comme du verre.

D'un pas léger, il franchit le seuil de la maison et referma la porte derrière eux. Il l'interrogea du regard, et Stella lui indiqua une porte un peu plus loin. Puis elle blottit son visage contre son torse en inspirant profondément le parfum de sa chemise. À l'aide de son pied, il poussa la porte, qui s'ouvrit sur une pièce claire. Le lit était bleu. Pas de fusil à l'intérieur du matelas. Une couverture grise. Des coquillages sur le rebord de la fenêtre.

Il la déposa doucement et elle se releva en prenant appui

sur ses avant-bras. Elle portait la même chemise blanche et le même jean bleu que le jour de leur rencontre.

– Assieds-toi près de moi, Fredrik. Je veux me sentir entière aussi longtemps que possible.

– Je te l'ai déjà dit, tu es parfaite, Stella.

– Mais je ne peux pas faire tout ce dont j'aurais envie en cet instant.

Il déboutonna délicatement son chemisier. Elle déboutonna sa chemise. Il finit de la déshabiller et caressa ses jambes, immobiles sur la couverture. Elle aurait pu être une statue. Mais pas comme sa mère. Jamais. Il s'allongea près d'elle, sentit son âme sous ses doigts et s'aperçut qu'ils pleuraient tous les deux. Larmes partagées, mains semblables à des papillons. Ses jambes sur les siennes.

– Tu te souviens de ce que j'ai dit, Fredrik ? Je peux avoir des enfants.

– Je veux que tu en aies.

Son odeur. Il la respirerait jusqu'à la fin de ses jours. Ses cheveux, des fils d'or. La chaleur de ses mains, son rire dans une clairière. Un tapis de mousse dans la forêt. Son corps à lui, revenu du royaume des morts, beau à ses yeux. La mer et l'infini. Le noir et le blanc. Ses lèvres contre sa joue, son regard perdu sur les prés. Images fébriles de fuite vers l'horizon, songes inassouvis doublés de laine et de plantes médicinales. Mouvements ondoyants comme l'herbe haute à la lisière des bois. Bonheur dans un rayon de soleil ou dans une perle de rosée sur une alchémille. Cris. Silence. Péché et pardon unis à jamais.

Combien de temps étaient-ils restés étendus l'un contre l'autre ? Une chose était sûre, auprès d'elle, il n'aurait plus jamais froid. De l'index, il suivit le contour de ses lèvres et de ses yeux. Elle se pencha au-dessus de lui, l'ensevelit sous ses cheveux, lui sourit.

– Est-ce que les enfants suédois connaissent l'histoire de Heidi ?

– Moi, en tout cas, je l'ai lue. Heidi, la petite fille qui vivait chez son grand-père au sommet des Alpes. Ce conte ne m'a jamais rendu triste. Elle paraissait si libre…

– Dans l'histoire, il y a une autre petite fille qui s'appelle Klara. Elle vit dans une belle maison et n'a pas de quoi se plaindre. On lui sert des petits pains frais tous les matins. Des *Brötchen*, comme on dit en allemand. Ses cheveux sont longs et blonds comme les miens. Et elle est paralysée, en fauteuil roulant. À la fin, elle parvient à marcher. Un vrai conte de fées. Enfant, je l'enviais énormément. Je la trouvais parfaite. C'est étrange d'admirer un personnage infirme, n'est-ce pas ? À croire que je savais ce qui allait m'arriver. Mais maintenant, je n'ai plus de raison d'être jalouse. Personne n'est jamais venu la soulever de sa chaise roulante pour la déshabiller et faire d'elle une femme heureuse.

– Elle a peut-être trouvé le bonheur à sa façon, ailleurs qu'entre les pages du livre.

– Je ne le crois pas.

– Veux-tu m'épouser ?

Stella sourit.

– C'est Klara qui te fait dire ça ?

– C'est toi.

– Fredrik, tu n'es pas obligé. Je ne remarcherai jamais. Ça me suffit d'être à tes côtés.

– Pas moi.

Il se pencha vers elle pour éviter de lire un refus éventuel dans son regard, lui caressa le ventre, les hanches et les cuisses, dessina une guirlande le long de sa jambe gauche. Son duvet blond lui rappela les aigrettes des pissenlits.

– Donne-nous un peu de temps, Fredrik.

– Je n'ai pas besoin de temps.

– Moi, si. Heidi gardait ses *Brötchen* pour son grand-père, qui avait les dents abîmées. Mais le temps qu'elle rentre chez elle, ils étaient toujours rassis. Voilà ce qui arrive quand on en fait trop. Donnons-nous un peu de répit, Fredrik.

Histoire de profiter un peu du paradis avant d'aller cueillir d'autres fruits.

– Es-tu au paradis en ce moment ?

– Oui. Ou alors au sommet de la montagne. C'est plus original.

– Alors je peux attendre.

Le reste aussi pouvait attendre. L'inévitable. Il avait songé un moment parler à Stella d'Esbjörn Ahlenius et de la mission que Michael lui avait confiée. Les apparences seraient donc toujours trompeuses ? Comme le peigne de Cléopâtre... Mais pas ce qu'il vivait à cet instant. Pour l'amour de Dieu, pas ça ! Fredrik sut brusquement qu'il ne pourrait jamais parler à Stella de ce qui s'était passé au café, du Fata Morgana ni de sa conversation avec Michael.

– Pourrais-tu envisager de quitter la Suède pour t'installer dans ton pays d'origine ? À Berlin ?

– Pourquoi cette question ?

Parce que je veux fuir. Parce que je dois tout laisser derrière moi. Parce que je veux recommencer une nouvelle vie. Avec toi.

– Ma grand-mère maternelle était française, et ma mère est venue s'installer ici quand elle était encore jeune. Parfois, je me demande si c'est pour ça que je ne me suis jamais senti tout à fait suédois. J'adore Paris et Londres, mais j'ai toujours rêvé de m'installer à Berlin. Peu de métropoles mêlent autant le passé et le présent. J'aime l'atmosphère de cette ville et je voudrais y travailler. Peu importe dans quel domaine. Tu pourrais l'envisager ?

Stella éclata de rire.

– Tu pourrais l'envisager... Quelle formule typiquement suédoise ! Au lieu de me demander tout simplement si c'est ce que je veux. Je n'en sais rien, Fredrik. Je me suis construit une nouvelle vie après mon accident, et elle me plaît. Je m'en sors bien malgré mon handicap. Mais je ne dis pas non. Moi aussi, j'adore Berlin. Il faut absolument se décider tout de suite ?

– Non, mais dans les vingt-quatre heures.

– Tu plaisantes ?

Fredrik remarqua que le plafond blanc était légèrement plus clair que les murs. Cela donnait une impression d'espace. Même une couleur neutre n'était pas sans équivoque. Tant de nuances de noir et de blanc. La vérité et ses conséquences. Il se tourna vers elle.

– Stella, je sais que mon comportement est digne des pires clichés masculins, mais je dois partir. Tout de suite. J'ai une affaire à régler. Ça ne peut pas attendre. Peut-on reporter de quelques heures la suite de cette rencontre merveilleuse ?

Elle fronça les sourcils mais ne parvint pas tout à fait à prendre un air furieux. Ses yeux la trahissaient, rieurs.

– D'abord, tu me demandes en mariage et ensuite, tu dois t'en aller. Dans le cliché, tu fais fort…

Il posa un doigt sur ses lèvres.

– Est-ce que tu me crois si je te dis que c'est parce que je veux vivre le restant de mes jours avec toi ? J'ai une tâche à accomplir avant de pouvoir me sentir parfaitement libre avec toi. Tu as raison, mes mots sont d'une banalité…

– Je te pardonne à condition que tu m'en dises un peu plus sur toi. Je refuse de te laisser repartir sans mieux te connaître.

Soudain, Fredrik vit en son for intérieur leurs corps se transformer en ceux de Hans Karlsten et d'Anna Danelius, deux cadavres étendus, joliment mis en scène. Bras et jambes se ratatinèrent, se flétrirent. La respiration de Stella se mit à siffler tel un respirateur.

– Que veux-tu savoir ?

– Qui tu es, d'où tu viens, qu'est-ce que tu aimais faire quand tu étais enfant, si tu as des frères et sœurs, comment étaient tes parents, comment…

– Je viens d'un petit village d'Ångermanland.

Sa réponse avait un arrière-goût amer. Ses oreilles se mirent à siffler, comme le vent dans la forêt.

– Ma mère est arrivée en Suède dans les années soixante

après la mort de ma grand-mère. À vingt ans, elle n'avait déjà plus rien à faire à Paris. Ma grand-mère était tombée enceinte d'un soldat allemand et avait été accusée de collaboration. Elle était chanteuse. Je préfère ne pas savoir dans quelles conditions elles ont vécu. Même si je l'avais voulu, d'ailleurs, ma mère ne m'aurait rien dit. Elle a rencontré mon père peu de temps après son arrivée. Je suis né l'année suivante et ils se sont installés dans le village de mon père. Les dates entre leur rencontre et ma naissance ne concordent pas tout à fait, mais je préfère ne pas y penser. Quoi qu'il en soit, ils étaient très différents. Mon père était inspecteur des Eaux et Forêts. Un homme de terrain. Bien bâti, séduisant dans son genre. Ma mère, elle, était une Française gracile.

– Ils étaient heureux ensemble ?

Le vent se mit à souffler plus fort dans l'esprit de Fredrik, brisant les arbres et formant des tourbillons le long des ruisseaux.

– Qu'est-ce que le bonheur, au juste ? Je ne peux parler que de ce que je connais. À mes yeux, ils formaient un couple très mal assorti mais ils vivaient ensemble, résignés. Ils se pliaient à leur destin. Ma mère me donnait cette impression, en tout cas. Elle avait toujours l'air de jouer un rôle, celui de la Française émigrée en Suède. Elle est devenue professeur de musique dans une école. Je serais incapable de te dire si elle était heureuse ou non. Elle me semblait… prisonnière de son propre jeu.

Stella attrapa une couverture tombée par terre et s'enroula dedans. Fredrik sentit le contact de la laine rêche sur ses jambes nues.

– Et ton père ?

Fredrik tira sur la couverture pour éviter de la regarder dans les yeux.

– Disons qu'il était très sévère. Et que j'étais l'inverse de ce qu'il aurait souhaité. Au lieu d'un petit dur, il avait un fils tendre et craintif qui aimait les fleurs et la dentelle. C'est peut-être la mort de ma sœur qui m'a rendu comme ça.

Stella lui lança un regard épouvanté.

– Ta sœur est morte ? Comme c'est triste !

– Elle était très jeune. On ne l'a jamais vraiment connue, mais étrangement, elle faisait partie de la famille. J'ai peut-être essayé de soulager la peine de mes parents en étant à la fois petit garçon et petite fille. En fin de compte, je suis devenu quelqu'un d'hybride.

– C'est pour cette raison que tu te plais autant au Fata Morgana ?

– Ton père t'en a parlé ?

– Il m'a seulement dit que vous vous étiez rencontrés là-bas.

Le regard de Stella ne trahissait aucune forme de jugement.

– Un jour, mon père m'a puni, reprit Fredrik, hésitant.

Il n'était pas certain que ce soit une bonne idée de lui en parler, mais c'était plus fort que lui.

– Je lui ai fait honte, alors il a voulu me donner une leçon en jouant à cache-cache. Comme je n'ai pas réussi à… trouver une bonne cachette, il a relâché mes lapins dans la forêt.

Impossible d'en dire plus. Il aurait tellement voulu enfouir son visage dans sa poitrine et se confier sans inhibition… Mais ç'aurait été tout perdre. Absolument tout. En levant les yeux, il constata qu'il en avait assez dit. Elle avait pris un air grave.

– Quelle horreur ! Tu as dû être très triste. Quel âge avais-tu ?

– Une dizaine d'années. Je ne sais plus exactement. Avec le temps, j'ai appris à jouer les vrais durs, et on s'est mieux entendus, tous les trois.

– Tes parents sont toujours en vie ?

– Ma mère, oui. Mon père est mort dans un accident de chasse il y a quelques années. Une balle perdue. Peut-être la sienne. Il n'y a pas eu d'enquête.

– Et ta mère, où est-elle aujourd'hui ?

– Elle est restée là-bas. Elle s'est habituée à ne pas s'y sentir chez elle. Enfin, je crois.

Stella posa sa tête sur la poitrine de Fredrik, qui lui caressa doucement les cheveux en se demandant ce qu'elle pouvait bien penser.

– C'est une histoire douloureuse. J'ignore pourquoi, mais en t'écoutant, j'ai l'impression que tu as été terriblement seul. De mon côté, même si je suis fille unique, j'ai grandi entourée de mes nombreux cousins et cousines, avec lesquels je garde de bonnes relations. Notre famille a été décimée pendant la guerre. Pourtant, ça ne nous a jamais vraiment ébranlés. Ma mère était chaleureuse et incroyablement optimiste. Elle savait profiter de la vie. Intelligente mais animée d'une foi un peu puérile. Elle était persuadée que Dieu l'aidait dans tout ce qu'elle faisait. Mon père, tu le connais. On ne peut pas faire mieux.

– Michael est quelqu'un de formidable, c'est vrai.

– Il dit la même chose de toi.

Fredrik se redressa. Le temps était précieux. Il ne vivrait pas une minute de plus sous l'emprise du serpent qui l'étouffait depuis si longtemps… S'il tardait encore, la bête pourrait le mordre à tout moment et lui injecter son venin paralysant.

– Stella, si je fais vite, je serai de retour d'ici quelques heures. Ça ne sera pas long, je te le promets. Ensuite, je ne te quitterai plus jamais. Tu veux que je rapporte de quoi dîner ? Une bouteille de vin ? Qu'est-ce que tu en dis ?

Mais peut-être était-elle déjà prise ce soir-là… Il enfila ses vêtements à la hâte, en se disant qu'elle avait sa vie, et qu'il n'en faisait pas nécessairement partie. Il se sentit envahi par une faiblesse dégoûtante, viciée, comme une pomme pourrie. La voix de Stella retentit dans son dos.

– Très bien, Fredrik, mais tu dois…

Il se retourna. Elle était toujours allongée sous la couverture. Son visage portait une marque rouge à l'endroit où il avait pressé ses lèvres et ses joues contre sa peau. Ses cheveux étaient emmêlés et ses lèvres, légèrement enflées.

– Tu as besoin d'aide pour te rhabiller ?

– Arrête, Fredrik. La seule chose que je te demande, c'est d'aller chercher mon fauteuil roulant et de le placer à côté du lit. Et puis de revenir tout à l'heure. Promets-le-moi, dit-elle d'une voix grave.

Il se pencha pour l'enlacer. S'il ne partait pas tout de suite, il n'y arriverait jamais. Il s'empressa donc de relâcher son étreinte et de gagner le vestibule. En ouvrant la porte d'entrée, il vit le fauteuil roulant sur le seuil. Il en nettoya les roues à l'aide d'un racloir et d'un chiffon. Puis il le fit rouler jusqu'à la chambre.

En position assise, Stella avait commencé à se rhabiller. Ses jambes, qui se balançaient au bord du lit, paraissaient vigoureuses. Rien ne laissait deviner qu'elles étaient inertes. Après avoir placé le fauteuil roulant près d'elle, Fredrik s'accroupit et posa la tête sur ses genoux. Elle lui caressa les cheveux et tourna son visage vers le sien.

– Reviens vite. Il est trop tard pour faire des courses. Je m'occuperai du dîner.

– Tu me donneras ta réponse dans vingt-trois heures ? Tu me diras si tu viens avec moi à Berlin ?

Elle éclata de rire.

– Ou dès ton retour. Peut-être.

Il se détacha doucement de son étreinte, mais intérieurement, ce fut un déchirement. Sur le pas de la porte, il se retourna. Elle lui sourit. Dehors, il appela un taxi, qui arriva sur le terre-plein au bout de dix minutes. Il venait de presser son oreille contre le tronc du pommier. Depuis le siège arrière du véhicule, il lui sembla distinguer un mouvement derrière l'un des rideaux : il fit un signe de la main en réponse à cet éventuel au revoir. Ce n'était pas un adieu. Ils se reverraient bientôt.

Lorsque le taxi arriva au Fata Morgana, il jeta un coup

d'œil crispé à sa montre. Il était tard, le spectacle battait son plein et se poursuivrait jusqu'au petit matin. À l'intérieur, il fut accueilli par la musique et la lumière tamisée. Les gens se pressaient autour des tables et devant le comptoir du bar. Fredrik chercha Michael du regard, mais il se ravisa. C'était à Miranda qu'il devait parler. C'est avec elle qu'il avait des comptes à régler.

Il se faufila entre les petits groupes de femmes qui regardaient le numéro de Paul et Johannes, en admiration devant leurs robes, et les hommes qui bavaient de plaisir en contemplant leurs jambes. Comme il s'y attendait, sa loge était vide. Elle lui préparait probablement une de ses surprises habituelles, destinées à lui soutirer des concessions. Mais cette fois-ci, elle n'arriverait pas à ses fins.

Il ouvrit avec précaution la porte de sa penderie, passa en revue les robes rouges, blanches et dorées et laissa courir ses doigts sur les plumes soyeuses du boa. Du bout du pied, il écarta quelques chaussures. Tout était minutieusement rangé, d'un goût raffiné, exactement comme elle. Comme lui. Les apparences leur servaient d'écran de sécurité. Il la connaissait tellement bien. Elle. Lui. Avec une pensée pour sa mère et sa grand-mère, il sortit de la penderie une robe de soie bleue qu'il porta à sa joue. Les souliers dorés se renversèrent. Il se pencha pour les ramasser. Lorsqu'il se redressa, il sut qu'une fois de plus, elle avait réussi.

Il tenta de la chasser de ses pensées aussi longtemps que possible, le visage enfoui dans les mains. Un bruit de porte lui fit lever les yeux. Elle avait choisi la perruque rousse – celle qui lui descendait jusqu'à la taille.

– Où étais-tu ? lui demanda-t-elle, furieuse.

– Miranda, je…

– Je n'ai pas pu faire mon numéro. Tu sais que j'en suis incapable sans toi. Ils m'ont remplacée par une débutante qui ne sait pas se déplacer en chantant. Pourquoi choisir ce métier si on manque à ce point de professionnalisme ?

– Miranda, je suis désolé, mais…

– Mais quoi ?

Il voulut lui ôter sa perruque. Elle l'en empêcha. *Il* l'en empêcha.

– C'est terminé. S'il te plaît, Miranda, comprends-moi, implora Fredrik. Je n'en peux plus. J'ai rencontré quelqu'un avec qui je peux être moi-même. J'entrevois enfin la possibilité d'être heureux. Accorde-moi le droit au bonheur, je t'en prie.

– Avec la fille de Michael, c'est ça ?

Il la fixa du regard avec stupeur et désespoir.

– Tu es au courant ?

Sur sa bouche se dessina un rictus maléfique et moqueur. Soudain, le contraste entre l'artificialité de sa perruque et le naturel de sa peau lui parut d'une laideur insoutenable.

– Tu me prends pour une idiote ? Tu crois que je ne sais pas ce que tu fabriques derrière mon dos ? Tu reviens de chez elle, n'est-ce pas ? Monsieur prend du bon temps avec une autre ! Mais je doute que tu aies eu le courage de lui parler de la mission que t'a confiée son père.

Il suffoquait. L'air de la loge était chargé de poussière et de rêves fanés. Il porta les mains à sa gorge.

– Comment peux-tu… ?

Sa voix s'étrangla. Miranda fit un nouveau sourire reptilien.

– Jouons cartes sur table. Sache que, d'une manière ou d'une autre, je suis toujours au courant de tes faits et gestes. Disons que tu t'apprêtais à m'en parler et que tu n'en as pas eu le temps. Michael vient de solliciter ton aide, n'est-ce pas ?

L'expression de Miranda s'était adoucie. Fredrik baissa les yeux pour éviter de voir son visage ignoble. Elle était morbide. Et lui, lamentable.

– Fredrik, regarde-moi. Ne fais pas comme si je n'existais pas. Tu ne peux pas prendre cette décision tout seul, je suis concernée, moi aussi. Si nous prenons la direction du Fata

Morgana, c'est notre rêve qui se réalisera. Bien sûr, il faudra se débarrasser de toute cette déco de pacotille et lui insuffler un peu plus d'élégance. Mais l'endroit a déjà une réputation, on pourra investir tout notre argent dans la rénovation. Et puis…

Fredrik se leva d'un bond et plaqua ses mains sur ses oreilles.

– Tais-toi ! Tais-toi, je te dis ! Il n'est pas question de prendre la direction d'un cabaret ni d'y investir de l'argent ! Encore moins d'accomplir une mission ! Que les gens soient tordus au point de croire qu'ils ont le droit de tuer, c'est une chose, mais ça ne nous regarde pas. C'est pour ça que… Enfin, non, ce n'est pas la raison, mais… je veux qu'on se sépare, Miranda. Entre nous, c'est terminé. Tu me trouves peut-être froid et insensible, mais je n'y peux rien, c'est comme ça. J'ai rencontré une vraie femme…

– … Invalide. Tu vois, chacune ses défauts.

– Je te hais !

Miranda ouvrit son poudrier et appliqua de légères touches de pinceau sur son visage. Le nuage de poudre rose fit tousser Fredrik.

– Non, Fredrik, tu ne me hais pas, tu m'aimes. Sans moi, tu es tout juste une créature asexuée. Mais avec moi, tu es tout, et avec toi, j'ai tout : je le reconnais volontiers. Au moins, je suis sincère. Je ne peux pas exister sans toi. Et tu sais ce que nous avons à faire.

Sans attendre de réponse, elle lui tourna le dos et quitta sa loge. À l'extérieur, tous les regards se tournèrent vers elle. Un homme d'un certain âge tenta de lui prendre le bras, mais il le repoussa avec une telle force que celui-ci faillit tomber. Il. Elle… Qui ? En voyant Miranda s'approcher de Michael et lui murmurer quelques mots à l'oreille, Fredrik fut pris de panique. Lorsque Michael sortit une clef de la poche intérieure de sa veste, il eut l'impression de sentir le contact du métal contre sa peau. « Tu me raconteras », glissa le patron à Miranda, puis il reprit sa conversation avec quelques clients. Fredrik talonnait Miranda qui, dans la rue, se dirigeait à pas rapides vers la voiture de Michael. Il grelottait de froid. Les passants s'arrêtaient pour les observer. Il ouvrit la portière à la volée et monta dans la voiture. Miranda était installée au volant.

– Où m'emmènes-tu ?

Sans un mot, elle démarra. Le léger bourdonnement du moteur lui donna l'impression qu'ils partaient faire un tour à la campagne. Ils prirent l'autoroute, elle alluma le chauffage et mit de la musique. *Chicago.*

When you're good to Mama, Mama's good to you.

– Tu te souviens de cette chanson, Fredrik ?

– Évidemment. Quelle question !

– Mais tu te rappelles la première fois où tu l'as entendue ?

Il ne voulait pas y repenser. Dans sa tête, un grondement recouvrait les souvenirs. Pourtant, ils remontèrent telle une lame de fond, jusqu'au cri. Son propre cri, au moment où les lapins couraient vers la lisière de la forêt, poursuivis par son père qui riait aux éclats. Son cri. Une horreur indicible.

– Il a pris son temps, n'est-ce pas ? dit Miranda sur un ton neutre.

– Non !

– Il a suivi le premier et l'a abattu d'une balle. Ce n'est pas donné à tout le monde d'atteindre sa cible. Surtout un lapin, mais il était bon tireur. Par lequel il a commencé ? Tu t'en souviens ? C'était la mère, Lisen ?

– Non !

– Je crois que c'était elle. Tu t'es précipité vers elle, et quand tu as vu la masse sanguinolente, tu t'es effondré. Tu n'as pas eu la force de te relever pour sauver les autres. Tu es resté assis près de Lisen. Tu caressais sa fourrure souillée en pleurant. Tu t'es mis du sang partout. C'était poisseux, comme de la confiture de framboises.

– Miranda, je t'en prie…

Où m'emmènes-tu ? Où vas-tu ? Au sud. Je suis déjà passé par ici récemment...

– Ensuite, tu as entendu les autres coups de feu – un, deux, trois – et tu as enfin réussi à te lever. Tu as couru vers ton père. Il était assis ; devant lui gisaient les cadavres. De petits tas de fourrure. Tu aurais voulu détourner le regard, mais tu en étais incapable. Quand il a soulevé Câlin, que tu aimais plus que tout, tu étais comme hypnotisé. Alors il a sorti son couteau et l'a écorché devant toi. Tu as vu la chair écarlate et tu as senti l'odeur. Puis tu as vomi. Et ton père a dit que jamais tu...

– Non, non, non !

– Tu te souviens du dîner, Fredrik ? La table était joliment dressée, il y avait même des bougies. Au menu, lapin et petits légumes. Et du gratin dauphinois. Un peu de gelée de groseilles. Ils avaient invité les voisins, n'est-ce pas ? Histoire que tu te tiennes à carreau. Tu portais une chemise amidonnée, et tes parents buvaient du vin. Du rouge. On aurait dit le sang des lapins. Ils t'ont forcé à manger...

Sifflements dans sa tête. Ouragan. Sombres nuages. Torrents de pluie.

– Quelle punition ! Tout ça parce que tu essayais de lui ressembler. Elle qui...

– Arrête, arrête, arrête !

– C'est à ce moment-là que tu t'es décidé, Fredrik. Évidemment, tu as attendu le bon moment. Avec mon aide. Tu as joué les gros durs, tu as même appris à tirer. Et finalement, tu l'as eu. Tu l'as abattu du premier coup. Alors tes discours pathétiques, tu peux te les garder. On a le droit de tuer, Fredrik, et tu en es capable. Nous l'avons déjà fait. Nous pouvons recommencer.

– Ce n'était pas moi ! C'était elle... Toi... Elle ! C'était elle !

Miranda éclata de rire et s'engagea sur la route qu'il avait prise quelques heures plus tôt avec Michael. Les mouvements du véhicule lui massaient le dos. Elle tourna le volant. Il le redressa. Elle ralentit et se gara le long du trottoir. Il observa la maison en briques et la voiture rouge garée devant. Elle sortit son portable et composa un numéro. Il s'efforça de prendre un ton aimable pour annoncer à son interlocuteur qu'une caisse de vin – un cadeau d'un ami – l'attendait sur le perron. Elle se moqua de ce prétexte : elle trouva ça un peu gros. Il rétorqua qu'un alcoolique n'est pas rationnel quand il s'agit d'alcool.

Elle fixait nerveusement la porte d'entrée. Il la vit s'ouvrir. Un homme d'âge moyen en survêtement sortit de la maison, mal rasé, hirsute. D'un geste souple, elle démarra et posa son pied sur l'accélérateur. La nuit les enveloppait tel un sombre manteau. La proie jeta des regards étonnés autour de lui. Il appuya sur l'accélérateur. Ils n'étaient plus qu'à quelques mètres.

Elle discerna son visage bouffi et rubicond. Il vit son corps usé et décati. Elle lut la surprise puis la peur sur son visage. La voiture fonçait. L'homme se mit à reculer. Les yeux écarquillés, terrifiés. Humains.

Au dernier moment, il tourna le volant. Les roues heurtèrent le rebord du trottoir et retombèrent sur la route. Elle hurla sa déception. Il répliqua qu'il allait la faire taire pour toujours. En voyant l'arbre, elle tenta de freiner. Il l'en empêcha. La voiture s'emballa, le tronc se rapprocha à toute allure. Elle mit ses bras devant son visage. Il perdit le contrôle du véhicule. Sa vie se mit à tournoyer dans sa tête. La maison. Le lit. Son père. Le fusil. Sa mère. La statue. Le marbre. Les boutons de roses. Les perles. Les notes. La musique. Les voyages. Les lapins. Leur fourrure. Le sang. Sa sœur.

Une seconde avant de s'écraser contre l'arbre, il ne perçut que le silence. Puis il plongea dans l'incertitude et l'obscurité. Son ultime sensation fut celle de la perruque qui glissa de sa tête et atterrit sur ses genoux. Comme un petit animal, ou la main de Stella. Plus jamais. C'était fini.

Chapitre 22

Vingt ans de carrière dans la police, et il ne souffrait toujours pas de la routine. Réflexion faite, ses collègues non plus. Il ne s'y faisait pas. Il avait beau avoir de beaux biceps, une peau qui bronzait facilement, une femme qui l'accueillait avec joie quand il rentrait à la maison, des enfants tout ce qu'il y a de plus normaux ; des moments de répit ; un petit cabanon sur la côte ouest ; un voilier ; des rosiers dans son jardin.

Il ne s'y faisait pas quand il était forcé de regarder la mort en face, de passer derrière la Faucheuse. Il ne serait jamais suffisamment endurci pour plaisanter à la vue des corps mutilés, des regards éteints, des mares de sang. Et à chaque fois qu'il devait annoncer un décès, il avait le ventre noué. À chaque fois, sachant pertinemment que ses mots resteraient gravés à tout jamais dans la mémoire de son interlocuteur. Il regrettait toujours de ne pas le faire avec plus de dignité et de compassion.

Ses collègues devaient prévenir la mère du défunt, qui habitait dans le Norrland – tant mieux pour lui. Au téléphone, impossible d'observer la réaction de la personne ni d'évaluer si, sous le choc, elle risquait de mettre ses jours en danger. Il préférait donc annoncer la nouvelle de vive voix, contrairement à certains de ses collègues.

La soirée s'annonçait calme jusqu'au moment où le téléphone avait sonné. La voix bouleversée à l'autre bout du fil n'augurait rien de bon. Une fois sur les lieux avec son équipe, il avait constaté que la paisible zone pavillonnaire avait pris des allures d'enfer. La voiture s'était encastrée dans un arbre. L'avant était complètement enfoncé et des débris métalliques jonchaient la pelouse. Ayant entraperçu le corps broyé derrière le volant, il avait failli se trouver mal.

Les ambulanciers – arrivés en premier – n'avaient pas pu faire grand-chose. Il avait fallu l'intervention des pompiers. Plusieurs heures avaient été nécessaires avant que le corps déchiqueté ne soit extrait du véhicule. Les curieux s'étaient attroupés malgré l'heure tardive et l'équipe avait rapidement mis en place un périmètre de sécurité.

Les photographes de presse avaient également été tenus à l'écart. Pour le moment, le travesti serait protégé des griffes de l'opinion publique – mais pour combien de temps ? On lui avait confié la mission d'interroger les voisins, qui avaient été réveillés par le bruit du choc, s'étaient précipités à la fenêtre puis à l'extérieur. Ensuite, chacun de son côté, ils avaient appelé les secours.

Le seul témoin dont les déclarations présentaient un quelconque intérêt était un homme d'âge mûr que les ambulanciers avaient pris en charge dès leur arrivée. Ils l'avaient trouvé assis sur le trottoir, apathique. On lui avait administré un calmant et indiqué qu'on reviendrait l'interroger. « Espérons qu'il reste sobre en attendant », avait commenté un ambulancier avec un sourire las. Quoi qu'il en soit, il émanait d'Esbjörn Ahlenius de forts relents d'alcool. Il avait néanmoins été capable d'expliquer qu'un homme lui avait téléphoné pour lui annoncer qu'une caisse de vin l'attendait devant chez lui.

– Ça m'a paru louche, mais bon, j'ai quand même jeté un coup d'œil, avait-il déclaré.

N'ayant rien trouvé sur le trottoir, il avait scruté les alentours et vu une voiture s'approcher à grande vitesse. Elle fonçait vers lui.

– Je vous jure, cette bonne femme rousse avait l'air complètement dingue. Belle, mais dingue. Ses yeux sortaient de leurs orbites. On aurait dit qu'elle hurlait. J'ai cru que mon heure avait sonné, mais à quelques mètres, elle a braqué et la bagnole est allée s'écraser contre l'arbre. Ça a fait un putain de boucan ! Une chance qu'elle n'ait pas explosé.

Les Mercedes, ça encaisse presque tout. Construire des voitures, ça, ils savent faire, les Allemands…

Il lui avait posé quelques questions complémentaires, sans en apprendre beaucoup plus. Selon ses propres dires, Esbjörn Ahlenius n'avait pas l'ombre d'un ennemi. Son divorce « s'était parfaitement bien passé », et il exerçait la profession de rédacteur dans un journal d'entreprise. De plus amples recherches avaient néanmoins révélé qu'il avait été condamné à plusieurs reprises pour conduite en état d'ivresse et qu'il avait provoqué un accident grave. Voilà comment la police avait appris l'existence de Michael Pfeil, le père de la jeune femme qu'Esbjörn Ahlenius avait renversée et blessée à vie. On avait également découvert que ce même Michael Pfeil était le propriétaire de la voiture accidentée.

Il l'avait appelé le lendemain matin pour lui annoncer la nouvelle. Michael Pfeil n'avait pas eu de démêlés avec la justice, mais il était propriétaire d'un établissement qui n'était pas de son goût. Pourtant, tous ses préjugés allaient être balayés. Michael Pfeil les accueillit dans une tenue des plus correctes et leur offrit un bon petit déjeuner dans son cabaret. Sa stupéfaction et son chagrin à l'annonce du décès lui parurent entièrement sincères. Il exclut tout lien entre Pfeil et l'accident. Parfaitement indifférent à l'état de sa voiture, Pfeil avait révélé l'identité de l'homme en robe de soie : Fredrik. Fredrik André.

Avec une étonnante franchise, Pfeil avait expliqué qu'il détestait Esbjörn Ahlenius pour ce qu'il avait infligé à sa fille Stella… Au point de souhaiter sa mort. Fredrik André le savait, mais Pfeil n'aurait jamais pensé que son ami se serait mis en tête de le tuer. Il lui avait bien prêté sa voiture la veille au soir, mais il ignorait pourquoi Fredrik la lui avait empruntée.

– Il était comme un fils pour moi. Il ne m'a jamais donné de raison de douter de lui. Jamais, avait-il affirmé avec un fort accent allemand.

Le travestissement de Fredrik André avait trouvé une explication immédiate. Selon Michael Pfeil, il se produisait depuis un certain temps au Fata Morgana sous le nom de Miranda. Ses apparitions avaient rencontré un rare succès et contribué au rayonnement du cabaret à Stockholm. Mais Fredrik restait discret.

– Il ne fréquentait pas les autres, qui le trouvaient probablement un peu bizarre. Quand il n'était pas sur scène, il restait seul à marmonner au fond de la salle. Il répétait probablement ses chansons. C'était un perfectionniste. Un autodidacte, aussi. Il était vraiment extraordinaire. Quand il m'a demandé s'il pouvait emprunter ma voiture, j'ai pensé qu'il avait oublié quelque chose…

La voix de Michael Pfeil s'était étranglée. Baissant la tête, il s'était mis à pleurer. Puis il avait sorti un mouchoir d'une blancheur éclatante et s'était essuyé les yeux.

– Comment vais-je l'annoncer à ma fille ?

Que dire ? En tant que policier, il lui avait posé la question suivante : était-il possible qu'« un peu bizarre » signifie suicidaire ? Michael Pfeil n'en était pas tout à fait certain, mais il ne le pensait pas. Il avait également parlé des collègues de Fredrik, Anna et Mari, qui étaient aussi ses meilleures amies. Elles étaient d'ailleurs passées au club la veille, à sa recherche. Leur société s'appelait Le peigne de Cléopâtre. Le policier avait noté l'adresse du café dans lequel se trouvaient leurs locaux et s'était rendu à Södermalm sans attendre. Il se trouvait d'ailleurs devant la porte du café.

Dès qu'il franchit le seuil, il sut qu'il reviendrait. Comment avait-il pu passer à côté d'un tel endroit ? Il n'avait rien à reprocher aux cafés habituels, à leurs sandwiches ordinaires et à leurs pâtisseries industrielles. Mais ici, c'était un vrai bistrot qui embaumait le café fraîchement moulu. Le pain et les pâtisseries respiraient la générosité, les ingrédients frais, et peut-être même l'amour. Malgré l'heure matinale, la salle était pleine. Plusieurs personnes lisaient des journaux ou des livres. Attablés près de la fenêtre, deux vieux en costume noir jouaient aux échecs.

Il rassembla ses esprits et s'avança vers la femme au comptoir. Brune et plutôt jolie avec sa queue de cheval. Jupe courte. À peu près le même âge que lui.

– Anders Ledin, police. Désolé de vous déranger, mais je cherche deux personnes qui travaillent ici. Mari et Anna.

Par égards pour les clients, il avait parlé à voix basse, mais les quelques personnes assises aux tables les plus proches levèrent la tête et le dévisagèrent. Son interlocutrice sembla désagréablement surprise, mais elle se ressaisit et lui tendit la main en se présentant : « Jo, pardon, Johanna. » Elle se dirigea vers une porte, frappa, entra et referma derrière elle. Quelques instants plus tard, elle ressortit.

– Suivez-moi, s'il vous plaît. Que puis-je vous servir ? C'est la maison qui offre, évidemment.

Il commanda un café noir serré et entra dans la petite pièce attenante à la cuisine. Quelques minutes plus tard, installé face aux deux femmes, une tasse à la main, il tentait d'analyser ce qui s'offrait à son regard.

Lorsqu'il posa les yeux sur celle qui venait de se présenter comme Anna, malgré la nouvelle tragique dont il était le messager, il ne put s'empêcher de trouver la journée plus claire, plus clémente et plus… prometteuse. Sa chevelure et ses yeux sombres en avaient sûrement troublé plus d'un. D'ailleurs, la poitrine qui pointait sous son chemisier entravait considérablement ses facultés de concentration. Pourtant, elle ne jouait pas particulièrement de son rayonnement. Mais incontestablement, elle rayonnait. Et la couleur bleue de son chemisier lui donna envie d'une escapade en bord de mer.

En scrutant l'autre femme, il eut un soupir de soulagement. Elle ne le distrairait pas autant. Mais, il se ravisa bientôt. « Mari », lui dit-elle fermement. Avec ses yeux presque violets, elle n'était peut-être pas aussi inoffensive qu'elle le paraissait. La croix qui brillait au creux de sa gorge pouvait aussi bien représenter un désir de paix qu'une conjuration. Ses cheveux blonds lui évoquaient un mélange de miel et de lait.

Il se présenta succinctement. Il ne fallait pas repousser l'inévitable. Il leur annonça aussi posément que possible le décès de leur ami et collègue Fredrik André dans un accident de voiture la nuit précédente. Il s'était écrasé contre un arbre après avoir failli renverser un homme nommé Esbjörn Ahlenius. Il était vraisemblablement mort sur le coup. Au moment de l'accident, il était travesti.

– Auriez-vous des raisons de croire que Fredrik André se soit suicidé ? Si j'ai bien compris, vous étiez non seulement collègues mais aussi amis.

Enchaîner tout de suite par une question permettait d'éviter une explosion de douleur. Les deux femmes avaient beaucoup pâli. Anna, la brune, fondit en larmes et la blonde, Mari, se mordit la lèvre jusqu'au sang.

– Je ne crois pas qu'il avait l'intention de se suicider, finit par répondre Mari. Nous connaissons Fredrik depuis longtemps. Évidemment, il a traversé des périodes difficiles, comme tout le monde, mais de là à se supprimer…

– Saviez-vous qu'il se produisait sous le nom de Miranda dans un cabaret qui s'appelle Fata Morgana ? Qu'il y chantait, travesti en femme ?

La brune, Anna, saisit une serviette sur la table et se moucha. Quand elle leva les yeux, le bout de son nez était mouillé, ce qui la rendait absolument irrésistible.

– Nous ne l'avons appris qu'hier soir, en nous rendant au Fata Morgana pour discuter avec Michael Pfeil, répondit-elle. Fredrik avait appelé Mari. Il semblait bouleversé. Il devait, disait-il, faire un choix. Après le coup de fil, Mari est venue chez moi. Elle était inquiète, et, au bout d'un moment, nous sommes parties à sa recherche. Finalement, nous sommes revenues au café dans l'espoir qu'il nous y rejoigne. Nous avons passé la nuit ici.

– Avez-vous essayé de le joindre ?

– Oui, sans arrêt, mais il ne répondait pas.

La police ne pourrait sans doute pas extraire la moindre information du téléphone portable retrouvé en mille morceaux dans la voiture. Le policier se déclara néanmoins satisfait. Un complément d'information ne serait pas nécessaire. Tout indiquait qu'il s'agissait d'un suicide. Ses propos au sujet d'un mystérieux choix validaient cette hypothèse. Ou alors… Le policier décida de tenter sa chance.

– Saviez-vous que Michael Pfeil souhaitait la mort d'Esbjörn Ahlenius et qu'il en avait parlé à Fredrik ?

Il remarqua une légère nuance dans leur expression. Comme si un ange passait dans la pièce. Mais peut-être était-il fatigué. Ou bien exagérément soupçonneux. Méticulosité policière. Elles secouèrent la tête. Une blonde et une brune.

– Non, répondit Anna. Fredrik ne nous en a jamais parlé. Vous insinuez que…

– Fredrik André était sur le point de renverser Esbjörn Ahlenius et il a braqué au dernier moment. Mais ces informations demandent à être confirmées. Esbjörn Ahlenius n'était pas sobre au moment des faits. C'est l'homme qui a renversé la fille de Michael Pfeil alors qu'il conduisait en état d'ivresse il y a environ un an. Stella a perdu l'usage de ses jambes dans l'accident.

– C'est affreux, commenta Mari. Mais ça me paraît inconcevable que Fredrik ait consciemment tenté de renverser quelqu'un. Il n'y avait pas plus adorable que lui.

– Nous ne le saurons jamais, déclara le policier. Et même si telle était son intention, Fredrik André n'est pas allé jusqu'au bout. Au lieu de ça, il s'est manifestement suicidé. Nous excluons l'éventualité d'un accident, et tant qu'une personne ne met pas à exécution ses desseins meurtriers, nous ne sommes pas en mesure de porter une accusation.

– Que va-t-il se passer maintenant ? demanda tristement Anna.

– Nous allons prévenir sa mère. La famille s'occupera du reste.

Il évita d'évoquer l'étape obligatoire de l'identification du corps, dont Michael Pfeil avait promis de se charger, se leva et leur tendit deux cartes de visite, rougissant intérieurement – il espérait que la brune l'appelle.

– Est-ce qu'on peut le voir ?

La voix de Mari était froide comme un filet d'eau glacée.

– Si j'étais vous, je m'efforcerais de garder un bon souvenir de lui. Mais si ça vous semble nécessaire, contactez-moi.

Il leur serra la main et les remercia.

– Ce café est vraiment charmant. Je regrette de découvrir le Refuge dans des circonstances aussi pénibles. Il se pourrait que je revienne.

– Vous serez le bienvenu, répondit Anna, toujours en larmes.

Il aperçut quelques dépliants sur une étagère. Le peigne de Cléopâtre.

– Je peux en prendre un ?

– Bien sûr.

Il en parcourut le contenu et remarqua la photo de Fredrik André. Un bel homme. Viril, pas du genre à… Enfin, beau. Il rentra le ventre.

– Alors comme ça, vous résolvez les problèmes en tout genre ?

– C'était notre concept, répondit Anna.

Il fourra le prospectus dans sa poche.

– Si vous y arrivez vraiment, je vais me retrouver au chômage ! Mais je vous souhaite beaucoup de succès. De toute façon, il restera toujours de quoi faire pour mes collègues et pour moi. On ne peut malheureusement pas toujours résoudre les problèmes des autres. Mais je ne vous apprends rien, je suppose.

En passant devant le comptoir, il eut la nette impression que Jo avait suivi leur conversation. Il lui acheta quelques petits pains encore chauds et sortit dans l'air glacial. Peut-être allait-il neiger aujourd'hui. Ses enfants seraient contents pour le pain – cela compenserait les pensées un peu osées qui lui avaient traversé l'esprit. Tout de même, quelque chose clochait dans ce projet de résoudre les problèmes d'autrui… Il se souvint des pieds sanglants de Fredrik André dans ses escarpins dorés, et songea qu'il n'y avait rien de plus ingrat que la condition humaine.

Chapitre 23

Des kilomètres de sapins, de pins, de rochers et de routes interminables. Une forêt blanche, chargée de neige, et une Thermos réconfortante remplie de café du Refuge. Leur casse-croûte – réminiscence des balades d'enfance – était avalé depuis longtemps, mais ni l'une ni l'autre n'avait la force de se rendre dans le wagon restaurant. Mari se demanda combien de temps s'écoulerait avant qu'elle ne retrouve l'appétit.

Une fois retournée en Irlande, peut-être. Mais pas ici. Plus jamais ici.

Elle appuya sa tête contre la vitre. Elles avaient bien fait de prendre le train. L'idée même de s'installer derrière un volant, de tourner la clef de contact, de passer la première et d'appuyer sur l'accélérateur lui donnait la nausée. Ces gestes seraient à jamais liés à Fredrik, ou plutôt, à ce qu'il en restait après l'accident.

Elles n'auraient pas dû y aller. Elles auraient mieux fait de suivre le conseil du policier. Au lieu de cela, elles avaient insisté. Elle, par sentiment de culpabilité. Et puis de curiosité : elle avait envie de découvrir une part de Fredrik qui lui était inconnue. Le travesti. Elle avait annoncé son intention à Anna, qui avait immédiatement décidé de l'accompagner.

Elles avaient eu tort. Le souvenir de Fredrik en vie serait pour toujours mêlé à celui de son cadavre sur le brancard. *Tough luck**, aurait répliqué David.

David. Bientôt.

Après plusieurs heures de discussion, elles s'étaient résolues à prendre contact avec la mère de Fredrik. Anna avait proposé de lui téléphoner du Refuge. Elles avaient trouvé le numéro sans difficulté. Au bout du fil, la femme n'avait

* Pas de pot.

pas semblé surprise. Anna avait raccroché après quelques minutes et fait un compte rendu à Mari. La mère de Fredrik était déjà au courant du décès de son fils. La messe d'enterrement aurait lieu dans l'église du village la semaine suivante. Les amies de Fredrik étaient les bienvenues chez elle si elles souhaitaient assister à la cérémonie. Elle ne manquait pas de place pour les héberger.

– Elle a dit qu'il n'avait jamais eu beaucoup d'amis dans son village, dit soudain Anna.

Elle avait pensé tout haut, ce qui n'étonnait plus Mari. Elles ressassaient les mêmes souvenirs à longueur de temps. Il leur arrivait parfois d'en laisser échapper un à haute voix, comme à l'instant.

– Il est parti de chez lui tout jeune, n'est-ce pas ? Quel âge avait-il ? demanda Mari.

– Je ne sais pas. Dix-huit ans, peut-être. On sait si peu de chose sur lui, en fin de compte. Je me demande si sa mère pourra remplir les blancs.

– Quelques-uns, peut-être. Mais sûrement pas tous. J'ai l'impression qu'ils n'étaient pas très proches, tous les deux.

– Je m'en voudrai jusqu'à la fin de mes jours.

– Je ne crois pas que ce soit ce que Fredrik aurait souhaité. Sinon il ne se serait pas…

Elle l'avait presque dit. Suicidé. Le mot interdit. Celui qu'elles s'étaient tacitement promis de ne pas prononcer. Pas dans un moment pareil.

Pendant les jours étranges qui avaient précédé leur voyage, sans bien savoir comment, elles étaient parvenues à se répartir le travail qui devait être accompli. Il avait semblé évident qu'Anna s'entretiendrait avec Elsa Karlsten et Martin Danelius. Mari aurait eu beaucoup de mal à les affronter.

– La maison était remplie d'animaux empaillés.

– Tu n'en savais rien ?

– Non, c'était la première fois que j'entrais chez elle. Elle avait mis le couvert dans la cuisine, mais quand j'ai traversé le salon, je les ai vus : des oiseaux, des écureuils, des lièvres et même un chien. C'était terrifiant. Elle m'a dit qu'elle comptait s'en débarrasser. Son mari collectionnait les cadavres. Ça ne m'étonne pas. D'ailleurs, d'une certaine manière, il lui avait fait subir le même sort.

– Elle avait l'air heureuse quand vous vous êtes vues ?

– Oui. Et Martin aussi. J'ai bien fait de les réunir. Je n'aurais jamais eu la force d'avoir ce genre de conversation deux fois de suite. Heureuse n'est peut-être pas le mot. Bien sûr, ils étaient tous les deux effondrés après ce qui est arrivé à Fredrik. Ils trouvaient effroyable que leurs requêtes aient pu entraîner un pareil drame. Martin Danelius a affirmé n'avoir jamais cru que l'un de nous accomplirait physiquement ce qu'il nous avait demandé de faire. Il avait peut-être besoin de se justifier. Elsa, elle, a été plus directe.

– Elle a bien vu quelqu'un près du lit, non ?

– Je lui ai posé la question. Elle a maintenu sa version : une silhouette de femme dans l'obscurité. Elle dit avoir compris *a posteriori* que c'était Fredrik en travesti. Elle va être réinterrogée. Et Martin Danelius a été convoqué par l'hôpital où était soignée sa femme.

– Mais qu'est-ce qu'on va bien pouvoir demander à Elsa ? Et je croyais que le dossier d'Anna Danelius était classé.

– Je prie tous les soirs pour que personne ne découvre rien. J'espère qu'on ne leur posera pas trop de questions. À leur âge, ils risqueraient de céder à la pression. S'ils nous mentionnent…

– Fredrik serait accusé de deux meurtres *post mortem*, n'est-ce pas ? C'est impossible qu'il ait…

Mari s'empêtrait dans ses réflexions. Une enquête sur deux meurtres ? Jamais de la vie. Elle ne s'en sortirait pas.

– Anna Danelius a bien succombé à une mort naturelle ?

– Absolument ! Et quant à Hans Karlsten… Je ne peux pas imaginer Fredrik en meurtrier. Pour moi, dans les deux cas, il s'agit d'une mort naturelle. Point final.

Anna s'emportait, poussée dans ses retranchements. Mari réfléchissait. Que ferait-elle si des détails compromettants étaient révélés ? Si Elsa et Martin parlaient d'elles ? Si l'inspecteur Anders Ledin revenait au café pour les interroger sur la mort de Hans Karlsten et d'Anna Danelius ?

– Tu crois que Fredrik avait vraiment l'intention de renverser Esbjörn Ahlenius ?

La question resta en suspens, telle une bulle de savon menaçant d'éclater. Mari regretta de l'avoir posée.

Elles se remémoraient toutes deux la nuit où Fredrik s'était tué. Elles avaient parcouru les rues désertes à sa recherche. De retour au Refuge, elles avaient tenté en vain de le joindre au téléphone, puis s'étaient décidées à aller trouver Michael Pfeil au Fata Morgana. Celui-ci ne les avait pas fait attendre. Il leur avait expliqué que Fredrik avait emprunté sa voiture, sans préciser où il comptait se rendre. Apprenant qu'il courait peut-être un danger, il avait paru sincèrement surpris et inquiet.

Du moins sur le moment. Plus tard, Mari l'avait retrouvé, un matin, au Fata Morgana. La salle empestait la cigarette et le remugle. La police les avait interrogés quelques jours auparavant, et l'heure n'était plus aux mensonges. Avec une franchise brutale, Michael Pfeil lui avait tout raconté au sujet d'Esbjörn Ahlenius et de l'accident qui avait coûté ses jambes à sa fille Stella. Sans oublier la mission confiée au Peigne de Cléopâtre.

– Je ne pouvais pas savoir… avait-il dit.

Il avait bêtement cru ce que Fredrik lui avait dit sur Le peigne de Cléopâtre. Pire encore, il lui avait demandé de liquider Esbjörn Ahlenius. Mari avait détecté certaines contradictions dans son discours. Comme les autres, il avait refusé de mesurer les conséquences de ses actes.

– Ils nous ont demandé de tuer, dit-elle.

Anna soupira.

– Exactement. Ils ont commandité des meurtres sans se

soucier un instant de la manière dont ils seraient mis en œuvre. La fin justifie les moyens. Et nous étions prêts à l'accepter.

– Alors Fredrik a vraiment voulu tuer Esbjörn Ahlenius ?

Question cruciale. Mari se mordit l'intérieur de la joue pour tromper la douleur.

Anna se pelotonna sur son siège.

– Je ne sais pas. Je préfère croire qu'il n'en a pas été capable et qu'il a braqué au dernier moment. Je préfère...

Silence. Mari regarda par la fenêtre du train, se laissant bercer par le roulis. La forêt infinie. Elle buvait du café du Refuge.

– Je n'arrive pas à croire qu'il ait voulu tuer quelqu'un, dit-elle enfin. Il reste pour moi un ami très cher... Les autres se souviendront peut-être de lui comme d'un artiste malheureux qui s'est suicidé parce qu'il ne savait pas qui il était, mais nous, nous savons ce qui s'est passé au Peigne de Cléopâtre. Toi, moi, Elsa Karlsten et Martin Danelius. Sans oublier Michael Pfeil.

– Tu as raison. On ne peut pas tirer de conclusions sur Esbjörn Ahlenius. Elsa Karlsten aurait pu...

– Et si on décidait qu'il s'agit de morts naturelles ?

Anna baissa les yeux.

– D'accord, Mari. Disons que ce qui est arrivé devait arriver. Fredrik n'a jamais eu l'intention de tuer qui que ce soit. C'était quelqu'un de merveilleux. Espérons que ni la police ni l'hôpital... Enfin, prions, tout simplement.

Mari respira le parfum de cannelle qui émanait de son amie. Puis elle jeta un coup d'œil à sa montre et se rendit compte qu'elles arriveraient à destination dans moins d'une heure. Le temps était compté. Elles s'étaient enfin décidées à aborder le sujet qui fâchait, mais ça n'avait rien donné de très concluant. Fredrik n'était pas coupable. Mari, en revanche, oui. Elle n'avait pas mesuré les conséquences de ses actes. Père, pardonne-leur, car ils ne savent pas ce qu'ils font. Fredrik était mort. Il serait bientôt six pieds sous terre dans un cimetière d'Ångermanland, sans autre compagnie que celle des pensées éphémères semées par les visiteurs. Voilà ce que lui avait appris David à Carna – contre son gré. À présent, elle comprenait son message. David. Je ne me le pardonnerai jamais.

Elle en porterait le poids jusqu'à la fin de sa vie. Sa pénitence avait commencé le jour où l'inspecteur de police au regard fatigué était entré au Refuge. Seule la mort la délivrerait. Pourquoi pas à Carna ? La boucle serait bouclée. Mais là-bas, personne ne viendrait jamais se recueillir sur sa tombe. Une manière d'expier ses fautes. Elle serra dans sa main la croix qu'elle portait autour du cou.

Le train s'arrêta d'un coup sec à la gare. Elles devaient y prendre un car puis un taxi pour se rendre chez la mère, qui s'était excusée des carences régionales en matière de transports. Mari se sentait infiniment lasse. Sur le quai, le froid lui mordit les joues. Moins vingt. Elle était prévenue, mais elle n'avait pas pris la mesure du phénomène. Si cette température pouvait au moins lui servir à congeler ses émotions, à en faire de petits glaçons compacts et maniables... Le cours de ses pensées fut interrompu par Anna :

– Ne t'endors pas sur le quai, tu ne te réveillerais plus. Allez, viens.

Le car était flambant neuf et très confortable. Seuls quelques hommes d'âge mûr faisaient le trajet avec elles – soigneusement éloignés les uns des autres. On partit à l'heure prévue, et les habitations disparurent rapidement, laissant place à la même forêt dense qui les avait accompagnées le long du voyage en train. Des sapins aux branches ployant sous la neige, des pierres couvertes d'un manteau blanc et humide, l'obscurité froide et accusatrice. Brusquement, la mer lui manquait. Elle en frissonna. Fredrik avait quitté cette région pour ne pas y être enterré vivant, mais personne ne pouvait plus le sauver de son destin.

Elle sursauta. Son cercueil empruntait-il la même route qu'elles ? Étaient-elles talonnées par un corbillard ? Par une dépouille qui réclamait des explications, qui exigeait que justice soit faite ? Mon Dieu, mon Dieu, pourquoi m'as-tu abandonnée ?

Je crois que je suis en train de perdre la raison.

– Nous sommes arrivées.

La voix d'Anna tira Mari de ses pensées. Elles descendirent du car. Bientôt, un taxi arriva pour les conduire au village natal de Fredrik. Quelques maisons bordaient les rues qui ne semblaient mener à aucun centre. Mari interrogea le chauffeur. Selon lui, tous les commerces avaient fermé depuis bien des années, mais à quelques dizaines de kilomètres de là, il y avait une agglomération plus commerçante.

– Mieux vaut avoir bonne mémoire, résuma-t-il en s'arrêtant devant une maison à l'écart.

La bâtisse grise était située à la lisière de la forêt. Sur le côté, quelques dépendances. Le vaste jardin paraissait à l'abandon. Par endroits, la façade s'écaillait, et le chemin entre la porte d'entrée et la boîte aux lettres avait été déblayé, puis de nouveau enneigé.

– Elle ne sort pas beaucoup, dit le chauffeur.

Anna régla la course et elles prirent leurs bagages dans le coffre. Une fois le bruit du moteur disparu, le silence fut aussi dense que l'obscurité.

Mari se mit en marche vers la maison. À chaque pas, elle s'enfonçait dans la neige jusqu'aux mollets. Ses bottes en furent bientôt pleines. Derrière elle, Anna haletait.

– Si ce n'est pas la bonne maison, on est foutues.

– Il y a intérêt à ce que ça soit la bonne. Sinon, je m'allonge par terre et je me laisse mourir.

Un ange passa. Un ange de la vengeance. Pour Mari, certains mots ne seraient plus jamais les mêmes. Une musique parvint alors à ses oreilles.

Des notes de piano s'échappaient de la maison, survolaient la neige et s'évaporaient en haut des sapins. La voix qui les accompagnait était à la fois douce et râpeuse, d'une intensité particulière. Mari tenta de comprendre les paroles. Impossible. Il s'agissait d'une chanson française. Elle déposa doucement sa valise sur le pas de la porte et chercha la sonnette, en vain. La musique se tut et, quelques secondes plus tard, la porte s'ouvrit.

La mère de Fredrik devait avoir une soixantaine d'années mais elle en paraissait dix de moins : chevelure blonde relevée en chignon, visage lisse malgré quelques petites rides, bouche bien dessinée, mise en valeur par son rouge à lèvres. La ligne de ses sourcils épilés formait un arc. Sa robe grenat lui descendait jusqu'aux chevilles et ses escarpins affinaient ses jambes déjà minces, gainées de bas de soie. Mari n'aurait pas su dire qui d'elle-même ou de cette femme détonnait le plus. Elle plongea le regard dans ses yeux bleus en espérant y lire un signe, mais elle n'aperçut que son propre reflet. La maîtresse de maison lui tendit la main.

– Michelle André, enchantée. Vous devez être Anna et Mari. Entrez, je vous en prie. L'hiver est rude dans nos régions, surtout quand on n'y est pas préparé. Mais ne vous en faites pas, j'ai allumé un feu dans la cheminée.

Sa voix ressemblait beaucoup à celle de Fredrik, mis à part un très léger accent français. Elle laissa entrer ses invitées, en retrait. Les observait-elle ? Si son regard était bien dirigé vers elles, ses yeux avaient quelque chose d'étrange. Ses pupilles semblaient cristallisées, ses paupières retombaient mollement et ses cils recourbés ressemblaient à ceux d'une poupée. Elle sourit.

– Avez-vous enlevé vos manteaux ? Alors passons au salon. J'ai préparé quelque chose à manger au cas où vous auriez faim après le voyage.

Michelle André se déplaçait avec grâce et concentration, comme si chaque mouvement avait été pensé longtemps à l'avance. Les portes des pièces voisines étaient fermées. Anna et Mari ne verraient donc que ce que leur hôte voulait bien leur montrer, malgré le feu accueillant qui brûlait dans la cheminée.

En entrant dans le salon, Mari fut agréablement surprise, car l'aspect extérieur de la maison n'annonçait pas un si bel intérieur. Ici, pas le moindre meuble usé ni coussin taché. Dans la pièce trônaient un imposant piano à queue noir et une bibliothèque dans laquelle étaient soigneusement rangés livres et partitions. Sur un tapis rouge épais et doux, des meubles de style Art Nouveau rappelaient ceux du Fata Morgana. Sur le rebord intérieur de la fenêtre se dressait une lampe en forme de silhouette féminine qui ressemblait à la maîtresse de maison. Sur une table basse, la mère de Fredrik avait disposé trois tasses fleuries, une théière, de la marmelade et un plat garni de petits canapés et de croissants. Elle s'assit dans un des canapés, croisa les jambes et, d'un geste aérien, les invita à faire de même. Devant les escarpins raffinés de son hôte, Anna eut honte de ses chaussettes épaisses.

Lorsque Michelle André les invita à se servir, elles se versèrent chacune une tasse de thé bouillant. Un parfum aromatique emplit les narines de Mari, qui goûta sa boisson. Leur hôte semblait toujours les considérer d'un œil absent, se servant elle-même d'un geste élégant. Ses ongles longs étaient peints de la même couleur que sa robe.

– Je suis désolée que nous nous rencontrions dans des circonstances si tristes. Vous étiez proches de Fredrik, je le sais, et j'apprécie que vous soyez venues. C'est un long voyage depuis Stockholm jusqu'aux terres perdues du Grand Nord. La première fois que je suis venue ici, j'ai eu l'impression d'arriver au bout du monde. Ce n'était peut-être pas faux.

– Depuis combien de temps êtes-vous installée ici ? demanda Anna.

– Quarante ans, et j'en suis la première étonnée. J'ai grandi à Paris et je suis toujours française, du moins officiellement.

Je ne sais pas pourquoi, mais je n'ai jamais eu envie de prendre la nationalité suédoise. Pourtant, on me l'aurait accordée. Est-ce que vous permettez que je fume ?

Les deux invitées acquiescèrent. Michelle André se leva et revint avec un paquet de Gauloises. Elle alluma une cigarette et inspira la fumée avec un plaisir évident.

– Française un jour, Française toujours. C'est ce que disait mon mari. Il est décédé il y a longtemps.

Mari fixait les croissants du regard. Ils paraissaient croustillants et légers. Elle n'avait pas faim, mais en prit un pour atténuer son malaise grandissant. La femme assise face à elle ne montrait aucun signe de chagrin. Pas la moindre émotion. La viennoiserie s'effrita sous sa dent. Michelle André sourit.

– Il faut bien maintenir un minimum de civilisation dans ces contrées désertes. J'adore cuisiner. Même si c'est difficile à croire, l'intérêt de Fredrik pour la *cuisine** venait de chez nous.

Le silence retomba, si pesant que Mari eut l'impression que le craquement de la pâte feuilletée résonnait dans la pièce. Promenant son regard, elle se rendit compte que les murs étaient ornés de photographies en noir et blanc représentant Paris, probablement à l'époque de la Deuxième Guerre mondiale, ou juste après. Sur certains clichés apparaissaient des groupes de soldats. Michelle André sembla deviner ses pensées.

– Ma mère était une « poule à boches », comme on disait à l'époque. Chanteuse et danseuse, très douée. Pendant la guerre, les cabarets n'étaient pas tous crasseux et minables. Elle est tombée amoureuse d'un Allemand, un haut gradé qui l'a sauvée d'un destin sordide en faisant d'elle sa maîtresse. Elle était juive. Elle n'avait pas intérêt à faire la difficile.

---

* En français dans le texte.

Elle but une gorgée de thé.

– Il ne l'a pas menée en bateau. Il lui a avoué qu'il avait une femme et des enfants en Allemagne et qu'il retournerait auprès d'eux après la guerre. Ma mère a pris ce qu'on lui offrait : une vie agréable dans le luxe, tandis que d'autres souffraient de la faim ou mouraient. Recevoir la semence d'un tel homme représentait un prix qu'elle était prête à payer. Elle l'aimait. C'est ce qu'elle m'a dit, en tout cas, et je l'ai crue. Ma mère était d'une sincérité sans concessions. Cruelle, parfois, mais plutôt ça que l'hypocrisie.

Elle tira de nouveau sur sa cigarette. Ses yeux transparents semblaient détachés du présent, comme s'ils regardaient derrière elle et non devant.

– Comme prévu, il s'est volatilisé à la fin de la guerre. Pour sa défense, j'ajoute qu'il ignorait mon existence. N'est-ce pas ironique qu'elle soit tombée enceinte à ce moment-là, alors qu'elle avait réussi à passer entre les mailles du filet pendant si longtemps ? Mais l'expression est peut-être mal choisie. Elle souhaitait probablement garder un souvenir de celui qui lui avait sauvé la vie. Sa reconnaissance lui interdisait toute amertume. Elle disait souvent que l'amertume était le sentiment le plus stérile qu'un être puisse éprouver. C'est incontestable.

Michelle André tournait son bracelet, faisant cliqueter ses breloques. Un bijou ancien, apparemment. Par endroits, l'argent avait noirci.

– Vous vous demandez peut-être pourquoi je vous parle de ma mère alors que je devrais vous parler de mon fils. Voilà l'explication. Une fois la guerre terminée et mon père rentré à Hambourg, ma mère n'avait plus personne pour la protéger. Être juive n'était plus une honte, mais avoir couché avec un Allemand, si. Pourtant, elle s'en est plutôt bien sortie. Évidemment, elle a été tondue, mais on lui a épargné le goudron et les plumes. D'autres n'ont pas eu cette chance. Son ventre rond a peut-être joué en sa faveur.

On ne peut pas infliger des traitements trop barbares à une femme enceinte. Vous voulez voir à quoi elle ressemblait ?

Sans attendre de réponse, elle s'avança vers une porte fermée, tendit la main, l'effleura du bout des doigts et saisit la poignée un peu plus bas. Elle entra dans la pièce et revint avec une photographie encadrée qu'elle tendit à Mari. Les deux amies admirèrent en silence la belle femme vêtue d'une robe longue en soie et d'une étole. Elle posait, un fume-cigarette à la main, la tête légèrement rejetée en arrière. Sa chevelure, qui tombait en cascade sur ses épaules, lui descendait jusqu'à la taille.

– Elle avait les cheveux châtains. Je regrette de ne les avoir jamais vus aussi longs. Ils n'ont jamais repoussé avec autant de splendeur, peut-être à cause du manque de nourriture, du travail de jour et de nuit ou du chagrin. Elle s'est mise à porter des perruques. En arrivant en Suède après sa mort, je n'avais pas grand-chose avec moi : un enfant dans mon ventre, et une valise pleine de robes et de perruques.

Michelle André avança la main en direction du plat et saisit un canapé dans lequel elle mordit avec délicatesse.

– Telle mère, telle fille : voilà peut-être ce que vous pensez. Je ne vais pas entrer dans les détails. Nous avons survécu, et c'est tant mieux. L'enfant que je portais était le résultat d'une passion amoureuse. Ma mère est décédée sans savoir que j'étais enceinte. Elle était malade, et je ne voulais pas lui causer davantage de souci. Si elle s'en était sortie en mère célibataire, j'allais bien y arriver, moi aussi. Comment j'ai atterri en Suède ? C'est une autre histoire. J'étais serveuse dans un restaurant où j'ai rencontré une famille suédoise qui m'a demandé si je voulais venir travailler dans leur hôtel à Sollefteå. Ils cherchaient du personnel étranger pour la saison estivale. La ville était manifestement peuplée de militaires qui dépensaient volontiers leur argent pendant leurs permissions. L'initiative était osée, mais ces gens avaient des idées originales. Comme moi, peut-être. Et puis je n'avais rien à perdre. Alors j'ai quitté la France, et une semaine plus tard, j'ai rencontré mon mari, qui était livreur. J'ai saisi l'occasion d'offrir une vie correcte à mon enfant, même si le prix à payer était élevé.

– L'homme que Fredrik appelait son père savait-il qu'il n'était pas son géniteur ? demanda Anna d'une voix tendue.

Michelle André sourit prudemment.

– Savoir et comprendre sont deux choses différentes. Il ne m'a jamais demandé de comptes, et je n'ai pas apporté de réponse à ses questions silencieuses. Fredrik me ressemblait beaucoup, à l'exception de sa couleur de cheveux, qui, heureusement, était la même que celle de mon mari. Mais il a dû s'en douter. Ils étaient très différents l'un de l'autre. Et moi, j'étais écartelée entre eux.

– Fredrik était-il au courant ?

– Bien sûr que non, si vous insinuez que je lui aurais révélé quoi que ce soit. J'ignore s'il s'en doutait, mais de toute façon, il ne m'aurait jamais posé la question. Cela aurait été indiscret et vulgaire. Tout le contraire de Fredrik.

Pour la première fois, Mari crut percevoir de l'émotion dans sa voix, peut-être même des regrets. Qu'y avait-il à regretter ? Le jour où elle avait demandé à Fredrik de se changer en courant d'air pendant qu'elle impressionnait ses invités avec de la musique et du chant ?

– Comme je vous le disais, Fredrik et mon mari avaient peu de choses en commun. Mon époux était quelqu'un d'assez rustre, d'un peu primitif. Il faisait des efforts en ma présence et parvenait à refréner ses défauts les plus grossiers, mais on ne peut pas dire qu'il se soit jamais transformé. Fredrik tenait de moi et de son père biologique, un musicien. Évidemment, il décevait beaucoup mon mari. Il préférait mettre des perruques que d'aller chasser en forêt.

C'était dit. Plus moyen de faire marche arrière. Michelle André sembla s'en rendre compte.

– La police m'a informée de sa tenue vestimentaire au

moment de l'accident, et de ses activités. Je ne l'en blâme pas. Fredrik était probablement très doué dans ce qu'il faisait, comme son père. Si mon fils avait pu donner libre cours à sa sensibilité artistique, tout aurait été différent. Les perruques étaient son refuge chaque fois qu'il ne donnait pas satisfaction à mon mari. Je le savais, mais je tentais de le protéger. J'ai commis de nombreuses erreurs, j'en conviens, mais j'ai fait ce que j'ai pu. Nous ne combattions pas d'égal à égal. Et puis il fallait aussi que je pense à moi.

Elle prononça cette dernière phrase comme s'il s'agissait de la chose la plus naturelle au monde.

« Je veux transcender cette vie. Je veux que l'on se souvienne de moi. »

– Mais il est arrivé quelque chose. Mon mari était sorti et je donnais un cours à l'école. Fredrik a cru pouvoir en profiter. Il a mis une de mes perruques et un collier de perles, s'est parfumé, a emprunté une de mes robes et placé une cigarette dans le fume-cigarette que tient ma mère sur cette photo. Puis il a allumé l'électrophone. Il dansait et chantait au moment où mon mari est rentré, accompagné d'une troupe de chasseurs venus prendre un verre pour se donner du cœur à l'ouvrage. Mon mari était mort de honte. Il s'est jeté sur lui et lui a arraché son collier. Les perles ont roulé par terre. Fredrik m'a demandé pardon pour le collier dès que je suis rentrée ce soir-là. J'ai appris ce qui s'était passé.

Mari ne tenait plus en place. Cette voix bien modulée, ces belles jambes croisées, ces yeux sans âme. La mort de Fredrik. Des anecdotes d'enfance, servies avec du thé et des croissants.

– Mon mari a puni Fredrik en tuant ses lapins. Il a dissimulé l'exécution sous forme de jeu. Fredrik devait cacher son fusil. S'il le trouvait, il tuerait les lapins. L'issue était prévisible. Ensuite, il a fallu que je cuisine les lapins pour le dîner. Mon mari avait invité les voisins pour forcer Fredrik à bien se tenir. Si je vous raconte ça, c'est parce que cet événement a changé la personnalité de Fredrik. C'est peut-être une des raisons pour lesquelles il s'est suicidé.

Se suicider. S'est suicidé. S'était suicidé. Aucune forme de conjugaison ne pouvait modifier ce qui venait d'être dit.

– Il a été forcé de manger ses propres lapins ?

La voix d'Anna tremblait de colère et de dégoût, et elle ne se souciait pas de le dissimuler. Mari aurait voulu jeter sa tasse de thé bouillant à la figure de la belle Michelle André.

– Cela peut sembler barbare, n'est-ce pas ? Pour la plupart des citadins, il est impensable de manger des animaux qu'on a soi-même élevés. Dans le cas de Fredrik, c'est simplement arrivé plus tôt que prévu. Je dis cela sans essayer de me justifier. J'ai fait ce que j'ai pu. Je les ai cuisinés avec autant de savoir-faire et de soin que possible. Fredrik a fini son assiette, même si je lui avais dit qu'il n'y était pas obligé.

Les trois femmes restèrent assises en silence. Le visage de Mari était brûlant.

– Vous avez dit que cet événement avait changé sa personnalité… fit-elle remarquer.

– Il a délaissé son penchant artistique pour se conformer au modèle que lui imposait mon mari. Il a appris à tirer au fusil avec une précision qui forçait l'admiration et le respect des hommes de la région. Puis il a déménagé, en emportant les perruques, les robes et le fume-cigarette de ma mère. Il ne m'avait pas demandé la permission, mais je ne lui en ai jamais fait la réflexion. Quand la police m'a décrit ses vêtements au moment de l'accident et son activité d'artiste travesti, j'ai compris qu'il n'avait jamais oublié. Ce double jeu a peut-être fini par l'achever. Je comprends ce qu'il a pu ressentir.

Elle prit une autre bouchée de son canapé et tamponna ses lèvres à l'aide de sa serviette. Des cloches sonnèrent au loin. Aux oreilles de Mari, c'était un affront. Nul besoin de découper le temps en heures, en minutes ou en secondes. Ici, il s'était arrêté. Michelle André rompit le silence.

– Je ne sais pas ce que Fredrik vous a raconté au sujet de son enfance. Quoi qu'il en soit, je ne vous demande pas de me comprendre ni de m'excuser de ne pas avoir été la mère qu'il lui fallait. Je n'ai pas l'intention de me justifier. Si je vous en parle, c'est parce que je lui dois bien ça. Vous étiez manifestement ses meilleures amies. Et dans une certaine mesure, je me suis rachetée.

– De quelle façon ?

La voix d'Anna était toujours chargée d'agressivité. Michelle André passa la main sur un pli invisible de sa robe.

– Mon mari est mort dans un accident de chasse. Nous avions des raisons de croire qu'un ours perdu dans les environs avait causé des dégâts. Fredrik faisait partie de l'équipe censée le leurrer puis l'abattre. Les chasseurs s'étaient dispersés sur un large périmètre. Pendant la battue, une balle a été tirée. Elle n'a pas atteint sa cible. Mon mari a été touché en plein front. Il est apparemment mort sur le coup mais n'a été retrouvé que plusieurs heures plus tard. Fredrik se trouvait loin de là et a été mis hors de cause. Il avait réussi à blesser l'ours, et l'animal qu'on a retrouvé quelques jours plus tard avait effectivement été atteint par une balle. L'autre tireur, le premier, n'a jamais été identifié. On a envisagé la thèse du suicide, mais cela paraissait improbable compte tenu de l'angle de tir. Mon mari était un très bon tireur, tout comme Fredrik.

– Pourquoi se serait-il tiré une balle dans la tête ? demanda Mari.

– Au fil du temps, il était devenu dépressif. Ses sautes d'humeur se sont aggravées quand nous avons perdu notre fille. J'ai en effet donné naissance à une petite fille qui a vécu seulement deux ans. Elle est morte des suites d'une appendicite. Nous ne sommes pas arrivés à temps à l'hôpital.

– Je suis désolée.

La voix d'Anna était-elle empreinte de compassion ? Mari ne sut le déterminer. Soudain, elle prit conscience que ni elle ni son amie n'avaient présenté leurs condoléances à la mère de Fredrik.

– Merci, répondit Michelle André d'une voix toujours maîtrisée. Si elle avait survécu, notre vie aurait été différente. Mon mari aurait eu un enfant dont il aurait été certain d'être le père, et mon fils en aurait bénéficié. Au lieu de cela, il n'a cessé d'en exiger davantage de Fredrik. Sa fille lui manquait plus qu'il ne voulait le reconnaître. Je ne vous ai pas fait un portrait très avantageux de lui, mais ce n'était pas un homme foncièrement mauvais. À la mort de notre fille, il a perdu une partie de lui-même et tenté de combler le vide en se réfugiant dans la chasse, la sévérité et parfois l'alcool. Certaines personnes ont trouvé plausible qu'il se soit suicidé. C'est peut-être la raison pour laquelle on a rapidement conclu à un accident. Aussi bien la police que l'entourage de mon mari. Dans notre région, on ne fouille pas dans la vie privée des gens si on peut l'éviter. C'est d'ailleurs là un exemple de mœurs civilisées.

– Et vous, qu'est-ce que vous en pensez ? dit Mari sur un ton tranchant.

Michelle André tira quelques bouffées de sa cigarette, puis l'éteignit dans un cendrier en porcelaine.

– Peu importe ce que je crois. Tout ce que j'ai à dire, c'est que j'ai protégé Fredrik.

Ses yeux semblaient voilés, comme si des nappes de fumée frémissaient dans son champ visuel. Elle passa la main dans sa chevelure mais s'arrêta à mi-chemin. Mari fixa une fois de plus son regard implacable et comprit. Bien sûr.

Michelle André éclata de rire. Un rire semblable au cliquetis d'aiguilles à coudre tombées de leur boîte.

– La vie n'est-elle pas un spectacle ironique où à la fin, seul le fou sauve son honneur ? Je ne voulais pas voir mon fils tel qu'il était car il me rappelait trop ce que j'aurais pu être. Il m'était en quelque sorte trop cher pour que je puisse l'aimer. Je ne lui ai jamais révélé l'existence de son père biologique. Peut-être aurais-je dû le faire. Quoi qu'il en soit, je n'ai jamais vu qui était vraiment Fredrik. Et bientôt, je n'y verrai plus rien du tout. J'arrive encore à discerner vos deux silhouettes assises dans le canapé. Mais il m'est impossible de savoir si vous êtes belles, tristes, indifférentes ou haineuses. Je ne distingue que deux ombres qui se détachent dans l'obscurité. Tôt ou tard, je serai plongée dans le noir. Peut-être qu'à ce moment-là, je deviendrai quelqu'un d'éclairé.

Une voix aussi soyeuse que les cheveux châtains de la photographie. Pas un tressaillement, pas une émotion. Impassible. Quand elle se leva pour aller s'asseoir au piano, les mots se déversaient encore de sa bouche comme s'ils venaient de nulle part. Elle souriait avec détachement et une pointe d'autodérision.

– Mes doigts sont devenus mes yeux. Le chant et la musique sont tout ce qu'il me reste. Mais, comme je l'ai déjà dit, l'amertume est un sentiment stérile. Le chagrin aussi, tout compte fait. Il ne mène à rien. C'est une mélodie dépourvue d'accord final.

Mari aurait voulu bondir et hurler. Quitter la pièce. Elle se laissa envoûter par la musique. Michelle André avait choisi une chanson qui donnait libre cours à ses sentiments. Mari se mit à trembler de tout son corps et éclata en sanglots. Anna la serra dans ses bras pour tenter de la calmer.

Michelle André resta imperturbable jusqu'à ce que le dernier accord s'évanouisse. Puis elle reprit :

– Vous dormirez dans l'ancienne chambre de Fredrik, j'y ai fait ajouter un lit d'appoint. Peut-être souhaitez-vous faire un brin de toilette après le voyage, ou bien sortir vous promener ? Je ne vous suivrai pas dans ce froid, mais cela peut être divertissant quand on n'est pas de la région. Ensuite, je servirai le dîner. Il n'y a pas de restaurant à proximité, et pour en trouver un vraiment bon, il faut parcourir de nombreux kilomètres. Jusqu'à Stockholm, ou même Paris – pourquoi pas ?

Elle se leva et se dirigea d'un pas aussi concentré qu'auparavant vers une des portes fermées, qu'elle ouvrit. Anna demanda où se trouvaient les toilettes et s'éclipsa. Mari entra.

La chambre semblait sortir d'une autre époque et avoir été collée telle quelle dans le présent. Le lit était fait, les draps, propres. Dans la bibliothèque s'alignaient des livres d'enfant aux dos usés. Sur une étagère, des ours en peluche tassés par les câlins côtoyaient des poupées coquettes. Plus bas s'entassaient boîtes à musique, puzzles et matériel de dessin. Les rideaux, jadis probablement jaunes, avaient blanchi. Le seul élément nouveau semblait être le lit d'appoint aux draps propres, brodés. Les serviettes déposées sur les oreillers étaient repassées et portaient les initiales M. A.

Mari s'avança lentement vers le lit de Fredrik et en caressa la couverture. La voix de Michelle André résonna comme un écho dans la pièce.

– Vous vous demandez sûrement pourquoi je vous ai raconté toutes ces histoires. Je voulais vous donner des explications. Je ne sais pas si elles ont été suffisantes. Et vous vous demandez sûrement pourquoi je ne vous pose pas de questions sur Fredrik. Sur son travail, sa vie, ses amis. Qui il fréquentait, comment vous le perceviez. Sur ce qui lui est arrivé. C'est vrai, mes pièces du puzzle sont celles du passé. Les autres sont entre vos mains.

Mari contempla sa bouche, si semblable à celle de Fredrik.

– Vous dites espérer que nous comprendrons. Cherchez-vous à être pardonnée ? dit-elle, les yeux rougis.

La lèvre supérieure de Michelle André tressaillit. Ses yeux d'aveugle transpercèrent Mari et se figèrent dans ses pensées telles deux balles de fusil.

– Le dîner sera servi à sept heures, si cela vous convient, dit-elle avant de quitter la pièce.

Peu après, Mari entendit de nouveau son chant et le piano. Édith Piaf, *L'Hymne à l'amour*. Elle effleura du bout des doigts les livres de chevaliers et de princesses, et s'assit sur le lit de Fredrik. En fait, songea-t-elle, ce n'était pas dans un accident de voiture qu'il était mort, mais ici, parmi des gens aveugles à sa souffrance. Son âme avait été réduite en poussière et balayée par le vent sans que nul ne s'en soucie.

Chapitre 24

Mari, allongée sous une couette moelleuse, suivait du regard l'ombre dansante d'un arbre projetée au plafond. Fredrik avait dû parcourir ces lignes fortuites pendant de nombreuses années. Finalement, elle n'avait jamais partagé son lit, du moins pas autrement qu'en ce jour. Elle le lui avait proposé, mais il n'était pas venu. Trop tard. À jamais.

Elle entendait le souffle d'Anna, qui devait repenser à l'excellent dîner qu'on leur avait servi dans de belles assiettes et des verres en cristal. Au menu : poisson, mousse de légumes et petites pommes de terre sautées. Michelle André avait tenu à faire le service elle-même. En réponse à la question d'Anna, elle avait déclaré que sa déficience visuelle était apparue de manière progressive. Cela avait commencé alors qu'elle n'avait pas trente ans. Les sombres elfes qui dansaient maintenant devant ses yeux disparaîtraient bientôt, avait-elle dit avec une surprenante indifférence.

Puis elle avait posé quelques-unes des questions auxquelles elle avait fait allusion plus tôt dans la soirée. Que savaient-elles de son fils ? Quel genre de personnes fréquentait-il ? Quel était leur point de vue sur ce qui lui était arrivé ? Mari et Anna avaient répondu le plus objectivement possible, en prenant garde de ne pas en dire trop. Michael Pfeil allait assister à l'enterrement, Mari avait donc parlé du Fata Morgana. Anna avait décrit le Refuge et leur collaboration avec Fredrik. Ni l'une ni l'autre n'avaient mentionné Le peigne de Cléopâtre.

Le lit était incurvé en son milieu : un matelas en mauvais état. Mari aurait sûrement du mal à s'endormir malgré le bon vin dont elle avait bu plusieurs verres, non par plaisir mais pour faire passer un arrière-goût amer. Une pensée hors de propos lui traversa soudain l'esprit : Noël approchait.

– Crois-tu que Fredrik ait tué son père ?

La question d'Anna la fit frémir. Mari était soulagée de ne pas avoir à la regarder en face.

– Je n'en sais rien, répondit-elle dans un murmure. Mais s'il l'a fait, je pourrais le comprendre. Abattre ses lapins et les lui faire manger ensuite…

Mari se mordit la lèvre. Elle s'était engagée sur un terrain glissant. Car c'est ainsi que tout avait commencé. Par la compréhension. Plus que quiconque, elle devrait se taire et, surtout, ne pas aborder le sujet du droit à éliminer soi-même son bourreau.

– Non, reprit-elle, toujours dans un souffle, de peur que Michelle André ne les écoute à la porte. Je ne crois pas qu'il ait tiré. D'ailleurs, tout le monde a considéré que c'était un accident ou un suicide…

– Tu veux dire, tel père, tel fils ? Même s'ils n'étaient pas unis par les liens du sang ?

– Ni par aucune autre forme de lien. Cet homme était visiblement odieux.

– Il avait la mainmise sur son entourage et probablement l'habitude de faire passer ses propres besoins avant ceux des autres.

Anna faisait-elle inconsciemment allusion à sa relation avec David ? Mari repensa à l'accident de chasse. Une seule balle. La marque de Caïn.

– Moi non plus, je ne crois pas qu'il ait tiré sur son père, poursuivit Anna. S'il avait dû tuer quelqu'un, cela aurait dû être elle. Enfin, finalement, elle était déjà morte. Froide et insensible. S'il y a quelque chose qui me met hors de moi, c'est bien cette passivité malveillante. Assister sans rien faire à un acte bestial alors qu'on pourrait intervenir, ça me dégoûte.

– Tu dis qu'elle est morte. Comme un animal empaillé ? Comme Elsa Karlsten ?

– Non, morte au sens où elle a perdu son âme. Cette femme est l'une des personnes les plus abominables que j'ai rencontrées. Tu as remarqué la manière dont elle a parlé de sa fille ? Sans sourciller, en sirotant calmement son thé, le petit doigt en l'air.

– Je suis d'accord avec toi, mais j'imagine qu'elle a dû vivre un enfer à Paris après la guerre. Et que penser de son arrivée ici, enceinte et toute jeune ? Quitter Paris pour un trou pareil, découvrir qu'on a épousé un sadique et perdre son enfant... Il fallait bien qu'elle survive, d'une manière ou d'une autre. Elsa Karlsten est venue nous trouver. Michelle André, elle, a choisi de devenir insensible.

Perdre un enfant. Devenir insensible. Anna se retourna dans son lit.

– Tu ne vas quand même pas me dire que tu prends sa défense ? La seule circonstance atténuante que je sois prête à lui accorder, c'est qu'elle sert du bon vin à ses invités. La civilisation... Tu parles ! Même pas capable de protéger son propre enfant...

– Je ne prends pas sa défense ! Elle est atroce. Mais perdre un enfant...

Mari s'interrompit. Anna pensait-elle à Fanditha ? Mari inspira le parfum des draps propres et sentit que ses pieds se réchauffaient. Comme Anna, elle trouvait Michelle André détestable. Sa carence émotionnelle, en revanche... La comprenait-elle ? Leur hôte se remit à jouer du piano en chantant d'une voix triomphante et légèrement vulgaire. *L'Opéra de quat'sous*.

Elle fixa de nouveau le plafond. Son regard se perdit dans les traces de sang dessinées par l'arbre.

– Pendant un moment, j'ai presque cru qu'elle avait elle-même tiré, reprit-elle. Elle a dit avoir protégé Fredrik. Je crois qu'elle aurait suffisamment de sang-froid pour planifier le meurtre de son mari, l'exécuter et s'en accommoder sans états d'âme.

Elles restèrent silencieuses. Anna se retourna dans son lit et reprit :

– Elle pourrait enjamber des cadavres, c'est évident. Fredrik, lui, en était incapable.

– Si c'était le cas, pourrait-on la pardonner ?

– Je n'en sais rien, Mari. Tout ce que je souhaite, c'est que ce cauchemar cesse.

Elles se turent. Mari repensa aux robes de Fredrik restées au Fata Morgana. Michael Pfeil lui avait demandé ce qu'il devait en faire. Il avait sciemment omis d'en parler à la mère de Fredrik. Mari lui avait promis de s'en occuper. Qu'en ferait-elle ? Soie, velours, chiffons. Épuisée, elle ne parvenait pourtant pas à lâcher prise. Il lui semblait sentir les rêves du jeune Fredrik, ses attentes et ses déceptions.

– Tu es en contact avec tes frère et sœur ?

La question d'Anna la surprit. Que répondre ? Mari dut réfléchir quelques instants.

– Mon frère a créé son entreprise. Sa femme enseigne, quand elle ne s'occupe pas de leurs trois enfants. Ma sœur est une créature évanescente qui vend des livres dans une librairie œcuménique, médite sur un tapis, s'habille à l'indienne et partage sa vie avec un jardinier. Je ne les ai pas vus depuis plusieurs années, et ils ne me manquent pas. On n'était pas très proches, même quand on vivait sous le même toit. Ils ne sont jamais venus me rendre visite en Irlande – mais c'est sans doute ma faute. Je faisais en sorte de ne pas être trop dérangée, là-bas. Tu le sais bien, d'ailleurs. Ça m'aurait quand même fait plaisir qu'ils me le proposent. Ils n'ont pas de contact suivi avec mes parents non plus. Pas de repas de famille pour nous réunir. Je préfère penser que je peux m'en passer.

Anna se mit à rire, ce qui ne lui était pas arrivé depuis plusieurs jours.

– Tu es l'aînée, n'est-ce pas ?

– Oui.

– Tu m'avais parlé d'eux quand on s'est rencontrées, mais c'était il y a tellement longtemps que je ne m'en souvenais plus. Je t'avais aussi posé des questions sur ta famille il y a une dizaine d'années. Par contre, on n'a jamais rien su de la double vie de Fredrik, de ses perruques françaises des années 1940, ni de la mort de sa petite sœur.

– Il ne travaillait pas au Fata Morgana depuis très longtemps. Quelque chose a dû réveiller ses vieux souvenirs.

Il y eut un silence. Quand Anna reprit la parole, sa voix avait un timbre singulier, métallique.

– Je ne suis pas en très bons termes avec ma sœur, moi non plus. J'ai du mal à accepter qu'elle délaisse mon père. Comme si pour elle, les chevaux comptaient plus que les êtres humains. Mais je vais peut-être quand même la contacter avant de partir. Il faut bien qu'elle sache où me trouver.

– Tu pars en voyage ?

– Après ce maudit enterrement, je vais rentrer régler les derniers détails au café et partir chez Greg à Amsterdam. Fanditha y est déjà, j'ai envie de les rejoindre. On verra si on est capables de construire quelque chose ensemble, Greg et moi. Bref, j'ai décidé de nous donner une seconde chance.

Anna à Amsterdam. Un autre pays, une autre vie. Leur temps était compté.

– Qu'est-ce qui t'a amenée à prendre cette décision ?

– J'étais incapable de l'admettre jusqu'à maintenant, mais je crois que je ne pourrai jamais aimer un autre homme que Greg. Et il faut que j'accepte ma fille telle qu'elle est… Enfin, je veux dire que je vais faire tout mon possible pour qu'on se retrouve. J'ai aussi besoin de tourner la page, de laisser tous ces tristes événements derrière moi. Sans les oublier. Mais sans m'en vouloir indéfiniment.

– Tu n'es coupable de rien, Anna.

– Comment peux-tu en être si sûre ?

Mari ne répondit pas. Bientôt, elle serait à nouveau seule. Plus d'Anna. Plus jamais de Fredrik. Rien que la mer infinie, des îles escarpées, une immense étendue verte et une sombre histoire.

– Je vais partir pour l'Irlande, murmura-t-elle.

L'Irlande, répéta-t-elle en son for intérieur, comme une incantation. Elle devina les pensées d'Anna. « Mari va retourner en Irlande pour réveiller les morts ou s'inhumer sous une épaisse couche de souvenirs avec le fantôme d'un homme hanté par ses démons. »

– Tu m'as dit que je devais à tout prix oublier David et accepter sa mort. Sur le moment, je n'ai pas voulu t'entendre. Je me suis enfuie. Tu te souviens ? Cette nuit-là, je suis allée au Fata Morgana – mon premier contact avec la vie secrète de Fredrik. Mais tu as raison. Il faut que j'oublie, maintenant plus que jamais. Alors je vais retourner en Irlande. Je ne peux pas faire autrement. Aussi bizarre que ça puisse paraître, je me sens chez moi, là-bas.

– J'ai été trop dure avec toi ce soir-là.

– Mais tu avais raison. J'ai vécu avec un fantôme. Plongée dans une douleur chimérique. Je préfère ne pas penser à tout le mal que ça m'a fait. Maintenant, il faut que ça cesse. Tout a une fin.

La voix d'Anna résonna tel un sinistre écho des pensées de Mari :

– Et tu penses faire quoi, là-bas ?

– J'ai l'intention de rouvrir notre restaurant. D'après mes renseignements, les locaux existent toujours. Le club de voile s'y est probablement réinstallé, mais je pourrai peut-être en racheter une partie…

Elle voulait éviter de parler des millions d'Elsa Karlsten et de Martin Danelius.

– Alors nos chemins vont se séparer ?

– On restera en contact, n'est-ce pas ?

Rester en contact. Fredrik se serait moqué de cette expression triviale. Mari ne put retenir ses larmes. La musique s'était tue. Elle se demanda quel genre de cauchemars pouvaient bien hanter Michelle André dans son sommeil.

– Johan m'a renvoyée, et je me suis vengée en lui plantant

une paire de ciseaux dans la main. Il me semble que c'était il y a une éternité. Ça nous a conduits à créer le monstre que nous avons baptisé « Le peigne de Cléopâtre ». Puis Fredrik a été puni parce qu'il se travestissait en femme.

– Et toi, tu étais punie dans ton enfance ?

La question d'Anna était douce et bienveillante. Mari sentit son amie lui passer le bras autour de la taille et se blottir dans son dos en pressant sa poitrine, son ventre et ses cuisses contre elle. Marée. Crème. Ombres et pluie. Anna la berça un moment. Fredrik ne respirerait plus jamais. Jamais plus il ne rirait ni ne pleurerait. Il avait cessé de sentir, d'être. De se souvenir.

– Je n'ai jamais été battue. Mes parents ne se seraient pas permis de recourir à la violence physique. La plupart du temps, même quand j'avais fait une bêtise, ils m'ignoraient. S'ils voulaient marquer le coup – c'est l'expression qu'ils utilisaient –, ils ne me parlaient plus. L'histoire de Fredrik qui se change en courant d'air m'a profondément marquée. Je sais ce que c'est que d'être invisible. Parfois, il arrivait à mes parents de ne pas m'adresser la parole pendant plusieurs jours. C'est peut-être une des raisons pour lesquelles j'ai pu supporter les épisodes muets de David quand il était dépressif. J'avais l'habitude.

Mari sentait le souffle chaud d'Anna dans son cou et sur ses cheveux.

– Une fois, mes parents ne m'ont pas adressé la parole pendant un mois. Enfin, ma mère n'a pas tout à fait résisté, mais mon père s'y est tenu. Il avait de la suite dans les idées – une de ses expressions préférées. J'ai cru devenir folle. Je n'étais pas bien grande, je venais de rentrer à l'école primaire.

La voix d'Anna, chaleureuse et douce à son oreille, emplie d'une compassion qui calma la tempête qui grondait en elle. Comme Jésus marchant sur l'eau. Ne regarde pas en bas et ne perds pas la foi. Sous peine de tomber.

– Qu'avais-tu fait pour mériter un tel châtiment ?

Silence. Souvenir d'une coquille se brisant contre une vitre et d'un flot blanc et jaune, l'embryon de quelque chose qui aurait pu voler.

– Je gobais des œufs crus au petit déjeuner. Dans le car scolaire.

Chapitre 25

Galway Road. Main Street. Market Square. Beach Road. Clifden. Le Connemara. La dernière fois que Mari était en Irlande, c'était l'été et les pubs servaient en terrasse. À présent, le froid enveloppait rues et maisons d'un voile bleuté. Pendant sa promenade, elle trouva que les façades aux couleurs vives avaient pâli. La lumière hivernale filtrait timidement à travers les nuages. Les vitrines des échoppes exposaient pulls irlandais et croix celtiques. Peu de chose avait changé pendant son absence. Les touristes allaient et venaient au rythme de la marée, achetant leurs souvenirs puis disparaissant, remplacés par d'autres. À la fenêtre du Mullarkey's Bar, on avait affiché le programme musical de la soirée. Pas de David Connolly.

Les adieux de Mari à la Suède s'étaient bien passés, comme elle s'y attendait. Après l'enterrement de Fredrik, il n'y avait plus rien eu à dire. Cette expérience – une horreur sans nom –, elle n'aurait jamais pu la supporter sans Anna à ses côtés. Le contraste entre les quelques villageois et les artistes du Fata Morgana aurait été comique s'il ne symbolisait pas la déchirure de Fredrik.

Le chagrin de Michael Pfeil n'était pas feint, mais sa simple présence rappelait à Mari et Anna la mission qu'il avait confiée au Peigne de Cléopâtre. Dans son fauteuil roulant, sa fille Stella accentuait la dimension tragique de la scène. Une femme charmante, mais réservée et taciturne. Mari n'avait pas compris pourquoi elle avait fait le déplacement – sans doute pour soutenir son père. Peut-être avait-elle rencontré Fredrik. Mari et elle s'étaient saluées et avaient échangé quelques formules de politesse qui n'engageaient à rien. Stella Pfeil n'était visiblement pas de celles qui perdent leur temps à débiter des platitudes.

La mère de Fredrik avait joué du piano et chanté d'une

voix divine, tout en présidant avec bravoure le déroulement de la cérémonie. Le public l'avait ovationnée, tel un groupe de singes bien dressés. Leurs applaudissements avaient rempli Mari de dégoût. Elle préférait ne pas repenser à la mise en terre et au repas qui avait suivi. Le temps du deuil viendrait dans les prochaines années. Pour l'instant, il fallait qu'elle mène son projet à bien. Malgré son épuisement.

De retour à Stockholm, Anna et elle avaient travaillé quelques jours dans les locaux du Refuge. Anna avait bouclé une mission d'aménagement d'intérieur. À un moment donné, elle avait perdu son calme et hurlé aux clients que s'ils ne jetaient pas leurs affreux coussins, elle s'en chargerait elle-même. Ils s'étaient exécutés et avaient réglé la facture sans protester. Mari avait honoré quelques rendez-vous avec des jeunes gens qui avaient besoin d'orientation professionnelle.

– Faites ce qui vous tient à cœur et ne laissez jamais personne prétendre que vous ne valez rien.

Ses interlocuteurs, d'abord anxieux, avaient été heureusement surpris. Ils étaient passés au café pour y déguster dans la bonne humeur des muffins au citron. Une jeune fille avait complimenté Mari pour sa croix celtique.

Mari était tellement absorbée par son chagrin que lorsqu'Elsa Karlsten fit son apparition, elle ne ressentit même pas d'appréhension. Celle-ci leur fit part de sa discussion avec les médecins, qui avaient bien constaté un infarctus, et, estimant que le décès était prévisible, ne procéderaient à aucune autopsie. Ils avaient seulement voulu savoir si Hans Karlsten présentait des tendances suicidaires, vu sa consommation abusive d'alcool et de médicaments. Puis, avec tact, ils lui avaient demandé si elle avait besoin d'un soutien psychologique. Elsa Karlsten les avait regardés droit dans les yeux et leur avait répondu qu'elle n'abusait d'aucune substance.

Elle leur avait raconté la réaction des médecins du service où avait été hospitalisée Anna Danelius. Quelqu'un avait apparemment tripatouillé le respirateur, mais on n'en avait pas la preuve. L'équipe soignante avait demandé à Martin Danelius s'il avait quelque chose à confesser. Il avait fermement nié et même laissé entendre qu'il pouvait s'agir de négligence professionnelle. Le médecin, horrifié, avait réfuté cette hypothèse avec véhémence. Fin de l'entretien.

Mari n'avait eu aucun mal à quitter son appartement deux semaines plus tard. Quitter Anna, en revanche, avait été douloureux. Embrassades, promesses de rester en contact.

« Passe le bonjour à Greg. » Anna n'avait pas répondu : « Et toi à David », ce qui était bien compréhensible. Elle ne pouvait pas savoir. Mari avait vécu son départ pour l'Irlande comme une délivrance. Les adieux à sa famille et à ses connaissances avaient été parfaitement insignifiants. En se promenant dans les environs de Clifden, il lui avait semblé qu'elle survivrait. Elle ne pouvait pas demander plus. Je t'en prie, Fredrik, pardonne-moi.

Elle n'avait eu aucun mal à le trouver. Le désormais célèbre enfant de la région et ses œuvres figuraient sur toutes les brochures touristiques. À Clifden, plusieurs boutiques exposaient ses créations mineures en vitrine. Mari était écœurée. Il avait fini par conquérir les masses. Son but était atteint – mais à quel prix ? Nul ne le savait mieux qu'elle.

Encore un jour. Elle avait repoussé l'échéance, et s'était finalement décidée. Il n'était pas certain qu'elle puisse parcourir les environs incognito plus longtemps. Le soleil était au rendez-vous, comme alors. Renvyle Point. Quel bonheur d'y retourner !

Elle suivit la Sky Road, portant son gros sac en bandoulière et récitant intérieurement des phrases tout droit sorties de guides touristiques. Falaises escarpées. Crête des vagues, mer infinie. Bateaux à l'horizon. L'été, l'herbe tendre serait parsemée de jaune et de violet. Les touristes sillonneraient le paysage et feraient halte au bord de la route pour s'accorder un moment de réflexion. Les voitures se gareraient près des sites panoramiques et les vélos s'entasseraient à la croisée des chemins. Elle approchait du terrain sur lequel ils avaient rêvé de construire une maison quelques années plus tôt, près d'une vieille ruine. Un bout de pré avec vue sur mer, un morceau d'histoire en prime.

La maison était inspirée des anciennes bâtisses irlandaises – une réussite, il fallait bien l'admettre. Il y avait deux bâtiments. Le corps d'habitation était complété par un atelier. La pierre grise se fondait dans le paysage alentour. Seules les voitures garées sur le terre-plein révélaient la situation financière du propriétaire des lieux. Mercedes. Mari s'avança et sonna à la porte, étrangement impassible. Ses émotions s'étaient envolées à Renvyle Point.

Quand la porte s'ouvrit, Mari comprit qu'elle s'était trompée : un sentiment était en train de naître en elle. Ni nervosité, ni amour, ni crainte ; une forme de joie perverse. Elle réprima un rire malsain. La stupeur de l'homme qui se tenait devant elle était à la fois ridicule et prévisible. Il avait grossi, évidemment, et il buvait toujours. Son visage s'était empâté et son teint était légèrement couperosé. Sous ses cheveux roux coupés court, lissés en arrière, ses yeux brillaient d'un éclat calculateur qu'elle ne lui avait jamais connu : un homme qui a vendu son âme.

Ils se dévisagèrent pendant quelques secondes. Mari souriait. L'homme eut tour à tour l'air surpris, méfiant, puis effrayé.

– Mari…

Sa voix n'avait pas changé. Peut-être fallait-il s'en réjouir. Elle pourrait le forcer à chanter pour elle une prière celtique.

I am the Man of this night.

– Contente que tu te souviennes de moi, David. Après toutes ces années.

Il se mit à rire – tentative affectée.

– Tu croyais que je ne te reconnaîtrais pas ? Tu n'as pas changé, même si tu t'es teint les cheveux.

– J'ai toujours été rousse, tu le sais bien. Tu l'as tout de suite remarqué. En fait, j'ai arrêté de me teindre en blond. Les circonstances m'ont forcée à accepter que la nature donne et prend. À sa guise.

Il s'appuya contre le chambranle. Mari devina ses pensées : « Qu'est-ce que cela signifie ? Comment puis-je tirer profit de la situation ? *What's in it for me ?* » Elle promena son regard sur les ruines et la mer.

– C'est toujours aussi beau que dans mon souvenir. À l'époque, en nous promenant ici, on rêvait d'une maison. Je constate que tu t'en es souvenu. Deux maisons, une pour vivre, et une pour créer.

– Mari... Je ne sais pas quoi dire...

– Invite-moi à entrer. N'est-ce pas la coutume quand on retrouve une vieille amie ?

Il s'écarta pour la laisser passer. Elle entra sans ôter ses chaussures ni poser son sac. L'espace était dominé par des sculptures aux contours polis et des peintures aux couleurs convenues. Quel affront à ce paysage, pensa-t-elle.

– Tu prendras bien une tasse de thé ? demanda-t-il, hésitant.

– Volontiers, David. Et pourquoi pas une part de tarte, si tu cuisines toujours. Enfin, il faut croire que tu n'en as plus besoin pour vivre.

Il rit de nouveau, avec un peu plus d'assurance. Il devait se sentir flatté.

– Tu as raison, ça ne m'arrive plus très souvent.

Mari le suivit dans une cuisine moderne tout équipée. Elle le regarda mettre de l'eau à chauffer, puis la verser sur les feuilles de thé. Elle contempla ces mains qui avaient caressé son corps. Pour la première fois depuis son arrivée, elle ressentit une forme d'incertitude. Levant les yeux, il le devina. Forcément. Il avait toujours lu en elle comme dans un livre ouvert.

– Tu as bonne mine, Mari. Tu es belle. Tu l'as toujours

été, mais tu l'es encore plus à présent. Tu portes ma croix, ça me... *Shit*. Je ne sais pas quoi dire.

Et toi, tu n'as pas bonne mine, voulut-elle répliquer. Il lui tendit la théière, qu'elle posa sur la table basse du salon. Quelques instants plus tard, il revint avec deux tasses et une assiette de petits gâteaux.

– Ils ne sont pas faits maison, contrairement à ce que nous aurions servi à Murrughach.

Cette allusion désinvolte à leur passé lui fit l'effet d'un coup de fouet. Elle se servit sans attendre une tasse de thé, en but une gorgée, et repensa à celui qu'Anna et elle avaient cérémonieusement dégusté chez Michelle André. Là-bas, l'hiver était blanc et gelé. Ici, la neige s'agglutinait aux fenêtres et le soleil trompeur avait disparu. David se carra dans le canapé. Elle nota qu'il avait du ventre.

– Je ne suis pas aussi bien conservé que toi. Sans vouloir tout mettre sur le compte du travail, il faut dire que je suis très occupé. Entre les expositions, les commandes publiques, les déplacements... Le mois dernier, j'étais à Tokyo pour un vernissage. Les Japonais raffolent de mes sculptures.

– Je suis au courant, je l'ai lu dans la presse. Tu es un des artistes les plus renommés du pays. Les écoles d'art t'invitent régulièrement à donner des cours. Elles t'adorent, ces masses que tu méprisais autrefois.

Il eut soudain l'air sur ses gardes.

– Je ne vois pas de quoi tu parles.

– Nous avons eu cette discussion plusieurs fois, en particulier quand tu m'as emmenée au cimetière de Carna. Ce jour-là, tu m'as dit que tu voulais qu'on se souvienne de toi, que l'idée d'être un anonyme enterré parmi tant d'autres te faisait horreur. Tu t'en souviens ? Moi, oui. J'ai eu l'occasion d'y repenser il n'y a pas longtemps, quand un de mes meilleurs amis s'est suicidé.

Il eut le bon goût de rougir. Dans son regard, on lisait

toujours une certaine prudence. Il était comme aux aguets, dans l'attente d'un danger indéfinissable.

– Désolé pour ton ami. Je ne me souviens pas de cette excursion en particulier. Mais j'en ai gardé de nombreuses en mémoire. On se décidait sur un coup de tête, on chargeait la voiture et on prenait la route des îles avec notre pique-nique. Le soir, on revenait juste avant d'ouvrir le restaurant. Je n'ai pas oublié, Mari. Sache-le. Parfois, je me dis que je n'ai jamais été aussi heureux qu'à cette époque, avec toi.

– C'est-à-dire ?

Le ton était aimable, les piques, sous-jacentes.

David se passa la main dans les cheveux, comme elle l'avait vu faire tant de fois. Le geste était un peu ridicule maintenant qu'ils étaient courts.

– Nous avions tout pour nous. C'est agréable d'être célèbre et de gagner de l'argent, mais pas autant qu'on ne le croit. *Anyway*. J'ai la chance de faire ce qui me plaît. Tu connais mes dernières œuvres ?

Incertitude ? Mari acquiesça.

– J'ai vu une exposition.

– Ça te dirait de faire un tour dans l'atelier ?

Dans un même élan, ils se levèrent et se retrouvèrent face à face. Quelque chose avait changé. Elle entendait le bruit de sa respiration. L'air qui sortait de ses propres poumons lui semblait s'engouffrer dans les siens. Troublée, elle passa devant lui. Elle sentit alors ses mains effleurer ses épaules. D'un geste vif, elle ramassa son sac et ouvrit la porte d'entrée. Le vent froid la fit frissonner. Elle se dirigea vers l'atelier au pas de course. David la rattrapa et la fit entrer.

L'éclairage y était d'une qualité professionnelle. Une dizaine de sculptures en argile se dressaient devant eux, toutes dans un style abstrait qui évoquait vaguement des formes marines. Aux murs, quelques toiles, plus figuratives.

Certaines capturaient les paysages irlandais dans de larges coups de pinceau indulgents. Mari prit le temps d'examiner chacune des œuvres, s'arrêtant par moments dans l'espoir d'y trouver ce qu'elle cherchait.

– Je ne passe pas autant de temps ici que je le voudrais. Le succès génère malheureusement beaucoup d'obligations.

Ce commentaire signalait un besoin de reconnaissance – elle s'en réjouit. Délicatement, elle effleura une des sculptures dont les formes étirées s'entrelaçaient sans parvenir à se rejoindre.

– *Ceratias Holboelli*, peut-être ?

Derrière la façade d'amabilité, l'angoisse pointait.

– Non, mais je suis content que tu t'en souviennes. Je sais ce que tu penses de moi, mais sache que je n'ai jamais eu l'intention de…

– Comment peux-tu savoir ce que je pense de toi ? Tu ne m'as jamais posé la question. Tu n'es jamais venu me rendre visite. Tu t'es caché jusqu'au moment où tu as été certain que j'avais disparu.

– Mari… fit-il sur un ton suppliant. L'homme avec lequel tu as vécu n'était pas sain d'esprit. Tu le connaissais mieux que quiconque. Ne va pas croire que j'ignore ce que tu as pu endurer. Mais je ne pouvais pas…

– Pourquoi ?

– Je ne sais pas. J'avais peut-être honte. Ou tout simplement peur. Depuis, j'ai fait une thérapie. J'ai mis du temps à comprendre à quel point j'avais été malade.

– Mais tu as été suffisamment bien portant pour organiser ton exposition avant d'entamer ta thérapie. Pour rien au monde tu n'aurais manqué cette occasion, n'est-ce pas ? Pleins feux sur David Connolly, comme tu l'avais toujours souhaité. Tu ne parlais que de ça. Tu méprisais la plèbe mais tu la voulais à tes pieds. Et tu as réussi. L'idée t'est peut-être venue à Carna. Il fallait créer l'événement. Quelque chose que les masses n'oublieraient pas. Et le public est accouru, par troupeaux entiers. C'est vrai qu'à l'époque, ça en valait encore la peine.

– Qu'est-ce que tu veux dire ?

Il devint agressif, comme à chaque fois qu'il sentait venir des critiques.

– Tu te souviens que tu citais la Bible à tout bout de champ ? Tu l'instrumentalisais, comme tout ce qui te tombait entre les mains. Tu t'en servais même pour critiquer les artistes plus talentueux que toi : « Ainsi, parce que tu es tiède, et que tu n'es ni froid ni bouillant, je te vomirai de ma bouche. » Je n'ai jamais oublié cette citation.

– Moi non plus, mais je…

– Tu as tiédi, n'est-ce pas, David ? J'ai suivi tes créations ces dernières années. Tes expos, les critiques. Et regarde-moi ça : de l'art médiocre, prémâché pour le grand public. Tu es le clown des masses, un vrai passe-partout. Dommage que tu aies sacrifié ce que tu avais d'unique : ton âme. Elle a peut-être disparu à Renvyle Point, comme la mienne.

Il ne répondit pas. Son regard était tourné vers la baie vitrée qui donnait sur le terrain en pente et, au-delà, sur la mer. Ce qu'elle venait de dire était vrai, il en était conscient. Il détestait ces œuvres qui encombraient son atelier et seraient bientôt vendues à des prix exorbitants. Et il la haïssait pour le lui avoir dit tout haut.

– Tu n'as pas d'enfants ?

Surpris par cette question, il tourna la tête.

– Non. Sheila et moi en avons discuté, mais nous avons décidé d'attendre. Et toi ?

– Tu veux savoir ce que j'ai fait ces dernières années ? Eh bien, je vais te le dire. J'ai fini par rentrer en Suède. Grâce à mes connaissances en comptabilité – celles qui nous ont permis de faire tourner Murrughach – j'ai pu ouvrir un cabinet d'audit et d'expertise comptable. J'y ai travaillé jusqu'à il y a quelques mois. Ensuite, je me suis associée avec deux amis et nous avons monté une entreprise baptisée

« Le peigne de Cléopâtre ». Notre domaine était la résolution des problèmes en tout genre. Génial comme idée, tu ne trouves pas ? Pendant tout ce temps, j'ai vécu dans un appartement aux murs nus. Bien entendu, j'avais emporté le tableau du cimetière de Carna, celui dont tu étais si fier. Mais j'ai bien peur qu'il ne soit plus en état. En effet, je l'ai brûlé et j'ai versé ses cendres dans l'urne aux anses en forme de poisson. Je trouve que ça lui a apporté quelque chose. Une âme, peut-être. J'avais aussi une de tes sculptures à ma disposition pour me divertir. *Ceratias Holboelli*, bien sûr. Le transport n'a pas été facile, mais je sais me débrouiller quand il le faut.

Sa voix s'éraillait. Elle se força à respirer calmement, tout comme elle l'avait fait lorsqu'elle s'était retrouvée nez à nez avec le chien empaillé chez Elsa Karlsten et, ensuite, en pressant l'oreiller contre le visage de son mari.

– Tu as autre chose à me montrer, David ?

Il la regarda, déconcerté. Elle se pencha en avant pour sortir le contenu de son sac. Au moment où elle releva la tête, elle discerna dans les yeux bleus qu'elle avait jadis aimés plus que tout au monde un mélange de peur et de surprise. Le fusil était lourd, mais elle le tenait fermement par le canon. Deux de ses doigts reposaient sur la gâchette.

– Nous avons encore beaucoup de choses à nous dire, mais je suis d'avis que nous le fassions tranquillement. Rien ne presse. On pourrait faire une petite excursion, histoire d'aller respirer de l'air qui n'a pas transité par des centaines de poumons. À Renvyle Point, par exemple. Je te laisse conduire, David. Pendant ce temps, j'admirerai le paysage et je me mettrai en condition.

Ils longèrent le village de Letterfrack et traversèrent Tullycross. S'il ne pleuvait pas, se dit Mari, ils apercevraient peut-être la montagne sacrée de Croagh Patrick. À Tully, elle lui demanda s'il n'avait pas envie de s'arrêter pour prendre une Guinness. Crispé, le teint gris, il garda les yeux rivés sur la route. Quand la pluie se mit à tomber, Mari sut que la chance était de son côté. Personne ne se rendrait à Renvyle Point par un temps pareil. Dans le brouillard, on risquerait de glisser de la falaise.

David gara la voiture au bout du chemin et demanda prudemment à Mari ce qu'elle attendait de lui. Celle-ci pressa le canon du fusil un peu plus fort contre sa tempe et lui commanda de sortir du véhicule. Il s'exécuta. Elle sortit à son tour, puis, pointant à nouveau l'arme sur lui, elle lui ordonna de se diriger vers le bord de la falaise. Elle lui emboîta le pas. Comme toujours, la beauté du paysage suscita en elle une vive émotion. L'herbe recouvrirait bientôt les collines et les moutons viendraient la brouter avec monotonie. À l'arrière-plan s'élevait la vieille bâtisse en ruine chatouillée par le vent. Au large de Ballinakill Bay, les îles se dessinaient avec une netteté inhabituelle.

Ils arrivèrent au bout de la falaise. Mari se pencha prudemment pour voir la plage en contrebas. Jonchée de pierres et de coquilles de moules, elle semblait aussi inaccessible qu'autrefois. L'idée de descendre lui traversa l'esprit, mais elle se ravisa. Son pull était trempé de pluie. Elle avait froid, et David aussi, manifestement. Pour la première fois depuis son retour, elle eut l'impression d'entrevoir en lui l'homme qu'elle avait jadis aimé. L'eau qui ruisselait le long de ses joues ressemblait à des larmes.

– Mari, nom de Dieu ! Ce que j'ai fait est impardonnable, je le sais. Mais j'étais malade ! Je voulais juste… pour l'amour du ciel, Mari… je voulais juste… Je t'aimais ! Et je crois que je t'aime toujours. Mon Dieu, Mari… Personne ne m'a jamais autant inspiré que toi. Tu as raison. Depuis que j'ai eu ce que je voulais, je ne fais plus que de la merde. Avec toi, j'ai tout perdu. Mon talent, tout. Je n'ai jamais été aussi heureux qu'à tes côtés. Je t'en prie, Mari, ne me tue pas. Ne me tue pas, *oh my God*…

Ses jambes se dérobèrent sous lui, il tomba à genoux. Des taches d'humidité se dessinaient sur son pantalon – pluie ou effet de la peur. Elle leva le fusil et pointa le canon sur sa tête.

– Ce n'était même pas une idée spontanée, David. Tu avais fait courir des rumeurs dans notre entourage pendant des semaines. « Je suis inquiet pour Mari. Je crois qu'elle fait une dépression. » Tu as préparé mon suicide comme tu aurais préparé une exposition. Ça t'aurait arrangé que ta petite amie mette tragiquement fin à ses jours à Renvyle Point juste avant le vernissage. Toutes ces sculptures nous représentant. *Ceratias Holboelli*, nom d'un chien. J'entends d'ici tes lamentations : « Elle était tout pour moi. Voilà ce qui me reste. » Ils t'auraient cru, David.

– Mari, non, je...

– Tu as même été jusqu'à t'entraîner, n'est-ce pas ? Pendant une de ces excursions dont tu aimes te souvenir. Tu te rappelles de notre retour en bateau d'Inishbofin ? Tu m'as soulevée comme si tu allais me faire basculer par-dessus bord. Tu voulais voir comment les gens réagiraient. Un long moment s'est écoulé avant que quelqu'un se manifeste et demande ce que nous fabriquions. Comme ça, tu as su que tu réussirais. Il ne te restait plus qu'à attendre le bon moment.

– Non, Mari, ce n'est pas vrai. Je voulais...

– Tu voulais me montrer comment voler à Renvyle Point. On était au bord de la falaise, et j'ai pris peur. Tout à coup j'ai senti la force avec laquelle tu tenais mon bras et la manière dont tu me regardais. J'ai vu ta folie, David. J'ai cru que tu allais sauter dans le vide en m'entraînant avec toi. Tu aurais tué le *Ceratias Holboelli*, le mâle et la femelle. Pour nous sauver tous les deux, je me suis débattue, j'ai crié. Puis j'ai compris que j'étais censée m'envoler toute seule, comme un oiseau marin, pour finir en bas, broyée contre les pierres et les moules. *Cockles and mussels, alive alive oh.*

Molly Malone* meurt dans la dernière strophe. Je ne sais pas par quel miracle j'ai réussi à me libérer ni quels dieux ont envoyé ces Américains – le genre de touristes qui se délectent du spectacle de la pauvreté irlandaise, si tu vois ce que je veux dire. En l'occurrence, ce jour-là, ils ont eu droit au spectacle de la folie irlandaise.

– Je ne voulais pas te pousser du haut de la falaise, je te le jure. Je t'aimais. Pas seulement toi, vous deux. Je suis guéri maintenant, je suis sous traitement. On m'a dit que j'étais maniaco-dépressif, que je ne maîtrisais pas mes sautes d'humeur. J'étais complètement désespéré, Mari…

La voix de David n'était plus qu'un gémissement pathétique. Mari le dévisageait froidement. Un calme bleu. Au-dessus de l'eau planaient des oiseaux de mer. Autour d'elle flottaient des voiles gris, pareils à ceux qui troublaient la vue de Michelle André. Le bout de ses doigts s'engourdissait au contact de la gâchette.

– Tu t'es enfui, reprit-elle. Tu as pris tes jambes à ton cou comme un lapin effarouché. Si ce couple d'Américains ne s'était pas occupé de moi, je serais peut-être morte de peur au bord de la falaise. Heureusement, ils m'ont emmenée à l'hôpital. Quand ils m'ont demandé ce qui s'était passé, je leur ai menti, bien entendu. Pour te protéger. J'ai prétendu que nous avions eu une dispute et que nous en étions venus aux mains. Tout près du vide. Ils sont venus me voir deux fois à l'hôpital. Et toi, pas une seule, David. J'ai eu de tes nouvelles plus tard. Ta folie s'était envolée à l'approche du vernissage. Tu as répandu la rumeur de ma tentative de suicide. Les critiques ont vu ce qu'ils voulaient voir et tu es devenu célèbre. Tu le serais devenu de toute façon.

– Pardonne-moi… Mais tu as tort, tu…

– Tu croyais probablement que j'allais disparaître, la

---

* Allusion à *Molly Malone*, aussi appelé *Cockles and Mussels*, l'hymne officieux de la ville de Dublin.

queue entre les jambes, et que je n'oserais jamais t'affronter publiquement à propos de ce qui s'était passé. Tu avais tellement bien préparé ton coup. Et tu avais raison, en partie. Je suis venue chercher quelques affaires en cachette – la toile, la sculpture et l'urne – un jour où tu étais absent. Tu as dû avoir des soupçons, mais ce n'était pas cher payé, n'est-ce pas ? J'ai brûlé ton tableau à Renvyle Point par une nuit étoilée. Je voulais disperser les cendres au vent en prétendant que je t'avais éliminé. J'avais au moins détruit une œuvre qui contenait une partie de ton âme. Mais je n'ai pas réussi à t'ôter de mes pensées, alors j'ai conservé les cendres dans l'urne. Voilà comment j'ai créé le mythe du défunt David Connolly. Toutes ces années, j'ai vécu avec un fantôme. Parfois, je ne savais plus qui d'entre nous était mort. D'une certaine manière, j'ai hérité de ta folie.

– Donne-moi une chance, Mari. Je vais me racheter. Sheila n'est rien pour moi. Tu es incomparable. On peut recommencer à zéro. J'ai la vie devant moi pour me racheter. Donne-moi une chance, s'il te plaît... Je n'avais pas l'intention de te tuer...

– J'étais enceinte, David. C'était au début de ma grossesse, je voulais te l'annoncer après ton exposition. Si tout s'était bien passé, on aurait eu deux raisons de faire la fête. Sinon, tu aurais quand même pu te réjouir de cette bonne nouvelle. Enfin, c'est ce que je croyais, naïvement. Tu voulais l'éternité, n'est-ce pas ? Eh bien, tu en aurais eu un petit morceau ; tes gènes t'auraient survécu. Seulement, j'ai fait une fausse couche à l'hôpital. Ta descendance s'est déversée dans une mare de sang. Elle a été épongée par une infirmière, qui s'est désinfecté les mains après.

David l'implora de ses yeux désormais enfoncés dans un visage pâteux. Mari eut envie de lui donner un coup de pied pour l'envoyer voler dans le vide.

– Tu as réussi. Le sais-tu ? Non seulement tu as tué notre enfant, mais tu m'as tuée, moi aussi. Depuis ce jour-là, je suis un zombie dépourvu d'émotions et de raison. Mon entourage a cru que j'avais survécu à ta mort. Le noir est devenu blanc, comme sur un négatif. Mais les apparences sont trompeuses. Tu veux que je te dise ? Tu m'as poussée au meurtre. J'ai étouffé un misérable tyran domestique avec un oreiller. Il maltraitait sa femme. À présent, elle revit. C'est son argent qui va me permettre de rouvrir notre restaurant. Ça m'a fait de la peine de voir ce qu'il était devenu. Eh oui, j'y suis passée. Un café sordide et des voiles moisies qui s'entassent dans nos anciens locaux.

– Je ne comprends pas un mot de ce que tu racontes. Tu n'as tué personne, c'est impossible. Le fou, c'était moi, pas toi, Mari…

– Tu vois ce fusil ? Je l'ai volé à une femme aveugle qui m'a hébergée. Je l'ai décroché du mur et mis dans ma valise. C'est dire de quoi la petite Mari est capable. C'était la mère de mon ami Fredrik, mais il a toujours été transparent pour elle. Et il s'est suicidé parce que j'ai assassiné un bourreau. En fait, je me vengeais de ce que tu m'avais fait subir. C'est toi qui l'as tué. Tout est lié, David, et chacun doit payer sa dette. Es-tu prêt à payer la tienne ?

Mari pointa son arme sur le front de David. La marque de Caïn. Il écarquilla les yeux, ses pupilles se rétractèrent et sa bouche s'ouvrit dans un cri silencieux. Puis il baissa lentement la tête, comme s'il avait compris que tout était perdu. Mari regarda au loin. La montagne sacrée était masquée par une brume épaisse – le déguisement des dieux. Elle avait déclenché un engrenage qui avait peut-être poussé Fredrik à assassiner une vieille femme dans le coma. Elle l'imagina le pied chaussé d'un escarpin, appuyant sur l'accélérateur pour éliminer un chauffard. Peut-être. Nul ne le saurait jamais. Une chose était cependant sûre : il avait décidé de mettre un terme à sa malheureuse existence.

Fredrik. Elle baissa son arme. Trempée jusqu'aux os,

frigorifiée, elle attendit que David relève la tête. Il lui lança un regard suppliant et soumis. Terminé. Ça suffit.

– Si tu étais venu me rendre visite à l'hôpital, David, Je crois que je t'aurais tout pardonné. Si tu étais venu, ne serait-ce qu'une fois.

Larmes, lassitude. Aberration. Un être humain en lambeaux à ses pieds. Au point de non-retour. Miséricorde, peut-être. Mari lâcha l'arme. David se leva d'un bond et s'avança vers elle. Elle crut qu'il allait la renverser pour finir ce qu'il avait commencé. Elle lui en aurait été reconnaissante. Au lieu de cela, il la prit dans ses bras et la berça contre lui, caressant ses cheveux avec des gestes saccadés.

– Je t'aime, Mari, crois-moi. Je ne suis rien sans toi. Je suis prêt à renoncer à tout ce que j'ai obtenu. Je ferai ce que tu voudras. On pourrait rouvrir le restaurant, peut-être ailleurs. Repartir à zéro. Vivre modestement. Je me remettrai à créer. Pour toi, en y mettant mon âme. Laisse-moi chanter et cuisiner pour toi. Consacrer ma vie à faire renaître en toi la confiance. Comme avant, afin que je puisse croire en moi-même...

Il l'embrassa. Elle faillit perdre l'équilibre, mais il la retint. Le sel et l'eau s'infiltraient par son col et dégoulinaient le long de son dos. Les lèvres de David avaient le même goût que jadis. Elle n'avait jamais réellement voulu embrasser personne d'autre que l'homme de cette nuit-là. Elle aurait pu y croire une nouvelle fois, si Fredrik ne lui était pas apparu. Son sourire, sa tenue raffinée. Son rire. Mari repoussa David. Elle n'était pas digne d'une fin heureuse.

– Je ne te demande qu'une chose, David Connolly : disparais. Laisse-moi le Connemara et ne reviens plus jamais. Je ne veux plus te revoir, aussi longtemps que tu vivras.

Chapitre 26

Anna s'efforçait de comprendre pourquoi il était important de codifier l'achat et la vente de biens et de services sous forme d'équations mathématiques, alors que quelques phrases de bon sens suffisaient amplement pour cerner la plupart des situations. Vendre ce que les gens veulent acheter. Déterminer le prix qu'ils sont prêts à payer. Faire ce que l'on sait faire. Tels étaient ses préceptes, malgré tous les raisonnements savants de Fanditha. Les analyses élaborées de sa fille sur la capacité des petits pays à s'affirmer sur le marché mondial étaient certes pertinentes et bien formulées, mais seraient-elles jamais mises en pratique ? Les gens comprenaient bien mieux les tournures simples. Était-ce de la jalousie de sa part ? Parce qu'elle n'avait pas l'intelligence de sa fille ? Ou bien était-elle tout simplement trop bête pour comprendre ? La dernière hypothèse était probablement la bonne.

Sous ses pieds, le plancher tanguait. Vivre sur l'eau était une expérience rare. Pourtant, cela semblait naturel. Le clapotis des vagues contre les parois de la chambre à coucher compensait le manque de confort. Pas étonnant que certains fassent le tour du monde en bateau. Entouré d'eau et équipé de quelques ustensiles de première nécessité, l'être humain se retrouvait en sécurité, comme dans le ventre de sa mère – un mode de vie bien plus sain que le stress de la terre ferme.

Elle bâilla et se cala contre le dossier de sa chaise. Précédé par le bruit de ses pas dans l'escalier, Greg apparut, vêtu seulement d'un jean élimé et d'une chemise, malgré le froid. Ses longs cheveux blonds étaient humides aux pointes. Il était pieds nus.

– Tu n'as pas mis de chaussures ? Mais tu vas mourir de froid ! Tu te rends compte qu'on est au mois de décembre ? On peut s'estimer heureux que l'eau n'ait pas encore gelé.

Il se mit à rire et lui caressa la joue. La paume de sa main était chaude.

– Je suis juste venu te demander si tu voulais une bière fraîche, mais j'imagine que tu préférerais un café.

Anna rentra ses mains dans les manches du gros pull qu'elle lui avait emprunté.

– Un café, ça serait parfait, si tu le fais à ma façon.

– Je vais le faire à *ma* façon, et ça te plaira. N'oublie pas que c'est moi qui t'ai appris à faire le café, il y a bien longtemps.

– C'est faux !

Elle se leva et lui donna quelques légers coups de poing dans le ventre, qu'il para sur-le-champ. Il saisit ses deux mains et la regarda se débattre, amusé. Puis il la relâcha et la prit dans ses bras. Anna passa les siens autour de sa taille et posa la tête contre sa poitrine. Au son des battements régulier de son cœur, elle se sentait en parfaite sécurité. Elle n'avait pas ressenti cela depuis une éternité.

– Tu disais que tu voulais un café ?

Elle se dégagea de son étreinte et discerna une lueur taquine dans son regard.

– Pour l'instant, oui. Je passerai peut-être une autre commande plus tard.

Il disparut et revint quelques minutes après avec deux tasses fumantes. Elle mit ses mains en coupe autour de sa tasse et prit une première gorgée.

– Ça te va ?

– Tout à fait. Et il n'y a pas que le café qui m'aille.

Il s'assit en face d'elle, dans son décor de boîtes de rangement et de manteaux suspendus à des patères. En remarquant la plante sur le rebord intérieur de la fenêtre, Anna ne put s'empêcher de sourire. Depuis son arrivée sur la péniche quelques semaines plus tôt, Greg était aux petits soins. Qu'importe qu'elle l'ait quitté, il était disposé à reprendre là où ça s'était arrêté, sans s'empêtrer dans les explications et les reproches. Vivre dans le présent comme lui… Être aussi libre… Pouvoir nager en apesanteur et remonter lentement à la surface, sans s'abîmer les poumons…

Il l'observait avec une bienveillance qui lui fit chaud au cœur.

– Ne me regarde pas comme ça.

– Comment ?

– Tu m'observes. Que je lise, que je fasse la vaisselle ou que je me brosse les dents, tu es toujours en train de me regarder.

– Ça me rassure, Anna. C'est chez moi, ici, mais sans toi, cet endroit n'a pas d'âme.

Elle voulut le lui dire. Cette fois, je reste, Greg. Pour toujours. Puis elle pensa à Fredrik et se demanda si Greg pourrait vraiment tout lui pardonner. Elle changea donc de sujet.

– Qu'est-ce que tu penses des travaux de Fanditha ?

– Et toi ?

– Elle est plus intelligente que sa mère. J'admire son assiduité et sa patience, même si je dois reconnaître que je suis loin de tout comprendre.

– Moi non plus, je n'y comprends pas grand-chose, mais que veux-tu, l'essentiel, c'est qu'elle fasse ce qui lui plaît.

Anna ne put retenir un éclat de rire.

– Regarde-nous : deux parents pas très doués mais assez magnanimes pour laisser notre fille choisir la carrière qui lui convient. Une carrière brillante, certainement, qui lui permettra de bien gagner sa vie. Pourtant, elle m'a dit qu'elle craignait de se retrouver seule si elle réussissait, justement. Et moi… Enfin, ce n'est pas étonnant qu'elle me méprise.

– Ne prends pas les choses trop à cœur, Anna. Elle t'aime et t'admire plus que tu ne l'imagines. Elle a du mal à supporter ses propres contradictions, voilà tout. Parfois, elle se braque. Donne-lui un peu de temps, laisse-la venir vers toi. Tu n'y crois pas, mais je t'assure qu'elle a besoin de ton approbation. Ce n'est pas facile de t'aimer, Anna.

Finalement, elle osa croiser son regard. Malgré la gravité du moment, il éclata de rire et effleura sa joue avec la légèreté d'une ombre. Réchauffée par le bon café crémeux qu'il lui avait servi, elle repensa au dîner de la veille, avec Fanditha, à cette même table. Juste avant l'arrivée de sa mère, Fanditha avait déménagé chez une connaissance, mais elle leur avait assuré que les deux événements n'étaient pas liés. Elle avait besoin de calme pour travailler à son mémoire et souhaitait habiter dans le centre. Anna ne l'avait pas contredite et s'était bien gardée de lui demander de quel sexe était la connaissance en question. Fanditha s'était empressée de lui présenter ses condoléances pour la mort de Fredrik, avec une sincérité qui l'avait profondément touchée.

« Je sais qu'il était un de tes meilleurs amis, maman. » Fanditha n'avait pas fait référence à leur conversation au sujet du manque de relations stables dans l'entourage d'Anna. Sans sortir leurs griffes, elles avaient parlé de ce qui caractérisait une véritable amitié. Après son départ, Anna s'était dit qu'elles arriveraient peut-être à se retrouver. Elle y mettrait du sien. C'était le moins qu'elle puisse faire.

– Au fait, Fanditha vient dîner ce soir, annonça gaiement Greg.

Anna se sentait également d'une humeur rayonnante.

– Mais c'est toi qui cuisines, d'accord ? Parce que…

– Pas de problème, je cuisine.

Elle hocha la tête, soulagée de ne pas avoir à se justifier. Aussi incompréhensible que cela puisse paraître, elle n'arrivait plus à cuisiner – et encore moins à faire de la pâtisserie – depuis qu'elle avait remis les clefs du Refuge à Jo. Les ingrédients semblaient lui rire au nez dans leurs emballages. Allez, sers-toi de nous, donne-nous la forme que tu veux ! Mais elle en était incapable. C'était sans doute lié à l'accident de Fredrik. Greg avait compris qu'elle avait vécu des événements dont elle n'était pas encore prête à parler. Il ne lui posait pas de questions.

Que s'était-il passé, au juste ? Le peigne de Cléopâtre, l'idée de résoudre les problèmes d'autrui, d'accord. Jusque-là, ça allait. Ensuite, Elsa Karlsten avait fait son apparition, avec une étrange requête à laquelle avait succédé la mort de son mari. Comment était-ce arrivé ? De nombreux éléments semblaient indiquer que Fredrik était coupable. Ce cher Fredrik, qui, par bonté d'âme, avait voulu venir en aide à son prochain. Quand Anna s'était entretenue avec Elsa Karlsten et Martin Danelius pour leur annoncer son suicide, Elsa lui avait encore confirmé qu'elle avait bien vu un ange de la vengeance presser un oreiller sur le visage de son mari. Pouvait-on se fier à ce témoignage ? S'agissait-il de Fredrik en tenue de femme ? Tout ce que savait Anna, c'est qu'elle ne voulait pas y croire. Il lui était plus supportable d'imaginer l'oreiller entre les mains d'Elsa Karlsten. Ou de croire à une mort naturelle. Elle ne pouvait pas vivre avec l'idée que Fredrik soit coupable d'un meurtre.

Elle avait donc réussi à se convaincre qu'aucun d'entre eux n'avait été impliqué dans la mort de Hans Karlsten. L'argent l'avait troublée, elle s'était laissé prendre au piège de pensées qu'elle n'aurait pas dû formuler. Cela dit, au moment des faits, elle n'aurait pas pu agir différemment. En offrant une nouvelle vie à son père avec l'argent d'Elsa Karlsten, elle avait commis une erreur. Maintenant, il était trop tard. Rien ne ramènerait Fredrik à la vie.

La plus grande hantise d'Anna était de vieillir et de devenir un fardeau pour les autres. Dans ses pires cauchemars, elle se voyait prisonnière d'un corps qui ne lui appartenait ni ne lui obéissait plus. Inconsciente, la peau desquamée, le squelette calcifié et la chair putréfiée, son crâne reposant sur un oreiller. Elle avait senti la puanteur de roses oubliées qui se décomposent indéfiniment. Cette terreur motivait son désir de vivre pleinement l'instant. C'était aussi la raison pour laquelle elle avait accepté l'argent d'Elsa Karlsten. Elle avait ainsi pu offrir une fin de vie décente à son père et lui épargner cet affreux manque de dignité dans un lit anonyme. Cette même terreur l'avait incitée à éteindre le respirateur d'Anna Danelius.

Après ce geste, elle avait été assaillie par une horde de démons auxquels elle avait hurlé les mêmes mots sans relâche. Je ne le voulais pas. Sa requête était épouvantable. J'ai résisté. Je lui ai dit que c'était impossible. Je n'ai rien prémédité. Je n'avais aucune motivation précise. Je n'ai jamais considéré cela comme un second meurtre puisque j'ai rejeté l'idée du premier. J'y suis allée pour la voir, c'est tout. Par respect pour une femme qui portait le même prénom que moi. Je voulais combattre ma propre angoisse. Je croyais qu'elle m'y aiderait.

Mais quand je suis arrivée sur place et que je l'ai vue… Anna, mon homonyme… Quand j'ai vu qu'en fait, elle était déjà morte… Quand j'ai senti son odeur… J'ai perdu le contrôle de moi-même. J'ai appuyé sur un bouton. Et puis j'ai rappuyé. Tout ce que j'ai fait, c'est suspendre un instant sa respiration artificielle. Mon but était d'accomplir une bonne action. J'étais persuadée qu'on me pardonnerait, même si j'étais découverte. Est-ce ma faute si la vie et la mort se sont arrangées entre elles ?

Mais qui pouvait prévoir l'ensemble des conséquences d'une mauvaise action, ou bien, dans une certaine mesure, d'une bonne action ? Comment pouvait-on croire que l'acte et l'intention étaient suffisamment nobles pour se pardonner l'un l'autre ? En fin de compte, elle ne comprendrait jamais son geste. Sa raison avait cessé de fonctionner pendant les quelques secondes qu'il lui avait fallu pour arrêter le respirateur. Elle était sortie d'elle-même et avait accompli un geste dont la véritable Anna était incapable. Maintenant, seule la vie elle-même pourrait la pardonner. Et Greg. Et peut-être aussi Fanditha. Et puis Mari, le jour où elles se reverraient. Sa merveilleuse amie, si fragile et si innocente.

Elle avait eu de la chance. Quand Martin Danelius était

venu au café pour réitérer sa demande, elle était seule. Par la suite, toute référence à « la discussion avec Anna » avait été interprétée comme leur rencontre au repas d'enterrement. Martin Danelius n'avait pas évoqué leur second entretien quand ils s'étaient revus en présence d'Elsa Karlsten. Il lui avait présenté ses condoléances en apprenant la mort de Fredrik.

Elle s'en était donc bien sortie jusque-là. La culpabilité qui la rongeait ne concernait ni Martin ni Anna Danelius. Elle redoutait seulement d'avoir contribué à un engrenage qui avait fini par coûter la vie à Fredrik. Elle se sentait également coupable vis-à-vis de Mari, à qui Fredrik manquait autant qu'à elle-même. Anna repensa à la lettre que son amie lui avait envoyée d'Irlande quelques semaines plus tôt, dans laquelle elle lui révélait sans détours la vérité sur David. Il était en vie et elle l'avait revu. Elle lui avait aussi raconté ce qu'il lui avait fait subir à Renvyle Point.

Anna avait tout d'abord ressenti beaucoup d'amertume à l'idée que son amie ne se soit pas confiée à elle plus tôt. Puis elle s'était souvenue des paroles de Michelle André : l'amertume est un sentiment stérile. D'ailleurs, Anna avait-elle été sincère ? Il lui était dorénavant impossible de reprocher quoi que ce soit à son entourage.

Son père se portait bien. Très bien, même. Dans son dernier courrier, il lui écrivait qu'il faisait désormais partie d'un groupe qui sortait en promenade le matin et jouait aux cartes l'après-midi. Quelques jours plus tôt, ils avaient assisté à un concert au village et visité l'église. « Je crois que le bon Dieu d'ici est plus miséricordieux qu'ailleurs », lui avait-il confié. Il avait l'intention de suivre des cours d'informatique pour qu'ils puissent « s'envoyer des mails ». Ses examens sanguins étaient normaux, et il n'avait pas subi de malaise cardiaque depuis un bon moment. La régularité des contrôles de santé devait y être pour quelque chose.

Manifestement, il s'était lié d'amitié avec une certaine

Ulla. Celle-ci avait fait toute sa carrière à la caisse d'assurance maladie et s'y était plu. « Quelqu'un de bien au quotidien », écrivait-il. À la fin de sa lettre, il lui avait annoncé laconiquement « la visite prochaine d'Iris », conscient que l'effet d'annonce résidait dans l'association du prénom « Iris » et du mot « visite » plutôt que dans le nombre de points d'exclamation qu'il y avait ajoutés.

Iris. Après maintes réflexions, Anna avait appelé sa sœur. Elle lui avait raconté son projet d'installation à Amsterdam, et expliqué qu'elle souhaitait la voir avant son départ pour lui faire ses adieux et discuter de certaines choses. Sur un ton neutre, sa sœur lui avait dit qu'elle était la bienvenue chez elle.

Lorsque Anna se gara dans la cour, Iris sortait de l'écurie en tenue de cavalière, ruisselante de sueur après une longue promenade à cheval. Jambes puissantes, bras musclés, traits grossiers – Iris n'avait pas changé depuis la dernière fois qu'elles s'étaient vues, sept ou huit ans auparavant. Cela relevait du miracle que la frêle créature condamnée dont on s'était tant occupé tout au long de leur enfance soit devenue aussi forte et résistante. Ou alors, c'était la preuve que les voies du Seigneur sont réellement impénétrables.

Iris lui fit visiter l'écurie en lui présentant avec enthousiasme les splendides étalons et poulains. Anna, admirative, complimenta sa sœur pour son travail. Dans les yeux des chevaux, elle lut de la crainte et de la nervosité, mais aussi une grande dignité et le regret d'une liberté perdue dans de lointaines étendues vertes. Elle entra prudemment dans un box et caressa le museau d'un cheval gris, qui la regarda, puis posa sa tête sur son épaule. Elle prit ce signe de confiance comme une bénédiction et Iris la félicita de sa prédisposition naturelle à communiquer avec les chevaux.

Anna, qui les tenait pour des créatures courageuses, fut informée de leur nature fuyarde. Depuis toujours, ils se tenaient prêts à partir au galop en cas de danger imminent.

En effet, dans la steppe, ils étaient exposés à toutes les menaces, sans végétation susceptible de les abriter. Un cheval sent dans ses gènes que l'attaque vient d'en haut. Voilà pourquoi il faut être prudent en mettant la selle. Anna eut soudain la vision d'un félin souple enfonçant ses griffes dans un dos tendre. Elle était elle-même en fuite. Peut-être les chevaux l'avaient-ils compris.

Après cet exposé, Iris l'invita à entrer dans sa maison. Surprise par la saleté qui y régnait, Anna s'efforça de dissimuler sa consternation. Autrefois, Iris avait été une maniaque du rangement qui se déguisait en princesse et dansait comme à la cour, tandis qu'Anna jouait le rôle du vilain petit canard.

Et voilà qu'elle devait discrètement déplacer la pile de journaux de sa chaise pour pouvoir s'asseoir. La table était encombrée de courrier, de restes de nourriture et d'outils. Elle eut du mal à trouver où poser la tasse et l'assiette qu'Iris lui tendit. Elle but son café en faisant abstraction des incrustations noires qui striaient l'anse. Cependant, rien à redire sur la qualité du café ni sur la tartine de pain maison au jambon. Iris était tellement crasseuse qu'elle en était devenue méconnaissable mais, en compensation, elle avait développé une générosité inédite.

La joie qui avait suivi sa naissance n'avait eu de pareille que la peine suscitée par la découverte de son insuffisance cardiaque, à l'époque incurable. L'attention portée à la petite n'avait connu aucune limite, même lorsqu'une équipe de médecins avait réussi l'impossible dix ans plus tard. À l'âge de vingt ans, Iris s'était envolée pour les États-Unis avec un fermier de l'Iowa et avait informé la famille par courrier qu'elle allait y rester un bon moment puisqu'elle l'avait épousé.

Leur mère avait alors enfin compris que son petit ange de la mort survivrait sans doute au Noël suivant et à celui d'après.

Cette trahison avait été d'une telle ampleur qu'on l'avait

passée sous silence. La culpabilité avait fait subrepticement le tour de la table pour finalement atterrir du côté d'Anna et de celui de son père. Face à eux, la mère d'Anna et Dieu, unis dans une harmonie sans faille.

Achevant de briser l'unité familiale, Iris avait néanmoins eu de bonnes raisons de fuir. Anna s'en rendait désormais compte.

– Pourquoi es-tu partie aux États-Unis du jour au lendemain ?

Les jambes écartées, Iris mordit dans sa tartine, ses gros bras rougeauds appuyés sur la table. Anna distinguait à peine son visage à travers ses mèches de cheveux gras.

– Qu'est-ce que tu veux dire par « du jour au lendemain » ?

– Tu as fait tes valises sans dire au revoir. Les parents étaient dans tous leurs états. Ils n'ont même pas été invités à ton mariage. Maman hurlait quand elle m'a appelée. Évidemment, tout était de ma faute. De ma faute et de celle de papa.

Iris s'esclaffa, dévoilant des dents jaunies. On aurait dit un cheval en train de hennir.

– J'en avais tout simplement ma claque des interdictions. Je n'avais rien le droit de faire toute seule, bordel ! J'étais sous contrôle permanent.

– Arrête, Iris. Tu as toujours été la préférée, et ça te plaisait bien. C'est pour ça que je me suis barrée. Je n'avais aucune chance de me mesurer à toi, tu étais toujours la meilleure.

– Tu l'as dit, Anna. Tu t'es barrée la première. Ne l'oublie pas. Et je t'admirais. Parce que tu avais osé et que les parents te respectaient suffisamment pour t'y autoriser. Ils savaient que tu t'en sortirais. Avec moi, c'était la crise quand je me permettais d'aller à l'épicerie. Tout le monde me croyait constamment sur le point de mourir, personne ne s'imaginait que je puisse parvenir à quoi que ce soit dans la vie. Voilà pourquoi je suis partie. Pour vous prouver que je pouvais m'en sortir aussi bien que toi. Et parce que ce type avait de beaux chevaux. C'était son seul mérite, d'ailleurs. Vous n'avez rien loupé.

Anna resta perplexe. Toute leur enfance lui apparut soudain comme une vaste plaisanterie, une mascarade. L'image lisse à laquelle on l'avait constamment comparée... Iris lui raconta qu'elle l'avait toujours enviée pour sa beauté, sa bonne santé, et la manière dont elle vivait sa vie : sans demander la permission ni à leur mère ni à Dieu. Elle lui confia également qu'elle avait toujours souffert de la relation privilégiée d'Anna avec leur père, et qu'elle s'était sentie délaissée.

– C'est moi qui les ai éloignés l'un de l'autre, maman et lui.

Leur mère avait accordé toute son attention à Iris, qui s'était sentie coupable quand leur couple avait commencé à battre de l'aile. Elle s'était mis en tête que leur père n'avait plus envie de la voir et elle avait coupé les ponts.

Anna lui avoua à son tour qu'elle s'était toujours sentie aussi insignifiante qu'un pissenlit – résistant, certes, mais irrémédiablement inférieur au délicat brin de muguet parfumé qu'était sa sœur. Iris répliqua qu'elle détestait les fleurs, y compris son prénom. Elle avait toujours aimé les chevaux parce que ces créatures sensibles et bien bâties lui donnaient l'occasion de se salir les mains.

Elles en arrivèrent finalement à la situation de leur père. Rien ne pouvait excuser le manque de soutien dont Iris avait fait preuve. Celle-ci se défendit en affirmant ne pas avoir compris à quel point il était souffrant puisqu'elle n'avait été informée de son état que par le biais de sa mère. D'ailleurs, leur père n'aurait sûrement pas très envie qu'elle s'occupe de lui. Anna perdit son sang-froid. Elle lui énuméra le nombre de transports en ambulance et de séjours hospitaliers qu'elle l'avait vu faire. Iris finit par lui proposer son aide. Pas trop tôt... se dit Anna.

Elle lui décrivit la résidence pour personnes âgées en Dalécarlie. Iris promit de prendre des nouvelles de leur père et de lui rendre visite « quand elle en aurait le temps ». Tant qu'il ne comptait pas moins que ses chevaux...

Elle lui décrivit brièvement ses activités au haras, son nouveau mari et les enfants de la région qui venaient prendre des cours d'équitation. À la demande d'Anna, Iris sella un cheval et galopa un moment dans le manège. Aucun doute : à cheval, elle était dans son élément. Comme Greg dans l'eau. Et comme Anna près de lui.

En évoquant leur mère, l'espace d'une seconde glaciale, vertigineuse et divine, elles firent l'expérience d'une compréhension mutuelle qui se passait de mots. Pourquoi avoir considéré Iris comme une hypocrite pendant toute leur enfance ? Mystère. Anna était en train de revoir son jugement sur sa sœur de fond en comble. Comme dans un kaléidoscope, les champs lumineux se transformeraient peut-être pour former de nouveaux motifs. À défaut d'être chaleureuse, leur embrassade, au moment de se quitter, fut empreinte de respect.

Le respect. Anna se rendit compte que Greg l'avait observée pendant tout le temps où, renversée sur sa chaise, elle était perdue dans ses pensées. Elle lui tendit la main. Il la saisit et promena le bout de son index autour de la jointure de ses doigts.

– Iris va aller voir mon père, annonça-t-elle.

– *Holy shit !* Tu plaisantes ? Je croyais qu'ils n'étaient plus en contact.

– Je lui ai rendu visite, et ça l'a fait réfléchir. Je ne peux pas dire que je la comprenne parfaitement, mais un peu mieux qu'avant, en tout cas.

– Les gens sont comme ils sont, Anna. La plupart ont en eux une parcelle de bonté, pourvu qu'on prenne la peine de la voir. *It's all about love, you know**. L'essentiel, c'est d'être heureux.

* Tout est une question d'amour, tu sais.

– Et tu en possèdes le don.

– Pas toujours.

Anna sentait la chaleur de sa main. Ils allaient bientôt fêter Noël. Probablement sur la péniche, dans la plus grande simplicité. Stockholm et Amsterdam seraient prises dans le tourbillon des fêtes de fin d'année. Mari célébrerait-elle la naissance du Christ en Irlande ? Anna aurait aimé l'inviter mais elle refuserait sans doute de venir. Anna songea au canal sur lequel flottait la péniche et à la mer que Mari pouvait contempler depuis les fenêtres de son restaurant, cette mer qui l'avait presque engloutie à Renvyle Point.

– Greg… Toi qui fais de la plongée, tu as déjà entendu parler d'une espèce de poissons qui s'appelle *Ceratias Holboelli* ?

– Non, ça ne me dit rien. Moi et le latin, tu sais… Je jetterai un coup d'œil dans mes bouquins. Je devrais connaître ?

– Pas forcément. C'est Mari qui m'en a parlé. Apparemment, c'est un poisson des abysses. Quand le mâle s'accouple avec une femelle, il s'y accroche par les mâchoires et, au bout d'un moment, leurs systèmes vasculaires fusionnent, comme s'ils ne formaient plus qu'un seul organisme.

Greg sourit.

– Ça me semble un peu surréaliste mais pas improbable. Le monde des profondeurs est comme le nôtre, mais en pire, si tu vois ce que je veux dire. En tout cas, tu peux être tranquille, ce type de poissons n'existe pas par ici.

Par endroits, les cheveux blonds de Greg blanchissaient. Son visage buriné commençait à ressembler à celui d'un pêcheur. Anna effleura le coquillage qu'il portait autour du cou. Elle ne savait toujours pas si elle pourrait tout lui raconter un jour. Mais aucune découverte n'aurait pu troubler son sentiment de sérénité en cet instant. Elle consacrerait le restant de ses jours à expier la mort de Fredrik. Elle se rachèterait. Peut-être se confierait-elle à Mari, si elle venait fêter Noël avec eux.

– Heureuse de le savoir, Greg, dit-elle à voix basse pour éviter qu'il ne remarque son émotion. Très heureuse. Tu ne peux pas savoir à quel point.

Chapitre 27

Accoudée au bar, Mari leva les yeux de la lettre qu'elle venait de recevoir. Elle n'avait pas eu de nouvelles de Jo depuis Noël. Dans son précédent courrier, elle lui parlait des petits pains au safran, des biscuits aux épices et des bougies qui perçaient l'obscurité du mois de décembre. Elle était ravie d'avoir repris le café. Les habitués continuaient à venir comme si de rien n'était. Mari lui avait répondu sur un ton conventionnel, évoquant les plats de saison, dinde et tarte aux figues, et en lui souhaitant bonne chance.

À présent que le mois de juin incitait les touristes à porter leurs sacs à dos sur des épaules nues, il était difficile d'imaginer à quel point l'obscurité pouvait être compacte. Pourtant, elle serait de retour dans quelques mois. Manifestement, Jo refoulait aussi cette perspective. Elle décrivait un Stockholm verdoyant. Elle avait enfin appris comment verser la mousse de lait dans le café à la manière d'Anna, « de sorte que le blanc et le noir se marient avec sensualité ». Et ce n'était que le début de son épanouissement : elle s'était également procuré des soutiens-gorge dignes de ce nom.

Jo racontait que l'amour avait métamorphosé Elsa Karlsten. Elle et son « petit ami » Martin Danelius échangeaient des regards ardents, indifférents aux aléas de l'âge. Elsa Karlsten se présentait en tailleur raffiné, d'une humeur rayonnante, tandis que Martin Danelius maniait la canne avec dextérité. Ils regrettaient que l'ancienne équipe ait disparu si soudainement, mais venaient néanmoins tous les dimanches prendre leur petit déjeuner au café « où tout avait commencé ». Jo se souvenait de l'air malheureux d'Elsa Karlsten la première fois qu'elle était entrée au Refuge. La transformation était complète.

À la fin de sa lettre, Jo demandait la permission de reprendre le nom du « Peigne de Cléopâtre » puisqu'il s'agissait d'une marque « bien établie ». Quelques semaines auparavant, elle avait fait la connaissance d'une femme extraordinaire, une certaine Stella Pfeil, qui avait rencontré Fredrik à plusieurs occasions. Les deux femmes s'entendaient à merveille et voulaient travailler ensemble. Stella était enceinte, d'ailleurs son handicap ne l'empêcherait pas de faire quoi que ce soit.

Le peigne de Cléopâtre. Un vieux bout d'os et une série d'événements. Parcourant du regard la salle de son restaurant, Mari eut l'étrange sensation que les parfums du Refuge se diffusaient autour d'elle. À l'odeur de bière se mêlaient des touches de vanille et de cannelle – une lettre contenait décidément bien plus que des mots couchés sur le papier. Stella Pfeil avait rencontré Fredrik. Où ? Quand ? Mari se renseignerait lors de son prochain voyage en Suède. Un de ces jours. Dans quel genre d'activité les deux femmes souhaitaient-elles se lancer sous l'appellation « Le peigne de Cléopâtre » ?

Mari attrapa un autre courrier qu'elle avait reçu quelques jours auparavant. L'écriture lui était étrangère mais ne laissait pas de place au doute. Le nom de Lukas Karlsten avait suscité en elle d'autres associations olfactives : les senteurs chaleureuses d'une vieille bibliothèque à la campagne, l'odeur de l'herbe sous les pattes duveteuses d'un chien.

Il commençait par la remercier pour son agréable compagnie dans des circonstances peu plaisantes et espérait qu'elle se portait bien en Irlande, où il avait le projet de venir passer des vacances. Aurait-elle le temps de le voir s'il se rendait à Clifden ? Il donnait également des nouvelles de sa mère. Celle-ci, aussi étonnant que cela puisse paraître, était en pleine forme depuis qu'elle avait repris contact avec un vieil ami dénommé Martin Danelius. Elle allait vendre sa maison et les meubles, et faire don de la collection d'animaux qu'elle avait elle-même empaillés. Il lui présenta ses condoléances au sujet de la mort de Fredrik, qui, d'après ce qu'il avait compris, était un de ses meilleurs amis. L'équipe du Peigne de Cléopâtre avait été d'un grand soutien pour sa mère pendant une période difficile.

Mari se frotta les yeux. Elle n'avait cessé de repenser à la frayeur que lui avait causée le chien mort et aux commentaires d'Anna sur les animaux empaillés qui peuplaient la maison des Karlsten. Elles avaient toutes deux cru qu'ils appartenaient à Hans Karlsten. Ils symbolisaient en tout cas parfaitement la manière dont il traitait sa femme. Encore une illusion. Elsa Karlsten avait donc évacué les morts, dans tous les sens du terme. Puis elle avait ouvert ses fenêtres sur une nouvelle vie.

La lettre était sans doute une main tendue, tout comme sa propre correspondance avec David.

Elle savait bien qu'en lui décrivant le restaurant, les nouvelles teintes sur les murs, le mobilier, la cave à vins, elle voulait donner l'illusion d'un succès considérable… D'ailleurs, il était bien là. Pour dîner au Murrughach, il fallait réserver une table longtemps à l'avance. Elle était parvenue à conserver l'authenticité d'une auberge traditionnelle. Sa sélection de vins figurait dans les brochures touristiques, parfois sur la même page que les sculptures de David Connolly.

Elle n'avait pas l'intention de le revoir. Jamais. À Renvyle Point, lorsqu'elle avait regagné sa voiture en courant sous une pluie battante, elle s'était promis de ne plus penser à lui. C'était en partie chose faite. Elle s'était investie à fond dans son projet. D'abord, en rachetant les locaux du club de voile, puis en les rénovant grâce à l'argent déposé par Martin Danelius sur un compte aux îles Caïmans. Anna lui avait fait suivre par la poste une carte de crédit, accompagnée d'une note succincte où elle expliquait en avoir reçu deux de la part du vieil homme : une chacune. Selon Danelius, mieux valait en faire usage à l'étranger. Anna avait accepté la somme sans avoir décidé de l'usage qu'elle en ferait.

Après y avoir réfléchi, Mari avait pris le bateau pour Inishbofin. Personne n'avait remarqué le sac qu'elle portait en bandoulière. Elle l'avait discrètement jeté par-dessus bord. Penchée au-dessus du bastingage, elle avait regardé ce sac tournoyer dans le sillage du bateau, puis couler et disparaître dans les profondeurs. Il contenait l'arme qui avait servi à abattre les lapins de Fredrik, qui reposerait ainsi à jamais au fond de la mer, où le métal finirait peut-être par se recouvrir d'algues et de coquillages. La mort redonnerait la vie. Cette belle pensée l'avait consolée pendant sa promenade sur les chemins de l'île. De retour à l'hôtel, elle avait savouré une tasse de thé, luttant contre un sentiment d'impuissance face à un destin inéluctable.

Le lendemain, elle avait pris contact avec des artisans pour lancer les travaux de rénovation. L'un d'eux avait affirmé qu'elle ressemblait à une Suédoise qui avait travaillé là quelques années plus tôt. « Mais elle était blonde, pas rousse comme vous. »

Mari caressa sa chevelure, qui lui arrivait maintenant aux épaules. Elle jeta un coup d'œil par la fenêtre. La mer était en train de se calmer. L'automne serait bientôt là, et le froid paralyserait l'activité du restaurant. Mais le froid n'était pas éternel… Contrairement à la mort.

Une pensée déchirante lui traversa l'esprit. Elle se remémora le jour où elle avait fait une hémorragie après que David avait essayé de la précipiter de la falaise à Renvyle Point. Était-elle enceinte alors ? Désormais, elle avait des doutes. Quoi qu'il en soit, elle pourrait retomber enceinte un jour. Porter l'enfant d'un homme sincère. Elle repensa à la dernière lettre de David, dans laquelle il la suppliait de retrouver leur flamme et d'oublier le passé. Peut-être l'aimerait-elle toujours. Mais avec Lukas Karlsten, elle pourrait être heureuse. Grâce à lui, elle avait entrevu la possibilité du pardon. Il lui avait fait comprendre que son geste avait apporté du bonheur et redonné l'espoir de se racheter aux yeux de Fredrik, si ce n'était dans ce monde, au moins dans l'au-delà.

À ce moment précis, elle comprit qu'elle devait dire la vérité à Anna. Elle n'avait pas répondu à l'invitation de son amie pour Noël, mais peut-être lui rendrait-elle visite bientôt, dans quelques semaines. Elles pourraient ainsi poursuivre leurs vies ensemble, quoique dans deux pays différents. Elles discuteraient également de la demande de Jo et de Stella concernant le nom du « Peigne de Cléopâtre ». À quelles fins voulaient-elles le reprendre ? Pour l'instant, elle préférait ne pas y penser.

Les flots étincelaient sous le soleil, jusqu'à l'horizon. En son for intérieur, elle entendit les paroles de Fredrik au sujet des gladiateurs romains. « Savoure la bonté tant qu'elle existe, car le risque que la brutalité ait raison d'elle est aussi éternel que le Colisée. » Comme elle avait été naïve… Effacer David de son esprit lui prendrait des années, pas des mois. Si jamais elle y parvenait…

Pourtant, il avait quitté le pays assez rapidement. Quelques semaines seulement après leur confrontation, la presse annonçait qu'il partait s'installer à Boston pour se lancer sur le marché américain. Peu après, elle avait reçu une lettre dans laquelle il lui communiquait sa nouvelle adresse et l'implorait de rester en contact. Depuis, il n'avait cessé de lui écrire, relatant ses succès, sa solitude, la séparation d'avec sa fiancée, l'énergie créatrice qui avait fait suite à sa mélancolie et son immense désir de la revoir. Dans chaque lettre, il jurait qu'il consacrerait sa vie à expier sa faute si seulement elle voulait bien lui écrire ou accepter de le voir. Il n'osait pas lui en demander plus, mais il l'aimerait jusqu'à la fin de ses jours. Les photos de ses nouvelles œuvres confirmaient en partie ses dires. Le David d'antan était de retour, en tout cas dans son art.

Au bout d'un moment, elle avait fini par céder et lui avait décrit sa vie à Clifden en quelques mots bien choisis. Il lui avait proposé de lui rendre visite, tout en promettant de ne venir que lorsqu'elle l'y aurait autorisé. Elle en avait d'abord ri, avant de reconnaître qu'il semblait sincère. Mais impossible d'en être certaine.

Avec David, elle ne saurait jamais.